人间时光

曹林燕 —— 著

陕西新华出版

太白文艺出版社·西安

图书在版编目（CIP）数据

人间时光 / 曹林燕著. -- 西安 : 太白文艺出版社,
2024.1
　　ISBN 978-7-5513-2438-0

　　Ⅰ. ①人… Ⅱ. ①曹… Ⅲ. ①散文集－中国－当代
Ⅳ. ①I267

中国国家版本馆CIP数据核字(2023)第190473号

人间时光
RENJIANSHIGUANG

作　　者	曹林燕
责任编辑	蒋成龙
封面设计	三叶草
版式设计	建明文化
出版发行	太白文艺出版社
经　　销	新华书店
印　　刷	陕西金德佳印务有限公司
开　　本	889mm×1194mm　1/32
字　　数	316千字
印　　张	14.25
版　　次	2024年1月第1版
印　　次	2024年1月第1次印刷
书　　号	ISBN 978-7-5513-2438-0
定　　价	78.00元

寄　语

　　曹林燕向我们端出了她的故乡、四时和自然说，这是一个小视角，却有大维度。作家大都在写故乡，故乡里必然有四时，四时里就充满了自然。我们从故乡的四时出发，一直走到天的尽头，阅尽天下，方懂得我们在物化的世界中，除了接受与对抗，还有那么多思想与精神的留白值得去追索。这就是文学，这也是作家穷尽一生所追逐的所谓创作。

陈　彦

曹林燕，女，陕西蓝田人。先后在《延河》《奔流》《时代青年·悦读》《山东文学》《经典美文》《青年文摘》《西藏文学》等期刊上发表作品，曾获第三届丝路散文奖、第四届长安散文奖，著有散文集《从故乡出发》等。

序

胡竹峰

　　我在拙作《雪下了一夜》给曹林燕题签时，集了两则古人句子："林光虚霁晓，燕草如碧丝。"前一句出自唐人林滋《春望》：

　　　　　春海镜长天，青郊丽上年。
　　　　　林光虚霁晓，山翠薄晴烟。
　　　　　气暖禽声变，风恬草色鲜。
　　　　　散襟披石磴，韶景自深怜。

　　读曹林燕这本散文集，亦如春望——小村的夜晚，淅淅沥沥下了一夜春雨。早晨，雨过天晴，晓色清明，远远望去，山林浮动着薄薄的天光，一幅虚澹的美景，缥缈神奇，如梦如幻。"燕草如碧丝"，出自李白的诗《春思》，后一句是"秦桑低绿枝"，可视作"兴"。诗中兴句就眼前所见，信手拈起。

　　曹林燕的《人间时光》，风味犹如春日碧绿的草、碧绿的桑叶。好文章有一片绿意。草木葱翠的气象让人心安，也让

1

人心生憧憬。

很久未读当下的散文随笔了，秋日午后得闲翻翻曹林燕的集子，便翻出心安，翻出了憧憬，对自然的憧憬。恍惚书里生出了几叶藤萝，又恍惚飘出几缕茶香，春茶的香。

曹林燕是陕西人，笔下常有江南小桥流水的风致，那是一脉书香供养出的景色，也是锦绣心使然。字里行间，不时有生活稼穑气息，是阅历使然，更是观察与留恋的缘故。她看得真仔细，我欢喜这样的白描：

"一家人围着一张简陋的饭桌，大口大口地咀嚼着油锅盔，吸溜吸溜地喝着玉米粥，吧唧吧唧地就着萝卜缨子酸菜，在清淡、简单、充满幸福和烟火气息的乡间岁月里得到一种生活的满足。"

这一家人有我当年的影子，也有几万万的一家人的影子，弥漫其中的人间时光，又温暖又怅惘。曹林燕下笔多是回望，不经意的回眸，让人看见了眉梢的温暖与怅惘。她深情，也足够恳切，温润细腻地写出那些人间美好，针脚绵密地叙说了一些家里家外的事、村里村外的事，倒映出如水时光的惘怅。当年虽简陋，亦曾繁花似锦；而今回望，唯有满目萧条。

个人史、村庄史何尝不是人类史？文学编织的年轮又美又有艺术张力。

二〇二一年十月十二日，合肥

目录

第一部分　故　乡

风景的深度

　　当我开始抚摸我的故乡时，疙瘩爷正把洋峪川赶进一群羊的肚子里。羊的脚下踩着厚厚的秋天，秋天正好路过我们的村庄，二龙山就被它染红了，竹林畔、堡子坡就变成了黄色，连我们的房子、庭院也全让一片金色包围了。

　　风吹老了山墙外的石头礅子，太阳把石头礅上坐着的人们晒黑了。一些人家的屋顶上，呼啦呼啦地飞过一群鸟雀。秋天，开始了它对一个村庄的深情叙述。

　　洋峪河正慢条斯理地流着，它在深秋里完全没有必要赶急，一大群刚从堡子坡或者沙嘴山上暮归的牛羊就要走过来喝水，它得趁机同它们亲热一番，或许在交流中能打听到许多它所不知道的新鲜事。比如放牛的生田时常会躺在山坡的草丛里睡着，就在他喉间发出粗犷的呼噜声时，有几只黑色的小蚂蚁正在他身上爬来爬去，一只油亮的小蛐蛐也快速从他脚边越过……那时麻五正背了一大捆新鲜的野藤枝从林子里走出来，他的上衣口袋里还揣着一些成熟的酸枣和红茅莓。疙瘩爷呢，手里一定会甩着一根细长的荆条，对着跑远的羊群大声地吆喝着……天蓝得透亮均匀，一点杂色都没有。

　　南山显然被一片缤纷斑驳的色彩包裹着，由远及近，颜色一层一层、一片一片地晕开，像固执的洋峪川馈赠给自己的快乐曲风，排山倒海似的铺陈而来……

河滩上离离的红柿子挂满了枝头，大路两旁的白杨林，层次分明地站立出一道冷郁与清丽自然结合的风景。那时，村庄的上空也分明升腾着一缕缕袅袅的白色的炊烟，炊烟缭绕在蓝色的天空里，疙瘩爷站在山坡上就能闻出炊烟的属性来。

其实，不用牛羊陈述，洋峪河自己在整个秋天所看到的温暖农事，足以让它回味一生。当它一路流淌途经广阔的田野时，密密匝匝的玉米林连成了一片，硕大的玉米棒子纷纷从叶片下探出头来，试图在说服一个饱满季节，耐心等待。

大片大片的棉花将自己摊晒在太阳底下，白花花的，直晃人眼；芝麻老了，籽粒在硬壳里发出噼里啪啦的声音，在阳光的抚摸与时间的催促下，它们显然已经有些不耐烦了。而黄叶纷披的大豆多少有些潦草，它们裸露着鼓胀的肚皮，随时准备着分娩。

洋峪河有足够的理由相信：作物是作为更为具体的风景在田野上出现的。

在广阔的洋峪川，在整个秋天，所有属于洋峪川和秋天的东西，都属于大地，它们是大地的词条，无一例外地依照着季节的变化规矩而行。在时间的陷阱里，所有依照季节被农民种植在洋峪川的庄稼，一定有着难以启齿的隐忍成分。它们可能是饥饿与贫瘠，或者是落后与荒凉，但它们在成为大地的词条之前，都曾经路过一个村庄，并最终决定在村庄里住了下来。它们相信，村庄就是一首浪漫而严肃的诗，在时间的陷阱里越陷越深，终有一天，它们会深到生活的底色里，成为大地的一部分。

不知道洋峪河思考过我父亲的秋天没有？

当他用一头耕牛牵引着犁铧走向遍布鬼针草与野菊花的田野时，他的神情肃穆而凝重。他曾无数次地丈量过洋峪川的土地，哪块薄田一年能打多少粮食，哪面高坡一季能产多少菜油籽，哪条山沟一天能喂养多少牛羊，他都计算得很清楚。

他在厚厚的秋天里，汗流浃背地赶收着一地玉米，他要将它们运回村子，剥了皮衣，挂在庭院的木头架上晾晒。他喜欢它们透着成熟的金黄色，饱满、昂扬，就像他征服了一片土地的艰辛和激情瞬间被一种快感和喜悦所情绪化一样。无论如何，他相信，阳光在院子里打滚的时候，他已经完成了一个秋天里所有关于玉米的劳动。

现在，他可以暂时坐在院子里悠闲地喝一杯茶，或许喝完茶还要吸一阵子烟。没关系，他完全可以眯着眼睛慢慢地喝茶或者吸烟。隔壁的小黄狗可以照例过来转悠，家里的母鸡们可以肆无忌惮地在玉米架下跑来跑去……

吃完午饭，父亲要去河对面的坡地里收谷子。春天的时候，他花了整整一个上午的时间，用铁耙搂去那块坡地上被他锄出的杂草，然后再用耱子细细地过了一遍又一遍，直到他满意为止。那天，他累得筋疲力尽，一个人坐在坡地上呼哧呼哧地喘着粗气。

他早早地在春天里就为秋天做好了打算。

秋天需要收割、耕种，园子里的菜地还需翻新、秒打、平整。父亲将自己陷在田间与草木之中，他与土地言和，与黄牛亲密合作，他学会了用孤独和寂寞打发时间。在与田野的长久相处中，善谈的父亲，语速渐渐变得缓慢，表达渐渐变得笨拙，刚开始，他还和牛说话，和草木花叶说话，后来，就彻底不言语了。他用沉默守着节气，规矩地耕种、收割，依照着四时节气与草木庄稼过着平静的日子。

他的身上似乎拧着一股子倔劲和坚强，他不甘束手坐在贫穷的阴影里，等待命运的遭遇将他连同一个村庄一起吞噬。他在洋峪川的风尘里，努力爬上时间的山头，远远地眺望他的希望：那是晒场上被秋光包裹的一堆新鲜的秸秆，那是庄稼地里被鸟雀遗漏的一粒生动的种子，或者那是他在后沟里栽种的花椒林里散发出的阵阵麻香……总之，他已经将自己典当给了土地和生活，与洋峪川的村庄一起变成了时间的人质和过往。

他偶尔会自言自语，说家里那头老黄牛就是他的命根子。

可是一年下来，地里的庄稼还不足以养活一家人和一头好的耕牛。

人总是在与牲畜争口粮，人在出苦力，牛也在出苦力，最终人把牛的那份口粮剥夺了，以至于牛在饥饿时被迫去吃路边带了露水的青草，便闹了肚子。父亲会在地上生一堆火，把自己的一只布鞋脱下来，将鞋底放在火上烤热，用它不停地抚摩牛肚子，有时也会将爷爷倒在后院的中药残渣捡拾起来再熬了给牛灌下肚去，这是农村的土方子。

父亲在乡间的老屋里心甘情愿地给牛梳毛、添料。他跑遍了洋峪川的沟沟壑壑，拼命地割草。我常常能嗅到父亲身上裹挟着的泥土与青草的清香，也能听见他身上的骨头在风中呱啦呱啦地响……

他脚下生风，仿佛从来不知疲倦。

或许在父亲的眼里，未来总有无限葱茏的日子在他脚下候着。

　　他栽了很多树，他说树就是最好的村庄，人是不能亏欠树的。他在门前栽的几棵白杨树，总是在秋天里哗啦啦地唱着歌，有时父亲手里攥着几根用来捆绑大豆秸秆的草绳，对着白杨枝头哗哗作响的黄叶直笑；有时风会送几片黄叶给他，父亲直摇头，但还是笑。谁也不知道他为什么笑，也没有人问过他的笑里面到底有没有过他自己。

　　或者有，谁又知道呢。

　　当黄昏将他淹没，暮色总在他之前赶回了村庄；当黑暗打湿了他忙碌了一个秋天的思绪时，我看见父亲清瘦的身影总会被晃动的灯光拉得很长很长……

　　这是很多年以前的故事了。

　　现在，父亲带着他的故事和他的村庄随风远去了……

　　我曾经很恐慌，我在风中寻找过他的影子，风让我去村子里找他，它说村子里有我们的老屋，老屋的山墙外有我父亲垒起的旧事和一个村庄的隐秘；风还启发我应该去田野里找他，它说田野里有我父亲躬身耕作时回荡的过往。

　　我去看望父亲栽下的白杨树，它们仍在风中哗啦啦地唱着歌。我想起父亲曾经说过：树就是最好的村庄，人是不能亏欠树的。

　　可是现在，人还是亏欠了树。它们最终替人留守在村庄里，维护着一座村庄曾经的尊严和秘密。

　　人们可能不知道，那些树的歌声永远地留在了我父亲的故乡里。

黄　昏

当然，只有在黄昏的时候，少年的心才会彻底安静下来，同时也会真正骚动起来。少年只能属于洋峪川，属于黄昏以及黄昏里的一切。

当他开始与黄昏对视时，他下意识地将一抹黄昏弹在了自己的脸上，还要留给鸟儿。一些鸟儿在空中独自飞行，一些鸟儿已经归巢。

洋峪川的黄昏就是这样的，它送走了一天漫长的劳碌和背影，然后贴着南山的山脊和村庄的屋顶，起落着暮色，慢慢向大地袭来……

少年静静地躺下来，躺在堡子山下的洋峪河里的一块大石头上。

他大概已经忘了，牛羊还在山上。无所谓啦，它们自己会找到下山的路，它们自己也会回家的。他经常将它们丢在山上，自己一个人躺在山下的洋峪河里的某一块大石头上假装睡觉。那些扇着翅膀在空中飞行的鸟儿，有很多是被黄昏的虚张声势欺骗过的。黄昏让它们变得眼力不济，天空开始被暮色咬住尾巴，南山开始变得危险逼仄，树林开始变得幽暗模糊，田野开始变得空旷低垂……许多东西开始被黄昏押解着，暮色蜂拥而至……

鸟儿们急急地往巢穴里赶。它们真傻！少年在心里暗暗地说。

他相信他有鹰一样锐利的眼光，在洋峪川的黄昏里，他的视力能够穿透一切，就像他的心灵能够洞悉洋峪川黄昏里的一切一样。

他看见那些匆匆归巢的鸟儿在天空中留下的神秘划痕，那是一种优美的弧线状划痕，他目光能够抵达的地方，都是黄昏给予他的美好暗示。

多么丰沛的黄昏，多么丰沛的时间，少年有足够可以想象的空间，有足够可以快乐的时间去奔跑。

他看见炊烟开始在村庄上空袅袅，那炊烟有着遥远、神秘又模糊的属性，那种属性来自一个村庄的自信和安静。它们亲切、单纯又清新，因为黄昏的到来，它们最终变得遥远、神秘又模糊。

他将黄昏弹在脸上，一副很老到又很稚嫩的模样。

这是一个人的黄昏，也是许多人的黄昏。

洋峪川的黄昏里，有许多如他一样漫无目的的人们，他们总在田垄上转悠，只是转转而已，有时背着手弓着腰，有时腰间系根草绳，有时手里握把铁锄。可能他们在看土里的墒气好不好，可能他们在看田里的禾苗长高了没有，可能他们在看地里的杂草清除干净了没有。总之，他们只是转转。

她们在河岸上或者石桥上静静地站着，对，只是静静地站着，不知道她们在想些什么。有的挎着个草笼子，草笼里没有青草或者树叶，放了一些小南瓜，一些红辣椒，一些西红柿，一些茄子或者黄瓜、葱什么的；有的挑着两只空的水桶，水桶在两侧晃来晃去；有的端着个塑料盆，盆里放几件脏衣服。她们的身影被黄昏拉得很长很长，像被夕阳雕刻的美术作品一样好看！她们也会在河滩上静静地坐着，可能是片刻的歇息吧，她们不说话，只是歇息一会儿。她们更多时候会在河里挑水、洗脚泥、洗衣服、洗头发并且偷偷清洗她们的脸蛋和整个隐秘的身体。

少年认为他们和她们的表情如同他们和她们的劳动一样：安生、简朴。那么他自己此刻是什么表情呢？他没有答案，因为他看不清自己的表情，也触摸不到自己的情绪，他安静而且骚动。

但他觉得他们和她们始终如他一样，在黄昏里，都是幸福而漫无目的的。只是这种幸福一直深埋在洋峪川的土地里，通过几代人的汗水、抗争和牺牲才顽强地努出、生长并且成熟。

而此刻，他们共同的幸福只是一种漫无目的。

少年这样想着，忽然从大石头上一跃而下，将自己的头部整个浸在洋峪河的水中，这是他一贯的举动。他非常喜欢并且非常陶醉于将自己的整个头部浸在洋峪河水中的感觉，天晴的时候，洋峪河里有蓝天和白云，有山影、树影、草影、人影和游鱼虾虫的影子。洋峪河里的天比头顶的天更蓝更透明，洋峪河里的云比头顶的云更白更纯洁，洋峪河里的山比眼前的山更挺拔更伟岸，洋峪河里的树呀草呀自然也比河滩周围的树木野草更绿更清新。总之，洋峪河里的世界很美。

少年不知道他自己的影子在洋峪河里是不是也很美，但他能够肯定的是：现在，黄昏在洋峪河里一定很美！黄昏呀，它就这么安静地泊在水中，它就这么不安静地晃动在水中，那金色的余晖呢，早已将洋峪河染成了金色，那些还在空中飞行的鸟儿、那些已经归巢的鸟儿、那些被暮色包裹的村庄、那些悄悄竖起的炊烟、那些和少年一样漫无目的的人们，还有那些还在堡子山上逗留的牛羊们，现在，一切都属于黄昏了……

当然，世界上所有的黄昏都在这里了。

少年认真地想着，他将头从河水中抬起来，他看见南山正端庄地矗立在他的眼前。多好的南山呵！南山里郁郁葱葱的树林，一年四季乔柯丛立；南山里有缠绕不清的藤葛架蔓，里面藏了无数的果子野味；南山里有笼罩成海的灌丛，里面藏了无数的雀鸟跑虫；南山里有锦绣成片的高山草甸，草甸上有无数不知名的仙草奇花；南山里有嶙峋叠生的怪石，怪石周围生长着无数珍贵的草药和成片苔生的蕨类；南山里有许多淙淙流淌的小溪流，它们是浐河源头最清澈的支流……

那些总喜欢将树梢拧聚一起做成高窝的狗熊，那些悄悄盘踞在树枝上伺机捕食的花豹，那些整日隐秘出没的野狼，那些远远地看见人就不停喷响鼻的狍子（矮鹿），那些温驯的总在悬崖上攀登的黑山羊，那些动作敏捷样子可爱的野狐狸，那些总是偷偷跑出南山把洋峪川的玉米地压倒一片又一片玉米秆的山猪，那些小狗一样大小的獾子，那些一遇到危险就将身子团成一个刺球骨碌碌滚下山坡的刺猬，那些小心翼翼总竖着耳朵的野兔，那些一受到惊吓就从草丛里飞起扑棱棱扇着翅膀淋下一片水珠的野鸡，还有那些总是在高空中盘旋、俯视大地的鹞子……

南山里的好东西实在是太多了：秋天的八里炸、五味子、山葡萄、毛栗、橡子、野核桃、野花椒、猕猴桃、山楂、无花果……它们都是少年曾经填充肚皮的人间至宝。

少年想起爱花的母亲，每次进南山采草药，她必是要带回许多好看的花儿来，比如野杜鹃、百合、野牡丹、野芍药、野菊花、野蔷薇，还有野黄花（萱草）、石竹花什么的，反正他是叫不上名字的，反正都好看。

那时母亲还会经常攀到高处，去采摘那些长在大石头缝里的神仙草。它是一种可以制作凉粉的植物，叶子呈长而瘦的椭圆状，带着淡淡的清香，捏在手里黏黏的，很是新鲜。

夏天的时候，母亲常常用神仙草叶子给家人做凉粉吃。她将那些叶子清洗干净了放在大铁盆里，用滚热的开水一烫，然后用力搓揉，让它们的胶汁与水融合在一起，将漂浮在水面上的白沫用细罗过滤后，剩下深褐色的糊状汁液交给时间去凝固。经过五六个小时的耐心等待，那些深褐色的汁液就会像变魔法一样变成豆腐状的凉粉，透明而有动感。母亲用刀将它们划分成许多方块，泊到清水里漂着，想吃的时候捞出一块放在手掌心里切成小块，溜进布碗里，调些芥汁、酱醋、味精和盐巴，撒些蒜末，放些油香的韭菜丁和油泼辣椒，轻轻搅拌一下，舀一勺入口，光滑、绵软、清爽、筋道，有微微的苦味，但很沁香。那种美妙的感觉，从舌尖一直氤氲到喉间……少年很享受这个过程，在他看来，母亲用神仙草叶子做的凉粉是世界上最美味的食物。

当然，他也不得不感慨南山给予了他童年这么多的宝贵馈赠。

当黄昏的影子牵引着暮色渐渐向他走来时，他看见洋峪川的田野和树木花草的脚跟都在黄昏的暮色里自觉地衔接起来，南山也与天光衔接起来。南山驮着浓郁的暮色，南山也驮着远方。远方在山的这边，也在山的那边。远方有什么？少年安静而认真地思考着，他的内心在黄昏里一直骚动不安！

　　他想到父亲，父亲年轻时曾走南闯北，一定知道远方有什么！十岁之前，少年离开村子去得最远的地方就是洋峪川的焦岱镇，他经常随母亲去镇子上赶集。焦岱镇是方圆一百多里最大的集镇，镇上卖什么的都有：果蔬熟食、衣服鞋帽、布匹纱棉、日用土杂、玩具杂耍、粮食土产、鸡狗牛羊、农具木头，还有茶酒饮品，等等，可谓五花八门，应有尽有。

　　少年记得焦岱镇逢农历三六九日有集市，人很多，总是摩肩接踵的，从街头到巷尾，挤得满满的。镇子上的能人很多，九佬十八匠（九佬指劁猪佬、补锅佬、摸鱼佬、剃头佬、杀猪佬、磨刀佬、修脚佬、挑水佬和推车佬，十八匠指金银铜铁锡石木雕画泥弹篾机织瓦染漆皮等诸匠），干什么的都有。他觉得很新奇，很好玩。赶集无非就是去镇子上凑凑热闹，人看人，馋嘴了，远远地瞅一瞅那些好吃的，偶尔母亲也会给他解解馋，这绝对是一件非常有趣的事情。

　　以前少年总认为洋峪川的焦岱镇就是他的远方，后来听在西安工作的父亲说，洋峪川之外的世界很大，有许多繁华的大城市，大城市里有比焦岱镇上更好玩的东西，西安就是其中的大城市。少年央求父亲带他去西安玩，父亲后来带他去了几次；少年又央求父亲带他到西安之外的大城市去玩，父亲说：等你长大了，自己去闯一闯吧！

　　少年记住了父亲的话，他得努力读书，努力长大，他要到洋峪川之外的大世界里去闯一闯，远方对于他有着无法抗拒的诱惑！

　　他不明白走南闯北的父亲为什么总是那么面黄肌瘦，又为什么常常沉默不语。父亲每次骑着他那辆破旧的"二八"自行车从城里赶回来的时候，身上总是汗津津的，脸上永远带着一种淡淡的愁容，老像怀揣着许多心事，很严肃。他不敢像他年幼的妹妹和弟弟那样去跟父亲撒娇，去肆意地翻腾父亲车头那个鼓囊囊的粗布袋子。

他觉得自己长大了，该为父亲分担一些事情了，比如夏日的麦场上，他经常会帮着父亲去守麦垛。

那时的夜空多美呵！月亮像圆盘一样总在头顶上晕晕地镶嵌着，稀疏的星星隐在远处一闪一闪。南山、树木、房屋和麦场都被晕晕的月色和稀疏的隐闪的星星包裹着，朦胧而静谧。一阵凉风吹来，少年的衣角被轻轻地撩了起来。他躺在竹席上，听见麦场四周的草丛里传来唧唧的虫鸣声……

麦场上守场的男人很多，有些袒胸露背地仰躺在凉席或者布单上，有些怕蚊虫叮咬干脆钻进装粮食的长条布袋子里。那些钻进袋子里的人，喜欢只露了头和脖子在外面，后半夜里睡深沉了，有的会被野狼咬住喉咙悄悄拖走……第二天，人们寻不见他，只看见麦场上有被野狼拖拉留下的拖痕，顺着拖痕去找，在后坡上看见一些血迹和残破的布片，人早就没了！

父亲很担心少年，会在后半夜替换他。少年觉得夏夜的月色虽然很美，但守场的确有危险时时存在。

洋峪川的野狼多而狡猾，它们会用鼻子贴着地面学小孩哭啼，也会模仿人吹唢呐。它们常常借着夜色的掩护，偷偷隐藏于村庄周围的某一个暗处，突然袭击人畜。狼的叫声拖得长长的，在空气中卷起了旋涡，将洋峪川的村庄一点点覆盖。少年既害怕又憎恨野狼，但他不得不承认：狼性里的执着和勇敢是他必须学习的。

　　他必须执着地向往远方，他必须勇敢地面对洋峪川的贫穷和闭塞。

　　而现在，他只属于洋峪川的黄昏，因为一条洋峪河，他终于得到一个黄昏和一个村庄。

　　少年不知道母亲此刻在干什么，也许她正在家里准备一家人的晚饭，也许她正在帮对门的荣家婆婆抖芝麻粒。荣家婆婆门前的那棵百年皂角树身上长满了厚厚的绿苔，毛茸茸的。在秋天，高大的皂角树上挂满了新月般的黑褐色皂荚，像挂着满树的风铃一样好看。

　　那个满头银发、眉毛上挂了笑意的荣家婆婆呢，平日里总捣着一双小脚，慢腾腾地从她家的小磨房里走出来。她家的磨房在后院，里面光线不太好，一个石磨子，一柄推磨棍，牛永远被罩着眼睛绕着石磨子转圈圈。一盏昏暗的煤油灯在磨房里一闪一闪的，人和牛的影子在地上拖得很长很长……

　　穿过荣家小磨房和前院，就到了村子的前街。街中心是曹家大院。曹家那幽暗的巷道里常常藏着许多的不确定，譬如偷苹果的武胜和扣娃被看守果园的王二逮个正着。十几个还未完全成熟的小青果正好放在曹家幽暗的巷道里的某一个不显眼的角落，人证物证俱在，武胜和扣娃晚上准会被他们的父亲揍一顿！

　　武胜的父亲是村上的大队长，他铁面无私，不会包庇自己的儿子，武胜挨揍时哭得很惨。扣娃则不一样，他家是村里独户，他是瞿家的独子，他奶奶护孙子护得紧。扣娃刚挨父亲一脚，奶奶便上前护短，张嘴就将儿子满仓骂得狗血喷头。

　　扣娃总是很得意，他常向他的小伙伴们夸耀他的奶奶有多么疼

人间时光

爱他。

扣娃的小伙伴很多，他常常邀请他们到他家的园子里去玩。

瞿家园子很大，前面是花园，中间是菜园，后面是个小树林。树林里有榆钱树、白杨树、柿子树、香椿树、桑葚树、梧桐树、核桃树、石榴树，还有大槐树。扣娃和村里的小伙伴们总喜欢在小树林里捉迷藏、挖蚯蚓、摘榆钱、捕鸣蝉、采桑葚、拍臭大姐（一种虫子）、打核桃、摘柿子和石榴。瞿家奶奶总是站在树下呵斥着孩子们，骂他们是野猴子，骂他们是害人虫，她兀自在园子里骂着，孩子们尽管在园子里疯着，没有人害怕她。

当然，少年曾经就是瞿家园子里被扣娃奶奶骂过的一个小坏蛋。

瞿家奶奶后来去世了，瞿家园子里玩耍捣乱的孩子们也渐渐不甘心只在那个园子里出没了，山坡、田野成了他们的广阔天地。他们开始帮着家里人放牧，他们喜欢在村南的高坡上放牛放羊。

那时，他们将牛羊赶上山坡后，在高处找一块相对平坦又能看见牛羊的地方玩扑克牌。他们总是玩得不亦乐乎，忘记了自家的牛羊。牛羊在山坡上悠闲地吃着草儿，吃着吃着，它们就翻过洋峪川的山头，吃到山那边的岱峪领地了。

山那边的牧童用草绳拧成的长鞭拼命地驱赶着洋峪川的牛羊，他们高声地叫骂着：不要脸的洋峪川，又来侵占我们的领地！

声音传到山这边来，惹怒了正在玩扑克牌玩得津津有味的洋峪川人，他们放下纸牌，冲到高高的山梁上，两个川道的孩子们便在山头正式拉开了阵势……

洋峪川的放牧群人多势大，每次都能占上风。那时，少年总是最勇敢、最有智慧的一个，他不但帮着洋峪川的伙伴们领回了自家的牛羊，还让岱峪川的孩子们向洋峪川的孩子们赔了礼道了歉，维护了洋峪川的尊严，这无疑是一件令人非常振奋的事情。

少年的伙伴们从此拥他为孩子王。

胜利后的孩子王，总是得意地站在山坡上，他居高临下，非常惬意地欣赏着自己的家乡。

一条银练从南山脚下环绕而过，在洋峪川广阔的田野上曲折迂回，潺潺流淌，那是美丽的洋峪河。河流两岸，散落着大大小小的村庄，村庄被浓密的树林遮掩。几道坡梁起起伏伏，蜿蜒盘亘，中间夹着一座长岭，犹如飞龙横卧，衔云吐雾，脉接天相……

洋峪川的美让少年的目光永远无法回避！

他眺望南山，他看见月牙山上的花木点亮了山巅；他俯视平川，他看见洋峪川的庄稼林统领了田野。他相信自己与洋峪川的每一株花木相逢时，他的内心都是一种游历；他也相信他的情绪会永远跟随着庄稼林的情绪弥漫在洋峪川的大地上……

而现在，他的世界只属于黄昏，世界上所有的黄昏都在这里了。

少年在黄昏里安静而骚动地享受着洋峪川的一切，他为自己酝酿着远方，编织着未来，也为洋峪川固守着种种美丽。

此时，他猜想堡子山上的牛羊已经填饱了肚子，它们在下山之前一定也会如他一样，静静地站在山头眺望一下。牛羊心中也有黄昏呀，它们的黄昏会如自己的黄昏一样吗？少年没有认真想过这个问题。

他只知道，在牛羊静静伫立或者犄角相向时，他的黄昏正好路过它们的黄昏，就如那些在天空中留下隐秘划痕的鸟儿的黄昏正好路过他的黄昏一样。

少年抬起头再一次仰望天空，他希望自己能够变成一只雄鹰，展翅飞翔，飞向远方……

多年之后，少年将他的黄昏和他的洋峪川变成诗歌送给远方。这个少年，便是我哥。

村庄里住着一个人

夏天的时候，洋峪川常常淹没在一片绿色之中。只有到了冬天，等那些树木都落光了叶子，洋峪川的骨架才在雪天里影影绰绰地显露出一些轮廓来。

雪勾勒了一个村庄的大致模样，站在远处，连南山都变得模糊不清了。

村庄里住着一个人，我想，他可能就是我的父亲。一些昏暗的光线正贴着他的身体，粘在他蓬乱的头发上。他只顾埋头编织他的荆笼。冬天，他需要一个足够大而结实的荆笼去装运他攒了一个季节的干粪，然后把它们均匀地撒在麦田里，适时地给地里的冬麦追一次肥。

此时，他的脚下正踩着一个用粗荆条做好的经纬底座，他的身旁放了一些用水浸泡过的藤葛和一大堆长短不一的荆条。编荆笼的时候，那些荆条像变戏法一样在他的手上绕来绕去，他神情专注，编完一圈再添荆条编另一圈，他不停地转动着笼座，不停地用短木棒敲打，有时还会用双手用力地去盘压。

他提前准备好了一根胳膊粗的柏木棍，放在火上烘烤后去了树皮，然后将木棍拢成一个"U"形，再用几根葛藤把两边牢牢地固定住，这样，一个笼襻便做成了。

父亲把底座编得差不多了，便将"U"形的笼襻拿来固定在底座下，先用粗的荆条包裹着笼襻的两边编织，一圈一圈，大概编到三分之一的高度时，他换了细的荆条继续编织，依旧不停地转动，不停地敲打，不停地盘压……直到最后收了笼沿，他仍不放心，还用藤条再细细地收一遍。

父亲终于可以坐下来休息一会儿了。

他满意地欣赏着他的杰作，他的满是皱纹的脸上，正流淌着一种自豪。他嘴里吧唧吧唧地喝着滚烫的茉莉花茶，很是惬意。

茶的热气和香气同时从他的嘴里呼出，挥去了一些正在他眼前游离的细碎尘埃，而他全然不知，依旧大口大口地享用着他的冬天……

屋外，一些阳光正荡在树梢上，被叽叽喳喳的鸟雀衔去了一部分，剩下的全去映照了白雪。雪亮得直晃人的眼，逼得鸟雀们也无法靠近。

父亲喝完一杯茶，还要习惯性地再吸上一阵子烟。青烟混合着一些热气在他的口鼻之间不断地萦绕，他间或会用手指捏着烟把抖一抖烟灰，于是青烟便也会在他的手指间萦绕。那些被抖落的烟灰，像一阵白色的小旋风，很快地旋到别处，倏忽间就不见了……

父亲在冬天里编了很多荆笼，这是他在乡间劳动的一部分。大雪封山以前，他还会去后沟护林。护林是以前疙瘩爷教给他的，疙瘩爷在世的时候，堡子山、沙嘴梁、后沟以及竹林畔的林子里都有他护林时留下的脚印。他是一个有趣的老头，一年四季，总是乐呵呵地吼着秦腔，见人就打招呼，一张口就咳嗽。他天生驼背，腰间插一根细长的铜烟锅锅，走路慢腾腾的，带不动一丝风。

那时护林很简单，就是满林子里转一转，用砍刀除去一些小树的杂乱枝条，给生虫的老树刮皮喷药。药是疙瘩爷用食醋配制草药熬成的，有时驱虫效果并不好，就得去镇子上买农药兑水喷。

只要没有人在林中生火，偶尔有外村人偷着砍伐一些小的树枝拉回家当柴火烧，疙瘩爷也是不介意的。他常常会挎个荆笼，拎一根竹箍子就独自进了林子。林子里有很多落叶，他就用竹箍子一点一点地搂。饿了，就啃随身带的黑馍馍，渴了就喝林间的溪水。那时，天空中有闲得打盹的云朵，林间有不知疲倦的鸟鸣。休息时，疙瘩爷就会一个人在野外吼秦腔，然后他的声音就盖过了那些不知疲惫的鸟鸣。

疙瘩爷一生最引以为荣的事就是有一个能干的外甥。他外甥是洋峪川任家村的后生，名叫武胜，是十里八乡有名的制瓦匠。

武胜做瓦坯的时候真是一丝不苟，从前期的挖土、筛磨、浸泡、踩泥，到制泥膏，一点儿都不马虎。他选用当地黏性很强的黄泥巴做原料，将黏土里面的沙土和杂物挑去后放在水里浸泡三天，然后脱了鞋袜花费一天的时间亲自在泥里踩踏。等到泥土有了韧性，武胜就一层一层地把它们堆积起来，用泥刀把泥坯仔细地切成方块，再运到泥棚里。他用木板蘸水反复进行拍打，直到泥膏表面变得平整光滑了，最后才会用塑料布将泥膏严实地包裹起来，以防水分流失。

开始做瓦坯了，武胜身上穿着皮围裙，用钢丝弓熟练地从泥膏上切割下一块大约两厘米厚的泥坯料，双手从两头一拖，快速将坯料围在转盘上的桶式模具上，去掉多余的泥料，然后左手转动模具盘，右手用一个木制工具上下盘压拍打，其间还不停地用泥刷蘸水刮平……那时的武胜，仿佛就是一位伟大的艺术家，泥巴在他手里瞬间就会变成奇妙无比的艺术品。他挥动着手臂，无比娴熟地旋转、拍打、平磨……那种节奏，那种流畅，让谁看了都惊叹，都羡慕，都嫉妒！

阳光在那个时候抬高了河流和天空，把村庄晒成了咸鱼片，也将武胜连同他的背影晒成了黄泥巴。武胜浑然不知炎热和疲倦，他高大的身躯在泥棚中快乐地舞动着，嘴里哼哼唧唧地唱着歌，不过他的歌声只有他自己能听得懂，断断续续的，像是受了潮的磁带，模糊不清。

但武胜一点儿也不在乎！他只是用歌声来打发他的寂寞。

他觉得自己就像乡间的一棵大树，长年与一些村庄相互瞭望着，热风一遍一遍地从他的身边经过，他相信风一直握着他的名字，让他在乡间穿越一种苍茫，保持了一个农民最好的姿态！

他这样想着，就完全地陶醉在自己的艺术世界里，在炎热的夏天，他把一个村庄摇得迷迷糊糊、昏昏沉沉，村庄在他的歌声里心甘情愿地睡着了……

武胜从来没有仔细地计算过经他的手制作出来的瓦片究竟覆盖了多少个村庄，他只知道，每年夏天，当那些薄薄的暑气开始在大地表层密密冒出的时候，他已经汗流浃背，为一个村庄的屋顶编织了一片又一片蓝天。他经年忙碌，除了种地就是制作瓦坯，他别无长处，只会在乡间种地、制作瓦坯。

他想起了他的大姨哥——王锁权，那是一个沉默寡言的人。他比武胜大了一岁，是洋峪川张家村人，也会一些农村手艺：能盘土炕，打得一手好胡基。

只要秋忙一结束，王锁权就会出去给人家盘炕、打胡基。他是个极其呆板的人，不会跟人开玩笑，也不会唱歌。别人唱歌他也听不见，他耳背。

这样一个没有情趣的人，除了会种地，会盘炕，会打胡基，每天就是吃饭，睡觉，再吃饭，再睡觉。

几年前，他老婆跟一个唱戏的跑了。他始终想不明白：自己会盘炕，会打胡基，会种庄稼，老婆怎么就跟别人跑了呢？是不是这女人嫌他太胖，或者是因为自己对她还不够迁就？总之，王锁权就是想不明白！

一只体格健壮、毛发浓密的大黑狗成了整天与他形影不离的老伙伴，他叫它一声"大黑"，大黑就"汪汪汪"地向他回应两下。它是一只很通人性的黑狗，他的主人走到哪儿，它就跟到哪儿。

白天，王锁权下田种地，或是出村给人家盘炕、打胡基，它就一声不吭地跟在后面。晚上回到家里，王锁权一个人坐在屋子里发呆，它就也发呆。它不会说话，只会"汪汪汪"地叫，叫了也没用，王锁权越来越像个聋人。

但这是它的义务，它必须"汪汪汪"地叫。在它看来，有时候，这是它安慰它的主人、同他进行亲密交流的一种方式。

秋天，王锁权在地里收大豆的时候，大黑在田野里跑来跑去。它喜欢洋峪川的大片庄稼在秋天里悄悄凝作了一缕缕金色的光，那光带着无比湛明的特质，氤氲了整个田野，它与它的主人就这样被乡间的宁静时光包裹着、涂染着，最后抵达大地的深处……

它喜欢那密密的玉米林，喜欢那里面隐藏的一切虫鸣和骚动。

它没有告诉那些硕大的玉米棒子，它曾经发现了某一个早晨的雾气里有些黏黏的感觉，它准备邀请它们一起去那些黏黏的雾气里捉迷藏，然后一起被雾光淹没于某一个秋天的早晨……

它喜欢那白花花的棉花地，喜欢那种壮阔的激荡和温暖的铺陈。它试图说服那片棉花地，在某一个暮色浓郁的傍晚，千万别忘了将最美好的背影呈现给大地。

它仰望南山，南山正被多种秋色洇染，那斑驳的色彩一层一层在慢慢地晕开……

一种快乐开始充满了它的内心。

它在洋峪川的田野里自由自在地畅跑着，它听见芝麻在籽壳里噼里啪啦的爆裂声；它看见高粱穗子在山坡上晕红的脸庞；它路过河滩，看见白菜将自己卷缩得精致有形；它看见一地的胖萝卜被绿叶按在下面，它们试图挣脱，然后不约而同拔地而出……

它听见堡子坡上羊群"咩咩咩"的叫声，它确信羊群是村庄的眼睛，它们站在高处，替村庄巡逻。羊儿们知道哪家的烟囱最高，哪家的粪堆最大，哪家院子里的猫和狗经常打架，哪家门前的草丛里有一大群鸡仔正在觅食……

当然，羊群抢在大黑前发现了风。风是村庄的第一个造访者，也是最隐秘最智慧的一个。风来自大地，它属于大地，更属于村庄。它喜欢溜进祝寨村月娥家的院子里偷看月娥在太阳底下抹袼褙。这是一个极其能干的女人，会抹袼褙，会纳鞋底，会纺线，会织布，还会绣花，做各种女红。风喜欢月娥那张红扑扑的俊脸蛋，喜欢她哄孩子时的温柔和慈爱。

风也会常常趴在袁家村刘海娃家的墙头上晒太阳。有时它看见刘海娃瘫坐在墙根下呼呼大睡，就会伸出手挠一下他的脖子，刘海娃一惊，忽地站起来，大声骂道：谁，谁个狗日的在挠老子？老子翻了一个上午的自留地，还不让老子偷个懒消停一会儿？狗日的！

风哈哈大笑，它瞅着刘海娃耷拉的眼皮和酱黑色的皮肤，心里暗暗发誓：我一定要给他在洋峪川物色一个最厉害的婆娘，管住这个偷懒的汉子！

它开始一个村庄一个村庄地打听。在这个过程中，它不断地记录下了发生在一些村庄里的事情。它学会了跟夕阳告别，与草木亲吻；它替月光卸下窗纱，它为星星积攒了梦境；它曾经路过一扇虚掩的木门，也曾掠过一条长长的街巷；它隔着雾气寻找过一片树林，它带着情绪，突破了雨声的边界；它身上有着一个季节的善变不安，也有着一个村庄的现实说法。

一些旧事还是爬上了它的额头，它开始变得心事绵密，表情沉郁。它想让村庄里所有的日子都站立起来，它想让村庄里所有的秘密都永远成为秘密，就像它最终将我的母亲活成了乡间的一株庄稼，将一棵大树站立成了一位饱经沧桑的老人。

不管怎样，风知道自己就是村庄的一张面孔，它呈现了村庄所有的悲喜哀乐。当太阳在某一个春天的早晨轻轻一晃，当房屋里圈养的几世风霜被一种瞬间的美好所替换，它清晰地记得：村庄里住着一个人。

看不清那个人的样子，风怀疑：那个人可能就是它自己。

大地上的身影

在洋峪川的田野上，我曾看到过一种热爱，它们是一片固执的绿色，苍青浓郁，见天蓬勃。阳光稠密的时候，它们也稠密；阳光稀疏的时候，它们依然稠密。它们像阳光一样长年住在大地的骨子里，以生活的正面或者侧面反复出现在一个村庄的周围。当时间用情绪不断搅动着原野的安静时，当一片土地显示出心事重重的样子时，它们的身影便在大地上开始浩荡而行了。

它们可能是一片森深的树林，大地赋予了它们不同的树种名称：杨树、槐树、柳树、柿树、榆树、椿树、杏树、桃树、梨树、松树、柏树、橡树、漆树、栗子树、梧桐树、苹果树、核桃树、花椒树……

它们可能是一片葳蕤的草丛，拥有世间最卑贱的名字：猪殃殃、狗牙根、牛筋草、马唐草、节节草、棒槌草、狗尾草、鬼针刺、拉拉秧、剪刀草、风车草、马齿苋、婆婆纳、车前草、马刺蓟、艾蒿、猫眼、苦苣、地丁、蛇莓、水蓼……

它们可能是一片茂密的庄稼，人们稀罕地将它们称为小麦、玉米、大豆、高粱、稻子、荞麦、谷子、棉花、花生、芝麻、油菜、红薯、土豆……

它们可能是一片葱郁的蔬菜，因实用可爱而被冠以美名：萝卜、白菜、辣椒、豆角、西红柿、茄子、黄瓜、韭菜、卷心菜、菠菜、蒜苗、葱、香菜……

当然，如果它们有脚的话，它们也可能是一群悠闲的牛羊，可能是一只只跳跃的灰雀，或者是一条条潺潺的小河，抑或是一缕缕袅袅的炊烟……而我最终以为：它们可能就是一群质朴的农民。

我有这样的想法，是因为我总是感觉到童年的故乡越来越遥远，越来越模糊了。我常常为自己有这样的想法而感到困惑和迷茫：我为什么会将这种热爱，最终想象成一群质朴的农民呢？

一

当一个季节被阳光反复陈述时，洋峪川的风正安然地吹荡着树影。光斑灌满了树梢，灌满了纹理密布的骨身和叶脉，也灌满了高低不平的坡岭和大大小小的沟壑。布谷鸟的叫声比任何时候都要显得细碎和殷切，田野里的麦子正在渐渐泛黄，麦芒上闪着耀眼的光亮，彰显着一种昂扬的姿态和诱人的质感。无疑，这是一年之中土地最性感的季节，风吹麦浪，草木弥香，洋峪川的热爱将一波一波地压过汗水和炙烤，在大地上传诵、播撒……

农人粗朴的眉脸，像河川一样一览无余地荡在风中，佝偻的身影齐刷刷地跟在卑微后面，像一片成熟的庄稼，跌跌撞撞地迈向风景的深处。田野的空旷，增加了时间的密度，带着体温的农具替他们发出了声音：嚓——嚓——嚓——那是一种长年惯有的声音，让土地和镰刀有了纠缠不清的秘密，然后通过他们粗粝的手掌和沉重的脚步，严丝合缝地完成了一个季节与另一个季节的交替。

那时，太阳和影子同时显现。

麦秆在麦田里发出"铮铮铮"的炸响声，那声音不断传达着一种急促和迫切，使得包裹在麦壳里的颗粒瞬间鼓胀起来。芒刺直挺挺地刺向天空。翻滚的麦浪在风中脉动起伏，扑向滚烫的阳光。影子与汗水相互扶持着，被潺热的空气不断冲击并吞噬……

蚂蚁无孔不入，它们可以随便在影子上咬个洞，农人豆大的汗珠便会吧嗒吧嗒地掉进洞里，洞和影子随着沉重的脚步贴在地上，缓慢移动……在村庄和村庄之外，没有谁会在意影子的长短和汗水的多少，也没有人仔细计算过影子和汗水在一个季节所付出的重量。人们只在意各家的麦场上今年积攒了多高多大的麦垛子，各家的麦垛子下能打出多少斤粮食。

当落日终于弯腰，暮色愈来愈浓，一个村庄的滚烫白天被他们粗壮的身影拖到了傍晚。

月亮在天空渐渐升起，黑夜替代了白天，虚构了一切。村庄再也摸不到白天的身影，只能从月光下发出的沉重脚步声中辨识它们。夜被月光照映，被风声撩起，他们的喘息声被时间推移着，顺着夜色滑行的光亮，蹿入他们各自劳碌的动作中……

与此同时，风，也悄悄地抽空时间的脚步，抽空夜的脚步，也一点一点抽空他们的身体。他们在白天放倒了一大片麦秆并用长的麦秸秆打了许多麦要子，把一大片金黄的麦子扎成一个个麦捆，装上架子车运回麦场。从傍晚到黑夜，他们一直在小路上踉跄往返着。时间依附着土地，在弯曲的腰身中遁入一种寂寞，然后，寂寞交织着寂寞，淹没了洋峪川的田野、沟坡和山峦。寂寞同样牵引着一条乡间的小路，小路像某种密语，被两旁黑压压的庄稼和草木押解着，不断地淌着热汗，不停地喘着粗气，偶尔会有一阵剧烈的咳嗽声，像极了某些身影的衰老器官，在和贫穷抗争的岁月里，竭力地做着许多克制和隐忍。

堆在麦场上的垛子越来越高，它们的身影高过了房屋，高过了炊烟，也高过了南山的山顶。

当一位皮肤黧黑的父亲，手握一柄大木杈，站在高高的麦垛上，认真指挥一家人搬运麦捆的时候，他一生所遭受的所有苦难，都被汗水浸润的光芒，瞬间融化了⋯⋯

带着芒刺的麦垛，先后经历了摊晒、碾轧、翻场、起场、扬场、揉搓、簸筛、晒场、装袋，终于粒粒归仓。而这个虔诚而辛劳的过程，使得一些农具反复地在忙碌的身影里出现：木杈、碌碡、扫帚、刮板、木锨、簸箕、筛子、推车⋯⋯它们的作用不容小觑。它们在长期与人的躯体接触、磨合中，也慢慢有了人的灵性和温度。

在一个季节发出成熟的呼吸时，农具们被赋予了神圣的使命，它们被农民引领着，在洋峪川的麦场上尽职尽责。它们的身影随处可见，又单薄得微乎其微。

这是它们与一个村庄纠缠不清的关系，也是它们与一群质朴农民亲密无间的关系，土地让它们具有了思想，也具有了生活的惯性和韧性，是生命，也是宿命。

它们是乡间活的身影。

而夏收后的麦场上，只剩下柔软的秸秆和坚硬的麦糠，在太阳底下熠熠发光。人们将它们分别堆摞成一座座小山，以备平时做饭生火或者冬天烧炕的时候用。

那些静默的小山被人们称作草垛，忠实地守候在村庄四周。它们已经习惯了用一种身影去拱卫村庄，而村庄也习惯了用另一种身影去拱卫土地。土地拱卫着万物的身影，所有身影最终成为大地上觅食的蚂蚁。

当归仓后的麦子通过淘洗、粉碎、搅拌、揉擀、刀切以及沸水煮烫的华丽变身，最后演变成为舌尖上的一道道筋道面食时，人们往往忽略了一切与之有关的忙碌和倦意。岁月在嘴唇一张一合的满足中得到磨砺，过去所经历的一切，全为一种甜美所稀释。孩子们日益增长的个子和日益强壮的身体，让清苦的乡村生活悄然凝固成一种恬静的时光，父母在田埂上躬身耕作换来的饱满，足以让一家人欣慰一整年。

这是乡村最简单的一种幸福。

二

秋天快要接近尾声了。

阳光恰如其分地迎合了季节的需要，与谷物打成一片，在洋峪川努力营造出一片壮阔的光影画面。大地散发着成熟的气息，草影和树影通过色彩的变化，清晰地将密匝的庄稼从田野里分割出来。物与象在时间的界限里自然抵达并且集结相融，像思绪延伸的秘境，在风景的深处铺展着一场深情的叙事。

只有人与庄稼、村庄与庄稼会在默契中共同呼吸，共享一种丰收的喜悦。

　　秋天的沉甸与丰厚通过农人的身影传递在一个村庄的周围。这个过程带着无比鲜明的饱满和耐力，将土地与村庄的内质深埋在时间之中。

　　玉米上了木头搭的横架，一层一层，黄灿灿地挂在农家的小院里。几串红辣椒打着圈结随意地吊在屋檐下。悬挂稻草把子的一根细铁丝被两棵胳膊粗的白杨树牢牢地襻在半空。低矮的院墙头晾晒着一些还沥着潮气的黄豆秆，豆角还在上面未曾摘取。院子中的大片空地上铺着几张竹席，席子上全摊着白花花的棉花朵儿。一些抖了粒的芝麻捆整齐地码在墙根下，心有不甘的鸡群们抻长了脖子在芝麻秆下搜寻，试图从芝麻壳中捕捉到几颗遗漏的芝麻粒。它们歪着脑袋，豆眼十分专注，忽然发现藏着的颗粒，尖而硬的嘴猛地探进芝麻秆上的硬壳里去啄取，弄得那些芝麻捆在墙角沙沙沙地作响……

　　谷穗已经铺到了大场上进行晾晒，为了防止牲口家禽以及鸟雀偷食，小孩被唤来看场。小孩一会儿坐在一个小木凳上，低头看自己的影子，好像很矮，小孩不高兴，又站起来看，自己的影子很长，长过小木凳，一高兴，脱了鞋，在谷穗上踩，软软的，脚底直痒痒。稻粒有些硌脚，不好玩。不过影子好玩，随着小孩的移动也发生着有趣的变化，影子追着小孩在大场上跑来跑去，小孩子和自己的影子玩耍，一点儿也不寂寞。

　　秋天的收获有时是交替进行的，而秋收、秋种在时间的维度里也有着相对的缓冲性，尽管这个过程依旧很辛苦。

　　腾空了谷物的田里，只剩下黑的泥土和一些残碎的枯叶。地的表面浮着一层薄薄的湿气，某些酱状的植物软软地贴着地面，远远望去，毛茸茸的一片。

农人迈着坚实的步子，在上了肥料的田地里播撒麦种。他们的手脚配合得如此默契而富有韵律和动感，手臂在一抓一扬的挥撒投放间，熟稔干练，收放有致；他们的脚下踩着与手臂动作协调一致的踏点，一进一停，整个身体很有节奏地稳步移动着……那时，他们的身影和劳动的姿态显得无比从容和自如，仿佛他们不是在劳动，而是踏着音乐的鼓点在田间舞蹈。麦种从他们宽厚有力的手掌中均匀抛出，在低空中划过一道道优美的弧线，形成欢快跳跃的扇状画面，然后纷纷散入土中，在随之而来的犁铧下面滚落、深埋……

犁铧经过的地方，黑土翻卷，沟痕深陷。空气中弥散着淡淡的新泥清香，混合着化肥刺激扑鼻的味道，充斥着一个秋天的早晨或者傍晚。

伴随着耕种人的吆喝声，响鞭不停地在空中挥舞，负重前行的耕牛拉着犁铧踩着犁沟，一步一步在田间劳作。人和牛在常年的患难与共中，相互陪伴，相互扶持，形成了情感上的统一认知和行为上的默契配合。在劳动的过程中，他们具备了同样的耐心和耐力，由一张犁铧牵引着，顺着生活的方向，在洋峪川的大地上努力开拓着，他们的身影连同一片土地，往往被一个季节定格成一种生活的背景，在乡村的日暮中不断呈现、延续……

然而，田间的耕作仍是世间最卑微最枯燥的。

当人和牛终于困乏时，没有谁会去安慰他们疲惫后的身影，他们必须学会自己安慰自己，学会用一种虔诚料理一片土地带给他们的劳累和饥渴。

人会独自坐在田垄上休息，或者他会点燃一根烟，默默地抽，默默地望着远方。生活的重担压得他常常喘不过气来。不过现在还好，他在这个秋天的早晨或者傍晚，还能偷空歇一会儿，静静地抽一阵子烟，望望远方，想象一下种子入土后的希望。

牛大口大口地喘息后，终于可以和主人一样在田间地头偷空休息一会儿。主人在放下皮鞭宣布休息之后，从路边抱了一大捆带着新鲜叶子的空棵玉米甜秆喂它，它津津有味地咀嚼着，那时牛不再羡慕山上那些居高临下的羊群，羊群需要自己去觅食，而牛现在得到了与之付出相应的劳动报酬，它吃得心安理得，大量的白沫正从它的嘴里不断流出来。它"咔嚓咔嚓"地吞咬着、咀嚼着，那声音带着一种脆亮和满足，湿漉漉的、热乎乎的、带着泥土的气息向村庄飘去……

三

乡间的日子里有一块菜地。

蔬菜是庄稼和田地的缝隙，依然属于村庄必不可少的一部分。一块菜地，面积虽然不大，却仍需经历一个锄草、耙土、壅土、施肥、播种及浇水的劳作过程。饥馑年月，蔬菜可以当粮食果腹。肚子能够填饱的时候，蔬菜便成为调节肠胃的重要食物。

乡村给予蔬菜的尊重，往往多由女人来完成。但一块菜地的选址，却取决于男人。男人将更多的田地用来种庄稼，留一块距离村子最近的自留地给女人种菜。女人在把自己活成乡间的一株庄稼的同时，充分利用了节气的属性，不失时机地打理一畦蔬菜，使它们茁壮生长和茂密覆盖。

当然，有些事也非一成不变，为了不影响田野的庄重，蔬菜有时也会躲到庄稼下面。比如玉米行子里可以套种些豆角，女人完全可以做这个主。有时蔬菜能卖上好价钱，女人会和男人商量着在河滩地种萝卜。

河滩上的萝卜地，不缺水，也不缺阳光，只要手脚勤快、肥料上足，自然长得好。

洋峪川的日子里需要这片河滩地的萝卜。

当大片的庄稼被收割，当大片的空地被耕种，乡间的果蔬成了坐拥田野的招摇宠物。

那片萝卜地，情绪高涨，光影生动。茂盛纷披的缨子鲜嫩碧绿；呼之欲出的萝卜绿腰白身，头顶努力撑开一张篷伞，竭尽一身苍翠，在深秋殷切地铺设着一种生机。

霜降过后，萝卜到了该收获的时候。女人早早起来，做好早饭，喂了猪，给牛槽里再添些草料，就收拾出门了。

一条被露水打湿的田间小路，几乎全让杂草给遮盖住了。女人的鞋子、脚面和裤腿也湿了。早上雾大，空气里湿漉漉的，带着一丝寒凉，看不清远处的南山，只有空旷的田野朦朦胧胧地横在眼前。

女人小心地摸到河滩上，她看见那片萝卜的绿叶上缀满了露珠，亮晶晶的一片。她走近了，弯下腰，轻轻地抖了一下脚边的一株萝卜缨子，唰唰唰，缨子上的露珠立刻滑落下去，女人的手湿了。

她开始收萝卜，连根带叶一起从土里往外拔。早上露水虽然大，但土层相对松软，好出萝卜。女人从地头开始拔。先用双手小心翼翼地将撑开的萝卜缨子收拢，再抓住裸露在外的萝卜头，前后左右摇晃，等萝卜在土里松动了，便使劲往外一拔，一个身躯白胖的萝卜便离开了坑窝，被女人稳稳地托在手中。

女人嗅了嗅，萝卜带着泥土的清香和水汽，味道很好闻。她去了根部的泥，提着长长的绿缨，把它放在空地上，接着去拔第二株、第三株……

太阳从地平线上慢慢升起，地气蒸腾，浓雾渐渐散去。南山眉目清嘉，身影端庄。

女人已经在河滩地里拔出了一半的萝卜。

她浑身湿透了。身上沾着泥、沾着水，也沾着汗。一绺头发从她清秀的脸上垂下来，遮住了她的眼睛。她用泥手拨了拨，继续弯腰干活。她身后的地里，整整齐齐地摆放了很多带缨的萝卜。太阳出来，萝卜缨子需要晾一晾，有些露水还留在上面。

女人有些累了。她站起来，活动活动腰身，用衣袖擦去额头的汗水。她望着河滩上的那片柿子林，柿子树上的柿子已经红透了，叶子也红得像火，有些叶子已经落了，树下堆了厚厚的一层。

她忽然听见男人的脚步声，回头一看，男人正推着木轮子的推车，车上放着一个大荆笼，朝这边走来。

男人是到河滩上来运萝卜的。

女人和丈夫打了招呼，便帮他装车。他们提着萝卜缨子，把萝卜头朝上放进大荆笼里。装满了一车萝卜，男人拿起牛皮做的车襻，将车襻两边的铁钩分别扣在推车手把的铁环里，然后半蹲下身子，将固定好的车襻绕过头顶搭在右肩上，两手抓住木车把的同时，身子从半蹲状态慢慢站立起来……男人脚下踩实了，身子也站稳了。他顿了顿气，然后鼓足了劲，在女人的帮助下，顺利地将一车子新鲜萝卜从地里运到小路上，他缓慢而稳健地拉着第一车萝卜回家了……

女人站在地头，目送着丈夫的背影，她知道他将那一车萝卜安全运回家后还会再来河滩上装运萝卜。她必须在最短的时间内出完剩下的那一半萝卜。

她重新弯下腰，继续拔萝卜。有些萝卜长得不大，却扎土很深，她必须借助手中的小手锄去刨。

女人背着晨光，动作麻利地干着，堆在她身后的萝卜越来越多……

她终于出完了河滩上的那一大片萝卜，在这期间，男人也来回往返了好多次……

院子里堆满了萝卜，像小山包一样。男人只管将地里的萝卜连根带叶运回来，剩下的全是女人的事了。

女人坐在院子里，用菜刀一一将萝卜上的绿缨切掉。她挑了些品相较好、个头较大的萝卜，将它们储放在地窖里，准备藏一个冬天，等年关到来时再取出来拿到集市上卖个好价钱。剩下的萝卜，除了平时包包子、炒菜用，吃不完的，切成片晒成萝卜干或者腌制做泡菜，也可以埋到院中的土里存放着慢慢吃。总之，所有的萝卜放在农家都是宝贝，连那些小得可怜、满身是根毛的都不能扔掉，家里的母猪吃得可是津津有味的！

嫩绿的萝卜缨子在女人眼里是做浆水酸菜最好的材料。

女人将它们淘洗干净，切成小段，放在热锅里，用开水轻轻焯一下，除去菜叶中的苦味，把它们装进菜瓮里，放些提前准备好的酸浆水作为菜引子，再倒入掺了面粉的熟的稀面汤，用细竹竿做的长筷子不停搅拌，然后封了瓮口。两三天后，女人打开瓮盖，再次搅拌，让菜叶在酸浆和稀面汤的催化下，迅速发酵，颜色从青绿色慢慢变成黄褐色。为了防止菜酸在发酵过程中溢出瓮口接触空气产生坏的白菌花，女人给瓮里压了一块大小适中的干净石头，最后才将菜瓮口严实封好。

大约一周后，用萝卜缨子做的酸菜就可以吃了。馋嘴的孩子们早早就围了上来，每人手里拿双筷子，捧个洋瓷碗，眼巴巴地瞅着菜瓮。在打开瓮口的那一瞬间，一股清爽扑鼻的酸香迎面袭来，女人挑了一筷子酸菜出来，淡白色的酸浆像长线一般顺溜溜地垂挂在菜团下面，刚出瓮的萝卜缨子色泽明亮，带着一种温热，惹得孩子们都争着抢着把碗伸到母亲面前。

女人脸上泛起淡淡的微笑，却装作嗔怒的样子："猴急啥呢？一个一个来！"她一边说着一边捞着，给每个孩子的碗里都放了一筷子酸菜。

孩子们狼吞虎咽，嘴里发出吸溜吸溜的响声，年龄大的直喊爽，年龄小的却直喊酸，把嘴歪咧着，眼睛挤成一条缝，那模样十分滑稽可笑！

女人在一旁看着他们的吃相，自己也被逗乐了……

男人翻了一上午的自留地，扛着扎镢走进院子里，女人赶忙吩咐孩子们泡茶端水递毛巾。

男人放下扎镢，洗了手，用毛巾擦去脸上的尘土和汗水，然后接过孩子端来的热茶，坐在房檐下的石磴上喝茶。他需要缓一缓，休息一会儿，喝完热茶，还要抽一阵子烟。

女人在这个空当，麻利地烙了一个大锅盔，迅速用刀把它切成三角形的块儿，趁热端上来先让家人垫肚子。锅盔外黄内白，油亮酥软，还没张嘴，孩子们的口水就流了下来……

女人熬好热粥，盛在大家的碗里。粥是用今年新打的玉米颗粒磨制成的细糁做的，黄亮亮黏糊糊的，飘着淡淡的香甜味，很诱人的胃口。

她从菜瓮里捞了一小盆酸菜，在菜板上切碎，在菜盆里放了调料和油泼辣子，撒了些芫荽碎叶和蒜末，再沥些芝麻香油，搅拌后让孩子们将热粥和酸菜端上饭桌。

一家人围着一张简陋的饭桌，大口大口地咀嚼着油锅盔，吸溜吸溜地喝着玉米粥，吧唧吧唧地就着萝卜缨子酸菜，在清淡、简单、充满幸福和烟火气息的乡间岁月里得到一种生活的满足。

夕照岑寂，牛羊归圈。收割的颗粒、果蔬化成色香味一起涌入人的体内。乡间的安静生活，过完一日又一日。

四

洋峪川一年的故事被风吹散了。

风从春天刮到冬天，从冬天刮到第二年的春天，又从第二年的春天刮到第二年的冬天……它像一位老谋深算的吹鼓手，吹老了田野，吹老了山坡，吹老了河流，吹老了村庄，也吹老了村庄里的人们。

风拽着时间，到处奔跑。庄稼收了一茬又一茬，树木绿了一季又一季。丛密的青草喂养了多少牛羊，贫瘠的土地填饱了多少肚子，清澈的河水滋养了多少村庄，沉重的脚步背负了多少身影……只有风和时间知道。

当一位父亲的锄下淌满汗水的时候，当一位母亲的锅底填满青烟的时候，他们的身体里正居住着一个村庄，这个村庄的身体里正居住着一些故事，故事的身体里正居住着大地，大地的身体里正居住着他们的身影，他们的身影一直在大地上行走，一直未曾离开过土地和村庄。

风引导着他们的身影，在洋峪川的原野上忙碌奔走。他们栽树打草、放羊赶牛、耕种浇灌、拉粪锄地、收割运送、碾场晒粮……为了不影响一块薄田的庄重，他们弯腰屈身，早晚守候着土地和村庄，让荒芜给粮食让路，让农具给庄稼命名。

那时，林木画影为地，沟壑坐幽成荫；那时，羊群在山坡上互相挤对，黄牛在河滩上静静发呆；那时，云雀从空中飞过，蚂蚁在暗处搬家……它们都是乡间的主人，为了一个村庄的生存，将各自的身世转化成影子，各布其景，各司其职。

风盘活了村庄，村庄抚慰了身影，身影唤醒了土地，土地流淌着血液，血液凝聚着情感，情感记叙着生活。

当尘和影徐徐降落，洋峪川的耳朵里灌满了许多过往，那些被风吹皱的脸庞，那些被岁月掏空的身躯，那些衰老和消失的背影，那些鲜活和跳跃的新生命……都是固执的绿色、质朴的热爱。

他们是大地上的词条，来自我的故乡。他们曾经拥有过一片土地，曾经拥有过一个村庄。他们灵魂的深处曾经拥有过风景的深度，他们广阔的胸怀里曾经拥有过大自然的坦荡。他们从一棵庄稼开始，在大地上认知世界、改造世界；他们饱尝了生活的苦难，也收获了丰收的喜悦。他们执着、勤劳、质朴、善良；他们粗犷、谦卑、乐观、坚强；他们是一群农民，是一片土地，是一个村庄，是一种不可替代的生活图景。

当时代试图篡改一段记忆，当今天试图复制昨天，当一代人已经忘记了一种精神，那些曾经出现在大地上的热爱和身影，清楚地告诉我们：大地一直都在那里！

路过故乡

一

洋峪川的夏天很漫长，也很溽热。

一场新雨过后，天空渐渐现出清亮的光景，四周仍有斑驳的灰影，是暗的云层。

空气中弥漫着泥土的清香和雨气的腥味。烟云笼罩了南山，白茫茫的一大片，被雨水冲刷过的峰体格外幽蓝。山的脊线在云雾缭绕中曲折迂回，像游动的青蛇，忽隐忽现，宛若仙境。

山脚花明草碧，枝叶鲜润。田野一片葱郁，辽阔中透着清幽和静谧，像一场美的造访。微风过野，溪水很清。近处的山坡、沟壑、村庄以及树林，全被雾气洇得湿漉漉的，连村口的一条空寂小路也淌着湿润。

洋峪河静静流过村庄。雨后的河面变得浑浊宽阔，水位升高，水域连绵，沙石俱亮。

终于清凉下来。

田埂很干净，光影与寂静悄然相笼。雾气淡淡的，像薄而透明的梦境，一个早上，走走停停、停停走走，仿佛光阴里的"从前慢"。

露珠饱满，脚一碰到路边的草丛，便"噗噗噗"地纷纷落下来，像团了一夜的美好心事，被路人不经意间打扰了，惊慌地骨碌碌地滑落到大地上，那么晶莹，那么可爱，还那么嫩。

凉风吹在人的脸庞和身上，也吹进一些树木鲜嫩的叶子里，吹进无名的花瓣里。人与植物一起呼吸，吐纳着天地之息，人与自然无限亲近。故乡的原生肌理里密布着无数毛茸茸的呼吸，这些呼吸藏在它生动的褶皱里，熟悉而隐秘。

我得承认故乡的美丽和壮阔，它是我的出生地。每一次回到故乡，我得重新认知它，与它重新进行一次相识。当我决定离开它的时候，我的思想已经生活在故乡之外，即便我是它血脉褶皱里的一粒芥子，但对于它而言，我仍是它的一部分。这种感觉，在我中年以后，愈来愈清晰，愈来愈浓重。

年轻的时候，我拼命想挣脱故乡的贫穷和困顿。闭塞与落后给洋峪川带来的窘迫和饥饿，绞索一般套着父辈们。他们世世代代在乡间樵织耕种，粗实和沉默在他们身上烙下印记，卑微与怯懦根植在他们的骨子里。与生俱来的勤劳和质朴，并未让他们摆脱贫困。他们那么努力，那么勤劳，让自己扎根土地，拥抱日月，穷其一生，极力想让子孙后代出人头地，跳出农村的困境。

当他们身上被打上农民的标签后，许多人曾经感到羞耻和尴尬，这也包括了我的父亲和族人。

在我考上大学之后离开洋峪川再到县城工作的几十年里，我对故乡的概念仍是很模糊的。

父亲和大哥相继去世后，我回洋峪川的次数开始多了起来。母亲那些年一个人在乡下生活，她很孤单。后来，她的年龄越来越大，我就将她接到县城里住，与我一起生活。每年除了陪她回乡间给父兄上坟，几乎是很少回去了。

也不知为什么，近些年对洋峪川愈来愈敏感了。这种敏感常常会让人产生某种虚无的感觉。人在虚无中开始喜欢追溯自然与生命，故乡便成了追溯的原生地。

从一片庄稼开始，探索一片田野，描述一片土地，寻觅自己与这片土地的联系。

土地让村庄衍生了活力，在一个村庄里，人们有各自的族群和各自的土地。人与人之间在长期劳动合作的过程中，产生了某种默契与亲密关系。这种默契与亲密关系让村庄延续下去，他们进行重新组合，这种组合给一个个家庭带来了血浓于水的关系。

你去探索一个家庭融合的血脉根系，三代之内应该是很清楚的。他们衍生的故事会在一个村庄里连续出现，他们是故事中的人，也是旁观者。他们自己也能将其他人三代之内的事情说得很清楚，当然，人家也同样可以将你三代之内发生的故事作为一个村庄的生动情节讲给别人听，这些似乎并没有什么神秘的。

还有就是五服之内，也尚能说出些来龙去脉，但出了五服，一个家族即使有文字记录，也只能是大致的事略，谈不上彼此之间根根底底的亲密血缘，更没有具体的人物细节了。

一个村庄在几百年所呈现出来的清晰轮廓，包括了它的人情物理与时间纹理，谁又能真正厘清呢？

就像回到被雨水冲刷过的这个清幽夏天的早晨，我站在洋峪川的空旷之地再次与故乡山水相遇的时候，时间只不过变成了乡村地理的另一种形状，在此期间发生的一切，并不能代表什么。

依然是时空上的虚无。回到故乡，也仅仅是一次路过而已。

二

在村中，我很像一个逡巡多年旧事的人。

我站在荣家大院的空场地上，静静地仰望一棵大树，偌大的荣家大院空得就只剩下这棵古槐树了。依照时间推算，它应该有六百多年了，虬龙盘枝，绿荫如盖。其骨干苍劲有力，树身表面斑驳皴裂，布满沧桑。它依然如醉狮般偃卧村南，高有二十多米，躯身粗达五米，树冠覆盖约八十平方米。我在以前写村史的时候，曾经对它进行多次考究。

那时我就自觉地认为：它就是我们村庄的活地标，代表了时间的表情和声音，也见证了我们村子的过往与变迁。

洋峪川的一些村落里也有古槐，它们一直被视为一种象征，见证了洋峪川人的重大迁徙史。这种迁徙在洋峪川，基本上都是一代一代口口相传下来的。当然，也有些粗略的文字记录。

据《明史》《明实录》等史书记载，元末明初，战事频繁，兵祸迭起，中原一带旱涝成灾，蝗疫不断。黄淮流域民不聊生，饥荒遍野，百姓非亡即逃，十有八死。各地争权夺利及灾患之害造成中原及北方地区人口剧减，土地荒芜。元末战乱的创伤未及医治，明初"靖难之役"的发生又接踵而至，使得冀、鲁、豫、皖诸地深受其害，几成无人之地。

而就在这战乱纷争之时，由地主武装察罕帖木儿父子统治的"表里山河"——山西，却是另外一番景象：社会安定，百姓乐业，连年风调雨顺，庄稼丰收。较之于相邻诸省，山西经济繁荣，人丁兴旺，特别是晋南的洪洞县，更是人口稠密，百业俱兴。明灭元后，统治者为了巩固新政权，发展新经济，推行了移民垦荒振兴农业的政策。从明洪武初年至永乐十五年（1417年），先后从山西洪洞分别向河南、河北、山东、北京、安徽、江苏、湖北、陕西、甘肃、宁夏等地强行组织了八次大规模的移民迁徙活动，其中以大槐树移民最为典型。

洪洞城北的广济寺旁有一棵千年汉槐，被当地人亲切地称为大槐树，因它"树身数围，荫遮数亩"，引来汾河滩上的老鸹纷纷前来构窝筑巢，星罗棋布，蔚为壮观。据说大槐树人被迫离开故乡时，鸹群在枝头盘旋，鸣叫十分悲戚，人们眼含热泪，频频回头，那种难舍难分的凄凉景象可想而知。

"问我祖先在何处，山西洪洞大槐树。祖先故居叫什么？大槐树下老鸹窝。"这首流传几百年的民间歌谣，就是大槐树人对故乡魂牵梦绕的真实写照。所以他们每次迁徙到一处新地，就会在村头或院内亲手种植一棵汉槐，以表达对故乡的思念之情。大槐树因此也成为各地洪洞移民的后裔们寻根溯源、追念先祖的根和魂，成为中华民族文化传承的一个缩影。

我所在的村子叫东光村，最早被先民们称为"老林盘"。这里树高林密，水泽丰腴，其间飞禽走兽、奇花异草亦见平常，是洋峪川的咽喉要塞。迁徙之前，老林盘曾属谭家寨的势力范围，当时洋峪川流传着"任三村""谭半川"的说法。后来这块风水宝地成为西漂的大槐树人安身栖息之地，他们建房筑屋，临河而居，开荒垦农，和睦相处，成为老林盘的主人。

后来谭姓及任姓人家陆续迁到洋峪河的下游地带，视野相对更为开阔，土地也更为肥沃。部分杂姓人家先后也跟着迁移到下游，占据了一些重要的地理位置，在洋峪川渐渐形成大小不一的自然村落。

由于当时迁徙来的大槐树人多以异姓结伴聚居，所以我们村子里的姓氏也有十余个：荣、曹、周、王、赵、杜、杨、瞿、程、贺、刘、任、员、薛、何等。其中程姓占全村的18%，贺姓和刘姓各占15%，荣姓占12%，曹、周、赵姓各占10%，王姓只有八九户，其余便是杜、杨、瞿、任、员等姓氏了。

20世纪50年代初，我们村与相邻的袁家坡、吴家寨统一为一个大队，当时叫作团结社。60年代初又分开各自成为一个社，后来我们村又改名为东光村，一直沿用至今。

这些隐约可以证明洋峪川人是从山西洪洞大槐树迁徙而来的。只是线索过于宽泛粗略，洋峪川的荣氏家族虽有详细的家谱记载，但对于整个洋峪川而言，也只是冰山一角。洋峪川的各家姓氏中，大的族群也是相当多的。他们是否也有自己的家谱，我没有做过具体的调查。

我很早就离开洋峪川去外地求学，对故乡这片贫瘠之地鲜有思索。许多地理性的认知，大多来源于童年时代。比如洋峪川有山丘，有沟壑，有坡岭，有川道，景很美。小时候洋峪川人要走十多里路才能赶到镇子里上集。镇子叫作焦岱镇。焦岱镇上的集市是方圆几百里最大的集市场，九佬十八匠都集中在那里，卖什么的都有，热闹至极。

洋峪川归属焦岱镇辖区，是焦岱镇最大的川道。对于我的村庄而言，我也许永远只是个过客，因为我很早就作为一个叛逆者，远远地逃离了。

如今再次回到故乡，似乎也只剩下一些回忆了。回忆有时往往很迷茫，也很复杂。每一次回忆都会带着某种虚无，每一次回忆也会选择不同的角度。情绪随着环境而不断变化，就像现在，荣家大院的人都盖了新房，搬到村庄的别处去居住了。这里空荡荡的，只剩下一片荒草地和一棵足够苍老的大槐树，这多少让我有些失落。

至于这棵大槐树，它也许只是一个村庄迁徙史的孤证，仅此而已。

村庄里那些破旧的房屋都被拆除了，周围全是漂亮的楼房。往昔泥泞不堪的土街道，也变成了宽阔平坦的水泥路面。街道两旁还栽放着一些好看的花木，街道每天都有专人打扫。各家都通了自来水，听说不久也会通天然气。我不得不承认：乡村变化真大，乡村真的越来越美丽了！

这算不算是一种幸福呢？我想算是的。我在与故乡相识的过程中，这样近距离地感受到了这种幸福。然而，当我决定义无反顾地再次离开洋峪川时，这种幸福感便会变得模糊而缥缈。我一直在努力地书写故乡，书写洋峪川。不知道为什么，我在书写故乡的时候，一些时间常常是虚构的，一些故事仍安放在那些破旧的房屋里，仿佛那破旧房屋里的贫穷依然很美好。

书写故乡，更像是一种道别，很决绝，也很无奈。有时觉得整个村庄很空虚，整个洋峪川也很空虚，这让我感觉到自身的孤独，觉得故乡的每一座村庄都很孤独。有些乡路空寂得像一个孩子的眼睛，但它们仍一意孤行地空旷、寂寥着。我看不到它们的尽头，只知道自己曾在它们孤行的地方生活过、深爱过。

三

　　洋峪川的夏天仍旧可以看到落叶。

　　风声千篇一律。风挤着一些树丫，将一些叶子挤落了。它们落在洋峪河河面上，被河水带到远方去了。我坐在河岸上，静静地望着它们远去，忽然有些伤感。我想这绝对不是一种矫情，而是某些来自故乡的感觉，这种感觉勾起了一些怀念。怀念常常让人产生许多情绪，这些情绪触动了个体的某个敏感经历。像一条隐秘的河流，它喂养了一个村庄，喂养了一些故事，包括一片田野和一片树林。

　　对此，我有了许多思索。

　　那些在河水中漂流的叶子，恰恰像极了远离故乡的人们。他们的方向在哪里？他们生活得好不好？他们与一条河、与一个村庄有着怎样千丝万缕的联系？他们远走他乡，是决定永远浪迹天涯、忘记故乡，还是闯荡世界之后再衣锦回乡？一条河流似乎并不能给出准确的答案，但是人们却完全相信：它可以继续忠诚地喂养故乡，喂养一些村庄。

　　关于洋峪河，它的发源地在秦岭的终南山麓，由大小洋峪河汇集而成。它是浐河支流中海拔较高、流量较大的一条河流。

　　洋峪河头枕嵯峨秀丽的云台山，臂绕延绵起伏的二龙山，自南向北，*潺潺*流过。洋峪川人信奉神灵，说这山有慧根，这山中之水有灵气，汇成的河溪皆清澈如明眸，甘甜如玉泉，必是神仙赐佑，于是在山上和河流沿途经过的村庄里，皆修建了神庙，祖祖辈辈供拜。

我想起洋峪河曾经的某个黄昏来。

牛羊吃饱后从堡子山上慢慢下来，路过洋峪河的时候，主人会让它们停留一会儿。一些牛羊会低下头，抻了脖子咕咚咕咚地饮水。一些牛羊饮完了水会在河滩上静静地伫立，它们一动不动，抬头看着暮色里的夕阳。夕阳美得像绸缎般，铺满了西天，映得南山变成了金色。

洋峪河也成了金色。就在牛羊静静看夕阳的时候，洋峪河岸上传来叮叮当当的水桶声。石桥上走过荷锄的人。石桥下有正在悄悄私语的亲密恋人。不远处的河石上，坐着嬉笑嗔骂的浣衣女。洋峪河的浅水处，有摸鱼捉虾、戏水游泳的小屁孩们。河面上正跳跃着无数的水黾，它们的动作轻盈优雅，像杰出的舞蹈家。

芦苇丛葳蕤婆娑，它们善于收容。它们绰约的身影倒映在金色的河水中，像一幅绝美的画。

那时，危险也潜藏其中，苇丛中有蚊虫，有游蛇，有蚂蟥，有暗流涌动的深水域。

人们往往很容易看见一条河流的表层纹理，它们被风吹着，呈现出一些鱼鳞状，形成一种波纹。没有风的时候，它们就像一面水镜。镜中有天空、白云、青山和树木。相对于洋峪河的内质，洋峪川关注的人并不多，也许只有像我这样无聊透顶的人才会去想。

在很久以前，洋峪河发过大水，冲毁了一些村庄。像我们村，在东岸被河水生生地逼退到五百米之外。

洋峪河曾经淹死过人，冲走过猪牛羊。但这并不妨碍洋峪川人对它的依赖和热爱。这样说吧，我们不妨将它喻为大地的词条，比作洋峪川人的生命血液，我想这绝对不是夸张。一条河流对于一个村庄，对于一片土地，对于整个洋峪川，都是极其重要的。这一点，我从不怀疑！

三十年前，我从未想过这个问题。

少年时的我，不会思索洋峪河的河床有多宽、有多长，它每天承受河水的流水量有多重，它为什么总是那么缓慢地流动，它的内部结构是个什么样子，河流里隐藏了多少秘密，它究竟要流向何处，它对洋峪川的人们又意味着什么。这在我少年之时是个重大的命题，在我成年之后，乃至四十年之后的今天，仍是一个重大的命题。尽管我知道一条河流久藏的神性里，必是带着一种自然的密码。有水涌出的地方，也会有许多生命的领域。但当我还不能完全定义洋峪河的时候，它对我而言，是眷恋，是怀念，是逃离，抑或是背叛？我觉得这个命题实在是太重大了！

我在试图洞悉它的内心，试图与它进行一次意义非凡的心灵长谈时，我发现，我并不了解它，也从未真正了解过它。

洋峪河，对于整个洋峪川，始终都是一个秘密。它是一条隐秘而伟大的河流，至少，人们应该记住它。

四

我继续在村庄周围逡巡。

我去沙坡看祖父栽种的柿子林，看山背面的山神庙。我去竹林畔找大哥曾经喜欢的竹影、毛栗林和橡树林。我去高坡下寻儿时踩过的草迹，寻牛羊钻过的小桥洞和桥洞下汩汩流淌的溪水。我去后沟看儿时的水库，看父亲的小树林……故乡的山水在心底唤醒了一种忧伤，像乡村的陈年往事，在洋峪川寂静的光阴里，徘徊、游荡。

然后我去碥场沟的坟茔看望我的祖父和父兄。那片荒芜之地早已被风吹成一颗颗痉挛的心。风的一半属于生者，另一半另有安置。只是坟头不再有儿时害怕的鬼气和阴森。与长眠地下的亲人说说话，并不觉得孤单。

坟头一株株枯瘦的柏树，像在摹写着洋峪川一群人的终老，荫翳的旁边站立着我的沉默和悲伤。

我想起祖父，冬天总喜欢在火炕上给我们表演猴子扮鬼脸。他一年四季都在栽树，刨别人偷伐过大树后留下的老树根。偶尔听见他和我父亲吵架，不知道什么原因。有时他会大声骂我的母亲，嫌饭菜油水太少。我母亲会嘤嘤地哭。祖父的脾气很坏，总是暴跳如雷，总是数落我的父母。不过他对我们兄妹四人很好。我母亲给他一人做的油泼面，他吃到碗里快见底的时候，总会留一点儿分给在一旁馋巴巴的我们。祖父吃饭的时候，母亲常常把我们赶到一边去。若是让祖父看见了，他便会骂我母亲。骂得凶了，有时我会恨得牙痒痒。

我父亲大多数时候在城里的工厂上班，周末会回乡间，秋夏两忙的时候，也会请假回来。祖父总是呵斥我父亲，嫌他不会套牛犁地，不会堆麦捆，不会打草垛，也不会碾场。父亲很多时候并不吭声，祖父就更加生气，骂我父亲把他的话当耳旁风、当空气、当屁。

父亲原本姓李，从小就成了孤儿，后来过继到曹家，由我祖父抚养。祖父穷到一生未娶，年轻的时候经常一个人去外面谋生，一年到头，也只是勉强养活自己。祖父长年不在我父亲身边，我父亲在儿时过得并不好。父子之间也很少交流，感情显得很淡漠。即便父亲后来进了工厂，娶妻生子成了家，他与祖父的关系也一直不好。

父亲努力地跟着祖父学习各种乡间农活，祖父也不停地埋怨、指责。

后来祖父干不动了，也骂累了，就开始享清福了。

我父亲就一个人撑起了这个家。

虽然刚开始农活没有祖父精熟，父亲却是家里最辛苦的一个人。平时在工厂上班，周末回洋峪川种田收庄稼，有时家里粮食不够吃，我父亲还要去渭北买粮。有时还要进深山里捐橡扛檩、砍柴挖草药贴补家用。

祖父上了年纪之后，我父亲便不再让他干农活。父亲成了家中的掌事人，回乡间的次数就更多了，农村的一些技术活也日渐熟练了。

祖父便日日笑。他在村子里显得很神气。他在向村人夸我父亲在城里上班挣钱的时候，也夸我母亲贤惠孝顺。

我大姐订婚那年，祖父天天站在村头盼望他的孙女婿来。他对这个孙女婿十分满意，逢人必夸，像拾了个宝贝似的。可惜，他没有等到大姐结婚的时候，得了胃癌，便血而死。不过，他走得很安详。

祖父去世时，最难过的要数我大哥。祖父在世的时候，一直很溺爱大哥。

大哥少时很是叛逆。他不好好上学，常被父亲罚站、罚跪。成年后，与父亲关系也不怎么好，父子俩经常因为一些小事，一言不合，就会吵起来。

我母亲有时会站在我大哥这一边。譬如一块麦茬地，需要种玉米时，父亲会精敲细打，不允许脚下有任何一个大的土疙瘩。而我大哥一镬头一个坑，父亲便不停地数落。我大哥年轻气盛，一脚将心中的积郁踢了出去。那块土疙瘩在不远处散开，他抬脚又是一脚，像一切愤怒的事物逐一被惊动过了，他扔下镬头扬长而去。父亲便在田间骂我母亲，说她就会充好人。

父子俩的矛盾与日俱增。

只要我大哥做错事，父亲就骂。他有时不让我母亲给我大哥做饭，大哥就会委屈地躲在后场的草垛窝里哭泣流泪。

大哥勉力读完初中就自己做主，逃离了父亲，逃离了洋峪川，去了新疆，就像当年父亲逃离祖父、逃离洋峪川一样。他发誓决不向父亲妥协。但当他从新疆回到西安，进了工厂接替父亲的工作后，他开始愿意主动与父亲和解，特别是结婚以后有了孩子，他才与母亲说起父亲的不易与诸多的好来，而父亲仍旧觉得我大哥没有出息。

父亲去世后，我大哥很是伤心。父亲生前想砌一个像样的后院子，大哥在病逝前几年，建了砖墙后院，还算体面，替父亲完成了心愿。

因为贫穷和生活的琐碎，祖父与我父亲、我父亲与我大哥两代父子之间产生的隔阂、怨气，最终还是被时间一一化解。如今他们被安葬在一处，长眠地下。我想，他们都是洋峪川的亲人，早已融入大地，成为故乡的一部分，血脉相融了。

　　一阵风，轻轻吹过墓地的柏树林树梢，吹过草尖，吹过荒芜的坟头，像吹醒了一些故人，吹落了一些伤心的往事。四周只剩人间沉寂。

　　活着的人总需要担当，总需要怀念，也总需要叙述和书写。我的祖父与父兄永远地留在了洋峪川，他们的身体化作了山川之美。祖父树老于村，也算是一种竣成。我的父兄虽有遗憾，也算魂归故里。草木香灰，泥土厚重，成为自然一体。

　　一种苍凉感涌向心头，最终，抵达沉默腹地。

　　我在亲人的坟茔前待了一会儿，然后起身离开。

　　那时，风尾随身后，风线里似乎还带着一个村庄的陈旧光影。它们在田野上奔跑，像消失多年的影像，有自然的，有人的，还有往事的。最后，它们变成时间，就不言不语了。

五

　　我在乡间住了几日，除了闲逛，便是帮母亲采摘院子里的黄瓜、西红柿、豇豆和辣子。

　　茄子还未长大。葱行浓郁了一片。一大丛藿香盖住了矮雏菊。丝瓜藤蔓爬上了墙头，绿叶在藤架上堆叠起来的浓荫，令整个院落亮堂、生动起来。园蔬有余滋，这便是母亲的乡村。

　　想到她之前，曾将"想盖新房"这一句话在嘴里从春天拖到冬天，又从冬天拖到第二年的春天。春天，小弟终于叫人将老屋拆去，在宅基地上重新盖了新房子。房子向后扫，后院变成了前院。

　　母亲去年春天便在空地上栽了花。到了夏天，美人蕉罩了院子的东南角。

　　今年，她在乡下吃自己种的蔬菜，有时也给我们带些。她很快乐，我回来看她的时候，她正与几个老人坐在院中闲聊。

　　她们的话题仍是关于洋峪川的事情。

　　她们说巷子里的永顺爷瞎了眼睛，样子变得很可怕。前街生玲驼了背，还耳聋了；井沿子的竹篮婆婆八十五岁了，除了眼力不太好，身体还算硬朗；祝寨的马桂花胖得喘气，嘴也歪了，模样失了形；吴家寨的养生老得剩下一层皮了；张家村的喜旺像个脱毛的公鸡，走路开始向前摸。她们还说到其他事：田贵打扫村里的街道，每月的工资是六百元，田贵嫌少，有时会偷懒。村子里的年轻人都出去了，他们不愿意待在农村。村中五六十岁的人也大都去西安栽花去了，每天有车接车送，早晨进城，晚上回村，女的一天给六十块钱，男的一天给八十块钱。村里唱大戏，看戏的都是些老人，村干部还给老党员发过礼物。然后就是谁家盖的楼房气派，谁家孩子在城里买了房、买了车。黑娃给在外打工的儿子们在北岭种了几亩地，把胳膊摔伤了，没有人照顾，自己就在乡下混日子。许多人把田地给了人家，不种庄稼的土地都栽了白皮松、花椒树，还栽了银杏树。有的人家要去城里务工，给土地找不到主儿，干脆就把地荒着，任由杂草蔓延。八斤给生病的老伴煮面条，硬得像棍子。老伴又骂又砸碗，老两口整天吵架。给城里的儿子儿媳打电话，他们说是太忙，回不来，就用微信发了红包给父母。八斤老两口继续吵架……

　　我在一旁听她们说话的时候，看到她们褐色的脸，松弛着，带着土的光泽，像一个村庄落寞的旧时光，在乡村的沉郁里，叹息、隐没……

那天下午，村北的玉粉婆和存堂爷也来我家院中拉家常。后来，族里的淑兰婆婆也来了。淑兰婆婆给我母亲提了一小袋子精装大米，说是儿子、孙子、孙女都不停往老家寄东西，自己吃不完，知道我回乡来，便过来坐坐。

我问过她的身体状况，她说不太好。但她又说，现在啥都不缺，自己感觉很幸福，就是盼望儿孙们常回家看看她。她说着说着，就拉住了我的手不放，像拉住了亲人一般。我对她说洋峪川变化真大，以后发展乡村振兴，村庄还会变得更好。她便笑着问我："你说的那个乡村振兴，到时候是不是村子里的年轻人都回来，就再不出去了？"

我愣了一下，慌忙点了点头，找了借口，把那个话题岔开了。

那时，看着几位老人在乡间的院落里，被时间描出的寂寞光影，我不觉流出了泪。

六

路过故乡的时候，我心里产生了巨大的空落。这种空落从村子洇向田野，最后洇向大地深处，洇向人的寸寸肌肤，洇入骨骼深处。

我在洋峪川的初心里看到自己模糊的背影，又在它的传统中感受到一种现代化的气息。那种故乡从来未有过的亮丽和光彩，曾经让我有过瞬间的感动。只是这一切很快又变成了另一种空旷和寂寥，它们顺着夏日的风，爬上了村庄的树梢、屋顶和院落，也悄悄布满了街巷。村庄没有耳朵，那些垂老的人们不需要声音，他们只看到一种空寂，像他们的眼睛和情绪，与贫穷无关。

那一刻，我知道，其实故乡要的不多，只是地气和人气。

我的怀念便无限接近洋峪川的天空，天空正印着密密麻麻的脚印。我的目光便无限接近一片田野，我看见在黄昏即将收起最后一缕光线的时候，我的父亲正在收拾犁铧，走向他的村庄。

我听见乡村最原始的声音，虫鸣是洋峪川的土著语言。在它们的歌唱中，泥土里有最鲜活的东西使劲往外钻。那时，炊烟正将村庄最朴素的食物，上升到某种仪式的高度……故乡的人气里，有了泥土的呼吸，洋峪川的身影开始氤氲弥散。每片土地上都传递着丰收的暗示，像孩童们在乡间灿烂无邪的笑脸。

洋峪川最妙的山是云台山，最可爱的河是洋峪河。年轻人的话语像晨露一般美好，湿扑扑地落在村庄里。村庄周围的花木在一个季节里，感性地闪了又闪，光就立于枝头，汇成了一种明亮的事物。

一条悠长的乡村小道上，飘出了夕光、月影、树影、人影和炊烟。庭院里，年轻的母亲轻轻拍打着幼儿，她的嘴里哼着无词长曲，或者一首老掉牙的歌谣。那声音穿过房屋的角檐，落在泛白的低窗格子的光线里，像人间静静安放的尘和影……

想到这里，我又一次落了泪。

生养地

我出发了，在身体的另一部分抵达洋峪川之前。

那时，天空正浮动着几块云团，风线从身边打着弧形迅速划过。沿途经过的浐河清如白练，波似连山，一路迤逦，乍合乍散。

在镇子上买了些焦岱酱牛肉，又尝了几样风味小吃，和一对多年未见的熟人夫妇打了招呼，就离开他们的水果摊位，径直朝着家的方向一路前行。

辽阔的浐河已在脚下分岔成三大支流水系：汤峪河、洋峪河和岱峪河。洋峪川就横在汤峪和岱峪之间。

我并不确定，镇子北面大片的稻田就是洋峪川那个网红打卡地"梦里稻田"。不过，稻田周围的田田荷塘，却是一幅小江南的诗意画面。古风亭台，竹径花藤，一番清凉况味。

美好从书写开始。

稻米是水中的光，荷影是水中的光，浅滩上葳蕤茂密的芦苇丛是水中的光，河边婀娜拂动的垂柳林也是水中的光。

所有的光都是绿色的、明亮的、摇曳的、宁静的，带着泥土的潮腥与稻株、草木、花叶的混合清香，在夹岸缓慢生长。

与此同时，洋峪川缓慢生长的还有清脆起伏的蛙鸣声和幽深婉转的虫唱声。光与声在水中相互映照，氤氲成一幅田园风光，在蓝天下，葱郁铺展。

从前总喜欢将这一切置设在月影之下。蛙鸣预示着一种丰年的快乐，而虫唱则是夏夜悠长又幽静的倾诉。这多半与童年的记忆有关，特定氛围里的奇妙幻想，掺杂了一部分个人的意志和对美好生活的憧憬向往。月下在稻田水足追光的时候，苇丛比白天更显得隐秘，麻麻索索的一大片，小孩子是不敢靠近的，唯有莲塘似乎更契合月夜的景致。月光静静投洒下来，荷叶掬水向月，在塘中亭亭玉立。一阵凉风轻轻吹过，它们便罗衣从风，在月下翩翩起舞了。

对于那片稻田，我思索得并不多。因为那片水域过于盛大和沉重，我只能让蛙鸣替我吟唱和赞美了。

洋峪川更大的浓重是在麦田里。这是白天路过的一种景况。真正的辽阔和壮美不但能打动人的视觉审美，从某种意义上来说，更能打动人的精神情感。土地是亘古不变的人类生存法则和进化力量，庄稼和村庄是与生俱来的文明传承和美学缔造；而庄稼和村庄的表现形式，往往更依赖于一条河流的宽度和深度。洋峪河的内涵已远胜一切哲思的叙述和表象的浓郁。如果你是个善于思考的人，那么你所看到的那片稻田、苇荡和荷花塘，仅仅是洋峪河馈赠的一小部分。田野，壮观的麦田才是它的内质与肌理体现。

也许我的思想有些偏执，但在洋峪川，当我踏上故乡热土的那一瞬间，我的心又一次被震撼了！

这是怎样的一种力量和壮美呢？或许，这一辈子我都无法用语言将它表达出来，就像我永远不能丈量故乡的博大和窅深一样。

我对于故乡的情感，有一半是来自儿时的乡村记忆。在我决定离开洋峪川的时候，我的肉身已经背叛了它，如今连精神也背叛了。我的身体里流淌的那部分虽然还深深地根植于洋峪川的血脉之中，但心理怯懦的大部分精神，包括肉体还在外面飘零着。这些年，我努力地融入城市生活，我已经成为城市生活的一部分。我习惯了它的繁华和喧嚣，也习惯了它的匆忙和纷争。我自以为是地实现着自己的人生目标和体现着自身价值。我在人世的奔波中，渐渐模糊了故乡的样貌，也忘记了在身体里流淌的骨血。不但是我，更多个体的"我"，正以群体逃离的方式，呈现在当下的广大农村。

不要以为村庄华丽的变身和衣食充足就是一种幸福。在洋峪川，在中国广大的农村，土地仍是生存的第一要义，尽管躬身劳作的姿态显得那么卑微。

当我偶尔矫情地向人们讲述我的洋峪川时，我的视线和虚荣心一直都是肤浅地悬置在某一片醉人的风景里，这种停留在表象上的言语，令我常常为自己的无知和狭隘感到羞耻！我对于故乡的认知和理解，实在太过浅薄了。

时至今日，年龄渐长，所倚重的仍有一部分摆脱不了对故乡自然风景的热爱。这里面既有感知世界里的客观情绪，也有理性世界里的主观寄寓。当然，一旦故乡情怀与时间褶皱恰好重合在某一个特定点位时，人的内心感受是非常复杂的。对于洋峪川，对于生我养我的这片土地，我有过无数次的词不达意和头脑顷刻间出现一片空白的经历。故乡的美、故乡的宽博和厚重，我使出浑身解数也无法用言语去横渡、去索解。我想，我在每次发怔的那一时刻，也是我被故土的潜在力量撼动和被故乡的情感羁绊包裹的时刻。

　　面对南山脚下的壮阔田野，面对近在眼前脉动铺陈的金色麦浪，我开始学会在精神层面去观照审视洋峪川。

　　布谷鸟省察着时序，轻巧敏捷地从我头顶飞过。它的叫声荡在麦穗上，在灼热的强光中晃动了几下，又通过风息，传送到远处去了。我看见麦穗攒动的样子，它们在风中相互摩擦发出的"咻咻"声，更像是一场宏大的季节庆典发出的乡间密语。芒刺闪烁，在白煞煞的日色下发出耀眼的光。麦浪翻涌，一个旋涡接着一个旋涡向更远的地方伸扩而去。等到那波风影远去，眼前一切又恢复了原状。直立的麦秆在烈日下静默着，有时也会发出一些"铮铮铮"的炸响声，像是从大地深处传出来的一样。人伫立田间，渺小如一粒麦穗，在金色的麦浪里，被它的金属一般的光芒照亮了，也淹没了……

　　那一刻，人有些恍惚，仿佛一下子被送入四通八达又曲折迂回的时间密道，被卷入一片幽蓝深邃的海洋里，被抛向轻飘靛青的高空中，被带入迷离朦胧的梦境中……在意识幻影交集相叠的游离与现实清晰亮白的饱满之间，人很容易沉醉、徜徉、惆怅，感慨系之，潜入其中，无限虚无。

　　成为一株庄稼，才算真正融入故乡。

　　在那些苦焦年代，一季庄稼可以喂养一个饥饿的肠胃，一块土地可以养活一家人，一个川道足以令多个村庄生存并且继续延续下去。我的父辈们在洋峪川的大地上喘息着、劬劳着，他们的身体早已化作一片庄稼，根植于泥土，与气候、星月、日光、鸟虫、风霜、雨雪、蔓草、树木纠缠于一起，尘世苍茫。

　　每个人一生不可抗拒的命运、疾苦、欢欣、悲伤和幸福，他们都经历了，在悠长的洋峪川，在畅流的洋峪河的两岸。

现在，我可以深情地遥望这一切。

田野里扑面而来的麦子的清香，正预示着夏日里繁重的劳动开始了。而我风尘仆仆地归来，却什么也不能做。除了苍白的叙述，便是长久的沉默。

洋峪川无疑是美的。现在，我要以一种什么样的身份和心态来面对它？我又如何用长情的热爱去赋予它应有的自信和生命体验呢？

父辈用锄头和犁铧在大地上创造的乡村哲学，供我信步漫游。我像欣赏古朴的田园躬耕图画一样，专注地欣赏着他们的伟大杰作。

庄稼地洒满炙热的阳光，杨树林在大路两旁笔直地挺立着。我抬头望着蔚蓝的天空，一只鹞子在头顶盘旋。远处嵯峨苍莽的月牙峰高高地耸立着，我的村庄被掩映在盛夏的绿荫之中。

耳边不时听见云雀和花喜鹊的鸣叫声。我在田垄上一丛青草地上坐下来，仰视着洋峪川的山野，静静倾听着天籁。

东秦岭在眼前折了几折，皱褶间生出的南山沟壑肋骨间，树木随山势高低起伏，由近及远，由绿变蓝，接近天边的峰影，重重叠叠，若隐若现。二龙山顶上的阳光强烈极了。山坡阳面的树叶绿得失了真。斜角横起的沙嘴山的阴面，槐树林密密地笼罩着，整个山体呈现墨绿色，与二龙山峰上的亮绿形成鲜明的对比。受光线与角度的影响，两座青山的坡面与峰架之间像隔着一层虚白的雾气，界线清晰又很缥缈的样子。

我将站在高处看到的地方，统称为山野。我觉得我的小心脏里其实装不下这么美的山野，大自然在洋峪川显现出来的奇妙景象，不是我一次就能看得过来的。我回想起有一年的十一月，我在故乡的山麓逡巡，黄叶遍野。月牙峰端已覆了白雪，雪线斑驳，泛着冷光。峰脊上是灰青的穹顶，没有一丝云气。竹林畔的后山上，村人们还在林子中打橡果，他们房前屋后的毛竹林里，竹叶青翠地在秋风中婆娑起舞，村庄四周没有丝毫的萧索景象。记得当时的场景很美，像是有人故意在洋峪川镶嵌了一块幽寂苍丽的深秋画布。

我时有感触：故乡的一草一木、一砖一瓦、一山一水都在发光，都在吟唱。光的颗粒纷纷落下，投射在时间与空间织就的立体网格里。吟唱的声线在洋峪川的田野上，密密匝匝地汇成一条河流，穿过我的身体，流向远方。故乡是明亮之地，亦是寂静之所。当你愿意为它驻足的时候，它在你眼里处处都是朴素的美学。谷里一条小溪，崖边一块巨石，河上一座独木桥，路边一棵老柿树，杨树枝上一个鸟巢，水杉树下一片湿青苔……乡村比城市更为抽象，也更为简单。

我清楚我的目光掠过竹林畔，掠过畔上的深草丛、翠竹林以及林子外的矮山坡。坡的那边还是山坡，坡上全是松树林、榛子林、板栗林和槐树林。林梢是一律的青苍色，重重叠叠，远近映带。

当我在田野上静静倾听天籁的时候，我又想起一些鸟影来。

冬春交替的季节，不安分的白脸山雀就开始在洋峪川的树枝上闹腾了。黑头白斑，羽翼划过一道白纹，腹部圆嘟嘟的，极可爱。而灰麻雀一点儿也不稀罕，一年四季都能在洋峪川的森林、山地、灌丛、农田、草滩、河道、村庄的房前屋后见到它们。一身的棕褐色，背部布满黑色的麻点纹，样子很不讨喜，整日"叽叽—— 叽叽"的，呼啦啦一群。

　　三四月间，灰椋鸟会从某个遥远的地方来到北方，它们像一片灰云一样在洋峪川的山林、田地、村庄上空盘旋着。每个黎明的东天，嫣红的朝霞刚刚露出笑脸，它们便倾巢而出，橘黄色的细脚紧紧抓着树枝，在高处"叽叽啾啾"不停地鸣叫，声音清脆而短促。我曾仔细观察过它们，灰褐色的头部，脸侧有生动的两抹白，尾部也是白色的。晨昏时分群体出动，黑压压地一团又一团，从树影里飞出来，迎着霞光，飞高飞低，起起落落，鸟声喧天。十月间，它们会集结南迁，但翌年仍会回来，像是已经认定了洋峪川的这片山野为家了。

　　春天的时候，也有花脖子的斑鸠常在山中的草窝里飞上飞下。它们的头部也是灰色的，背部呈现褐色，胸腹是肉粉的那种，最好看的是它们的颈部，有黑白相间的环带斑纹，看起来很华贵的样子。它们将巢建在高大的乔木侧枝上，有时也在草丛中。清晨要是在野外听见轻柔悦耳的"咕咕咕"声，多半就能看见它们的影子。

　　金腰燕的叫声也很婉转动听。黄腰的柳莺与黄眉的柳莺喜欢在柳树上弄喉媲美。花喜鹊时常出现在农人的果园里，"嘎嘎喳喳"的，很喜庆。花喜鹊是黑白鸟，尾巴永远比身体细长。而呆萌的灰喜鹊，总会歪着脑袋，怔怔地看着人，黑头灰背，两对翅膀灰中泛蓝，尾巴也是灰蓝色的，样子虽很可爱，鸣叫的时候，但声音沙哑，不太入耳。不过它们是自然界最杰出的工程师，筑建的鸟窝像个巨大的灰碗，高高地搭在白杨树的枝丫上，既结实又精美。

树鹨鸟叫声细腻悠扬，四月下旬就从南方飞来，我们洋峪川人叫它们麦溜子或麻溜子。树鹨鸟有好看的橄榄色，头部有白的粗眉纹，全身上下纵纹浓黑，喉部及两肋有皮黄色的羽毛，喜欢藏于枝叶间。洋峪川的田畔、路边、河谷、草地上随处都能寻见它们觅食的身影，它们喜吃虫子、蚂蚁、草籽，有时也吃鲜苔藓。它们在松林里筑有环状鸟巢，浅浅的，都是些枯草茎、松针或者苔藓，一副松松散散的模样。

在五月，四声杜鹃隐匿在高木树冠上，如独行侠一般单独出没。灰色的头，金黄的眼圈非常醒目，在麦子将黄未黄的时候出现在田野上空，"算黄算割"地叫个不停。白鹡鸰呢，抖动着尾巴，在竹林畔的草地上跑来跑去。有时白头鹎也出现了，在草间觅食虫子和草籽。乌鸫常常出现在夏天的溪谷里，它们体色黝黑，长着好看的黄眼圈和尖喙，胸腹有若隐若现的羽纹，叫声连续，如响泉般激越。东秦岭山麓的草坡及阔叶林地为它们提供了丰富的黑蚂蚁和浆果子。

到了深秋，洋峪川的山林子里，黑尾的蜡嘴雀们更加忙碌了，它们在树枝上欢快地啄食着坚果。那时，它们并不知道，南山脚下，所有的鸟鸣、鸟影、树影、山影、云影和人影，都成为洋峪川的一部分了。

多年来，我的笔下浓墨淡彩般地描述过故乡之美。在别人看来，他乡也有稻田、麦田、荷塘，甚至玉米地、大豆田……可是世界上没有一个故乡是可以与洋峪川一致的。月牙山独一无二，洋峪河独一无二，洋峪川的山川地貌独一无二，洋峪川的风土人情独一无二。这样藏着山根水汽的休养之地，是值得托付的。

　　我对一个人说：若你愿意，可以选择洋峪川。我们一起搭座茅舍，建个小亭，门前用竹枝做个院子，四周用篱笆围几块菜地。种花种菜，自给自足。我们养猫养狗，再散养几只鸡鸭鹅。白天让鸡仔和后山林子里的鸟雀为伍，把鸭子赶到洋峪河中游泳，将鹅群驱至稻田里捉虫戏水。夜晚，我们坐在院子里细数萤火虫，望星空，赏月色。每天临水而照，面山而居，消磨着最简单的人间时光。

　　要是想尝鲜了，可以去后山坡上摘些野果子，山葡萄、五味子、蛇莓、毛桃、八月炸、猕猴桃……山里浆果很多的。

　　想烹茶了，去小沟里打些山泉水，随便在村中的竹林里取几片嫩竹叶，或者在石径旁采些忍冬花骨朵，在岩壁上挖些石茶叶……我们品茗谈心、静坐发呆、呼啸山林、清凉兜风、解读河川、陪花坐一会儿……

　　在洋峪川，有一百种可以缓慢下来的理由，有一千种可以缓慢下来的事物，值得我们去分享。

　　我又对他说：如果你愿意的话，可以在这里隐居下来，听我讲鼎湖延寿宫的掌故；听我讲刘秀引泉饮马的传说；听我讲上有天堂，下有员庄；听我讲郭子仪借道洋峪川出奇制胜平定吐蕃叛乱；听我讲洋峪川人的迁徙过往史；听我讲荣家大院的千年古槐；听我讲肖梁——洋峪川最后一个古村落；听我讲燕子沟、滑雪场、梯子沟、石匣子村、梦峪、卧虎石、山神"秦伯"、古栈道、玉皇顶……洋峪川的每一寸土地上都带着温度，每一个故事里都附着灵气。你用手抚摸过的每一片草叶都是新鲜的，你用脚走过的每一片庄稼都是有思想的。你呼吸着绿，呼吸着香，呼吸着幽，呼吸着静，也呼吸着趣味、神奇和高远。

世界上有这么一个地方，需要一颗懂它的心。

我想起某年的春天，我回到洋峪川，高山草甸上的杜鹃花开了，火烧般的一片，把半边天都染红了。我想起某年的秋天，山里的桂花开了，香透了一重又一重山。我又想起某年的冬天，我回到洋峪川，密匝的松树林被大雪覆盖着，更加苍翠挺拔。

故乡，始终是用来治愈的。

我不厌其烦地对一个人重复地说着，让我们站在门前的石桥上发一会儿呆，然后赞叹：啊，洋峪川真安静呵！让我们在石桥下的河水里摸鱼逮螃蟹，看碎石和水草勾勒出来的流动波纹，然后赞叹：啊，洋峪河真清澈呵！让我们去稻田边捡田螺，下水田捉泥鳅，然后说：啊，洋峪川真丰饶呵！

当我们信步走在洋峪河畔时，我们会仔细欣赏一条河流的样式和纹理。我们也会思索它的内质和力量。当它从身边潺潺流过的时候，我们想到了它的运行规律和物理机理，想到它的质地和光芒浸透的每一寸泥土的表层毛孔和深层细胞。继而我们想到了河水一寸一寸渗透我们的肌肤，最终扎进我们的五脏六腑和奇经八脉的每一条毛细血管。

那时朝霞正在粼粼地发光，时间在流动中起起落落。光色铺满了河面，成千上万的空气颗粒与水波荡漾的光影相映成趣，倒映出一幕幕湿淋淋的水域故事。随风飘展的鸟鸣穿过大片纷披的芦苇丛和甜腥的野高笋丛，穿过茂密的河蓼草、野蒿草和石菖蒲，最后消失在远处的柳树林和杨树林里。

洋峪河中氤氲着透明的气息。鸟鸣过后，河滩上的空气仿佛也在滑行，或弧线运动，或斜线俯冲，或盘旋迂回，或垂直而升，所有的视觉、听觉和感官，都指向了一条河流。而深陷其中的我们，只能大口大口地，同霞色、水色、草色、鸟影、树影一起同呼吸了。

当我们躺在田野上的时候，我们可以听白鹡鸰飞鸣行摇时的叽叽声，听黄臀鹎在枝头秀恩爱的咕咕声。地里的麦子已归仓，玉米苗已经开始拔节了。我们深深地呼吸，轻嗅一下泥土的气息，望着蔚蓝闪亮的天空，慢慢想着幽静简约的心事。远远地听见洋峪河水细如黄沙般的流动声，听见牛羊在山坡上咀嚼青草的细碎声，听见一个农人用锄头在地里培土的辛苦劳动声。然后我们笑着走过去，同农人打一声招呼，一起帮他除除草，再随便同他聊一聊关于庄稼和土地上的事情。

今年秋天回来的时候，你一定要记得提醒我：埋几坛桂花酿，摘些山核桃，备些板栗子。等冬天来临，我们在洋峪川的竹林里再挖些肥冬笋，然后一起吃酒小醉，或者烹雪煮茶，围炉夜话。

可好？

去看一条河

　　当我站在洋峪河畔默默注视一条河流的时候，我并不能确定故乡对于我的真正意义。三十年前，我一直以为洋峪川人会以躬耕田园、面朝南山的状态持续生活一辈子。我的意思是，我们以及我们的祖辈仍会以土地为中心，顺从命运，用大半生的时间去和土地较量、和解，然后逐渐老去，深陷泥土。新的生命又会诞生，他们将继续沿着祖先劳动过的轨迹，在大山脚下耕耘播种。

　　显而易见，我们都不是先知先觉的预言家，至少我觉得我不是。一座村庄的富足和虚空同时显现，我们对于物质的向往远远胜过内心的富足。在洋峪河的两岸，零星散落的建筑多以楼房或者乡村小别墅的形式映入眼帘。旧日的土屋和砖瓦房几乎消失得无踪无影。微微起伏的几户坡岭人家，差不多也以同样的村庄样貌存在着。

　　我看见洋峪河边的白杨树蹿着嫩芽，它们微欹的枝干上，山雀在欢快地蹦跳着。周垂的柳树枝条一直将绿拂到水面，将细和柔映照在河水中。在洋峪川，它们如此卑贱，又这般摇曳多姿，诱使着喜鹊或者春燕，嘴里衔着冶艳的光线和春意，在枝间上下翻飞，扶摇摆荡。

　　我抬头望着天空，天空里的光掉进我的眼睛里，又一下子跌落到河水中。"咕咚"一声，水里面便有了蓝的天、白的云，还有两岸的村庄与树木。我的眼里也跟着闪动了一下，接着我便听见潺潺的流水声。闪动的眼睛里又有了瓷釉一样打滑的水纹，波光粼粼的。有幽长的绿藻在水面漂浮，细草也参差地出现了。河滩的芦苇荡再次返绿，连岸边的柿子树上，亦萌生了新绿的叶。它们连同白石、泥沙、石桥、远山、河岸……都属于洋峪河了。

　　这个时候，我忽然想到了一片水域的某个夏天。可能有些遥远，也可能是刚刚发生过的事情，总之，对于旧时的记忆，你必须让所有故事缓慢下来。芦苇荡茂密的深处永远属于隐秘地带，你不能确定那里面是否藏有水蛇、蚊虫、水蛭、黄鳝、白鹭、野鸡、黑野鸭和许多不知名的水生植物。那些葳蕤的芦苇叶在水边婆娑着，一些藤蔓凌乱地缠绕着它们。那些不知名的水生植物们，也都开着诱人的小花儿。你既害怕又很新奇地靠近那块隐秘地带，听见流水的声音，听见草叶拍打风影的声音，听见白刺刺的太阳光穿透皮肤的声音……最终你还是心有忌惮地退却了。那块隐秘地带并不属于你自己，或者说，你还未能强大到一个人可以无惧地征服那片芦苇荡。

　　无所谓啦。到了黄昏时分，一个少年与河水嬉戏疲倦之后，静静地躺在一块大石头上休息的时候，他仰着酱色的脸庞，露出酱色的笑，惬意地去听布谷鸟的叫声。云雀刚好从他的头顶掠过，他只记得它的歌声。乡村的小径上走来了一个肩扛锄头的人，少年看不清他的脸，只听见他那沉稳而悠悠的脚步声。洋峪河的石桥上响起了水桶"咣当咣当"的碰撞声。河边传来浣衣女的阵阵嬉笑声和木棒槌敲打在衣物上的"扑踏"声……少年确信，洋峪河两岸的安雀人家，他们对生活没有过多要求的这种自足和幸福，足以令他怀念一辈子！

我想那少年，便是我的大哥。

他的样子一直横陈在往事中央。我回洋峪川替他看望一条河流。当我站在秋天的河滩上的时候，河面的颜色有些冷峻。光色倾泻下来，远处的石桥犹如某个故事桥段里让人驻足的闪耀部分，引发了眷眷无穷的怀念。我看见大片大片父亲的稻田和大片大片母亲的菜地。它们都需要洋峪河的喂养，连同月牙山、堡子山、竹林畔和洋峪川辽阔的田野与散布的大小村庄。那时，稻穗鼓荡着金色的光芒，照亮了河流两岸。蛙鸣也在夜间鼓荡。父亲弯腰去收割稻子的时候，地狗子虫们在他脚下欢跃。父亲在劳动里慢慢消磨他的丰收时光，我则在不远处静静地欣赏着眼前这幅恬淡的田园乡村画卷，悄然感慨它的静美与深意。

父亲坐在河滩上歇息的时候，我曾望着银溪样的洋峪河，问过他这样一个问题："洋峪河会流向哪里？"

"远方。"父亲抽着纸烟，深沉地说。

我告诉父亲，我一定要走出洋峪川，到远方去。

"那你就得好好读书，将来考学，有出息了，你就能走出去。"父亲望着嵯峨的南山，幽幽地说。他的声音像厚重的大地发出的深沉之音，洪亮极了！

事实上，我并没有再向他追问"远方是哪里"的问题。因为我知道，关于"远方"，父亲也不能给予我一个准确的答案。

后来，我果然不负父望，通过自己的努力考上了师范学院，终于走出了洋峪川。这在三十年前，是一件非常值得全乡人庆贺的事。村民们也觉得我给村庄争了脸面，族里的人也认为我是曹家的荣耀。只是我后来并没有走远，师范毕业后就在距离洋峪川三十多公里的县城工作。即便如此，我仍将这不远不近的三十多公里视为父亲当年口中的"远方"。

三十年后，当我的父兄已经深埋地下，当洋峪河两岸的楼房鳞次出现，当一个个村庄渐渐亮丽起来并且空寂起来的时候，我对"远方"重新有了定义：它既是横向的乡情，又是纵向的心灵历程。有情感的，亦有距离的。有人情物理的风俗文化，有灵魂深处的血脉与胎衣的牵挂，又有现代文明对乡村冲击后的疏离感和荒凉感。"远方"是一种愁绪，是一个具体又模糊的概念。你说它是一条河，它就是一条河，一条宽阔的河流，一条奔腾不息又无限寂寞的河流。

至少，它就是洋峪河，是我感情摊开的河床以及某些远去的故事属性。

当我还在洋峪河边和母亲认真清洗菜地里的萝卜时，沙坡上的柿子就红透了，火一样的柿子树叶从半山坡一直燃烧到洋峪河边。芦荻一片雪白地映亮了天空。那个时候，我就在猜想，羊群一定站在高处俯视着整个洋峪川。放羊人手中的长鞭在秋风中甩响，整个黄昏的背景都被他一一收纳了。牛羊在山坡上吃饱后，悠然回到河边饮水。"咕叽——咕叽——"它们的肠胃连同它们的喉部一起发出对一条河流的热爱。这一点儿也不奇怪，当它们完全满足以后，它们会安静地欣赏自己的倒影，也会仰起头来，默默注视着前方。

你永远不知道它们在想着什么，冬季来临之前，所有的牛羊都要将秋天悉数收藏。

当雪的足迹进入洋峪川的天空，有些鸟雀们便很快将冬天搬进了它们的眼睛里。它们先是站在黑黢黢的枝头看天空把时间匀净地画在大地上，让雪一团一团随意变成什么。继而，它们也会像霏雪一样从树丫间飘落，它们努力地让自己成为画境的一部分。它们嘴里衔着雪亮的光线到处歌唱。

雪落在哪里，哪里就像画境。洋峪河两岸的房屋被白雪厚厚地嵌在画意中，洋峪河的河面也被严实地覆盖住了。孩子们的童年里需要一条河流，更需要一个白煞煞的冬天。他们快乐地在冰面上掷雪球、滑溜溜、打蛮牛（一种上圆下尖的木质玩具）。兴味高涨了，他们还会用石头砸开一小块厚厚的冰层，看清冽的河水在冰窟窿里汪着。看着看着，他们就会"哈哈"地笑起来……

也有好奇的时候。

"我猜洋峪河一定流向远方的某一条更大的河流里。"一个手脚冻得通红的说，"我爷爷说那条河就在城市里。"

"我不知道洋峪河是不是那条大河的源头，"一个吸溜着鼻涕的圆脸说道，"我听外乡人（走街串巷的小货郎）说，我们洋峪河的水很甜，他们那里的人每年春天都会到月牙山脚下取水。"

"要是我们能看到那条大河就好了。"又一个喃喃着。

"那个城市叫西安吗？它漂亮吗？长大后，我一定要去看一看！"少年充满了各种新奇和疑问。

这样，洋峪河便烙在了他们的心中，河流指向的那个"远方"，也深深地烙在他们的心中……

　　很多年以后，当他们终于去了"远方"，像撒豆子一样散落在全国各地，随大批的农村务工洪流纷纷涌向城市的时候，还有谁愿意想起一条河？还有谁记得河流两岸的躬耕人家？还有谁愿意静静地守护洋峪河，将脉动起伏的庄稼密林的清香流淌在广阔的原野之上？又有谁愿意最终伫立大地，将一个村庄的烟火自足倒映成画，让春天的鸟鸣传遍整个洋峪川呢？

　　回忆故乡，既是甜蜜又是苦情的，而一个人的思念，正贴着河流两岸的苍翠，静静地呼吸着。

父　辈

　　我确信：我父亲在多年以前就已经把自己活成乡间的一株庄稼，不，应该说是一块土疙瘩、一片田地、一片河滩、一面山坡，或者一道壕沟、一条羊肠小道……

　　时间应该定格在春天的某个早上，或者夏天的某个中午。当然，秋天的某个黄昏，冬天的某个下午，都行。

　　当羊群站在高处，静静凝望洋峪川的时候，云雀正从空中飞去，它们那像金属一样明亮可爱的鸣叫声，实在是清脆悦耳。

　　竹林畔上放牛的野孩子也许会仰起头来寻找云雀，羊群却不会。当它们细细地把洋峪川吃进自己的肚子里时，我父亲正在堡子山下殷勤地和土地交换着一些种子。

　　空气中弥散着泥土的清香、草木的清香和化肥刺激扑鼻的混合味道。田里玉米收完，去了根秆，连一点儿玉米残叶都没有。

　　父亲张开他那酱色脸孔，与一些农具密切地交集在田野上。显而易见，他干农活并不内行，好在他极有耐心。

　　他手握犁杖，吆喝着耕牛，缓步犁种，响鞭在头顶不停挥动……

　　那时南山在他周围，围起了一洼安静，他的孤独的背影，渐渐被落日拽远了。在他脚下，颗粒饱满的麦种均匀地分布在土地上，被犁铧翻动，均匀地滚落土层，掩埋其中，由一块土地做主，把它们交给时间，随时准备着破土而出。

而实际上，堡子山并不高。山上有庙，收完秋，村中善男信女们必会去烧香拜佛，晚上还有人在庙前绕着"8"字线路样跑佛。我母亲有时也跟着跑。

父亲不信神，但逢村人祭祀敬神，他会在敲锣打鼓的队伍里帮忙。我母亲在家里给他表演跑佛，他便笑话我母亲姿势笨拙滑稽。母亲一生气，将父亲早年的一桩囧事拿出来奚落他，父亲便不敢再笑话我母亲了。

少年家贫，父亲十四岁便跟人进山砍柴割荆条，有时也随我祖父到南山捐橼扛檩。

一次打柴落了队，在侯家山路的大石头后面突然蹿出一个小矮人，相貌奇丑，言行疯癫，对着父亲龇牙咧嘴的。我父亲孤身单薄，也从未见过如此怪异的中年小矮人，竟以为是从天上突然掉下来的，吓得撒腿就跑，半捆柴火也不要了。

后来才听人说那个小矮人是大洋峪的，名叫"孙儿"，本就痴呆，整日里在山中晃荡，那天正好从高处的石堆跳下来，把我父亲吓坏了。

父亲后来又几次进山碰到过"孙儿"，却再也不害怕他了。

"孙儿"常会向过往的人讨黑馍吃。黑馍是山客们的干粮，有人心善会分些给他。他在他们放下扦担歇脚的地方端水给他们喝，并好奇地看我父亲他们坐下来重新裹紧绑腿、捆压柴火或者拉紧绑着荆条的绳子。"孙儿"口齿不清，不能用语言与人交流，只是傻傻地笑。他最爱远远地看山客挑着柴捆，看着扦担在他们肩上一晃一晃的样子。他觉得好看，甚至好玩，却从来不知道他们的艰辛与危险、卑微与苦难。

父亲肩头的硬茧、脚底的血泡子、脸部和手臂上的划痕以及常年劳累落下的腰疼，包括饥饿贫穷带来的诸多病患，一个可怜又善良的傻子怎么会明白呢？

说起我父亲一生吃过的苦，我母亲在多年之后总是会难过落泪的。

早年为了盖新房，我们一家从前街搬到后场，我父母花了八百块钱建了三间土屋。

父亲在北坡拉土，母亲到处借打土胡基用的模子，我父亲总共打了八十摞胡基。遇到半夜下雨，一家人得把散胡基赶快垒起来，抱来玉米秆遮掩着，像打仗一般紧急；天一晴，又将土胡基搬下来一块一块铺排开来在太阳底下晒，每个人都累得气喘吁吁的。

父亲亲自打地基、下墙根、从河滩上搬运石头、挑水、拌泥、砌墙、抬木头、铺瓦……他迈开壮实的双腿，在粗犷的大地上干着一切力所能及的重活。

大年初一的凌晨，父亲一个人从柳沟翻几道梁到牛心峪，过三四条壕沟，再翻一座大山到我大姨父家所在的岱峪川道买椽木。大姨父家境殷实，在东川开了客店，专供从山里扛木头赶焦岱集来卖的木客们歇脚。大姨父能说会道，为人精明，时常会半道谋些好的椽檩便宜买下来。我家建新房时急需椽木，父亲便托了他帮忙。

一根檩或是几根好椽木，父亲有时需要跑几个地方去买，往返几十里路程是常有的事。那时他的脚力极好，一个人经常起早贪黑地赶时间，走东川，进辋川，翻山越岭，跑了很多山路。

新房盖好后，屋子内外的墙壁缝隙需要合缝涂抹，父亲和母亲就从稻地里挖回细泥土，用水搅拌成糊状，用手抓了细泥浆抹了大半个月，才将三间瓦房里外墙壁抹完，两人双手伤痕累累，裂了许多的血口子。

这些事，父亲在世的时候从未提及。

我时常庆幸：在那个生活贫瘠的年代，还有一个人在荒芜中为我们一家老小艰难而努力地拼搏劳碌着。

当洋峪川的村庄和原野落满了孤独和艰辛，我父亲满是血丝的双眼和挂着焦干白皮的嘴唇震疼了每个辛勤劳作的白天和夜晚。

在无数个光影斑驳的早晨，他无数次重复地面对着一片土地的热烈与刺痛，用一种躬身的勤劳臣服于那片田野。那时，时间为万物设置了道场，也为我父亲设置了一年四季的劳碌和经年不变的土味人生。

洋峪川的风总是不厌其烦地刮着。我想，一个村庄常常被它吵醒的不仅仅是一些房屋和人畜，还有我父亲锄头下可以分蘖出的更多农事。

当种子从深处拱出、叩问大地之时，我不确定父亲是否欣喜过，那些绿芽是否同时也在他的身体里拱着。但他那日渐佝偻的背和被生活压弯的腰身，却常常令时间倍加感叹。很多时候，我们被他的衰老模样吓坏了。

他一直在努力地与时间和解，但他不知道：时间是住在身体里的穿山甲。时间正让风偷走他身体里的一些故事和美好。有时，他自己就住在风中，用沙哑的声音和风交谈。他告诉风关于一片土地的苦恼和一位农民的无助。他爬上时间的山头去看望他的麦田，他抓了一把麦穗，在手掌心认真地揉搓着。他把一些颗粒放在嘴里嚼，嘎巴嘎巴地咬着，他已经嗅到了麦场的芳香。他在黄昏里踏实地劳动着，他用手中的锹镐完成了一个耕耘的过程，汗珠吧嗒吧嗒地往下滴，滴进土里，倏忽间就没了踪迹……

他说：地里的庄稼像父母一样看着我们，我们要不好好伺候着，对不起它们。

他到处积攒牲畜粪便，他把能用的农具都细细地抚摸一遍：锄头、铁锹、挖镢、耕犁、镐、耖、耙、耱……无所不及。

父亲和他执拗不分的土地成为时间背后的一种面孔，平静、急促、沉重、寂寞、勤劳而且持久。

他在晚年又坚持养了两头牛。从春天到秋天，一捆又一捆的青草从沟底背上坡梁，一堆又一堆的粪便从牛圈运往田间地头……忙碌作为一种乡间背景，在父亲和故乡之间不断地重复上演，有时你分不清黑夜和白昼，分不清谁是谁，只有青色的山脊线从黑暗中又一次隐隐显露之时，你才知道忙碌的一天又重新开始了……

那时他的个头也越来越如"孙儿"一般变得矮小，脸庞黧黑灰暗，唯有一双大手仍旧粗糙有力。

他每年都会攀梯爬上东山墙，用泥巴细细地修补那些被岁月侵蚀的坑洼墙面。

他最大的愿望是希望在他的有生之年，砌个像样的后院围墙。他在东山墙的墙根下堆了很多石头，像座小山一样。

夜里月亮升起来，隐在石堆旁的几棵椿树丛中。月光被椿树参差的枝叶划分成斑驳的影子，晃动在东山墙上。父亲常常望着月影，想象着将来前院会有一块水门汀，水门汀地上会有大杨树叶的闪动。后院呢，高高的围墙上也爬满了月光，围墙会被月光照亮。后院里应该栽着许多花，种着一些青菜和蒜苗。他这样想着，在夜深的时候，四周很寂静，空气也很潮湿。他随手抓起一把空气，湿漉漉的。他感到后背有些冰凉，他意识到了自己身体的变化。

他开始不停地咳嗽，有时感觉头疼，刨一下午自留地回来，两腿发软，身上直发虚汗。

他说他老了，快干不动了，人是要服老的。他说他要把脚印种在土地里，土地里就会长出种子来。庄稼人一辈子离不开土地，他一辈子离不开洋峪川。在乡间，他还有许多事情要做……

秋天，当父亲与土地交换血汗交换果实的时候，他一直在喘息，他已风烛残年，被洋峪川的风刮成薄片，掏空了，只剩皮包骨头。

他开始沉默。他在心里将自己定为五谷的亲人，他认为自己是个好农夫。这样，他一生在不畏风雨熬过苦难中所分泌出来的闪亮的那部分，就会一直归于大地，归于洋峪川，也归于他自己的身体之中。

时间悄然地在他的生命里打了许多结，将他悄然变成了洋峪川的一部分，连同他的村庄和牛羊，他的洋峪河滩和堡子山，他的竹林畔以及南山的风……

当忽然有一天，他的一生戛然而止时，当我们会用"隐忍"一词来总结父亲的一生时，我们并不知道：故乡、土地以及村庄和村庄里所有的一切，同时也已经成为父亲身体里密不可分的一部分。他在尘世里替我们卑微地活着，替一个村庄卑微地活着，而他身体里的另一部分早已经交给了我们。后来，连同洋峪川的许多人们，被我们称作了父辈。

　　洋峪川的时间里，只留下寂静和背影，凸起的是一小片耸立的乡愁，凹下去的是一大片摊开的思念，永远横陈在往事之中。

祖父的树

几只小板凳放在一棵枝繁叶茂的白杨树下。

祖父背光而坐，看不见他整张脸的轮廓。光线从侧面投来，他的颧骨显得格外突兀，因为眼睛深陷在眼眶之中，眉骨看起来也很高。

一些阳光正透过树叶的缝隙，在地上跳跃晃动。有些碎光落在祖父的身上，也不断跳跃晃动，因为有风，树影也跟着跳跃晃动。于是树影斑斑，日影斑斑。

祖父正在歇息，正在吧嗒吧嗒地抽他的老旱烟。一些青烟从他的鼻子里冒出来，与斑驳的阳光一起在春天里舞蹈。

这是许多年前四月初的一天上午，他刚刚完成了一件庄严的事情：种树。他在沙嘴山下已种植了很多树，并且都是些小槐树苗子。

祖父说：槐树耐旱，好生养，在沙土里成活率能高些。

的确，那些树苗儿在沙嘴山下很快结成了林网，铺开了一大片。

过去，难免会有外村人偷偷在山上砍树，祖父曾义务当过护林员。近些年因为脚力不济，上沙嘴山的路非常陡，家里人便不再让他上山了。村上另外安排了别人看林，祖父这才作罢。但每年春天，他会在山下栽种一些树木，这已经成了一种习惯。

有一天，他在门前的西墙角也栽了一棵小槐树，像他的大拇指那般粗细，那是少时的我硬缠着要他栽的。我对他说以后槐花开了，在家门口就能摘到槐花，让母亲给我做蒸饭吃。

那时祖父一直呵呵地笑，呵呵地答应着，凹陷的眼窝里满是慈祥。他在那棵小槐树的周围栽了一些矮枣树，上面是有许多小刺的，说是怕我和村里的小伙伴们摇树。

他的担心并非多余。以前他在门前栽过几棵小白杨，被我和小伙伴们玩耍时摇死过两棵。他很心疼，扬起巴掌就打我屁股："造孽啊造孽，你们害死了两棵小树，它们也是命啊！"

后来，他又补栽了两棵，为了防止我们再搞破坏，专门从后坡挖了野枣枝将杨树们严实地围护起来。这招显眼很管用，我们在玩耍时都要远远地躲着荆棘，不敢靠近白杨树。

当然，祖父并未打疼我，也只是吓唬吓唬而已。

祖父一生最爱栽树，听我母亲说，河滩上那一大片柿子林，原是祖父早年一棵树一棵树亲自栽种的。后来大队把那片柿子林分给了五组的村民，村民们并不知道珍惜，在林子里放羊放牛，胡乱砍伐。祖父想不通，因此而大病一场。

村南的高坡原是一片茂密的槐树林，春夏荫蔽，喂养过全村的牛羊。粮食短缺的年代，人们为了开荒种田，硬是在一夜之间把整个高坡扒光了。

后来日子逐渐变好，村民有了剩余的粮食，就不愿意再上高坡种地了。高坡慢慢地便成了荒芜之地，大队分坡时，仍将高坡分给了五组的村民，村民们也在高坡上放羊放牛，高坡也一直秃着、荒芜着。

祖父也是一脸的荒芜。他恨得直咬牙，他在村子里跺着脚骂道：这五组的都是些败家子，好好的一面高坡，就这么一直荒着，多可惜啊！这五组的都是些败家子！

还好，后沟的林地分给了四组村民，也就是我们这一小组。

我们家也分得了一块槐树林，刚好在沟底。

祖父总算得了些安慰。

草木蓬散。他整日地将自己深埋在槐树林之中，捡乱石，修滑坡，引沟渠，防山火……他唯恐别人闯进林子里胡乱砍伐树木。那时，他会忘记槐树林的孤寂，他随时能够感觉到某些已经潜入树林的足迹。比如鸟鸣和鸟的翅膀在林间振动的声响，那些声音喧嚣而凛冽；比如风息穿过树梢的声音，风儿在他的树林里哗哗作响……所有这一切，都是自然界给予他的安抚。他这样想着，心中便充满了快乐。

他只记得槐树林是善于收容的：芒草、野花、蜗牛、蚯蚓、蚊虫、爬蛇、野兔、鸣蝉、蜂群……槐树林的每一日从晨到晚，有着各种不绝的鸟鸣声，一波接着一波涌入他的耳中。大地所赋予一片小树林里的一切野性的生命，都如他一般深情。他的汗水连同它们的幽微气息，使槐树林变得丰富而葱郁起来。

那时，整个后沟都是他的。他陷入其中，耕于其中。小树林有时翠绿如春团，有时墨绿如泼彩，有时黄亮如油画，有时枯瘦如铁枝，无论如何，当一片幽绿的树林被他用热爱的目光接住时，空旷便在林中得到充分扩展。明与暗被收入其中。寂寞终是成为他咀嚼一片树林的密码，空旷也成为他抚摸一片绿色的慰藉，他将四时的情绪都付诸树林。

他看见苍蝇控脚、蜘蛛吐丝；他听见鸟雀破空，草虫吟唱……他常常沿着弯曲阒寂的小路无数次抵达沟壑，在黑夜与白昼交替起伏的光阴里，他的脚步在树影之间不停穿梭，密密折叠……

于他而言，树林就是他的全部。

一棵树，从它的外皮纹理到它的内质结构，祖父必是非常熟悉的。他晓得通过一棵树的年轮来计算它的年龄，他晓得通过它的年龄来观察它的生长规律，他晓得通过它的生长规律来判断它的木质属性。什么树喜阳，什么树喜阴，什么树适合做家具，什么树适合做房屋的椽和檩，什么树适合做农具的手柄，什么树适合做村里搭建戏台的台柱或者祭祀的庙台，他都一清二楚。

一片树林，自始至终都像他的孩子，他喜欢它们高挺雍容的姿态，他也怜惜它们纤细柔弱的稚嫩。他感谢树木给予一座村庄的庇护和恩典，他痛恨某些村人对树木的歧视与肆意伤害。

村中有个姓杨的懒汉，非常狡猾，经常在夜里偷树，得手后还将砍倒的槐树树杈用枯叶或者沙土掩盖住。祖父没办法，为了提防杨懒汉，他经常大半夜去后沟守林，家里人不放心，有时也轮流陪他下后沟，但更多时候，还是他一个人握着手电筒为自己一路照明摸索而去。

祖父种树成瘾，在村南大路两旁栽过很多钻天杨，也先后在我家房前屋后、路旁渠边都栽过槐树、杨树、榆树、泡桐和香椿树……

他说，树是村庄的眼睛，比人诚实。人会忘本，树却不会，它们只会带给村人财气和福气。

不管祖父的话是否有道理，他毕生选择了做个本分的农民，一年四季都在洋峪川不停地栽树。

他挥动双臂，把风沙击出手掌；他佝偻着后背，在他的影子里徐徐下陷；他弯腰躬耕，让树木变成一种苍绿；他守护田野，用一个季节的耐心成就一面坡地的丰盈……

一些寂静荡进旷野，许多寂静随之而来，所有的声音隐于林中，归入旷境，祖父在汗流浃背中将自己悄然变成了土地的模样。

他最终将时间攒成绿色，穿过日影，与尘世同光。

有时，他一个人在林子里枯坐，他看见安静像绿一样挂在树枝上。他深知一棵树内部扩张的样子，他甚至能够分辨出那漫过树林的每一种唧唧虫鸣鸟语。当四季的寒萧钻进他的情绪里，四季的阳光也钻进了他的情绪里。他敏感地触摸到大地的每一寸筋骨，就在他的林中舒展，时间就立于枝头，感性地闪着光……

在洋峪川，他和树的影子一次又一次完成了对太阳的突围。黑夜爬上了他的额头。树林像涨潮一样密匝涌动，祖父被埋于其中。他要执着地再去种植一片树林，他要在树下听鸟鸣、听虫吟。他还要在树下看露珠噗噗跌落，看雾气浓稠而来……

洋峪川的风呼啦啦地吹着，祖父树林里的树叶哗啦啦地响着，时间跨过一条沟壑，泠泠作响。风携雨雪，吹打着他的白发和他的树林，致他一日日地老去。

然而，在他有生之年，他仍将继续梦想着让绿色包裹整个洋峪川，当然，还有一片树林与一个村庄的来日方长……

外婆的村庄

黄昏由远及近，暮色缓慢而迟疑地漫过田野，爬上了洋峪川的山顶……

玉米林像涨潮一般密匝匝地涌向天边，胡麻在河滩上披散了一地，大豆闪着亮光，簇拥着金黄的豆叶努力向外铺陈……这是秋天的某一个场景，虫鸣开始牵引着寂寞走向草丛的深处，一些果盘早已不再藏掖于叶下，所有庄稼迫不及待地在这时奔赴成熟。

那时，羊群还在山上回味着青草的清香，它们看见一些炊烟正在村庄的上空袅袅升起，它们并不能确定哪一缕炊烟是外婆在为一家人忙碌的。

在这之前，外婆的身影一直陷在玉米地里。

舅舅与我母亲一直在努力地掰着玉米棒子，外祖父负责搬运。那时外婆掰了一些棒子，就跟在他们后面开始砍玉米秆。舅舅和我母亲年龄尚小，外婆不让他们干体力活。外公一声不吭地推着小木车来回奔跑，累得满头大汗。外婆弯了腰只顾放秆，眼看着快要放到地头了，她抬起头来看看天色，田野一点一点在隐没，就立刻丢下手中的小砍锄，动作麻利地用草绳捆了一些玉米秆，自己背着先回家了。

她将玉米秆放在院中散散地摊开，从屋里搬来小木凳和草铡，细细地将玉米秆切成一小寸一小寸的节段，用荆笼装些倒进牛槽里，这是给耕牛的秋饲料，玉米秆和叶子都是很新鲜的！

外婆开始准备一家人的晚饭。外祖父干的是重活，他得吃顿扎实的饭。但家里没有足够的面粉，外婆决定熬些玉米粥，粥里煮些土豆，土豆能充饥，一家人总能填饱肚子的，何况舅舅和我母亲正在长身体。

圈里的老母猪又跑出来拱墙根，外婆顺了根烧火棍把它赶回去，猪哼哼直叫。外婆抱了些青草喂它，青草是外婆晌午趁大家吃饭歇息的空当去后坡割的。

外婆总是很忙，一年四季撵着影子风风火火的。

冬日满目森冷，家里常常会缺了取暖的柴火，外婆就在村里的大树下捡树枝。树枝是被刮断的，经了风，已经干枯如黑铁。她猫着腰，小步地移动，不错过地上任何一根枯枝，那个样子，很像是在冬天里认领一些自家的东西一般。

她是个小脚的女人，骑着枣红大马被我外祖父接回家。她先后生养了六个儿女，大舅、二舅和我的两个姨妈都已成人，留在了岱峪川道。外婆守寡后，带着我小舅和我母亲来到洋峪川，嫁给我程姓的外祖父。外祖父是个厚道人，家里虽然很穷，却非常疼爱我小舅和我母亲，将他们视为己出。

外婆自觉从此成了洋峪川的女人，秋夏两忙和我外祖父总泡在地里干活。农闲时，外祖父会去山里挖草药，外婆就留在村里。村里有许多事情等着她去干，比如她得纺线织布、做鞋缝衣服，得挑水做饭、喂鸡喂猪，得种菜、浇菜、收菜、腌菜，得淘粮磨面、擦洗锅台、打扫房屋，还得编草绳、拧麻线……

　　每年的四五月份，外婆总是捣着小脚，手里提个柳木筐，去村口打些泡桐花，她知道泡桐花能消炎祛毒，是乡间的好东西。外祖父经常干农活、挖草药，脚板底下总是会磨出许多血泡来。外婆看了心疼，她曾从后山的坡地里捡过料姜石回来给外祖父泡脚用，但料姜石必须要在沸水里煮了才有效果，外婆嫌费柴火。而春天的泡桐花多的是，不但有清香，还能解乏，熬些汤给家人喝或是用温水泡了给外祖父洗脚，绝对实惠。外婆早年生孩子落下个肚子疼的毛病，一发作就整天哼哼唧唧的，有时还疼得偷偷掉眼泪。她舍不得给自己服用外祖父从山里挖回来的草药，我舅舅和我母亲还要上学读书，家里实在太穷，泡桐花也就成了外婆的救命花。

　　当整个夏天忠实地站在村子里，成捆成捆的麦垛子被拉到大场上，被一一摊开。在烈日暴晒下，麦秆发出噼里啪啦的响声，声音在正午响得漫长而热烈。

　　下午，外祖父和舅舅推着碌碡，一遍一遍转着圈儿碾轧着那些被烈日激起骚动不安情绪的麦秆们，吱扭吱扭的声音让外婆听着倍感亲切。她觉得那时，碌碡碾轧的不仅仅是麦秆们，还有毒辣的阳光和溽热的空气。她戴着草帽，依旧捣着小脚，手里拿把大竹叉，紧跟在外祖父和我舅舅后面，动作无比娴熟地把碾轧过的麦秆挑起来，再很快翻铺在麦场上。碌碡在前面转动着碾轧一遍，外婆在后面很快翻挑一遍；碌碡再碾轧一遍，外婆再翻挑一遍……到了傍晚，外婆将那些铺在场子上已经柔软脱粒的秸秆挑起堆放在一旁，用推板一点一点将那些掺杂着麦芒皮的饱满颗粒堆积起来，再用扫帚把周围的散粒聚到麦堆里，一天的疲惫和欣慰才算告一段落。

外祖父坐在场塄上休息了一会儿，便起身扬场。

外婆喜欢看外祖父扬场。当外祖父将木锨插进粮食堆里，铲起一木锨向空中高高地抛出去的时候，外婆看见一道道长长的颗粒弧线从空中划过，她的头发被弧线带起的风悄悄地掀起来，在头上乱飞着。她在偷偷地笑，外祖父并不知道。

芒皮和颗粒在空中分开了，外婆在外祖父的木锨下飞快用扫帚拂扫着圆滚滚的麦粒，她满脸灰尘，呛得直咳嗽。

她一簸箕一簸箕地再一遍遍把麦粒中的残留芒皮和尘土除去，当她最后再一筛子一筛子地将新打下来的粮食筛过之后，当她终于把它们装进麻袋时，天已经完全黑了。夏场上，一根细而高的电线杆上，一盏电灯泡发出微弱的亮光，那亮光在昏暗中跌跌撞撞，外婆的影子被拉得很长很长……

当一群鸟儿陆续离开北方，向某一个地方飞去的时候，大地赋予一个季节的所有农作物也会相继成熟并被收割。大豆的叶子在秋天里变得金黄，高粱地、玉米地分别产生了一些密密的影子，这影子让人觉得神秘而厚重。

当外婆终于将那披散一地的萝卜收回家时，空旷的萝卜地里只留下一些枯了的萝卜叶子，连同那些被收割了的大豆地、高粱地、玉米地，一起没了影子。

外祖父总喜欢咂摸着嘴，对外婆说馋一口粮食酿的醋香。他还说外婆酿的醋是洋峪川方圆几十里最好的醋，它的清香能把整个洋峪川都浸泡起来。外婆听了很高兴，这大概是她嫁到洋峪川最引以为荣的一件事。

外婆酿食醋时，先把玉米颗粒脱皮捣成玉米麦仁，放进水里浸泡两三天后捞出来，装进自制的麻纱袋内，扎紧袋口悬挂于房檐之下，让其自然发酵。玉米麦仁在时间和风力的催化下，慢慢变成绿色的霉子，外婆说，这就是醋霉。

醋霉越老越好。外婆说，好的醋霉子至少要风干半年到一年。这样的话，到第二年的清明前后，将醋霉子取下来放入大缸里，倒入适量的山泉水，每天搅拌一次，搅拌完再将大缸口严实封住，第二天再搅拌，再封口。直到有一天，醋霉全部溶入水中，化成淡红色的醋浆。这时，一股浓郁的清香溢出大缸，从屋子里飘散出来，馋馋地舀上一勺放入口中，酸甜醇香，清冽绵长，在齿喉之间余味存留，挥之不去。

外婆一生都在自己酿醋，无论逢年过节，还是平淡日常；无论邻居大碗舀取，还是亲戚朋友提瓶索要。她一年又一年不断地辛勤酿制，直到舅舅娶亲、母亲出嫁，直到她和外祖父头发花白、腰身佝偻……

外婆感觉自己越来越老了，干什么事都觉得力不从心了。

有一天，外婆从梦中醒来，她发现自己像一只猫一样蜷缩在炕头，她有些恐慌！

她摸摸索索地下了炕，想到院子里给猪剁草，可是她觉得身体摇晃，腿脚不稳。她动作迟缓地回到屋里到处寻找她的纺车，可是她已经忘记了她把纺车放在哪里了。

她看看水瓮，瓮里的水满满的，她瞅瞅锅台，锅台上收拾得干干净净的。她不记得谁把水瓮挑满，她也不记得谁将锅台清洗干净、碗筷摆放整齐。

　　她一个人在屋子里发呆，她不知道自己想要干什么。

　　春天的时候，她拄着拐杖，颤颤巍巍地在村子里晃荡。她到处寻找外祖父，她不知道外祖父到哪里去了。她也想不起来外祖父是何时离开自己的。

　　她记得当年她骑着枣红马被外祖父接到洋峪川，她带来了一双儿女。她在村子里努力地生活，她和外祖父一直为儿女在前面蹚路。当外祖父披着星月的影子走进院子，他一身的尘土里，除了带给家人的温暖和踏实，还有他积年不断的咳嗽与衰老……

　　她还记得有一年秋天，狗熊从深山里跑出来伤人，外祖父和村子里的男人们一起拿着家伙去撵狗熊，外婆很是担心。她常常一个人站在村口，静静地望着南山，南山的山巅总是挨着天空。外祖父去南山挖草药，她在村口等到天黑了也不见外祖父归来……

　　现在，外祖父到哪里去了呢？外婆真的想不起来了！

　　她的脑海里只记得她的村庄。她知道门前有一条小河，名叫洋峪河。洋峪河上有一座石桥，她常常站在石桥上翘望上学归来的儿女们。她知道村子后面是很多坡地，坡上总共有三道梁，翻过那三道梁就可以看见汤峪川道了。她知道村南有条大沟，人们叫它老洼沟，外祖父在那里放过牛，她在那里给牛割过草。她还知道村西是大片大片的田地，她和外祖父一年四季都在田里躬耕：春天的庄稼绿油油的，阳光一晃，那些叶子嫩得能掐出水来。夏日的麦浪随风起伏，布谷鸟一叫，成熟的麦香就会把整个村庄淹没。深秋了，二龙山下的柿子林里树叶红得像火一样，忙于收秋的人们总也顾不上去摘那挂于枝头的果实。冬天呢，冬天的村庄可美了：南山隐约，近树疏离；田野沉寂，坡岭晕乎；河面结冰，石桥仁立；屋顶被厚厚的白雪覆盖着。远远望去，仿佛一幅淡淡的水墨画……

　　如今，这个村庄似乎没有她什么事了，她只适合静静地站在村庄的某一个角落，望着来时的风，去细细回味她与村庄的过往：

　　她挑着水桶，把水倒进自家的水瓮里，哗啦啦，哗啦啦；她又去挑星光和月色，然后又将它们倒进水瓮里，哗啦啦，哗啦啦……

　　她披着蛇皮袋子在后坡上种麦子，天上正下着小雨，雾蒙蒙的一片。她踩着泥泞光着脚丫，一点一点地向前挪动着，脚下发出扑踏扑踏的声音……

　　她坐在洋峪河的大石头上，使劲用棒槌捶打衣物，羊群从她身边经过，她抬手去撩额头下垂的那缕秀发时，她看见阳光把一只老山羊的胡子晒花了……

　　她在村南的大碾子上推着石磨磨荞麦面，灰雀在她头顶的树枝上不停地叫，那叫声把碾子旁的大柳树叫老了，也把她自己叫老了……

　　她真的是老了，这是毋庸置疑的。

　　她常常低着头，坐在院子里打盹，呼噜声时响时停；有人从她身边经过，她会忽然惊醒，慢慢睁开眼睛，空空地望望，又低下头继续打盹。有时她醒着，她会抬头看灰黑的屋檐，看院子里明晃晃的树影，看篱笆外几只母鸡正在埋头扒土……

　　有时，她的脸上带着某种神秘和无奈，逆着光，看起来像陈旧的器皿。眼睛总是眯着，有木刻般的凝重，显得心事重重的样子。有时又非常的虔诚和安静，一副要回归大地的廓然样貌，幽幽地笑。

　　无论如何，她开始沉默了。

　　她在沉默中隐隐听见人们商量着请木匠师傅进门为她做寿棺。她自然是高兴的。

　　她希望寿棺上底的那一天，人们都会来虔诚地祭拜天地。这是一个人一生中极为重要的一件大事，也是村中的一件大事，更是洋峪川千百年来亘古不变的风俗。她希望舅舅在酬谢师傅时能够将仪式办得更隆重一些，款待前来贺寿的亲戚朋友们时也能够更喜庆些。

　　当然，她也希望自己的寿棺最好是用十二块材料打制而成的。这样的话，木匠在做寿棺的时候，会在棺底和棺盖间分别打上三块寿材。人作古以后躺在里面，前心后背正对的棺木位置上就不会有缝隙。乡里的老人们都是很讲究这些的，她自然也不例外。

　　她这样思量着，这样欢喜着，这样沉默着，她的眼里装满了空。

　　当风在村庄里的某一些叶片间行走的时候，外婆已经学会了用回忆来打发自己余下的时日。一直以来，她都相信自己从来就没有离开过她的村庄。她确信：很久以前，她已经成了这个村庄里的一部分。

　　真的，外婆从未离开过她的村庄。

　　外婆姓张，小名唤作贤儿。她的村庄叫祝寨，在洋峪川。

叙述者

　　一片摇曳的晚霞横陈西天，霞光在村庄上空开始蔓延。

　　那时候，我看见自家的老屋静静地守着夕阳的余晖，阴郁而明亮。被暮光映照的土墙上，浮起斑驳的晕黄色。透过它剥离的表层，那些沉积在坑坑洼洼里的投影，自觉不自觉地将人的视线挑高凝聚。

　　门前一棵小白杨的枝头也泛着金黄色，我努力地抬头向树上张望，树叶碎碎闪闪地直晃眼睛。一些重叠的叶片之间已被黄昏悄悄扯开，夕阳在树顶和屋檐上泛起厚厚的光层。我坚信：村庄已经严严实实地被光涂染了。

　　母亲正在秋场上收拾豆子。那时，她的头上裹着一条灰蓝相间的旧毛巾，一个人神情专注地踅着筛子。竹筛里盛放着一些新打的黄豆，里面夹杂了碎的秸秆和豆壳，她双臂富有节奏地踅动着筛子，动作无比熟练地将豆中的杂物慢慢聚拢在一起，然后瞅准时机，用手轻轻一抓，再筛，再拢，再抓……如此反复多次，最后只留下那些圆滚滚的豆子们如调皮的小孩子一般在筛中挨挨挤挤地明朗起来……

　　她一筛子一筛子地踅着、抓着，然后用簸箕一次一次地装袋……她身旁已经蹾满了很多粗布袋子。

当我烧好了一家人的晚粥，我就去大场找她。我在场塄上轻声呼唤母亲的时候，她并没有听见。我想大概是她只顾低头筛豆子的缘故。她的身影正被黄昏包裹，忙碌稠成了暮霭，劳动的艰辛与气息渐渐融合了时间的密集和质感，在一个深陷寂静的小村庄里呈现出来。

我知道这种寂静常常只属于洋峪川。当南山被浩荡的天光和浩荡的鸟鸣包裹时，洋峪川的农人们是无暇欣赏这一切的，他们的脚步长年被泥土和庄稼牢牢地拴着，躬身劳作，倾身向夜，将朝霞驮成垂暮，无声地用寂静簇拥着空荡的田野、山路，他们像暗地里的菌苔一样，隐忍、卑微、朴实、低沉。

大多时候，男人们都在忙碌着大地上的事情。秋天让洋峪川变得格外沉重而饱满，那些被风灌熟的玉米棒子高高地擎在田间，等着人们去收获、去搬运。

父亲瘦小的身影在玉米地里不停地穿梭着，一双粗糙的老手无比娴熟地在玉米秆上掰着棒子。他脸上淌着热汗，气喘吁吁的，喉间不时发出嘶啦嘶啦的声音，筋骨突暴的手背上布满了黑皱，挽起衣袖露在外面的胳膊上全是被玉米叶划伤的血痕……

或许那时云雀正从父亲头上的天空掠过，他却没有时间抬头去欣赏它们的身影，也没有时间去听它们歌唱，他知道云雀的叫声是非常清脆悦耳的，那脆简直就像金属一样明亮可爱。

他掰完整片玉米地里的棒子，还要一推车一推车地将它们搬运回家，然后返回再用手锄将地里的一根根玉米秆放倒。锄刃与秆茬正面交锋的断口处，慢慢渗出一股甜的汁液，他将它们留给仓皇的地虫，留给身后即将到来的大片寂寞。

躺在地上的玉米秆湿漉漉的。他弯下腰，一一将它们摊开、晾晒、捆扎、围绑……

白昼的尽头窥伺了他忙碌的一天，黑夜常常先于他回到村庄。当某些虫鸣开始抵达耳膜，孤独和空旷随即漫过洋峪川的田野，高耸的月牙山也变得影影绰绰起来……

田野升起大片的寂静，寂静之下是无可捉摸的动，是一粒汗珠跌落的声音，是被放倒的一株玉米顶穗的子屑飘落的声音，是附近一小块草窝发出窸窸窣窣的声音……父亲穿过黑夜，潜伏其中。被大山和树梢切割的夜空，深邃而幽远，星子有时会零星地在他头上闪烁，月光朦朦胧胧有些晕乎，他须摸索着夜的动向，汗津津地靠近他的老屋。

一扇矮而破旧的木门，从门内散出的微弱灯光，通向了父亲回家的路……

多年以后，我在某一些记忆的片段里会常常看见父亲凝重的神情举止。他似在远眺，似在沉思，似在喘息，又似在流汗……无论哪种，他一直都在忙碌着洋峪川的事情。

关于洋峪川，关于我的父亲、我的母亲，关于洋峪川那些庄稼的宿根和气息，还有那些我能够记起的或者已经忘记的人们，我只能用某个黄昏或者某个季节来定格他们。他们来自大地，带着尘土的味道，成为村庄乃至一个川道地域文化的叙述者。

曾经，他们是洋峪川的草木人家。时间如书，村庄如书，他们如书。

遇见村庄

春天来了，我知道得干点什么。

干点什么呢？我想起了那个叫洋峪川的地方。当城市最终将我变成一个虚无的隐影，我清楚：我比任何时候都需要故乡的大山、土地、树木、溪流和空气的充盈与安慰。

父兄倾其一生在村东撑起的土屋，显然已经年老力衰，风轻易地爬上了墙头，作为洋峪川的一部分，它大概希望老屋应该时常有人来打扰，就像它随时想光顾村庄的时候，任何一个它愿意停留的角落里，它都喜欢兜兜转转。如果可以的话，它一定会去赵拐子家中瞧瞧，它得顺道问候一下它的老伙计、一只成了精的老狗。年轻的时候，这只狗曾在洋峪川叱咤风云，叫出了点儿名气，在被一只后起之秀替代之前，它每天都在一丝不苟地替主人家看守门户，一直恪守着一只好狗的忠诚和担当。那时它是多么高傲和自信啊，得宠的时候甚至连家里的花猫都不屑多看一眼！那只愚蠢的肥猫，连一面矮土墙都跃不过去，发情的时候只会在墙根下歇斯底里地嘶叫，声音实在难听极了！狗坚信：村里绝对没有一只公仔愿意与那个蠢货在夜间约会。

狗在如日中天的岁月里，除了主人，很少把别人放在眼里，它年轻气盛，绝不允许村子里还有比自己叫声更大的同类，它常常在夜间宣布狗事，所有喧闹沸腾的狗语中，唯有它的声音里代表着神圣不可侵犯的威严。它必须时时用警告的口吻提醒那些自不量力的家伙们：在一个村庄的狗道里，只有它说了算。

如今它老了，叫乏了，也叫不动了。主人家解了它的锁链，还给它自由身，它整日无所事事地在村子里晃荡着，实在闲得无聊了，就回家躲在院中一个不碍人眼的角落，蔫蔫地晒着太阳。它完完全全变成了一只衰狗、闲狗和无用的老狗。它风烛残年，到处讨人嫌。还好，它的主人家始终没有抛弃它，由他们来为它养老送终。

有时风来了会趴在墙头戏弄它，它干脆缩了脑袋装睡。它瘦得像一堆骨头，突兀的骨架上挂着干瘪松塌的狗皮，再没了当年的威武雄壮。它不再好意思对着风叫，它学会了默不作声，它要给自己留一点点的尊严。沉默，有时是金。

当然，风也一直在好奇地打量着我正在忙碌的父亲。

他弓着腰，低着头，坐在时间的根部，任其穿过他的一生。此时，他筋骨突暴且布满老茧的手正在努力地把一片小木楔塞进一把铁锄的锄籀里，风吹乱了他的头发，掀起他的衣角，他嘴里衔着纸烟，闪着明灭起伏的火星。一些青烟被风带走了，消失得无影无踪……

他皮肤黧黑，神情专注，粗糙的脸上印着农人的苍老和沉郁。

春上，他要在土地解冻之前，把闲置了一个冬天的农具，都搬出来放在院子里，重新加固一番。铁锹、铁锄、木犁、耙子、镬头、铁锨……他手头有干不完的活计，脚下堆得满满的，他随时准备着用这些农具去征服洋峪川的田野，把自己交给时间和土地……

我常常梦见谜一样的父亲和他的村庄，对，还有他的老屋。他总是那样虚茫而真实。他无比忧郁的眼神里，盛满了时间的悲欣，并且让它们正好从他的身体里呼啸而过。

我一直在想：倘若父亲现在还活着的话，他一定很高兴。在我的兄长能够独立自主的时候，终于将父亲用石头垒砌的院墙换成了漂亮的水泥砖混墙，那是父亲一生的心愿，儿子替他做了。这花去了我兄长两年多在城市里辛苦打拼挣来的工钱。

父亲也许认为他的儿子还不够坚强。是的，在他当年坐在那个破旧的院子里专注修理农具的时候，他的儿子在哪里？那个纯真可爱的少年正把自己丢在野外，一动不动地躺在竹林畔一大片干枯的草地上，静静地仰望天上的白云。其实那时天上根本就没有什么云朵，但他想象着会有那么一片云朵，它们不会被风吹散，也不会被黄昏带走，它们是少年的梦，一定长着脚，会带着他远行。

大山的那头有什么？外面的世界长什么样子？少年骚动不安的心中揣着许多缥缈的梦，他也愿意借助风的力量积极地让那些梦变成现实，他要把洋峪川镶在城市里，他要把南山变成绿林，把他的村庄写成诗歌，把他的土屋换成洋房……那时，他身处空旷的荒野，他把自己变成了荒野中的一部分。他自信地认为他是乡间独一无二的一个，他甚至坚信村西头国兴家的那块平庸的菜地会因为自己的两泡热尿而变得非凡无比。

我常常梦见兄长和他的竹林畔，春天的时候，竹林畔的山坡上，招摇地长着一大片一大片郁郁葱葱的翠竹。它们挺拔笔直，依坡而立，不甘地高昂着头，试图高过嵯峨的二龙山。

那时，他正静静地躺在竹林畔上听鸟鸣。他坚信，鸟类是打开果实壳最智慧的艺术家，它们不但善于用强大的喙啄食果实，它们还善于歌唱。有的时候，它们会替他飞到高处，将天上的云朵和竹林畔的树影衔至河水里。我兄长不用睁开眼睛就能猜到：天光和水色已经交织在一起了。弯弯的洋峪河水正穿过田野的深部，从身边静静流过，带着他的梦想，奔赴远方。

如果兄长不是英年早逝，他一定后悔自己后来的选择。

如果当初他不离开洋峪川，他就可以踏踏实实地在乡间做一个本分的农民，抱拙而朴，与土同尘。虽然平庸一点，虽然日子过得清苦一点，但也许可以糊涂一点，可以心无大志地正常老去。

他不明白他根本就不属于城市，他不该去陌生的高楼夹缝之中寻找他的诗意生活。原本他要的诗意生活很简单，他不该心事重重地行走于城市，尽管他那么辛苦地打拼着，却终因事业虚无、婚姻失败，郁郁而终。

我比年少时更需要一个父亲，他操劳一世，给我营造了一个清贫却温暖幸福的家，我却不能让他安享晚年。当洋峪川的风穿透他的筋骨，把一些病痛留在了他的身体里，暮年的他已被岁月弯曲成了一张弓，熬到皮包骨头，勉勉强强地撑起一身衣服。

我是一个无用之人，面对父亲的仓促衰老，我竟手足无措！我没能帮他减轻一点点生活的负担，以至于他一直累着、病着，有一天忽然离去。

我比年少时更需要一位兄长，他聪明帅气，富有理想和野心。儿时，他带着我疯遍了洋峪川的大小沟坡，那种美好记忆永远被快乐指引着，并且定格在了南山脚下……

　　我始终只是一个无用之人，当他需要陪伴、需要帮助的时候，我却无能为力！他不能陪我一起慢慢变老，他不知道有一天我白发苍苍、牙齿脱落，活到糊里糊涂、晕头转向的样子会有多么可笑。

　　当我无力唤回我的父兄时，我就会一遍一遍地对母亲埋怨着洋峪川的风，可母亲总是在说："它会催你长大，让你变得更加坚强。"

　　我最终相信了母亲的话，她一直都是一个沉默寡言的老人，一旦她愿意开口说话，那么我就会相信一位饱经沧桑的老人的话一定是正确的、充满生活哲理与力量的。她把自己活成了乡间的一株庄稼，终年与她的村庄和她的老屋默默厮守。

　　风让她在很久以前就变得坚强，她认为风就是一个人，就是村庄的一部分，风对于一个名不见经传的小村庄里所发生的一切事情，熟悉得不能再熟悉了。

　　这只是个时间的问题。它自然知道田富家的母牛要下崽子了。天刚麻麻亮，田富媳妇已经从大场的麦垛上扯了许多干秸秆，装了一荆笼，压得实实的，随时准备给牛崽取暖接生。田富口袋里也备好了烟，早早地去大队部请兽医。

　　王疯子又分不清自家的坡地了，他在河对面忙活了半个上午，又把荣家老二家的坡地给浇灌了一遍。荣家老二自然记着他的好，收麦子的时候，总会匀两个垛子给王疯子家。

　　晌午饭后，马贵的婆娘把小方桌搬到院子里，她叫了对门的胖嫂一起过来糊袼褙。天气正好，阳光很充足，糊好的袼褙放在太阳底下，干得快。

　　黄昏时分，放牧归来的老梁头正在给贺生娃和刘锅锅断官司，不用问，一定是前几天贺生娃家的羊啃了几口刘锅锅家的麦苗，刘锅锅心里恨得牙痒痒，今天故意放牛踩踏贺生娃家的麦地。老梁头说他俩都是地老鼠，做事见不得光，说得两人恨不得钻进老鼠洞里去。

天刚擦黑，程小宝家的烟囱里就冒出跟别人家不一样的烟来。他家娃多，熬一大锅饭，耗时耗柴，烟顺着烟囱咕嘟嘟地向外要冒很长时间。程小宝家的炊烟永远都是村里升得最高的，它在村子的最高处眺望最神秘的洋峪川，当风带着它去巡游夜空的时候，它第一个听懂了风的心事。

风只是担心隐藏在后沟里的那只母狼会在半夜忽然出现在后梁上，朝着沉睡中的村庄不断哀嚎，或者趁着幽黑如古井的夜色的掩护，悄悄潜进村中……风不愿意听见村头王瞎子家小孩被惊吓的哭声，所以它唤醒了黑夜里所有的狗，一时犬吠四起，野狼逃遁，狗声在村庄上空飘来荡去……

关于洋峪川，关于村庄，关于坚守和逃离，风是最隐秘的一个，它比我父兄要从容。

它想吹绿南山的时候，南山就绿了；它想催熟田野的时候，浓郁的麦香就会在一夜之间荡平洋峪川；它想染红堡子坡的时候，堡子坡的柿子林就在深秋如火如荼地燃烧起来；它想封冻洋峪河的时候，洋峪河就默默地结冰了……它始终属于它自己，它深埋了心事，稠浓、荒凉、亢奋、寂寞。

也许它偶尔愿意跟老狗述说，将自己闯荡世界只为衣锦还乡的影像留给村庄，对于村庄和在村庄里出生的每一个人的命运，它只字不提。

　　当我一次次在梦里遇见它的时候，它只是不断地在重复着，它是村庄的一个组成部分，它在村庄的旧影陈事里看见了年少的自己，它将在此终老一生。

　　春天的时候，我无所事事，只是遇见了一个村庄。

月色钩沉

月光覆在南山脊上，朦胧一片。树影和草丛洇在银白色的月光里，幽幽透着静谧。

洋峪川弥望的月色令我心中也生出了宁静与平和。清辉落地，它那澄明而淳朴的光亮，来自星夜的殷切邀请。在蛙鸣如鼓、暮色浮动之际，点缀天宇的星星开始向幕后隐遁，它们要将真正的舞台留给月亮。摇曳的白杨披散着泠泠作响的树叶，在轻风中激情吟唱，一个村庄的隐秘心事，悄然地在月光中氤氲铺开……

大姐坐在檐下，手中拿了几块削薄了的苹果片，慢慢地嚼着，嘴巴里不时发出"吧唧吧唧"的声音。这声音听起来极富感染力，仿佛在她那不好的牙口里，此时正品味着世间最香甜的苹果味道。

末了，她将嚼过的残渣随手扔到旁边的花丛中，然后对我说："你姐夫在城里打了半年工，没挣多少钱。我跟他商量着，等把秋收忙完以后，我也去城里找点儿活干……"她咳嗽了几声，顿了顿接着说："现在庄稼不值钱，粮食卖不上价，趁着手脚灵活还能干，我想到城里找点儿零活，给娃们也攒些钱，能落多少是多少！"

我说："也好，你们这样决定了就去吧，把家里安顿好就行。"

"家里没有什么好安顿的！"她起身，回屋给我沏了一杯热茶端了出来，说，"村里没人了，门前种的菜长老了都没人拔，家里就搁些干麦烂苞谷，谁稀罕呀！"

我点点头，没有说话。

她也不说话了，抬头望着天上的月亮，静静地不知道在想些什么。

我们就这样不说话，默默地坐着。

南山在月色里隐隐勾勒出一些峰脊的筋骨，气息沉静而清峻；散落于几座矮山脚下的村庄，影影绰绰地坐落在河对面，被一些树木包裹着。远远地望去，那村影与树影像是在秋夜里密谋一般地对着话，而那树叶正托着流动的月光，听它们说道着洋峪川的一些故事。

"喜旺几天前死了！"大姐突然说。

我有些吃惊："怎么死的？他还那么年轻！"

"听说在城里的建筑工地上，从高架上摔死的！"

我问赔了多少钱，她答道："只给三万。听说老板答应让喜旺他爸在工地上看门，还让喜旺的媳妇在那儿给工人做饭。喜旺的尸体被送回乡下，草草地埋了，唉……"

"那他家小孩怎么办？"我又问。

"还能怎么办？本来喜旺想让儿子在城里上学，现在他死了，儿子只能送回老家，让他七十岁的老妈暂时照管着。他二姐在镇子上开了个小超市，说是开学后把娃送到镇上的寄宿制学校去。村上学校只剩下一个看校门的，老师们都调到镇上学校去了……"

大姐喃喃地说，语气有些郁闷。

我心头滑过一丝悲凉，几欲张口说话，却最终还是沉默了下来……

后来她给我又唠叨了一些村上的事情，都是些让人听起来感觉很颓废的事。

一片银光掠过屋檐角，轻轻地滑落下来。那光投映在门前的空地上，淡淡的，有些清冷和薄凉。山墙外的草丛里传来了窸窣的声响，有蛐蛐在暗角里不断地吟唱。一些萤火虫们在秋夜里努力地上演着某种忽明忽暗的神秘。门前的树影在很大程度上扮演了这乡间夜色的剧目脚本。那些悬于高空的星辰，只是夜的设想，唯有月亮充当了洋峪川的主角，在这虚空的舞台上独自演绎着乡间的清寂和过往。

一阵凉风迎面吹来，月光中跌跌撞撞地闯进一团人影，是隔壁的月娥，肥大的屁股旋着夜风，虎背熊腰的。她走近了，看见我，先是愣了一下，接着便打招呼："回来啦！你们吃公家饭的人，一年半载地也见不上几面，若是有时间，就常回来看看你姐！"

我连忙笑着点头："应该的，应该的。平时工作忙，压力大些，好不容易盼个星期天，这不，就回来了！"

月娥便拉着我的手说些"都不容易啊，都不容易啊"之类的话。

她说不知道我回来了，刚才和她男人把孙子哄睡着了，这会儿没事过来约我大姐到村西老戏台那儿打麻将。

我问，老戏台不是唱戏的地方吗？怎么变成了麻将场？

月娥叹着气说："早拆了！先前那帮唱戏的角儿，死的死，老的老，早不唱了！"

"村上的老杨头后来不是带了一帮学徒吗？"

"早散了，都出去打工了！没人唱戏，也没人听戏了，那戏台子便成了空的摆设，平日里，只有老杨头爱在那上面晒太阳，蔫兮兮的，守着戏台子常常打盹。四年前的一天夜里，刮大风下暴雨，戏台坍塌了，只剩下半截墙……"月娥边说边摇头。

大姐在一旁补充道："戏台倒塌的第二天，老杨头便疯了！"

"那后来呢？"我好奇地问。

"后来，村上规划新的宅基地，西边那一片地方全平了！老杨头在外揽活的儿子挣了大钱，为了他爸的心愿，花钱托人情，最后申请到了老戏台原来那块桩基地，在上面盖了楼房。老杨头儿媳妇平时爱热闹，便置了麻将桌，聚些闲人玩玩，村里人习惯上还管他们家叫老戏台。"大姐看了我一眼，接着说："可惜了，我刚嫁过来的时候，老戏台那儿经常唱大戏，可热闹了！"

"唉，现在村里空得很，把人能急死！白天看娃做饭，晚上睡不着，打个麻将岔岔心慌，日子就这么过着混下去。"月娥在一旁显得很无奈地说。

我们说话的时候，村头那边传来一只土狗的叫声，衰衰的，很快那声音又消失了。我猜想那叫声很有可能是来自一只流浪狗，它在月夜游荡，试图在某处寻找到一块安身之地，或者因为饥饿，偷偷觅些残食。不管怎么说，我觉得它是一只可怜的被人抛弃的狗，它的叫声里似乎隐含了太多的恐惧、孤独和空虚。它正在用犬吠划破夜的寂静，以此向人们证明它的存在。

我想着大姐和月娥夫妇们，他们正这样寂寂无闻地空虚着，每日里牵着风的衣角在村庄里游荡。他们在替那些逃离的人们厮守着一些乡情和温暖。他们寂寞、孤清，甚至继续卑微和封闭。

那些在城市里活着的喜旺们，他们将继续隐姓埋名，继续隐忍和驯良。他们将在城市的夹缝里生活，他们被生存种在城市里。终有一天，他们也会怀疑：离开家乡，那些像火柴盒一样堆积的高楼大厦里，到底有没有泥土所给予的宽厚感呢？

但他们依旧选择逃离，逃离是乡村日渐寂寞的供词。

一旦他们选择逃离，那么，将来，他们的孩子们还能分辨出一条乡间的弯曲小路吗？有谁还会记得那一片土地曾经是祖辈世世代代耕耘过的地方？有谁还能唤醒那些已经沉睡的农具，又有谁还曾看见过我们的父辈晨扶朝露、暮驭夕阳，一路辛勤洒下的汗水和披星戴月留在洋峪川的深深足迹呢？

关于一个村庄的生长和埋葬，关于一片土地的呼吸和传承，我们是否仍有手持农具的权利？如果我们永远无法回归故乡，我们将永远无法看到一个村庄的万物生长。这是多么悲怆的事情啊！

那些浸淫着饱满的乡村元素，曾经呈现了一种自给自足的农业文明的生活形态。农耕文化曾经带给我们自信和生动，来得是那么的适时而熨帖，以至于我们可以借着树枝斑驳的星光，或者皎洁如水的月辉，在每个秋夜里与蛙鸣相约，与百鸟相处。

想起那时的乡间，田野广袤，泥土里多是淋漓的元气。水秀木成，众鸟啁啾。空气清新，绿山郁郁青青一片荫。树荫处有凉风，树叶总是在青草地上浮动。斑驳的碎影，像从树隙间筛过。人们在畴垄劳动，脚步沉稳，言语欢快，像世俗画一样恬淡。

少时，村庄上空升有袅袅的炊烟，田头地脚有耕牛的哞哞声。街巷相望，鸡犬相闻。庭院菜地、果园田野……洋峪川豆田如墨，玉米如林。秋天遏止不住它满腹的金黄，在任何一个可以吟咏的地方，都储满了奔赴。那一派生机勃勃的丰收景象，真是浩荡、温暖。

　　那时的月夜，清辉如洗。倾斜的山坡、深色的树、银洗样的屋顶和苍白的路。明亮的色泽由内向外，犹如湖水轻荡的涟漪，恬静而平和。那种美，绝不会让人感到空落。

　　亦想起儿时的洋峪河，素净的河水两岸，送来壮阔的秋风。高大的白杨树的叶子浓密地伸展着。芦苇丛里蚊虫乱飞。到了晚秋，树枝上的蝉声就有些颓唐了，树窠里幽静起来，空旷起来。林子那头，一条小路从村口奔跑而来。

　　洋峪河水哗啦啦地流淌，河中打闹嬉戏的孩子们，扯着嗓门在疯喊……

　　那时，桥上走过荷锄的男人，桥下坐着浣衣的女人；竹林畔传来羊群"咩咩"的呼唤，沙嘴坡掠过暮归的雁影……

　　乡村用田野、河流和房屋教化人们怎样生存、怎样繁衍、怎样守护，它通过阳光、雨露和大地的宽广厚重，告诉人们：田埂始终以落日和炊烟作为两种抒情的方式，村庄始终以农民的本分和泥土的淳朴味道作为伫立的理由而存在着。每个村庄都有义务用故事传承并沿袭一种农耕文化的自信或者一种乡村文明的气息，将故乡融进我们每个人的思想与血液之中，让故乡的灵魂永远扎根于土地，一代一代，一直延续下去。

　　而今夜，我虽拥有洋峪川的月色，却读不懂她的心事。在这依旧澄明而淳朴的夜，独自回味着一个村庄曾经的温暖记忆。长空澹澹，时间杳然。

　　洋峪川的美丽背后，秋风吹远了抒情的落叶，它的美好似悄悄卷起了毛边……

行走的脚步

风在南山脚下踅摸了一个下午，直到它抓住黄昏的尾音，才慢慢旋到别处去了。

一只鸟儿落在屋前的石榴树上，轻轻地鸣叫着，它在枝头大约停留了几分钟，随后就飞走了。我怀疑它在离开之前，一定偷偷地将黄昏的最后一缕夕光也衔了去，要不，天际之间怎么会很快地暗沉下来，让暮色在地上堆积，一片一片的，浓稠极了？

我一边这样想着，一边跪在檐下的草堆上，借着从屋内散发出的微弱而晕黄的灯光，默默地帮着父亲铡牛草。

父亲半弓着腰，影子有些倾斜，他双手紧紧握着铡刀的木柄，将长长的刀身扶起，吩咐我把一些草料整齐地放入刀槽中。等一切就绪后，他双手熟练地按下刀口，青草被铡断时发出的"嚓嚓"声，松软而利落，伴随着父亲的轻喘，在灯影里簌簌划过，落入某些暗色的角落，亲切而密集。

夜色裹挟着长长的树影，摇曳着一个村庄的虚实变幻，掠过忙碌的背影，将流淌的汗渍洇成一条长巷，温热的气息在周围随意浮动游走，驱散了黑暗中一切恐惧的纠缠与碰撞，让它们惊慌逃窜……

当暖意散尽，空气中明显有了寒凉的感觉，一些蛐蛐还藏在山墙外的草丛中"嚯嚯"地鸣叫，大概它们要在唱落了秋叶之后，才肯消音隐遁。

父亲和我将铡好的草料搬回屋里，母亲已在小方桌上摆好碗筷，盛上了热腾腾的晚饭……

我问父亲为啥不等第二天再将草料搬回屋内，父亲说秋天多雾气，隔了夜的草料会沾上露水，牛吃了会拉肚子的。

母亲在一旁打趣："你爸将牲口看得比人还贵重。"

父亲不说话，只是笑。

我便想起退休后的父亲整日穿梭于田间地头、坡岭沟林给黄牛割草的情景：风拎着他的背影，沉甸甸的，有些矮小，有些孤单。父亲行走的脚步里灌满了整个田野的风声，沉重的一大笼青草压得他抬不起头来，他佝偻着背，踉跄前行，喉间发出急促的喘息声，脚下的黄胶鞋"扑扑"直响。

在汗水淹没了双眼，快要看不清前面的道路时，父亲才会找个有斜坡的地方，将草笼靠在上面，自己用背顶着，擦去脸上的热汗，稍微休息一会儿，便又继续赶路。

那时村里很多人家都养牛羊，附近的青草让人割完了，父亲便到远处的沟谷里去寻找。他的腿部和脚面常常被荆棘划破，丛草带着锯叶"唰唰"扫过手背，麻梭梭地疼。他粗糙的手掌，无比娴熟地拥抚着簇簇的青草，挥动的镰刀席卷一切，"嚓嚓"的割草声富有弹性地在风中响起，劳动者的忙碌和艰辛无可比拟地衬托出了沟谷的幽深和寂静……

当一个人面对大自然的寂寞和空旷，身陷沟野谷壑之时，他往往显得非常的渺小和无助！

我不知道那时的父亲是否有过孤独和害怕，我只相信：当第一缕晨光出现在他那呈现沧桑的脸庞时，爬行在他额头的皱纹，一定会在阳光下快慰地舒展开来；当最后一抹黄昏的余晖朝着他那过早浑浊的双眼扑涌而来时，他那倔强的目光里一定无奈地生化着一些轻微的雾气。行走于大地，他的脚步时而轻快稳健，时而沉重艰难，但无论如何，他必须承担起一切的苦难、病痛和衰老，用一个劳动者的坚韧和辛劳有尊严地活着。

在父亲离世之后，我时常会回到洋峪川，在乡间的角角落落里努力地搜寻父亲行走的足迹，那曾经是我儿时的庇护、少年的鞭策、成年的慰藉；当岁月渐渐向纵深延伸，我对他的思念愈来愈深：我无法想象，在我儿时的记忆中，父亲和那些被朔风吹裂的土地、那些被冬天剥光的山坡，还有那条干涸的洋峪河，是如何苦苦地挨过一个个漫长的冬季的，他的心中会有多么的煎熬。

天公不作美啊！有一年，干旱的冬麦得不到滋润和浇灌，父亲焦虑的脚步让人倍感来年收获的渺茫。他给麦田里扬粪、倒尿，从沟河里一桶一桶地挑水浇地，一个冬天没有雨雪，他便拼命地找水。

沙坡上的两块麦地终于还是整片地干枯了，父亲叹着气对母亲说："看来，我又得勒紧裤腰带硬撑一阵子了，唉……"

母亲不敢言语什么，她明白是怎么回事，但她却想不出能用什么更好的办法来安慰父亲，除了心疼、隐忧和祈祷，便是偷偷地抹泪。

那时，我们姊妹四人正长身体，祖父已上了年纪，为了不让一家老小饿肚子，父亲必须省吃俭用攒下一些兑换口粮所需的粮票（那时买粮可以用全国通用的粮票换）和买粮的钱。他在城里的工厂上班，有时一天吃一顿饭，有时一天吃两顿饭，半夜里饿得实在睡不着觉的时候，就用开水泡咸菜充饥。一段时间下来，父亲的眼睛陷成坑窝，整个人瘦成皮包骨头，不像人样了。

但不管怎么艰难，父亲还是挺过来了。

他利用星期天休息的时间，骑着他那辆破旧的二八自行车，赶到几十里之外的渭北去买粮食。同行的还有一个工友。他们买了一些麦子后又搭伙往回赶。因为驮了笨重的粮食，两人脚力都很慢，走了一段路程，天色就已经暗了下来。

人生地不熟的，他俩不敢停歇，摸着黑一直赶路……

快过渭河的时候，半道上忽然蹿出一个手持木棍的彪形大汉，黑乎乎地看不清他的脸面。

"不好，有人抢劫！"我父亲惊出了一身冷汗！

同行的工友吓得惊慌失措，丢下我父亲，掉转车头，没命地往回跑……

父亲蒙了一阵儿，很快镇定下来。他推着车子继续往前走。

抢劫的见没有吓跑我父亲，便上前拦住他索要钱财。父亲厉声喝道："狗日的，要钱没有，要命有一条，有本事过来拿！"

那人愣了一下，随后威胁道："不要你的命，把粮食留下就放你过去！"

父亲毫不惧怕："粮食就是我一家老小的命根子，你要抢粮，我跟你拼命！"

他们僵持了一阵子。

大概是父亲的凛然气势震慑了那大汉，又或者是他还有一点儿怜悯之心，总之，最后他没有为难我父亲，只是拿走了我父亲上衣口袋里揣了几个月的半盒羊群烟，让我父亲走了……

事后，父亲对母亲说起那件事时感慨道："我想那汉子也不是什么大恶的坏人，还不都是因为太穷，要不，谁愿意去冒那个险啊！"

他说话时表情阴郁，语气沉重，刚毅的脸上带着经年的风尘。

母亲庆幸父亲能平安归来。在父亲讲述的时候，她没有说话，只在一旁静静地聆听。

后来，父亲也不说话了，他抬头仰望南山。南山静默端庄，在冬天里晕成一幅苍茫素淡的画面，成为洋峪川宏阔厚重的一部分。而我父亲作为一个农民的儿子，也始终以勤劳清白的态度与宽广善良的胸怀对待人生，忠实而质朴地守护着洋峪川。

当季节交织着节气的变化，悄然造访一个隐身大山背后的村庄时，你很难想象，一场及时的春雨带给庄稼的滋润和安慰，足以让一个农民（虽然那时我父亲在西安上班，但我还是喜欢将他定义为农民）感动得泪流满面。

那是我记事起，第一次看见父亲落泪。

他太过兴奋和激动，以至于忘记了从城里回到乡间匆忙赶路时腿脚肿胀所带来的不适。他扛起肥料袋就奔田间去了……

仲春之际，地气不断升腾，麦苗在泥土间日夜拔节的声音时时让父亲倍感欣慰。

他给所有的麦田里又追了一次薄肥，在村口的菜地里撒了很多草木灰，把后梁柳林中堆积了一冬的枯草搂了一遍……

当鸟儿们开始追逐阳光，在春天里欢鸣跳跃的时候，父亲正在洋峪河对面的沙坡上栽柿树。他神情专注，只顾埋头刨坑，暖晖映着他消瘦的背影，在他黧黑的脸颊上投过一抹浮光。他似乎并未察觉，只是一味地忙碌，他要趁着一个美好季节带来的生机赶快播种希望，让荒芜的沙坡变成茂密的柿子林，与贫瘠的土地不断抗争。

他用脚步丈量着整个春天的长度，直至大地变绿，田野脉动起来。

布谷鸟的叫声终于传遍了洋峪川。

金黄的麦浪在热风中起伏翻滚……扑鼻的麦香荡平了整个田野。来自黄土腹地的味道和气息，充溢着村庄的每一个毛孔……

父亲将镰刀磨得铮亮，他的脚下踩着厚实的田野，田野在南山下郑重其事地开始了一场劳动者对土地的深情叙述。

风中有声

　　我曾经历过一些乡间记忆，也很愿意与这些往事从容地进行交谈，就像我常常喜欢站在东光村的峁梁上，静静地俯视洋峪川一样。

　　风吹得田野毕剥作响，而阳光依然有锐度地晃着人眼，白刺刺的一片，这种现象在一个季节里曾反复出现过，或许是在秋天，我忘记了。

　　我只记得风委身于洋峪川，却并不听从洋峪川的指令，它心情好的时候，会把早晨的露珠轻轻荡落，把黄昏的炊烟慢慢驱散；它心情不好的时候，会肆无忌惮地在这里的沟壑川原乱窜，将每道坡岭上的树木吹得披头散发、晕头转向。而它并不甘心驻步或者打算罢休，它撞击着大地的沉寂、撕裂着村庄的昼夜。土狗被它逼进柴草窠里，猫儿不敢在墙头走动，连沉默的农具也让人从屋外移至屋内，集中在某一个不起眼的旮旯拐角处。

　　而沉缓的火山涌出了大地，肃然地矗立在洋峪川上，我们叫它南山。南山有意阻挡狂风来着，但风儿它有脚，它总会灵活地绕着南山根趔摸，玩够了，便溜出了大山……

　　洋峪川的人也有脚，但他们的身体被贫穷紧紧包裹着，他们的脚步被饥饿牢牢地拴在了泥土里。嵯峨的南山脚下，有农人们开垦耕种土地时劳作的大片痕迹。这里的天空有时是湛蓝湛蓝的，牛羊散落了半个沙嘴坡；有时天空是寥廓冷寂的，清瘦的洋峪河面便在寒冬里封冻了。

母亲在一个寒冷的日子里生下了我。她将自己的青春从一个村庄迁移到另一个村庄，像庄稼一样住在泥土里，起起伏伏，在风中摇摆、飘零，最终把自己也变成了乡村的一棵庄稼。

贫穷赤条条地与洋峪川的群山坡岭对峙，而秋天还是脆生生地漫过村庄直铺天际。当它恢宏地一季季匍然展开，我像一条游蛇一般在乡间的田野里穿梭……直到那些庄稼一点点高过我的嘴唇、鼻翼和眼帘时，我才听见风开始了对一个季节的叙述……

土地会充分利用阳光，将花木变得浓稠如墨，枝叶明亮而泛光。豆田涂染了金色，玉米便成片成片地长成林地，至于铺陈在山坡上的谷子和起伏在洋峪河道两旁的稻穗，秋天早将它们的颗粒催生得饱满、黄熟。这个时候，无论山上的野果结得多么繁茂，无论竹林畔的毛栗、橡子落了多少，也不管堡子坡的柿子林红似火云燃烧了半边天空，或者是后沟的花椒缀满枝头，大人们是顾不上的。秋收虽没有夏忙那么赶急，但地里的庄稼成熟了也是要收的，玉米棒子需要搬回家挂晒起来，玉米秆儿需要连根刨倒、扎成捆儿围在路边或者村里的大场上；大豆需要连根带叶拔掉并一起运回处理；谷子稻子呢，收割了脱粒晾晒再装袋……地里的萝卜要收，红薯要收，芝麻也要收；菜园子里的辣椒红了，要摘下来用线串起来挂在房檐下风干；白菜、卷心菜呢，霜降之后与萝卜腌了吃或者与萝卜叶子一起做成浆水菜，接上一茬没有肉荤的乡间简陋时光……

　　总之，只有忙完秋收和麦种，女人们才会闲下来去山坡上的荆棘丛中打野枣，褪去枣肉，晒干拿到镇上的药铺里换些零花钱。男人们也许会钻进竹林畔的密林子里弄些栗子、橡子带回家给孩子尝个新鲜。至于自家的花椒呢，就由女人们去摘。柿子红了要上树去摘，男人们不会把危险留给女人，自己去摘了装笼，用手推车运回来，然后由女人将一部分做成柿饼，一部分放到荆楼的麦糠里放软了，取些做食醋，剩下的到冬天的时候拿出来，晚上一家人围坐在热炕上，借着一盏煤油灯清明而寂静的光亮，用温水热了剥去皮吃，一股甜暖驱散了寒夜的清苦和一天的疲劳。

　　人是土地上最好的庄稼，勤劳是土地的教养，洋峪川的农人习惯了与大山为伴，与土地厮守，秋天不会辜负他们，他们也不会怠慢秋天。

　　大柱在劳动的时候一根筋，他从来不会去抬头欣赏云雾缭绕的南山在秋天的早晨，有多么缥缈朦胧；也不会欣赏洋峪河道的杨树林梢上涂抹过那么一片薄薄的暮色辉照，有多么美妙浪漫。他只关心庄稼的收成好不好。他皮肤黧黑，身体强壮，脚下穿着一双解放牌黄胶鞋，一只没有系好鞋带子，鞋帮子有些下陷，胶檐却直愣愣地竖起来。他走路带风，风中裹挟着清新的泥土味。

　　拉一架子车的玉米棒子对他来说算不上是很费力的农活，大柱人高马大，有的是力气。他媳妇秦英跟在他屁股后面，手里拿着两把短把的小锄，晃悠悠地走着……

　　"扑通"一声，走在平路上的大柱忽然绊了一跤，架子车侧翻了，车上的玉米棒子"哗啦"倒了一地。

　　"怎么搞的？"秦英吓了一跳。

她丢下小锄赶忙去扶大柱，在确定丈夫没有什么大碍后，忽然哈哈大笑："你能欸，拉一车苞谷走平路还摔跤！"

大柱从地上爬起来，拍拍屁股上的土，没好气地骂道："你这个粗心的臭婆娘，还笑！我一只脚的鞋带没系好，你没看见吗？"

秦英便蹲下来帮他系好鞋带，然后站起来和他一起弯腰捡拾滚落的玉米棒子……

军娃一家从河对面的稻子地里赶过来，他和爱琴每人各推一辆木推车，车上装捆着刚收割的稻子，前面有两个大孩子在分别把扶着车头，后面跟着三个年龄小的，手里拿着镰刀、绳子，还有手套、水壶什么的。

看见大柱家的玉米棒子散落，军娃夫妻赶忙停下脚步，招呼孩子们上前帮忙。人多力量大，地上的玉米棒子很快被捡完装回架子车里。大柱从上衣口袋里掏出一盒烟，从里面抽了一根递给军娃，表示感谢。

军娃也不客气，接了烟与大柱寒暄了几句，便吩咐孩子们继续赶路。他力气不及大柱，人生得瘦小，但满脸的精明却是遮挡不住的。家里孩子多，负担自然重，虽然夫妻俩承包了河对面的一大片林地和坡地，日子过得却还是紧巴。小孩要上学，要吃穿，他和爱琴早晚都闲不住，一年下来快要累死了。但有什么办法呢？乡间生活虽苦，人却是万万不能偷懒的。

我母亲一直希望我也能长成一棵庄稼，像她一样住进一粒粮食里，而少年的我却痛恨干农活。我心中不时感到孤独和不甘，我盼望着有一天自己能够像风儿一样走出大山，逃离农村的单调和闭塞。在我父母辛苦躬耕南山脚下的时候，我则兀自在田野里四处游荡。

有时，我会坐在田埂上静静地欣赏洋峪川的风景：天空澄明而高远，南山肃穆地耸立眼前，它那苍劲盘亘的躯体，浑厚而幽深。阳光下的沙嘴坡，林木葱茏，树叶明亮。河滩上有一些牛羊正在游动，它们有的专注吃草，有的不紧不慢悠然地边走边嗅。羊永远显得温文尔雅，牛则看似忠厚老实。它们都在安静地咀嚼着光阴，与清冽冽的洋峪河亲密相伴……

我转悠了大半个上午，后来听见父亲少有的呵斥声："你不帮忙干活，瞎跑什么！"

我不敢也不能告诉他我的忧伤和郁闷，我不喜欢牲口棚圈外那沤得发臭的粪堆，但父亲说那些都是宝贝。我也不喜欢那些装在袋子里刺鼻的化肥，母亲却说那是花了大价钱才买来的好东西。

父亲呵斥我的时候，我并不恨他，他那单薄无助的肩膀让我倍感心疼！

黑夜里我常听见他在风中疾步行走的脚步声和令人揪心不已的咳嗽声，我不知道翻完后沟的那片坡地，他是怎么摸黑磕磕绊绊地走回家的；我也不知道搬完河对面那片谷子地头的谷草时，他气喘吁吁地流了多少汗。

那时我不知用什么办法来释放父母的辛劳和寂寞，他们常年将自己深陷泥土之中，和大山厮守，在风雨之中奔波，与清贫斡旋，像树叶一样，一年年老去，却又笃实无怨地留守在乡间。

那个令我无法释怀的雨天， 父亲在北岭槽沟的坡地里撒下麦种和肥料的时候，天上并没有落雨，当时周围也没有起雾，只是风稍微大些。

上午，一家人正努力地耕种，一亩多坡地，刚刚耕种过半的时候，雨突然就稀稀拉拉地下了起来。

因为种子和化肥已经下地，我们只好冒雨坚持劳动。

刚收完豆子的坡地松软而潮湿，人踩在上面，脚下直黏，一家人干脆都脱了鞋子赤脚干活。

风寒凉寒凉的，四周开始生了雾气。白雾徐徐弥漫，很快就不见了人影。

父亲说槽沟的坡地在阳面，当时撒的麦种有些稀了，需要再补撒一些。他让我帮着母亲一起去坡梁上把放在小推车上的半袋子麦种拿下来。

沟里一时找不到可以洗脚的水洼，我和母亲没法穿鞋，只好光着脚板爬坡梁。

梁上的风很大，它"呼呼"地鸣叫着，不断撕扯着人的衣角，将我们的头发吹得十分凌乱。那时，冰凉的雨水也趁机迎面扫过来，击得我和母亲在风中直打冷战。

四周雾蒙蒙的，看不见沟底，我和母亲赶忙取了麦种，顶着风雨，一步步向槽沟方向走去……

我开始浑身发冷，脸上麻梭梭地疼。

母亲的头发也是又湿又乱，脸色蜡黄，没有一点血色。她背着麦种走在前面，我跟在后面小心地扶着。脚下是下坡的泥泞小路，光着脚探路，湿答答的。我们必须小心翼翼地迂回前进……那时，我望着母亲在雨雾中踉跄的背影，心中像被针扎了一般！

在下坡的途中，不知道是雨水还是泪水蒙住了我的双眼，我一时看不清脚下的道路，就松开了帮扶母亲的手，停下来擦拭眼睛……

疾雨扑袭，如惊蛇撕咬。

雾气越来越浓稠，只一会儿的工夫，已看不见前面的母亲了。大雾之中，只有混沌一片，根本分不清方向。我心中倏忽发紧，与生俱来的害怕，促使着自己声嘶力竭地哭喊……

四野仍是空寂。我在惊慌之中伸出手抓了一把空气，湿漉漉的；又抓了一把，仍是湿漉漉的。我在水汽扑袭的呼吸之中开始恐慌和迷茫，犹入困境被弃，绝望至极，唯有嘶喊……

四周忽然间就静极了，除了我自己和风哨的声音。寂静密匝匝地遍布沟野，寂静从低处耸起，漫上了大坡，瞬间连雨的声音也淹没在寂静之中了。这是多么可怕的事情啊！

我似揪出了心肺，拼命嘶喊，哇哇大哭……

隐隐听见母亲在风中呼唤我的声音，微小、断续，像被风雨隔住一般。这声音瞬间回应了我内心深处的渴望，像细脆的阳光的落地声。我在迷境之中极力分辨它的方向，感受着那份来自母爱的柔软焦虑。

后来，母亲终于在风雨迷雾中找到了我。

至此，我发誓：一定要逃离大山！

师范毕业以后，我参加了工作，离开了洋峪川。我最终没有变成乡村的一棵庄稼，而我的父母继续日复一日、年复一年地留在农村打理家园。

父亲暮年的背影在风中撑成一张可以射透余生的大弓，他最终没能熬过一把农具，在一个寒冷的冬天离开了我们！

母亲布满沧桑的脸上始终保持着一种平和与安静，尽管她的眼里开始出现雾化，尽管她的脚下开始由于不稳而蹑着碎步，而她站立风中向季节深处张望的目光里依旧充满了温暖和慈爱。

当洋峪川的老人们一个个如飘落的枯叶一般与泥土融为一体的时候，我对故乡的埋怨也渐渐消散在风中……

中年以后，我常常会怀念起故乡来，我怀念昔日它清新的空气，怀念它曾经熟悉的炊烟和泥土的味道，也怀念记忆中洋峪川快乐的风以及风中传来的虫吟鸟唱、鸡鸣狗吠……

我站在城市的边缘，向着故乡的方向眺望。我听见来自故乡的某些风声，在一大片翠绿的呼吸里，贴着大地，轻轻回响，像一个人的脚步，呼啸着过了一生。

时间的背影

天色阴霾，空中下起了雪。我确定自己已经回到了故乡。

冬天沉沉地敲打着腊月，劲风带着呼哨迎面袭来。那是一种透骨的寒，直逼人的毛孔和骨缝，不依不饶的。

大地忽然有了深沉的味道与思考的表情，关于洋峪川的田野、山坡和河流，更像是一场隐秘的叙述。村庄用一种安静来覆盖自己，房屋默默地蜷缩在雾气之中……田野萧瑟，林梢清旷，草木稀疏，万物在苍茫中呈现着肃穆和凝重。

河滩里白茫茫一片，冰雪覆床，寒霜结草。洋峪河岸弥漫着雾的浓稠与冬的枯意，在寂然空旷中向四边不断蔓延……堤上的杨柳高高低低、无精打采地排列着，皮身干涩，枝头裸露，一些叶子落在树下，了无脉络，全然发灰枯烂。

雪花在空中轻轻地飘落，像蝉翼一般，薄薄的，一片一片，被风一吹，纷纷打着旋儿，像是在翩翩起舞，又似身不由己、失魂落魄一般。

我静静伫立村头，任凭浓厚的冬意涂满我的视觉和听觉，在风景的深度里，一个人感受着乡村的空寂与清冷。风在耳边不停地嘶鸣，吹得人头皮发麻，脊背冰冷，像游蛇一般在肌肤里嗖嗖奔跑、

125

到处撕咬……

南山阴郁，峰筋微露，寒冬经过层层渲染和铺垫，终于隆重而至了。

积雪很快地遮盖住了树丫和屋檐，落在院墙上，铺在杂乱的干草秸垛上，看上去很蓬松。进村的道路也被雪遮盖住了，村口的空场上，有野狗踩过的痕迹，一小块地方像是被狗尿溶化了，湿答答的。

我不确定自己是否要进村看看。下午的时候，头脑忽然一发热，就决定坐车回乡间。具体回乡间干什么呢？其实自己也不知道，或许只是想回到村子里转一转。村子里几乎没有人烟生活的痕迹，四周楼房高耸，许多大门紧锁，街巷阒寂，了无他响。

前几日，母亲在县城的菜市场遇见老家邻居改秀，得知她丈夫去年给家里盖新房的时候不小心从高处跌落下来，摔死了。这个有着横泼风情的女人哭了一个多月，收拾完家里，就跟儿子进了城。儿子白天在工地上打工，晚上和工友们挤在简易的工棚里。改秀要照顾上幼儿园的孙女，就在附近的城中村租了一间旧房子，平时来回接送孩子。后来儿子又转到另外一个城市打工，将孩子送进了托管所，改秀闷得慌，嚷着要回乡下。

她在乡间种了一些菜，继续侍弄荒废的几亩地。夏收秋播，她一个人实在忙不过来，就累倒了。儿子孙女离得远，她想他们，就天天哭；又想起死去的丈夫，就到坟上去哭。有一天夜里，她迷迷糊糊地听见好像有人在翻院墙，开灯以后，外面又没了声响。她以为自己听错了，就昏昏沉沉地继续睡。第二天醒来后，发现自己堆放在墙角的几袋玉米全让人给偷走了。她知道这是外来的贼，平日里在村里转悠，知道村上留守的人不多，夜间就放了心大胆地翻墙撬锁，看看屋里有什么值钱的东西就偷了去。家里有人的，大都是些上了年纪或者有疾病的单薄人，贼儿们就有恃无恐了。

改秀又气又急，生了一场大病。病好后，就和族里一位妹子到县城里帮人卖菜、卖手工面。她说儿子在外不容易，自己一个人在乡下经营几亩地，实在撑不下来，粮食又卖不上价，还不如到外面找点活计，挣些小钱，多少替儿子分担一点。

母亲邀她到我家来做客，她婉言拒绝了。她说不想打扰我们，自己早晚也都很忙，请一天假就得被扣一天的工资，耽搁不起。

看得出，母亲回到家里，说起改秀，言语中有些怔怔忡忡地难过。我问她："村里都变得这般空荡了，你还想不想回老家？"

"想啊，怎么不想？不管它变成啥样，都是我的家。这几年，人虽然在城里，心却是永远在乡下，我每天晚上做梦都想回去！"

我知道，尽管乡间生活寂寞，母亲心中还是割舍不下。

她说，她常常梦见洋峪川过去的人和事，梦见荣爷爷在老柳树下讲故事；梦见我父亲在北岭坡上气喘吁吁地割麦子；梦见张虎一家老小八口子在河滩上浩浩荡荡地收萝卜；梦见锅锅爷在我家山墙外的饭场上谝闲传；梦见我二娘和她婆婆在太阳底下糊袼褙；梦见慧贤和秀芳在空场上浆布；梦见我表姐在后沟摘花椒；梦见康良头在堡子坡上放牛；梦见孩子们在竹林畔打毛栗……

她说，明年春上，一定要回乡间看看，门前的杨树该修枝了，后院子的菜园该翻新了，老屋的房顶也需要换新瓦了……

她这样絮絮地唠叨着，我便也无端地怀念起乡间从前的一切了。

　　我想起身负青苔的老屋，层层老瓦叠扣着伸向屋脊，黄昏铺陈了一片，院墙外是浩荡人世的金黄光阴，乌鸦归巢，牛羊返圈，农人扛着夕阳走在回家的路上，村庄上空升起了袅袅炊烟……暮色蓬勃而腾挪，南山异样笃定而清晰。月夜，虫鸣如裂帛清厉，月亮用光填平了地面的坑坑洼洼，星星都躲起来了。老屋门前窄窄的一条小道淡白的边沿，摇曳着婆娑的树影……大地最终发出了鼾声，夜色把天幕一遍遍涂抹成淡青、次蓝、月白……

　　我想起了光雾烁烁的谷场。早晨，烟霭披散，太阳刚刚升起来，霞光柔柔地漫过场塄，漫过平坦的场面，漫过默默休憩的碌碡，漫过低头啄食的小鸡，漫过悠闲游荡的老狗……谷物高高地堆积起来，秸垛上布满潮湿的水汽，草尖上挂着细碎的露珠，蚯蚓正在场外的小路边一堆一堆地吐着泥卷……

　　我想起了洋峪河抒情的两岸，垂柳依依的岸边挤满了茂密的芦苇，一片一片，高举的细穗在挺立中被水光映亮了倒影；蓼花前赴后继簇拥成堆，开得奔放、热烈，让人看了心慌、亢奋。河滩有不知名的青草正在泛滥，风儿吹拂，远远望去，影影绰绰、起起伏伏；浸在水里的绿萍，柔软而纤细，泛着新鲜，透着幽意，传递着水床的生动与气息。洋峪河奔腾不息的流淌中，浸透了天地的辽阔与精气，创造了两岸的朴素与传奇，衍生的记忆里，映着明净的天空和嵯峨的南山，携着泥土的醇香和庄稼的幽绿，呈现过银溪样的小路和小路两旁青郁的树影……

　　一声绵长的牛哞从远处传来，田野里生出一层淡淡的清雾，农民脸上带着油画般浑穆的气质，躬身耕作，行走的脚步里，沁着滚落的汗水。那汗水藏着时间的悠长和意味，藏着深深的虔诚和自信。皲裂的土层里曾经嵌满的焦苦，在父辈们寂寞种植耕作的一生中，一次次变得潮湿起来……

我眼前呈现过他们头顶广袤苍穹、脚踏厚重大地，在季节的交替变幻中，一年年将自己站成一棵棵老树，树皮粗糙，纹路深凿，筋骨暴露，风雨侵蚀，满是沧桑。

我亦想到了村中腰房荣家大院里的那棵千年古槐：虬龙盘根，繁叶婆娑；骨身苍劲，绿荫如盖；远远观去动如龙舞，走近细看静像狮醉。它骨干苍劲，形态优美，每年树上都开满了黄色的槐花，碎碎点点多似繁星，微风吹来，落花如雨如诗，四处飘落。它曾经美丽、深沉而厚重，凝聚了一个村庄的骨身血肉，浓缩着一个村庄的种种过往，虬结的躯枝里，包含了村庄所有的生命颜色和时间痕迹。

而时间的背后，对于洋峪川、对于我的村庄，最终又意味着什么呢？

寒风愈刮愈紧。我守着寒冷的冬日，一个人站在既熟悉又陌生的村口，我不知道我在等待什么、搜寻什么。我在凛冽又无法触及的风中，渺如芥子，被大雪覆盖，被旷寂包裹。我将自己单薄又虚无的身影置于大荒之境，为冷与空所吞没。

在与虚空默然对视时，我觉得时间的温度里忽然就充满了忧伤和迷茫。

天际灰蒙，空间幽暗，浓布的雾气里，雪越下越大，像鹅毛一般织成了帘幕，裹挟着无数的银屑簌簌而落，落在头上、脸上、身上，冰凉、干净、无骨。

寒色里，一根电线杆静静矗立村口。抬头仰望，高高的杆上横过两根电线，数只麻雀停在上面，一动不动，仿佛凝固一般。

它们仍在守候故乡吗？我这样无言地问着自己，鼻子一酸，眼睛里湿润润的。

风声如故，天色渐渐暗沉下来，我始终没有勇气走进村庄。

时间终是一场冗长的阴谋与辩论，它的根部已经延伸到村庄的某一个空虚地带。就像一条小路，一头是时光的投影，一头是故事的尽头。我们在小路上行走，走着走着，我们的村庄就被风吹远了。

一条隐秘的河流

　　洋峪川一年的故事被风吹散了，这些故事也包含了一条隐秘的河流。

　　河流的名字叫洋峪河。

　　当一个季节在南山脚下经纬成景的时候，洋峪川的田野被浓郁的庄稼殷实地覆盖着。那可能是一片密匝的玉米林，那可能是一片金黄的大豆田，那可能是一片扶摇的谷子地，或者，那是一片脉动起伏的稻子的海洋……无论如何，在谷物的领地里，风是最先探听到它们成熟的腹语的。当弯腰的穗头将风让到高处时，一群站在堡子山头的羊群们，早已从风中嗅到了秋的谷香和泥土的气息。

　　它们在暮色来临之前已经喂饱了自己的肚皮，现在，它们可以悠闲地趁着黄昏，回到河滩上喝水了。

　　羊群喝完水，并不急于回家，它们静静地站立于洋峪河畔，耐心地等候它们的主人。

　　羊群的主人当然是一群可爱的小孩子。

　　孩子们喜欢水，喜欢洋峪河的水，这一点真的是无可置疑的！虽然他们还不懂得将一条河流定义为大地上流动的血液的意义。在他们尚还混沌的认知里，洋峪河起初只是一条河，一条可以让他们的童年变得快乐无比的河流。

他们不了解这条河流的内质，也不知道它源自秦岭山脉的某一个水系，甚至不知道它流经南山脚下的洋峪川后会在长安城聚于浐河，汇入秦川深腹的渭河，最后再奔赴气势磅礴的滔滔黄河。他们不清楚一条河流对于一座村庄乃至整个洋峪川意味着什么，他们只知道玩水嬉闹，因为他们一直相信：洋峪河是简单快乐的。

那时，大片大片的稻田里，有阵阵蛙鸣声从水意中响起，孩子们看见汩汩的洋峪河水流入两岸狭长的水渠中，又从两岸狭长的水渠中纷纷灌入各家的稻田地……事实上他们并不关心稻田地里冒出的那一汪碧水，也不关心那汪碧水会让他们的日子如大米一样甘香踏实。他们只关心如鼓的蛙鸣声有多么动听，动听的歌唱里有多少肥美的黄鳝与泥鳅偷偷藏匿于水田中的泥土里。他们只知道青蛙在快乐着，他们也在快乐着，像一群羝羊羔子一般，撒野欢喜……

水色若足，蛙鸣也跟着脚步起伏，直到他们目送一队大雁向南飞去。在这之前，他们相信牛尾巴可以甩动夕阳，夕阳可以装点芦苇丛，芦苇丛可以成云成幕，云幕可以投影洋峪河，洋峪河可以成就一片蓝天。

他们还相信，洋峪河一直养着白天和黑夜，养着洋峪川的大小村庄和村庄里的人们。这条河流总是给人安慰，让人在黑夜里感到安静而放松。在白天的村子里，除了他们不屑一顾的鸡鸣狗吠外，洋峪川的所有故事都被这条河流包裹并且洋溢着。

当然这还远远不够。

具体到夏天的时候，他们常常会下河摸鱼、逮虾米、捉螃蟹，会在河里打水仗，会在列石上跨大步，会在某一块横卧河中的大石头上睡觉，会在布满蒿草和沙石的河滩上追逐，会在石桥上玩扑克牌，也会在河岸上努力眺望，看一下通往村庄的小路上有没有自家的大人刚好经过，然后偷偷潜入堡子山下的深水潭里游泳……

具体到冬天的时候，他们的时间与河流一起被彻骨的寒冷凝固成一片晶莹剔透的冰雪世界时，快乐仍然流淌在河岸上。他们用雪球传递一种活力和热爱，用冰床滑动一种生命和质感。他们相信村庄没有被封冻，洋峪川也不会沉默，因为一条河流的存在，他们可以让季节长满灵性，让乡村蓄满银色的故事和纯真的记忆。

具体到春天的时候，他们掐着腰，在河滩上寻觅，他们可以从一朵花的瞳仁里去感知一片田野以及一座村庄的风景如画；他们吹响柳笛，可以从一声柳笛的脆鸣里去想象一对迎风的翅膀……他们的眉宇被草尖染绿，他们的脚步被流水追逐，他们在河流与河流之外，无所顾忌地呼吸着、奔跑着……

他们有足够的时间与一条河流整日耳鬓厮磨，也有足够的想象力去阐释河水的喧腾。他们将河流的坦荡热情与自己的童年故事牢牢地粘连在一起，春夏秋冬，永不疲倦。

直到有一天，他们又背了大人在深水潭里游泳，一个赵姓小孩沉溺水底，再也没有浮出河面，他被洋峪河的河水带到另一个世界去了。

在这之前，没有人注意到洋峪河也是一条充满危险的河流，忽然间，他们着实被这条河流吓坏了。

溺水的孩子尸体被人从河里打捞出来，僵硬、煞白，样子很恐怖。

从此那处深水潭成了禁地。

孩子们一次又一次地被提醒着、警告着，他们对这条河流充满了热爱和恐惧，以及某些莫名其妙的神秘感。

他们开始顺着风吹过的地方，去认真观察这条河面水纹的流向。他们一动不动地蹲在河边或者站在河岸上，眼睛紧紧地贴着水面，看那些像鱼鳞一样闪闪发光的波纹，快速而整齐地向前游动着，一排又一排……他们猜想着这些美丽的、细碎的波纹下面，蕴藏着一种深不可测的东西，这东西驱使着河流日夜不停地前进，奔赴远方……

远方是什么？远方有着怎样的新奇和精彩？他们一概不知。

在赵姓伙伴溺水之前，他们从未意识到并且思考过这样奇怪的问题。

在波纹被风带到远处，带到一片隐秘的芦苇丛的深处时，他们的心里开始有了许多的想象：芦苇丛善于收容，在它们深处，一定潜藏着鱼群、水蛇、蚂蟥、蜗牛、蝴蝶、豆娘、蚊虫和许多不知名的水鸟。关于水鸟，他们认识一种黑野鸭，也见过白鹭、野鸡和苇莺。

他们知道，芦苇丛的世界是寂静而喧闹的。河水在那里有过片刻的缓冲和停留，密密的芦苇叶子拍打着水面，笔直的芦苇棒子擎过了水面，雪白的芦苇花絮遮掩了水面。在那里，河水与芦苇丛以及芦苇丛的世界里的一切，相互照应、相互融合，最终形成一种默契。

当然，芦苇丛因为有阳光的庇佑，有洋峪河水的滋润，它们也成了洋峪川的宝贝。芦苇叶子平时可以喂养饥腹的牛羊，端午节的时候也可以用来包粽子。芦苇絮可以捆扎成一种拂扫轻尘的土炕笤帚。苇秆的用途在洋峪川是极为广泛的，几乎每家每户盖的土房子上，房顶都铺了芦苇秆打成的簿子，用泥巴牢牢地封着。村里有手巧的匠人，还会用芦苇秆编席子拿到集市上去卖。孩子们将这一切的好，都归功于洋峪河的恩赐。

无月的夜，星光太瘦，洋峪河的流水声藏于苇丛之中并被蛙鸣所覆盖，劳作归来的人们要摸着石桥过河。有月亮的夜晚，石桥下则藏了一些甜蜜的故事，又浪漫又隐秘。热恋中的年轻人趁着如珪的月光，一边打着挑水洗衣服的幌子，一边在洋峪河的石桥下悄悄约会。有时会被贪玩的孩子们撞见，风把一些朦胧的情话传递到小屁孩的耳朵里，他们哄然大笑，吓得那对正在桥下亲热的男女仓皇而逃……

孩子们的笑声落在月光里，落在河面上，最后被风带到了远处。一种好奇和莽撞驱使着他们，有意或者无意地去惊扰一段美好的爱情。而在他们的童年里没有关于爱情的概念，对于他们来说，那是一个太过深奥、太过抽象的话题，和他们的年龄根本不相符。他们只是认为发生在洋峪河石桥下的一个男人和一个女人之间的亲密故事，实在是一种让人感到非常脸红的事情，甚至在他们看来，那无疑是在干坏事，具体坏在哪里，为什么坏，他们既不明白，也说不清楚。

总之，那是童年之外的话题。一旦有一天，他们被时间牵引着，慢慢地也学会了背着父母去跟自己喜欢的异性偷偷在洋峪河滩的某一处约会时，那段曾经被他们童年所惊扰的爱情故事，早已成为这个村庄和这条河流的陈年过往。

在这个成长的过程中，他们会一直被这条不知疲倦的河流日夜环绕着、滋润着并且喂养着。

为了灌溉稻田，居住在洋峪河上游和下游的人们之间，经常会发生些打架斗殴的事件，闹到头破血流时，还会惊动当地的派出所。

一条河流对于一个村庄乃至整个洋峪川的意义，需要很长一段时间乃至一生的光阴去学习和领悟。它的重要性，体现在它是一条流淌在历史和时间大地上的河流，它有活力，有张力，而且有内容。这些内容关乎着一个村庄的人和事，关乎着生活的内质，也关乎着洋峪川的厚度和深度。

当然，它始终是隐秘的，当一些怪事开始出现的时候。

夜里大雨忽然降临，洋峪河水波如连山。大雨过后，水面浑黄，乍合乍散。河滩上遗着王疯子的一只布鞋，人们猜测着他要去河对面的沙嘴山下找他落下的锄头时，被暴涨的河水冲走了！

人们只是这样猜测的，但王疯子的确没了踪影，像一阵风一样就轻飘飘地消失了。

有人说王疯子终于解脱了，洋峪河的河水把他带走了……

平日里疯疯癫癫的他，像间破败的茅屋，弯腰弓背，仓皇得令人心中戚戚作痛。他喜欢自言自语，嘟嘟囔囔地说些人们听不懂的言语。有时学狼叫，有时学狗吠，总是丢三落四的，仿佛世界与他相互抛弃，他的内心秩序一片混沌。早些年，他爹从河南逃难过来，讨饭讨到洋峪川的地界上来。有热心人见他爹可怜，便牵线介绍了村上的刘寡妇，后来他爹就留在了洋峪川，后来就有了王疯子。

村人相传，王疯子不到三岁时，他爹去东川贩木头，晚上走夜路，连人带车翻进阴沟，摔死了。

算命的说刘寡妇命中犯克，克死了两个男人。刘寡妇从此便断了再嫁的念头，含辛茹苦地将儿子带大。本来指望着儿子能成家立业、支撑门户的，谁知，儿子在十六岁那年却莫名其妙地疯癫起来，谁也不知道是什么原因，只觉得很是诡异。

王疯子的病，起初是一年犯上那么一两次，刘寡妇死后，就忽然加重了，接二连三地犯，有时半夜里不睡觉，满村子里晃荡。不犯病的时候，他像个没事人一样，平时自己还可以正常地下地干活，只是经常落东西。

村里很多人都同情王疯子，平时倒没少周济他。只是小孩子们总喜欢跟在王疯子身后起哄，为此，他们也没少挨大人们的训斥。

王疯子真可怜！

村上人都这么说。

无论如何，孩子们得重新认识洋峪河了。

随着年龄的增长，这条流经洋峪川二十几个村庄的河流，再不是他们从前想象中的那么简单而快乐了。

河面之下，暗流涌动，在某些看不见的深处，聚藏了某种力量，像有一双无形的大手，紧紧地操控着洋峪川的命脉，令每一个村庄里的人们不敢小觑。

从前，河水安静的时候，孩子们将它想象成一勺水，那勺水里有生命的个体和色彩，有无限延伸的快乐和无邪。现在，这条河流似一个深藏不露的喻象，有着无限延伸的长度和厚度。它折叠了白天和黑夜，遍布了有迹可循的故事，在不断的运动中记录着人世本相。从它诞生的那一刻起，它与村庄以及村庄之外的一切，早已在某些秘示中得以结盟。

就像房屋是物质的，有时很轻，而山水却是精神的，常常很重。一条河流，恰好符合了村庄里的人们的某种精神设想，人们便赋予了它大地上的一些神谕。

孩子们在夏天的某一个黄昏的玩耍中，无意间听到几个在河里捣衣洗菜的妇女们的神秘谈话，说周三家的小儿子又没保住！先前有过俩儿子的，都得疟疾死了。周三老婆在第一个孩子咽气时，曾经给活着的那两个腰间都绑了红腰带，拴在自家灶台的锅耳上，说是去了的那个孩子没福气吃他们家的饭，祈祷第二个和第三个孩子能够平安无事，一辈子只吃他们周三家的饭。谁料第二年第二个孩子也没了。

周三夫妇当然很害怕，到处求神拜佛。他们给小儿子头上留了细辫子，在上面系了红头绳。在埋第二个孩子的时候，他们依然给小儿子腰间绑了红腰带，将他拴在灶台的锅耳上，希望他能够活下来，但最终还是没保住。

捣衣洗菜的妇女们私下里说了：这都是报应！周三在村上当干部，经常夜里偷偷在河滩上乱采滥挖，毁了不少稻田，坏了洋峪川的风脉。他做的亏心事太多，老天爷故意惩罚他！

孩子们听得心里瘆得慌。

以后每次快要路过周三家院门口的时候，他们都要绕着走。他们也相信周三是个不祥之人，他家那院子里终日缺少阳光，似乎随时会有许多令人毛骨悚然的事情发生，感觉很阴森！

他们最终相信了那些妇女们的话，相信是因为周三为人心狠手辣，背地里干过许多昧良心的事，特别是周三破坏河道，引发了大水，害死了王疯子，王疯子才要向他家小孩索命的。

孩子们对这一点深信不疑。

总之，周三干了很多坏事，村里人敢怒不敢言，心里恨得牙痒痒。

总之，周三和他老婆再没有生过孩子！

后来，孩子们意外地从大人们的口中得知，从前洋峪河的河岸上曾经满是茂密的杨树林，饥荒年代，人们乱砍滥伐，将把堤护岸的树木连根拔起，一棵小树苗都不曾放过。

那些年，洋峪河经常发大水，夏秋两季，它总会暴发一两次规模浩大的洪水，最大的一次，冲毁堤岸，淹没庄稼，席卷了上游岸边许多村庄的房屋，连同河滩上正在专心吃草的牛羊也没放过。

那时，每到夏季或是秋季，人们总会带着仓皇之色谈论洋峪川的水患，在一些村庄被迫逼退到距离河堤几里之外或者洋峪河下游的时候，洋峪川的人们始终无法触摸并去丈量这条河流的内心和力量……

直到多年之后，洋峪河的河岸上再度布满高大的杨树林和茂密的胡柳林时，洋峪河才被人们驯服得温顺而平和了。

至此，人们非常相信：洋峪河是一条很有思想的河流，它的情绪始终牵动着两岸所有村庄的喜怒哀乐，同时它的水质也无可否认地决定了洋峪川人的生命体质。

关于洋峪河为何沉寂多年以后还会无缘无故地再发大水，人们归咎于周三对一条河流的不敬行径。村人的愤怒以及对一条河流的敬畏之心，孩子们隐隐约约是能够感受到的，虽然他们后来通过科学认知，并不认同发生在周三家的怪事的迷信说法。但在当时，他们还是相信的，至少，他们也认为：周三不该为了一己私利去破坏河道！

孩子们从小被冠以某种教育：做人一定要像洋峪河一样清清白白、坦坦荡荡。也就是从那个时候起，在他们的意识中，洋峪河不再只是一条河，它还是一种精神的象征。

再后来，孩子们自己学会去独立思考了，他们会顺着一条河流奔腾的方向，去思考自己人生奋斗的目标。水是真君子，水能克刚……这些都是他们从一条河流的运动中悟出来的哲学。

一直以来，人们总喜欢将一条河流与一个村庄的关系紧密地联系起来。几百年前，洋峪川的先祖们从山西大槐树村迁徙到此的时候，人们首先想到的便是溯流而上，傍河而居。他们开荒拓路，筑渠引水，祖祖辈辈躬耕田亩，稼穑为生。洋峪河在洋峪川的河床上日夜不休地流淌着，它用一种甘甜和清澈，调和着田野与村庄的故事，打磨着村人的思考，浸润着孩子们的童年和洋峪川草木万物的一生。

它始终是一条河流，深陷大地，隐忍着人世沧桑、岁月斑驳。对于洋峪川，所有生命在这里都是以一条河流的隐秘故事而呈现着，因为一种热爱，洋峪河给予了他们灵动和丰富，也让人们以村庄的名义居住、繁衍、生息。

风在洋峪河上吹来吹去，它将一些故事吹走，又把一些故事吹来。每一个故事与故事之间的重合，都是一种乡村纪事，若将它们一一叠加起来，绝对是一部时代的密语史。

事实上，现在有很多人已经离开了洋峪川，他们像豆子一样散落在全国各地。有人功成名就退休后衣锦回乡；有人半途而废，从此混迹江湖；有人蜗居城市，打拼摸爬了一生才跻身于鸽楼之中；有人则常年奔走于城乡之间，农闲时在城镇里打工，秋夏两忙便回村务农；当然，还有极少的一部分人仍留守在洋峪川，守着几亩薄田，不愿离开，继续出落着一些声息。

无论何种生存状态，洋峪川人都与一条河流有关，他们的身体里都奔腾着一条河流的激情和温情。这是生命的一种自觉，也是河流途经山川、树林、田野和村庄的某种仪式。

它是一条隐秘的河流，来自洋峪川，柔软、坚韧、内敛、不羁，人们都说应该记住它！

对，它始终都是一条隐秘的河流，人们应该记住它！

一地温暖

阳光最先照见那片卑微，明亮、饱满而又细碎、动荡。

一块棉花地，母亲在春天撒下种子，到了秋天，终于变成一片白色的海洋。

一些疲惫和寂寞悄然落在母亲的身上，投影成光，顺着她缓慢移动的脚步，也缓慢而安静地移动着……

她正低头弯腰，摘拾棉花，她的神情专注，动作娴熟麻利。

横枝纠缠、果壳磕撞的棉花地，让她每前进一步都感到跌绊艰难。母亲偶尔会停下来休息，当她抬起头仰望南山的时候，汗水已经浸染了她的额头，她的鼻尖、鼻洼里全是汗珠，一顶金黄的草帽下面，头发全湿了……

她的衬衫紧紧贴在身上，后背也被汗水完全浸透了。

在她布满沧桑的脸上，生活给予了她无可比拟的坚韧和虔诚，这种坚韧和虔诚成为她乡村生活的全部内容，她必须无条件地去接受，并且热爱她的乡村生活。

因为，她是一位农民，她和她的棉花地一样卑微寂寞、明亮饱满。

当她深陷一片白的海洋之中，她的忙碌让洋峪川的田野忽然变得空旷遥远、窅秘而不可捉摸。

　　光与影没了明显的界线，花与叶密不可分，人的肌肤贴着棉的纹理，一起糅进了暖里……时间过滤了汗水和燥热，将生活全面敞开……

　　这是秋天的一个场景，母亲在她躬耕劬劳的岁月里努力地收获着。她要将一个季节的喜悦和丰厚收纳入仓，最后经纬成景。

　　劳动是她对土地唯一的遵从，一切跟庄稼有关的忙碌，都是她的田野，也是她在收获中得以宽慰的理由。

　　当然，这个过程又艰辛又烦琐。

　　清明前后，母亲将去年的棉籽从蛇皮袋子里取出来，在水里浸泡几天，捞出来，用锅灶、炕洞里的草木灰搅拌均匀，摊一摊，就可以下地播撒了。

　　为了保墒出苗，母亲会选择刨坑播种。一个坑窝里捏一小撮，一般是三四粒棉籽，待到十几天以后，棉花种子会破土而出，先长出娇嫩的幼苗，后来渐渐长大成叶成形。这时，母亲就需要松土、锄草、间苗、保苗、打芽子、掐苗头、除油条子……看棉株拔节展叶、横生岔枝、怒放花苞、缔结幼铃、蒴果长大、成熟开裂、破壳吐絮……

　　春种秋收，没有谁计量过这块土地的宽度和厚度，也没有谁真正在意过乡下日子的粗朴和清贫。

　　一地的温暖，在棉株开出一朵朵乳白色、淡黄色或者粉红色的花朵的那一刻，我不确定母亲是否欢喜地欣赏过它们。它们叠如羽翼，颜如舜华，藏着一些简单的心事，在枝上羞涩地开着，有娴气，亦有媚色。

在它们倾诉完一段故事之后，棉铃顺势而生。在日月照映下，锦铃长大变成棉桃，颜色日渐由绿变黑，最后成熟炸裂，吐絮垂落……

时间的根部是温暖的棉事。母亲将收回来的棉花分拣、晒干，送到弹棉花的作坊里将棉絮与棉籽分离出来。棉籽留一部分作为明年的种子，其余榨油吃。弹压后的棉花，除要缝装被褥、棉衣棉裤及棉鞋用外，剩下的搓成条状的棉捻子，用纺车抽纺成线、拐线、浆洗、捶打、晾晒、染色、打筒子做纬线入梭、绕篗子做经线过缯、穿绳、上织布机，然后穿梭、拉机杼、踩踏脚板，手脚并用，编织成布。

一张床单、一身棉衣棉裤、一双棉鞋、一顶棉帽、一双棉手套，甚至糊打袼褙做成千层底的碎布片，都是经了母亲手的纺织裁剪而成。

忆起儿时纺车嗡嘤、机杼唧唧，经常在半夜里醒来，看见屋内灯影闪闪、人影幢幢。一束光从暗夜里透出了一块光亮之地。灯下的棉事是盛大的，也是热络的。母亲手中的针眼被岁月盘磨、浸润成生命深处的生动故事。一阵风吹来，人影紧跟着灯影不停地晃动，一会儿投映在墙上，一会儿又被拽落到地上……

灯芯哧哧地响，剪一段，开一瞬花；再剪一段，再开一瞬花。煤油灯的油烟嘘嘘地冒，熏黑了炕头的老墙皮，也熏黑了糊在炕头的旧年画。

窗格上的纸渐渐泛黄，屋檐下的石基悄然生了黑斑，时间慢慢地变老了。

黑夜像一口深而幽的古井，母亲静静地守着它，在纺车上深情地萦绕着她的情丝，在织布机上绵密地编织着一家人的日子。星星掠过她的耳际，月光霜染了她的两鬓，她被一片又一片寂寞无情地切割着、吞噬着，夜色包裹了一切……

夜是一双鬼魅的眼，在不为人知的黑暗中严密地窥视着母亲的一举一动。

那时屋外的树木拼命地摇摆，树影在屋顶、房檐、门窗和墙脚的大石头上到处乱跑。

糊在窗子上的薄纸哗啦啦地响，狼在后坡的高粱上不断嗥叫，村子里的狗也惊恐地叫起来……

接着是谁家小孩的啼哭声、翻身老人的顿咳声，还有风旋在墙角吹动草丛的呼呼声……

黑夜暗藏着无数不可预知的可能，也许有一棵大树的某一个枝干忽然被风拦腰截断，也许有一件晾在院子里忘了收回房子的衣服被风刮走，也许谁家喂养了大半年的牲口却莫名其妙地病死了，可就在同一个夜晚，也许一个新的小生命却悄然诞生了……

无论如何，黑夜善于洞悉并且操控一切，它动用了一切可以动用的手段去挖掘一切秘密，永不疲倦。

而母亲也永远不知道暗夜里所发生的一切，因为她只专注做一件事：纺织。

当她织出的床单布匹陪伴了我们一季又一季的时候，当她缝制的棉被棉褥棉衣棉鞋温暖我们了一年又一年的时候，她只属于寂寞：一盏昏灯，一个孤影，漫漫长夜，她在清夜里默默地劳作……

棉花包裹了她的乡村，棉事缠绕了她的一生。这是母亲的宿命，亦是棉的宿命。在她一日日被生活压弯腰身的生命里，她一直柔软着、温暖着，不曾埋怨，也未曾流泪。

　　因为她相信：那片被阳光最先照见的卑微之地，生活一直明亮而饱满地继续着……

炊烟是一种往事

一年的时间，会发生许多故事。对于一位母亲来说，升腾在屋顶上的袅袅炊烟，就像生活中永远不灭的希望和胸腔里那份细密宽广的热爱一样，占据了村庄一半的乡村故事和劬劳记忆。

烟熏火燎，需要不断地用柴火来侍奉灶膛。炊烟拖长了时间的背影，在洋峪川的村庄上空，延续着亘古不变的乡间劳作和源远流长的寂静之音，让贫瘠的人们，活动在贫瘠的土地上，日复一日、年复一年，出没着生生息息。

日子在火膛里慢慢地燃烧，像干裂的大豆秸秆，发出毕毕剥剥的响声。这响声来自生活的根部，晃动着世俗最真实的烟火光影，弥散着泥土的味道和五谷杂粮的清香，向大地传送着农人的情绪和语言。

风，翻动着田野的空旷和寂寞，当它穿堂而过，在村庄屋顶翩翩起舞的时候，乡人眼里那碗清淡的饭食，早已变成一种简单的幸福，浸洇在每一缕炊烟的芳香和属性里……

这芳香和属性由一片庄稼经时间和汗水腌制而成，驮着南山的背景和洋峪川人厚重的腰身，以及各种农具的光芒和被这些农具磨损的骨骼、肌肤。世世代代为土地所囚禁的困顿和血性，最终幻化

147

成袅娜的炊烟，替一个村庄倾诉、舞蹈。

人们在与大自然的不断抗争中，通过农具的交流产生的劳动成果，在烟与火的熏烧下，交由一双经年的乡间巧手，一勺一勺盛放进光阴的碗中，完成了种子与地母交欢、植物由青变黄、颗粒和季节彻底融合的复杂过程。

食物在饥饿的肠胃里翻涌、消融，农人在咀嚼生活的酸甜苦辣时，乡村的全部内容，都一览无余地暴露在了他们的脸部和身上……

许多年前，在湛蓝色的天空下，在绿色与金黄包裹的村庄周围，蓬勃而出的庄稼像火焰临风一般漫过洋峪川的田野、沟坡，带着激情和饱满，扑面而来。

我的父亲在秋天、在深邃而辽阔的洋峪川的大地上，凭借一架结实的犁杖和一柄锋利的犁铧，在一头老实顺从的老黄牛的牵引下，卑微而隐忍地用终年躬耕的方式，来表达自己对于一片土地的热忱和忠诚。

锋尖的犁铧，悠悠地划过黝黑的泥土，让种子在阳光、雨露和汗水的映照、浸润下，发芽、生长、灌浆、孕育、成熟，然后被收割，被剥离，最后再被重新播种……在这个重复而枯燥乏味的劳作过程中，父亲单薄的身体，渐渐被四季的植物与土壤的气息所渗透，所摧伤，所掏空……父亲用他瘦小的身躯装运回来的每一袋粮食，统统被母亲细心储存或认真煮熟，一日日喂养着四个年幼的儿女长大成人……

我常常忆起父亲的黄昏，忆起母亲的早晨，关于时间以及时间的表情，似乎更容易从他们的日渐苍老中显现出来。

拐出某些无法言状的模糊记忆，我的许多人情物理，至今还一直存留在洋峪川，就像一缕炊烟永远缠绕着母亲的脚步一样。关于一座村庄的命题，始终离不开一柱柱炊烟的萦绕，很多时候，人们将它定义为一种往事，它的升腾弥散，往往会从一位母亲的灶台开始，从一个孩子的童年开始……

趁着东山墙外几个老人的目光游离之际，我迅速爬到一棵梧桐树上。我非常得意，可以站在高处窥探村庄的一些秘密，比如四起的炊烟一律向西，追赶着阳光，被东边刮来的风牵引着袅袅腾挪，有时丝丝缕缕，若有若无；有时青烟缭绕，气息浓郁。不用猜都知道，屋顶炊烟孱弱断续的一定是周寡妇家，男人死得早，家里没外劳力，平时烧火做饭用的都是些从堡子坡上割下来晒干的蒿类软柴。屋顶炊烟欢舞且时段较长的，一定是荣贵家，荣贵老婆的肚子很争气，几年下来生了四个带把儿的，一个个像春天的树苗子，个子呼呼往上蹿。荣贵家人多，做饭用的是大号的铁锅，灶膛里除了干蒿、麦秆，冬天闲下来的时候，荣贵还会带着儿子们上山砍柴，砍的都是些硬扎的矮灌木，耐烧，火旺，点燃了，像他们家的好日子一样让人羡慕。

关于荣贵的祖辈，村里人有多种说法。有人说他祖上是第一个从山西洪洞县大槐树村迁到洋峪川的先民，他家院中的那棵古槐就是佐证；有人说他爷爷的爷爷的爷爷在战争年代曾救过滋水县的一个大官，那大官为报恩，给荣家赠送了不少名画古董；有人说他爷爷新中国成立前是村里的大财东，娶过两房太太，到荣贵这一代，耕读世家，仍是人丁兴旺，生活比村里其他人家要丰裕得多。

我曾经很得意也很兴奋地沉溺于自己的诸多发现。

　　炊烟一柱柱竖起来的时候，我在瞿家的窄巷道里正向英子炫耀我的小聪明。我小心地教唆着她也像我一样，悄悄爬到梧桐树上去窥探整个村庄。结果她相信了我的话，她在认真观察每家屋顶上的炊烟时，脚下不停移动，踩着了一根细枝，连人带树枝跌下来，还好，掉到了锅锅爷积攒的大粪堆里，人没伤着，却沾了一身的臭粪。

　　英子带着一身臭气哭跑回家……英子的母亲很快就找上门来。

　　我挨了揍并且被一向慈爱的母亲狠狠地训斥了一顿！

　　我因此而记恨英子，经常和村里的小伙伴玩"跳房子"的游戏时故意不带她，甚至包括在堡子山上放羊放牛的时候，大家一起玩扑克牌时也故意疏远她。

　　直到有一天，为了讨好我，英子悄悄告诉我一个秘密：荣贵家大院那棵老槐树突然失火，是因为荣老二家的大儿子缠娃晚上找兔子的时候，不小心将烛火丢进大槐树的树洞里，引发了火灾，烧空了树身，惊动了全村人！

　　她说是她亲眼看见的。那天晚上，她刚好路过荣家大院，看见缠娃点着蜡烛在树下绕来绕去的。

　　英子说话的语气十分肯定。

　　大槐树着火的那天晚上，荣贵家的大院里火光冲天，火烟缭绕……

　　后来村里就有了一些传言，比如有人说古槐是棵神树，树洞被掏空了，荣贵家老宅的风水就没有从前好了；比如有人说古槐是村里的活地标，自从失火以后，村南头的赵四就莫名其妙地变傻了，还经常在村里迷路；还有人说古槐在有风的夜晚变成了人，经常呜呜地哭泣……

　　不管怎样，荣贵家屋顶上空的炊烟还是一如既往地升腾着、
欢舞着、弥散着……对于一个村庄来说，炊烟就是一种鲜活而生动
的气息，它妖娆的姿态，似乎比一棵成了精的老槐树更能体现一种
魅力。

　　至于人们口中相传的那些发生在村子里的大大小小的神秘故
事，随着繁忙的乡间农事和时间的推移变迁，早已变成岁月的恍惚
记忆了。

　　当然，一个村庄隐藏的秘密往往很多，炊烟作为一种有形的思
想和意识，将一个村庄的生活以安静或者欢腾的形式表现出来。我
一直相信：它会像一个乡间汉子那样刚毅有韧性；它也会像一个乐
观的野孩子一样，撒开脚丫快乐奔跑；不，它还长着一对翅膀，飞
向高空，飞得更远，它要去为一个村庄的美好未来，探寻更加美好
的出路。总之，它是村庄的灵魂，替人们瞭望，令乡村故事不断进
行着一场漫长而深情的叙述。

　　那缕不急不缓、悠然轻盈的炊烟肯定是我家的，它的笃定和安
详，像极了母亲安分守己的模样。

　　荆楼的篷顶被油烟熏得焦黑，表面结了厚厚的一层烟灰，看上
去黏糊糊的。经年的老屋被烟火包浆过的痕迹，无论母亲怎么用心
清洗、打扫，它们连同屋顶上萦绕的炊烟，已经成为乡村生活密不
可分的一部分，无法抹去。而这密不可分的一部分，一如既往地携
带着一片庄稼成熟的种粒，将阳光、雨露、土地、麦子和玉米大豆
变成一种情思，悄悄移植进母亲的身体里，使得她的终日忙碌成为
一种必然。

昏暗的灶间，火苗舔舐着空气，在岁月的裂纹里闪动着生活的幻影。木柴燃烧，像时间斑斑脱壳的声音。文火徐徐，映着母亲酱黑色的脸庞。那一刻，光阴很老。

袅袅青烟，缕缕清香，融合了田野的直白粗犷与灶厨的幽情细腻。在母亲揭开锅盖的那一瞬间，蒸腾的热气和食物弥漫的浓香包裹了整个灶台，母亲给予我们的悉心照料，在敲击的碗筷中得到了满足。一种久久咀嚼的乐趣与欢欣接受大地恩赐的幸福，自然而然地洋溢在我们还未成熟的笑脸上……

母亲的头发在烟火中显得有些凌乱，她被一些稀薄的倦意包围着。她脸上的那份笃静，无时无刻不在展示着一个村庄的柔美与绵长。她用炊烟的形式正将生活的苦难打磨成一种坚强，将农人开荒拓田的辛劳烹煮成男耕女织的唯美之境。

她一生言语不多，在我的印象中，她性格温柔，说话从不起高声。十八岁那年，她嫁给我父亲的时候，就意味着，她从此成为这个一贫如洗的家中的重要一员；也意味着从此以后，她将肩负着这个家庭薪火相传的神圣使命。

灶台、柴火、炊烟、烹煮、饭食，从此成为她生活重要的一部分。

风箱悠悠地拉着，火苗扑扑地跳跃着，浓烟缓缓地弥升着……母亲将她最美的岁月都倾注在了灶台之上，用一碗碗清淡可口的饭食延续着一个村庄的一支血脉。那飘浮在灰蓝色天幕下的静美、恬淡的田园画面里，暗藏着她一生的喜怒哀乐和生活光影。

她一直都在乡间忙碌着，除了那缕炊烟，还有更多的事情需要她去做。她要割草、喂猪、起牛圈、打扫庭院、淘粮食、磨面、洗衣服、纺线、织布、糊袼褙、纳鞋底子、种菜、摘花椒、采草药……一年四季、秋夏两忙，她还要和我父亲一块儿下田干繁重的农活。

她的脚下生了风一般地快，而她头顶的那缕炊烟，却总是从容、缓慢地飘动着，有时像粼粼的水波，有时像朦胧的雾气，在她沉默不语、低头过日子的时候，它已将无数个早晨和黄昏交替变换了无数次……

母亲在呛人的烟气里忙碌着，父亲在片刻的歇息里沉默着，炊烟成为一种往事，永远地定格在了某一个人的童年里。

躬耕影像

　　有一个人，他一直在与土地和解，以手中的犁铧和锄头与岁月交好。他希望土地能够给予他更多的使命，由他来完成战胜贫穷与饥饿的任务。但最终他还是辜负了土地，辜负了洋峪川。最后，他无比遗憾地把自己种进土里，变成洋峪川的一株庄稼，任由别人去叙述。

　　这个人就是我的父亲。

　　秋天的时候，玉米地里的影子浓郁而盛大，玉米林将天空与大地严密地分割开来，一线之间，两重景。天空浩瀚窅远，大地辽阔深沉，这是洋峪川的殷切和厚重，独一无二。

　　父亲在他剩下的为数不多的岁月里，依然携带着积年的咳嗽走向大地深腹。

　　锄镐深深嵌进土里，犁刀长长划过乱草，泥土的芳香扑鼻而来。他躬身弯腰，憋足力气翻耕新土，繁重的劳动在洋峪川的田野上开始了。随之而来的，是他喉间的阵阵嘶鸣，像困兽在黑夜里狂吼。他要尽可能地镇压住它们，不让它们蹿出腔外。他想以此来证明自己的强壮：他有黧黑的皮肤，有粗糙的手脚，有厚实的老茧，有任劳任怨的肩膀，有可以承担风雨的后背和胸腔……可是，剧烈

154

的咳嗽一声高过一声，无论他怎么压制，它们都要挣扎，以至于，他憋得时间久了，那声音连同唾液和血迹一起冲出喉腔，像要把他的肺脏撕裂一般！

他涨着黑红的脸孔，泪眼婆娑地继续弯腰去收拾他的玉米地，他的眼泪是被喉间的顿咳震出来的。

他依旧觉得自己很强大，真的。他曾无数次地引领着一条乡间小路，义无反顾地通往田野深处，他执意要将白天和黑夜混为一体。别人都在睡觉，他还在玉米地里放秆、捆秆、挪秆、腾地……他必须在天亮之前将这片玉米地拾掇干净，以便第二天清晨可以及时下地耕种。

那时，寒露起身，寂寞四处游荡。堆积在玉米地里的大片黑暗押解着父亲的背影，伴随着他剧烈的顿咳声，缓慢而虔诚地移动着。月亮晕晕地挂于穹空，企图以一己之力驱散夜幕，将黑暗撕成碎片。它挥动着突围的光线，射向黑黢黢的田野，田野却似一个隐而不露的喻象，逃逸了月光的捆绑和重围，悄然抵近了暗夜的深处……月亮最终也如父亲般无能为力，只好留了大片庄稼地的暗影和我父亲的孤寂之躯，任由夜色漫漶。

时间一直在咳嗽。秋虫也一直贴着大地呼吸，它们的叫声穿过泥土，在物色并不明亮的田野里，忽高忽低，断断续续。这是它们的世界，无人可挡。它们趁着夜色，肆意盛欢，自由歌唱。然而它们的歌声听起来像露水一样凉，这种凉往往令田野变得更加空旷，让玉米地变得更加孤独。父亲的单薄之身，在偌大的田间瞬间浓缩成一个小黑点，被空旷包围着，被暗夜吞噬着，沉重跌落，深陷其中……玉米地发出窸窸窣窣的声响，空气里掺杂着汗液腌制身体的

155

臭味和玉米秆挥发的诱人甜香……

天上的启明星终于带他回到了村中。父亲疲惫地站在家门口，缓缓放下手中的锄头和草绳，抖了抖身上的泥土，推门进屋，来不及洗脸洗手，一挨炕头，呼噜声就如滚雷轰然作响……

他大概睡了不到两个时辰。早上起来喂完黄牛，喝了一碗我母亲熬的玉米粥，吃了两个热蒸馍，就催着我们准备下地干活。

他在前面扛着笨重的犁铧犁杖，犁杖上挂了牛轭、缰绳和牛笼套；我和哥哥赶着耕牛，扛着锄头，抬着麦种；母亲则背着大半袋子化肥。一家人踩着秋天的露水向田间赶去……

父亲吩咐我们兄妹捡拾遗留在地面上的玉米残叶，母亲往地里撒肥料，他自己扬麦种。

我至今仍清楚地记得父亲扬麦种时的情景：他左手挎篮，右手攥捏着种粒，身体向前每迈进一步，右手就同时向前挥动一下。他的左脚始终踩踏着右脚的鼓点，前落后起，一进一顿，手脚协调，身体富有节奏而动感十足。扬撒而出的颗粒在低空中迅速划过一道优美的弧线，折光而行，然后纷纷落地……那些动作，流畅而生动，仿佛父亲那时不是在劳动，而是在用心地进行着一场艺术表演。

当然，劳动最终都是枯燥和艰辛的，就像苦难永远藏于大地深处。父亲一直说自己是一个农民。作为农民，他只能以躬身劬劳的方式，向土地臣服，以卑微之身，换取生存的意义和生活的尊严，这是泪流满面的事实！

他的前半生都在工厂上班，幼时父母双亡，过继给曹家。我养祖父年轻时一直在外给人打工，顾不上照顾我的父亲，将他托付给自己的母亲照顾（我曹家祖母很早就病故，因为穷，祖父一直未再娶）。

父亲的养祖母并不接纳他。他从小缺衣少食，受尽了白眼和虐待。十六岁时，他离家出走，适逢那年城里工厂招工，他就报名当了工人。父亲先后做过钳工、钣工和焊接工，后来娶了妻成了家，有了四个儿女，家里的负担就更重了。

那时我祖父慢慢上了年龄，地里的农活干不动了。我母亲留在乡下，身子单薄，加上我们姊妹四人都还小，父亲就只好在每个周末，蹬着他的那辆笨重的二八自行车，从八十多里外的西安赶回洋峪川。

割麦、装运、压垛、碾场、扬场、耕种……他对农活并不陌生，但还有许多事情需要他向村里老人虚心请教学习。

当然，他同时也是个好面子的人，因为时间的关系，有些农活他掌握得并不熟练，比如套牛犁地，他费了很大的力气，才笨拙地将牛和犁套在一起。每到秋夏两忙，他就急！

牛总是不顺从父亲的旨意，在犁铧刚开始划入泥土的时候，牛会倔强地将犁和人拽到犁沟外……也许父亲在套牛轭时太过着急，将牛轭套在牛背并不合适的地方，这让黄牛感到很不舒服。也许牛轭的位置没有问题，只是父亲刚开始时将缰绳勒得太紧，犁铧又入土太深，牛不堪重负，这才胡拽。总之，牛一不配合，父亲就生气。他摁着犁杖使劲往回拽牛缰绳，牛仍是想拼命挣脱。

人和牛在田间就像冤家一样较量着，父亲大声呵斥，大口喘息，整张脸涨得通红。

我们都蒙了，呆呆地站立着，不敢说话。母亲那会儿也没反应过来，杵在一旁不知所措。父亲便又气急败坏地呵斥母亲、呵斥我们……

他重新调整犁套，牛终于不再折腾。

锃亮的铧锋深入地境，翻涌出一片片黝黑而清新的泥土，像起伏的波浪，在田里跳跃脉动。父亲粗朴的眉眼一览无余地荡在风中……那时，蛐蛐藏在草丛中，庄稼弥漫着香息，大地拱卫着树木的身影，晨光将天空与大地一一摊开，父亲和牛就在洋峪川的田野上，一起耕种，相互扶持，人畜间的配合渐渐默契起来。

时间过滤了一切美好的记忆，父亲脸部和手上长年累月的皱纹沟壑，慢慢演变成洋峪川的岁月纹理，变成一个村庄质朴的模样。

一株玉米、一粒麦子替他完成了一个季节的交替，一片庄稼地替他完成了一年的心事。洋峪川的土地一直在碾轧着父亲的肩膀，退休后的他，更是整日泡在地里，深一脚浅一脚地踩着自己的身影，一天天消瘦下去……蒙昧的晨光灌满了他的双眼，昏黄的夕晖涂抹了他的鬓发，他安静而焦虑地生活在乡间，一年年老去，将庄稼和病痛一起悄悄种进身体里。

他继续咳着。

洋峪川的花从春天一直开到冬天，父亲深陷的眼窝里盛满了太阳的热情和月光的疲惫，他和我们的村庄一同驮着尘世，驮着辽阔厚重的大地，驮着南山的峰脊、堡子坡的凹梁、竹林畔的石滩以及洋峪河的流水……

他翻地、犁地、锄地、刨地、耱地、浇地；从北岭上运麦垛，从后沟里扛土豆，从河滩上拉水稻，从坡梁上运玉米棒子、大豆秆，他耕种、收割；他起牛圈猪圈，积粪扬粪；他拔棉花秆，收萝卜……他用手中的农具同大地密语，进入一片庄稼地的领域。时间放大了生命的细节，洋峪川的庄稼悄然变成土里生长出来的光芒，这光芒在大地的腹地发出坚韧的声音，将父亲佝偻的背影卷成了一帧帧老时光……

槐花布满了沟洼，梧桐树的叶子遮盖了村庄的屋顶，柿树林染红了田野、坡滩，松柏、杨柳捂出了一条条幽静的乡野小径……父亲终日如草芥一般，在土地与村庄之间不停忙碌，终于有一天，他被家人强行送进了医院……

那个冬天很冷，父亲没有越过那片黑暗之地。弥留时，他艰难地向母亲交代着一些未了的乡间农事。随后，他的世界便沉寂了！

父亲永远地留在了生命最遥远的边缘处。

他使出浑身解数，直至瘦骨嶙峋，始终都在与土地和解，以手中的犁铧和锄头与岁月交好。他希望土地能够给予他更多的使命，由他来完成生命场里一个躬耕者的乡村影像。但最终，他还是辜负了土地，辜负了村庄。他把自己种进了土里，变成了洋峪川的一株庄稼，任由别人去叙述。这真是一种永远无法修补的伤怀和疼痛！

他对于土地的热爱，他对于乡村的依恋，他对于生他养他的洋峪川，自始至终意味着什么呢？

也许只有大地知道。

最后一座古村落

　　一片云从空中飘过，阳光明媚。树叶儿在风中摇摇摆摆，咕涌咕涌地绿着。

　　空旷抽身而过，由沟坡传到田野，连一条乡间的小路也被感染了。

　　剩下的，只是一个村庄的故事。

　　村庄的名字叫肖梁，是洋峪川最后一个古村落。

　　时间在这里拉长了影子，一个人置身其中，他的目光似乎一下子就能探寻到几百年前。不光是时间的影子，村庄里到处都是影子：大树的影子、老屋的影子、土墙的影子、阶径的影子、野草的影子、苔痕的影子、窄巷的影子，还有端坐在村口的桥头上闲聊的几位老人的影子。

　　洋峪河从他们的身旁潺潺流过，一些咳嗽声在他们的喉间转来转去，最后由他们闲聊的口中传出来，传给风，风将它们带到远处去了……

　　他们与世无争、安然祥和。阳光漾在他们黑黢黢的脸上，映照着他们慈祥的微笑，像映照着一段慈眉善目的往事，端坐着一个季节的温暖灵魂。

　　村中人家都迁到河对面的楼房群里居住了，很多人跑到城里去打工了。留下的人们偶尔会回肖梁村看一看，在村口的小路上溜达一会儿，或者坐在斑驳的石桥上歇一歇，听一听桥下小河流动的声音，聊一聊肖梁村的陈年往事，以此来抚慰他们曾经的乡村生活。

肖梁村静静地泊在时间里，藏在大山的褶皱里。所有与喧嚣有关的声音都隐匿了，都逃遁了。一条轻轻攀爬的小路，以它简单剥离的纹理，指引了从前村庄的旧貌：土屋、泥墙、幽巷、场院、猪圈、牛栏、石阶、石碾、篱落、小径……日色倾泻下来，寂静的光线散落在瓦钟遍布的屋顶上，也散落在幽苔斑斑的老树腰身上。时间像洋峪河水一样，依旧在那里汩汩有声，而风中的往事与光同尘，渗透了世间的斑斑土息，忽隐忽现，嶙峋静默，被时光渐渐切割成一截一截的寂寞，已看不见具体的模样了。

坐在肖梁村高处的某一块草地上，抬头仰望天空。天空蓝得像个秘密，几片飘浮的白云像点缀在蓝色绸缎上的花朵，泛着清俊而明艳的光芒，既辽阔又窅远。

南山在春日里浓密密地闪着亮：嫩黄、柳黄、嫩绿、水绿、葱绿、薄荷绿、墨绿……所有的绿层次分明，新鲜无比。远处的田野里也铺荡着丰富的绿。近处有大片大片的油菜花正将村庄浓郁地包裹着，令肖梁村变成油画的胴体，古陶一般地偃卧、伸展……

光色洇漫。

村庄里灰的瓦眉、青泥的烟囱、椽木的屋檐、剥落的墙皮、堆放的胡基瓦摞、随意摆放的农具，老屋内漆黑陈旧的纺车、闲置低矮的土坑、烟熏皴裂的灶台以及泛着潮气的凹凸地面，一一落入眼底。大概这样一个村子的所有内容就只剩下回忆了。回忆有时很宏大，因为它的悲欢实在太长了；回忆又常常如轻尘，因为它确实很卑微。岁月显然在这个小山村里沿袭了上百年，如今，它的沧桑、静谧成了一种风景的叙述。

好像忽然有些惆怅：当逃离住进我的身体时，我并不知道用什么来安慰故乡、安慰整个洋峪川以及这唯一的肖梁！

也许多年以后，它会成为一个谜咒或者一种教诲。那时，有谁还能记住故乡曾经的模样？

晨光里手扶犁杖的父辈，他们的裤腿里装满了泥土的清香。袅袅青烟在村庄上空缭绕，村庄在炊烟中从容散淡，散发着粟谷的味道和田园的唯美气息：耕樵躬织，桑麻满圃，构成人生最美的单元；鸡鸣犬吠，孩童嬉闹，老者笃定，南山脚下散落的羊群、稻田里如鼓的蛙鸣……农耕文明使得故乡更加生动、更为具体化，也令人类宽泛而朴素的与土地长期相融相依的劳动得以传承。具体到洋峪川，肖梁隐居的乡理乡情依然清晰可见。

如今它所呈现的农耕文明旧影以及它的苍秀和长情，只能交由时间继续去沉淀、去叙说。

现在，在春天，肖梁收养了所有的安静，在时间的纵深里沉默、隐陷……晨光轻轻地铺在巷口的石阶上，将长在石头缝隙里的纤草烘托得明亮可爱。这明亮可爱的微小里有一份抱拙见朴的心性和生命的柔弱与坚韧。这是静而旷的美好，仿佛连那台阶上面的破旧老屋里曾经的贫穷也很美好。

草木蓬散，巷境空寂。

一面老墙投下的阴影与另一面老墙上面拱动的光斑形成鲜明的对比。墙与墙之间明暗光线的交织、重叠，在幽巷里聚合着乡间的粗质纹理与尘息，在那剥裂的墙面上勾勒出了时间磨损后留下来的痕迹，凝成岁月的印记，凝成静谧之气和拙朴之意。

时间在这里终于慢了下来，一个村庄的洪荒和苍老全部融入了洋峪川的厚重和宽广之中……

透过老墙，透过旧巷，透过光晕里藏匿的故事，依稀能够触摸到肖梁人不为人知的苦难和过往：土地在这里被农具驯化，人们在洋峪川的大地上躬耕涌动，他们努力生活努力创造的背后，蛰伏了祖祖辈辈在泥土里刨积的日月、希望。

大地成为他们脚下自由的词条，也成为囚困他们的生活锁链。勤劳、朴实与生俱来，在他们固有的性格里，隐忍和血性同时存在着。在过去的几百年里，他们无比贫穷，为一片坡地的薄凉而叹息，为几棵果树的归属而吵架；他们夏收秋种相帮相扶，他们养儿育女彼此关照，他们的生活里充满了质朴的矛盾与和谐。

那些淳朴的肖姓汉子们，那些舞动在肖梁屋顶的袅袅炊烟，那些被阳光炙烤的麦浪，那些被洋峪河浸润的稻田，那些在山坡上静静俯视洋峪川的牛羊们……

生活开始全面展开，劳动单纯而寂静。田野被绿色托起，村庄在谷物中得到满足。谁家的小孩在屋里啼哭撒娇，谁家的妪翁在门前闲说农事……

一只公鸡在屋檐下的柴垛上闭目养神，一只老母鸡带着几只小鸡仔在场院前的草丛里捉虫觅食……

暖风吹过，树上的叶子轻轻地翻动起来；篱间蝴蝶飞舞，阶上小狗嗅影……恍惚间，似有人荷锄扛犁从巷中走过，风一吹，他们又不见了……肖梁曾经的热闹和寂寞，似乎在这一刻都经历过了！

而我，在它的前世今生里，再一次遇见了自己和故乡。

关于秋天的那部分

四野一寂，远山浮了雾气，风中有霜意。已近苍凉时节，叶黄叶枯，浆果零落，枝头零落。

天空也苍凉，极尽安静，像块盛大的幕布，灰蒙蒙的一片。南山的山巅也灰蒙。洋峪川的林坡、沟肋、地垄、河坎也是灰蒙的，这是深秋的一日。

大地广布寂静，所有的事物不再喧嚣，连虫鸣也销声匿迹了。乡村也静，静到一个人能听见自己的脚步声和呼吸声。

母亲依旧在乡下种菜，这是她的生命习惯。

西红柿、茄子、黄瓜、豇豆和辣椒已经下架，唯有墙头的丝瓜藤蔓上，仍旧垂挂着长硕肥大的果条儿，一个一个，很顺溜的样子，在时间里静等老透。墙根巴掌大的一小片地，母亲在中秋那天埋了些蒜瓣子。寒食节的时候，我回乡间给祖父与我的父兄上坟，看见破土而出的蒜苗齐刷刷的，翠生得可爱。

母亲的院落不大，菜园子占去了三分之一。地里虽然蒙了些萧条，但芫荽还在腾挪，绿漾漾的。三四行老葱头，稀疏地挺立在那儿，葱白已经在泥土里扎得很深了，留在上面的干叶子，蔫蔫地耷拉着，母亲不舍得剥离，说是冬天它们会自然腐烂，能保墒情。

　　母亲站在院子里，静静说这话的时候，我正带着一种怀疑，试图从自己的认知经验中将她的话语剥离出来。然而，当我绞尽脑汁地去回忆从前的种种，却发现：自己并没有所谓的种菜经验和记忆。许多往事也只有在梦境中才会无限地接近自我，脑海里常常是一片空白。我这样思忖着：许是离开故乡太久，许是对洋峪川仍有一份执念。无论如何，我只有在母亲的劳动中，才能嗅到真正的泥土的清香。

　　在洋峪川，母亲是个卑微的女人。嫁给我父亲的时候，她还没有参透人世间的沧桑和生活的苦难。直到她第一次经历了像长风一样寒冷而痛苦的生育后，她才意识到了恐惧和害怕。她在一九六四年的腊月里生下我大姐的时候，得了产后风，差点儿丧了命！此后，她的脸上有了生活的隐伤。

　　母亲与我父亲结婚的时候，家里实在穷，几乎是家徒四壁。除了陪嫁的一个小木柜子，床上连一床像样的新棉被都没有。我祖父临时从亲戚家里借了一块新被面，内瓤和被里子都是拆了家中的旧棉被拼凑的。婚礼举行得既庄重又混沌。母亲自觉地成了洋峪川最穷的妇人之一。在冬天里坐月子，炕上铺的是干稻草和麦秸秆，褥子很薄，便只能以草做褥铺了。半夜里她常常被冷风吹醒，浑身冻得直打战。她说黑夜像个无底的深渊，难熬得很！

　　母亲是个记仇的人。她会埋怨我父亲。而父亲那时在西安工厂给人当学徒，根本顾不上家。我祖父呢，既穷，又是个不大太懂得人情世故的人，一辈子没讨到老婆，收养我父亲的时候，家里只有一口大铁锅。我母亲在土炕上躺了大半年，父亲只回家探望过几次，祖父因为生活的拮据，整日与我母亲吵架。我母亲后来逢人便说，她在鬼门关里走过一遭，在眼泪中熬了大半年。说到我祖父那时的种种不好，即便是多年之后的现在，祖父早已作古，我母亲依旧记着自己嫁到曹家，因为我祖父的坏脾气，自己受过的诸多委屈。

我一直在想，母亲那一代人的曲折，除了饥馑岁月留下的窘迫，还有苍茫人世深处的某种生活的沉重。她生养了四个儿女，她在洋峪川必须像个男人一样活着。割麦、扬场、翻犁、播种、施肥、搂耙……她得比别的女人更苦些。像铺路担沙土、修水库搬石头之类的重活儿，她也得承受。

早些年，她在南山挖过草药，采过野果，割过荆条，断过藤葛，砍过灌柴，也扛过木头。那些苦对她来说，都算不得什么。她所在意的是，家里缺衣少食，缺少劳力，自己单薄，种庄稼看够了别人的白眼，在村子里总是抬不起头！菜地里的南瓜辣椒什么的被人偷了，自己也断不会像村北的拉巧婶子那样，气长地叉着腰，在村子里骂破几条街。她只会忍。

她说自己生来就懦弱、胆小。命里属鸡，是刨着吃的，苦人一个。

在她深陷了一辈子的土地里，她把自己变成了洋峪川的一株庄稼，日月稠密地收割着自己的影子，也脚步勤快地收集着自己的脚印。她是个皮肤黝黑的漂亮女人，大脚、精瘦。我在镇子上读书的时候，她没有给我送过一次干粮，她一直都在忙她的事情。

她有自己的厨房、菜园和庄稼地。她的头发总是蓬乱地在风中飘飞着，她的鼻尖上、鼻洼里终年浸着汗水或者留着油烟熏染过的灰黑。

　　我没怨过她。白天她有许多农活要干；晚上，她仍有许多事情要做。纺线、织布、做女红，这是她作为洋峪川的女人，背负沉重生活的一种自觉。

　　母亲从记事起，就没见过自己的亲生父亲长什么样。

　　当外婆骑着枣红大马，带着她和我小舅嫁到洋峪川的时候，母亲只记得她的程家养父很疼爱她。她在婚后辛苦喂养四个子女的时候，我外祖父经常从祝家寨扛着农具到东村来帮忙。饭点了，无论她怎么挽留，我外祖父都不愿在我家吃饭。他老人家总是说："我少吃一口饭，我娃就不会饿肚子。"

　　母亲把这句话记了一辈子。想起外祖父，她总是叹气，说自己来不及去报恩。倒是我的曹家祖父，虽然老是骂人，却因自己这个孝顺的儿媳，他晚年过得还算幸福。

　　母亲在给我叙述旧事的时候，话特别稠，但声音却是很低沉的，语气也显得特别的幽深，似有不尽的惋伤在里面。我注意到她说话时的表情，嘴角在微微地颤动，眼里闪着泪，有些浑浊。眼眶陷得很深，像两个黑洞。

　　我的父兄相继去世以后，母亲的性情大变。她整日嘤嘤地哭，哭得眼前模糊一片。之后，她发疯似的干活，一刻也不让自己停下来。晚上睡不着觉，就扛了镢头摸黑下地去。她这样折磨了自己好多年。

　　之后，她依然记仇，也依然念着别人的好。

　　我每次回乡间看望她，总免不了会给村里的人买些东西。她便喋喋不休地数落着，说是不应该给谁谁谁家买水果，那人以前没少欺负我们家。也不应该给那谁家买食品，说是我父兄走后，那谁变

167

得很势利。也不应该去看后街的某某某，早年间，那某某某没少偷我们家的蔬菜瓜果。最不应该去理睬的就是村北那个坏了心肠的已经外嫁的本族女子，早些年因为村中一个近邻患病去世，她说我家里人分不清远近，竟然又是搭礼又是送花圈的，言语里满是夹枪带棒的埋怨之意。尽管在那之前，她的老母亲仙逝，我大哥当时代表我们全家帮忙、上礼、送花圈、出顺子助戏、抬棺材板、送葬，她仍是怨气颇多，以至于后来不再给我家尽乡间礼尚往来之道了。我母亲恨得牙根疼，发誓此生不再与那坏心肠的女人来往。

有时回村忘了给乡亲们买东西，她又唠叨，说是我应该给我表姐家带东西的，原因是家里的亲戚越来越少，我表姐是她的亲侄女，打断骨头还连着筋呢。对门的慧婆婆和我三娘平日里没少照顾她，叮咛着要我记住她们的好。还有就是我的灵姑姑、淑贤婆婆以及玉芳婶子，她们总是念叨着我父兄生前的好，总是送吃的给我母亲，农闲时，还常来家里串门拉家常……

随着母亲的快速衰老，她愈来愈敏感，亦愈来愈喜欢怀旧。我外婆频繁地出现在她的梦境里，她醒来后就哭，且不停地埋怨我的小舅，说他一辈子太软弱，让我的外祖父和外婆晚年凄凉。特别是我外祖父去世后，我外婆有一次被赶出家门，晚上睡在村里的饲养室里都不得安生，土炕上还让舅母给泼了尿水……

我安慰她：逝者为大，都过去了，所有的恩怨都过去了。

她便沉默。后来她仍会梦到那些去世的亲人，她依然会难过，只是不再怨恨。她也给自己说着：都过去了，都过去了。

她在心里盘了很多记忆，大概是外婆带她初来洋峪川的情景，又或许是她与我父亲在同一所学校里念书的一幕一幕。总之，她愈来愈喜欢回忆很久远的一些事情了。

我偶尔会看到她坐在屋子里靠门的地方静静地发呆。她沉默着。她的沉默，像是封住了一个人一生的千山万水，那么寂寞、那么安详，又那么凝重。她的脸上，一半明亮，一半昏暗。明亮的部分泛着质朴和静谧，仿佛洋峪川的阳光、树林和溪水正缓慢地经过她。昏暗的部分透着神秘和窅深，像乡间的一种呼吸，包含了洋峪川所有的生长和埋葬。那时她的眼里好像藏着许多悠远的故事，心中却似乎再没有拖拽的东西。她一动不动地坐在那里，像凝固在光阴里的一座塑像，人世间无数明暗交错的光线正从她的身体里穿过。她的表情庄重而虔诚，像洋峪川的天空，辽阔而深远。

关于母亲，关于洋峪川，我也常常会莫名地从她的故事中抽取出昔日秋天的那部分。比如她种的菜，比如酿的柿子醋、做的醋熘儿。我很愿意陈述这些。

每年的霜降过后，母亲总在乡里腌萝卜、窝浆水菜。她种的萝卜不多，但足够她吃上整整一个冬天。

对于柿子醋，我的记忆至今仍很熨帖。

母亲将摘来的柿子，挑一些旋过皮穿了线挂起来，做柿饼。剩下的用麦草盖着，等柿子变软了，留着冬天吃。而做柿子醋用的浆果，一般都是从树上跌落下来摔烂的，母亲小心地将它们去了盖，放进一个干净的大瓦坛里。坛口用一层塑料纸紧紧地包裹着，周围扎了好多线绳子，上面扣了个坛盖，密封得很严实。

经过一年的酝酿、发酵、等待，母亲做的柿子醋终于可以品尝了。这是一件特别值得高兴的事！

就在母亲轻轻揭开坛盖、去掉坛口上蒙住的那层塑料纸时，清冽扑鼻的醋香弥漫了整个屋子。母亲脸上带着满足的笑容，用一根长把的小木勺子探进醋坛里，一勺一勺地盛给我们喝。酸甜醇厚的醋汁里，掺杂着柿子黏稠柔软的浆坯，味道浓郁芬芳，一直香到了人的骨缝和心中。

母亲把醋坯上漂浮的那层醋浮舀出来，与面粉混合搅拌，在锅里蒸熟后，切成条状，浇上调料汁给我们吃。这种被我们叫作醋熘儿的东西，绵软筋道、酸中带甜，酱红色中闪着光滑和细腻，是我们在一年里唯一可以吃到的和酿醋有关的乡间美食。

沥醋的过程很简单。

母亲在坛里放些麦糠，将麸糠与醋坯搅拌均匀后，给里面掺适量的山泉水，再搅拌，然后反复摁压。等她认为可以沥醋了，便盖上坛盖，将大瓦坛搬到高处，在坛腰处开个小口子，插根短的芦苇秆，下面放只老瓮，承接香醋。

红亮红亮的柿子醋从那根细细的芦苇秆下流出来，像一股清冽的甘泉水，落在老瓮里，发出咕咚咕咚的脆响，像乡村的一种快乐情绪，带着母亲卑微的热爱，将埋藏在她心中的歌唱了出来。后来，那声音变成了汩汩的流淌，从母亲的辛劳中显现出来。喜悦就在秋天忽然地跑到母亲的眼睛里，悄悄地融化了她一生的苦难。最后剩下的，只有时间的安慰了。

有一年的秋天，我回到洋峪川，看见母亲的院门紧锁着，我在村子里到处寻找她的影子。村里一个老人告诉我：她去竹林畔拾毛栗去了。我便去竹林畔，没有找到她。有人说，她去北岭捡料姜石了；有人说她去后沟摘花椒了；有人说她去高坡打酸枣了；还有人说，她去堡子山上采野菊花了……

　　我在野外到处找她。我站在洋峪川的秋天里，远远地望着河滩。河滩上的荻花开了，白茫茫的一片。秋风一吹，那花便轻轻地摇曳、荡漾，像极了母亲的银发在风中凌乱飘飞的样子。

　　我抬头望向堡子山，堡子山上的野菊花开了，铺天盖地，黄灿灿的一片。那种极尽风姿的美好，仿佛母亲脸上灿烂的笑，在日渐萧瑟的秋天里笑开了菊花，很迷人，成了秋野曼妙的一片风景。

乡间老人

到了十二月，就会感到新年将至的那种急切心情抬起头来。翻看日历的时候，常常会有莫名的惆怅。时间总是如此匆匆闪过，一年之中，终也碌碌无为。

呵气成雾，冷则生寒。寒气凛冽，天空阴郁。天空呈现着欲降白雪的灰色。南山一如既往地兀然肃立，它的萧瑟里带了薄雾逼近的静寂。我在此时回乡，只是为了去看望一位老人。她形如一棵老树，了无生机，却仍倔强地活着。我看望她，因她病了，也因她是村中年事最高的一位老人，仅此而已。

她在乡间自己种菜，自己收割，她已摸上八十多岁。她家的庭院不大，院子里全是苍苔，厚厚的，铺了一层，踩上去，软绵绵的，像一张地毯。秋天的时候，我曾来过一次。那时苔米如花，茵茵一地。晨露闪在其间，犹如一片透明的水晶，既是生趣，也是幽静。如今空气清新而寒凉，地上的苔藓只有枯黄一片，露出况味空落的景象来。

原本她的门前有一棵高大挺拔的楸树，楸树下有一口斑驳的老井。现在树和井都已没了踪迹，只剩下一片荒芜的草苔了。我依稀记得那棵楸树，春天开花，枝头绚美；秋季结果，细长如蒜薹。

而那幽深的老井，四季里清清地汪着水，水心里疏疏地映着楸树的细影，有时是天光，有时是打水人搅动的微波，但总是坐落着静谧而喧闹的美的光阴。那时，村中有一半人家汲而饮之。井水持久甘甜，春夏秋冬，她家门前曾人来人往，络绎不绝。

这样的光景，在短短的十几年间便很快消失了，剩下她独守屋院，想着甚是悲凉。

我待了一会儿，告别了她，并未急于返城。我在洋峪川的大地上晃荡了一番。

空旷先于雪在洋峪川落下，村庄上空先落了细雨。我想起那位老人辛劳而沉默的脸庞。她的脸上，沟壑多于平地，肃穆多于丰富。她的嘴唇正缓缓驮着一座大山和一条河流。当我正静静地顺着堡子山山顶泻下来的空蒙，追寻洋峪河的动荡时，暮色覆盖了洋峪川的整个视野。我听见河水泠泠的声响，大雪来临之前，它还未曾封冻。它清澈而寂寞的歌唱声令冬天更为空远寒冷。

我于是将一个黄昏的时间洒落在洋峪川一条潮湿曲折的乡路上。

我看到河边一片稀疏的槐树林，它们在雨中沉寂、干枯、守护着。我看到村庄周围一片迷蒙的田野，有些地方空荒着。有些地方秋天种子播完，它们便闭上了眼睛，只有它们善于埋藏和生长，善于呼吸和承担力量。

我在村口的一棵白杨树上发现了一个鸟巢。它黑洞洞地直视村庄，像一个老人的眼睛，窅深而隐秘。

我忽然无端地便将它与那个年事很高的老人联系起来。

她的心中一定藏了许多秘密。几年前，她曾与我说了些洋峪川很遥远的事情，比如一条曲折离奇的山路，比如长着长长的蓬蒿和野花的山坡，比如浮在花木上的云气和霞光。她对心中的南山有着微歊而又丰富的记忆。她年轻时常常上山打板栗，采五味子，挖草药，还摘过一种能做神仙凉粉的叶子。她在南山里还见过锦鸡、狗熊、山猪、羊鹿、豹子、野狼、狐狸、猪獾……有一次，她和村子里人沿着那条山路去月牙山下割野韭菜，他们还看见了猴子。说到山猪，她嘴里骂道："这些牲畜，常下山糟蹋庄稼，秋天，踩坏了我不少玉米呢！"

她自是很高兴与我一起分享她心中的故事。为了一个季节的呼吸，她的悲伤、她的喜悦，全给了洋峪川。她的笑是幽微的、亲切的，又慈祥得像一束阳光洒落下来。过去的岁月甜而惆怅着，她也时常在心中盘着些洋峪川这样那样的故事，那些已经很久远的事情如她一样地苍老寥落了。

她如老树一般地在乡间忠诚守望着，她在这里出生，也将在这里死亡。死亡于她而言，只是一个时间概念上的问题。她的生命的全部意义就是一个村庄，一个秋种夏收、夏种秋收的过程。在此期间，她还肩负了生儿育女、传承洋峪川的血脉的伟大使命。

那么，洋峪河也如她一样。

河水曾经滋润了洋峪川的农田，农田远远从人们的视线里走过，它们宽旷而盛大，脉动而浓郁。河流喂养了土地，土地喂养了村庄，村庄和土地、河流、山川、草木都成了洋峪川无与伦比的风景。它们成为物质，也成为精神隐喻。

这是地气和声息。

很久以前的记忆淳朴而美丽，没有人怀疑过一个村庄的温度。

但愿许多年以后，我们在想着乡间的往事时，仍然能够说着它的厚重，它的水也汤汤，山也嶙嶙的万千面目。

往事如幽苔，生着厚厚的愁绪，窅深一片。那时我们在冬天里说着秋光，在秋光里说着夏日的池边事，又在绿荫的夏日里说着芳春。芳春里宣气上升，气息如旧。故事在村庄里氤氲，村庄在大地上生长，大地在一望无垠的庄稼里呼吸、延绵起伏……

只是这个冬天很空，很寂，也很冷。不知老人还能否看到洋峪川不远的春天呢？

当一场大雪将要来到洋峪川，在苍茫之中，远远望着一片寒白，我伫立良久。

想起泡桐

泡桐如书，它的背景是在南山脚下的洋峪川。

时间停留在每年的四月，当我走在静卧乡间邀人散步的小路上，春天带着弧度和层次渐渐逼近山村，泡桐花开了。

某一天，发现它们忽然恣意地开了，我鼻底远远就能嗅到扑面而来的清香，这气息实在是亲切而熟悉。

在半塬上、河道旁、地垄间、村庄里，在平阔的田野里，那些一大片一大片的紫色云彩，密匝匝地扑袭而来。

那些富有质感的紫色一闪一闪地咕涌着，在春天里摊开了它们的情绪，形成了春光中重要的色调。花面起伏，一咕噜一咕噜绽放着，静谧而清馨。在透明如醇蜜的阳光下，娴气地开着，像是聚集在一起的欢乐和幻想，又像是在给春天喊话。使劲儿伸长脖子去看，它们就像一串串悬挂在枝头的紫色的或白色的春铃铛，对着寂静的山村摇荡。一个季节的浓郁，正在邂逅一种植物的温度和热情。远远望去，好似雾气一样笼罩着村庄和田野……

不知为什么，我在每个春天里，总要把泡桐花开和我的外婆联系起来。她是个小脚的女人，整日里一身灰扑扑的青蓝色衣服，枯瘦、矮小，·在人面前总是低眉顺眼的，像是习惯了时常被人呼来唤去似的。有些时候，她一个人在院子里劈柴火，总是会偷偷地抹眼泪。不过泡桐花开的时候，她可能会挎个小荆笼，拿一根细细的长竹竿，颤颤巍巍地出现在祝寨的村口。她会在树下打落许多泡桐花，然后带回去给我的外祖父泡手脚。

我外祖父长年劳作，在土地里摸爬滚打，双手掌心结了厚厚的硬茧，脚板底下也磨出了不少的血泡子。从坡地里刨回来的料姜石要在热锅里煮很长时间，多浪费柴火呀！外婆觉得还是泡桐花好，外祖父用它泡洗手脚的时候，只需添些温水，还有清香，消炎祛毒，兴许还能解乏呢！

外婆一定很开心，因为她看见外祖父脸上满意的微笑，像春天的泡桐花，温暖、心安。

事实上，对外祖父的印象我是很模糊的。他的四季可能只有外婆最清楚。但外婆却一直是个小声说话、在人面前小心翼翼的人，连她的欢喜也是那么的拘束。她对于我的缄默，始终成了我童年记忆中的一个谜。在她活着的时候，我没能从她的口中打探到任何关于她和我外祖父的春天。

多年以后，母亲偶尔会告诉我一些事，比如我外祖父农闲时，总去深山里挖药材卖些钱养家糊口。深山里有狗熊和花豹，也有山猪和大蟒，外祖父一走就是一整天，经常还会赶夜路，外婆总是很担心。

但大多数时候，外祖父是和我外婆一起泡在洋峪川的土地里忙碌的。母亲形容他的父亲：那么清瘦单薄，风一吹就会倒下，身上只剩些骨头和皱皮，没了人样且只知道一天到晚地埋头苦干，才使得我外婆整日地担惊受怕，经常会在背人处偷偷抹泪。

她说我外婆也经常生病，总是说头疼，肚子也疼。那时也没钱看病，外婆一天到晚哼哼唧唧的，但一旦将病熬过去了，就会捣着小脚，整日在村子与田野之间往返忙碌，劬劳一季又一季。

母亲告诉我，外婆是舍不得把外祖父从山上挖回来的草药给自己用的，唯有泡桐花不值钱，她自己在春天里也常会去打落一些，给外祖父泡手脚或者蓄些晒干，冬天里拿出来熬热汤给家里人祛喉火。

至今我并不能确定我是否见过外婆打泡桐花，但泡桐花在洋峪川的四月间如火如荼地盛开，这却是最清楚的记忆。

对于洋峪川来说，泡桐树也只是一种植物，和乡间的任何一种植物一样，没有什么特别的。

春天它们总是先开花后长叶，和苹果树、桃树、梨树一样。只是花谢之后，你不知道那泡桐枝头何时已生了嫩芽与绒枝，你还来不及认真地去享受新桐初乳的美好光景时，那嫩芽已悄然瞒过人们的眼，偷偷换了黄青。闻风自肥，见天蓬勃，梧桐树叶渐渐有了野气。先是薄荷绿，一天天在长大，等到变成猪耳朵一般大的时候，颜色便成了橄榄色，这时，夏天便真的来了。

其实，你完全不用再怀疑它的单薄。泡桐会用浓密蓬大的树冠为乡村遮挡烈日炎炎。翳翳的绿荫，巨伞一般高高地擎着，叶叶布掩，阔大如掌；枝枝伸展，层层叠叠，不留空隙。

这时，耳际若吹过一阵风，一抱粗的整棵泡桐树的树叶就会裙袂翩舞，也会哗哗哗、哗哗哗地唱歌，那声音像是远道而来，携了很多的心事一般，多少会令人心生些凉意且浮想联翩……

看它高枝百尺有余，亭亭如盖。青褐树皮包裹的肌身里，定有问天的秉性和参悟自然生命的灵气与内质的数理。倘若将梧桐形容为一位满腹诗书的布衣秀士，他一定绿叶纶巾，修身风骨，在村头清秀挺立，常眺望，常沉思，一脸的书生意气。

想象这时树下会走过荷锄归来的乡野农夫，他驻足，仰望头顶如篷的青碧，放下农具歇息，听寒门秀才吟咏夏日光阴，或者与他在荫蔽之下闲聊乡间村事，一起回忆清贫日子中的收获与快乐……

不知白居易《云居寺孤桐》诗中"一株青玉立，千叶绿云委"的句子是否为形容泡桐的清秀高大之美？至少人们不再为一个难熬的夏天而担心，硕密如绿伞的泡桐树遮天蔽日，这荫翳，足以聊慰一个村庄的动荡。我想我外婆和外祖父的村庄，也一定会在泡桐树下得到庇护和收获一片清凉。

梧桐树始终是善于收容的，它那高挑的枝丫上，永远藏着许多鸟雀。一到黄昏，它们就被暮色淹没在叶片覆盖下的隐秘世界里，看不见影子，只听见叽叽喳啾叽叽喳啾的声音。第二天，梧桐树下便是一片白白的鸟粪……

夏天也会噼噼啪啪地下雨，雨滴敲打在梧桐树叶上，扑扑作响，惊扰了树下草丛间正在密谋的蚊虫们，它们扇动薄翼，仓皇飞散，蒙头蒙脑的，一时不知所措。

有月亮的夜晚，坐拥乡间的微光，是供村人照亮的银辉，它悄悄稀释着黑夜的黏稠和闷热，凉风不请自来，吹动着梧桐树的树叶，沙沙沙，沙沙沙……

月光便在梧桐树的枝叶缝隙间流淌、拱动。树下是草虫的嘀咕，谁也听不懂它们的语言。月白风清，梧桐树的四周是宁静的夜和我外婆、外祖父的村庄。乡下粗朴的日子，被蒲扇和轻语渐渐引入岁月的苍秀深处……

秋天，泡桐树的叶子会变黄，枝间也会稀疏起来。我常想着它的时光已经老透。叶枯了，坠落了，头顶上的布景图案也不那么美妙了，风经过它身边的时候，总是会停下来。它们总是用沙哑的声音说着一些隐秘的内容，我猜想它们的话题一定绕不开农民与土地的关系，绕不开秋天与果实的关系，也绕不开劳动与血汗的关系。当然，它们交谈的内容里也包含了我外婆和我外祖父的一生，包含了洋峪川和一个村庄的肌理、颜色和灵魂的故事。

梧桐一落叶，天下皆知秋。它在春天的药性和清香，它在夏天的血性和浓绿，交由一地金黄去述说……

我终于不再担心或者去关心泡桐树在某一个冬天里，枝头会变得光秃，树纹会变得粗糙。我只需记得它筋骨挺拔，心中通理。它的乡村简史，曾经生动而鲜活地记录着一个村庄的时间帖与生命书；它沧桑、隐忍、高大、挺拔，在洋峪川卑微而生，躬身活成了土地的模样。

那模样，像一代人，或者几代人，像我的外婆、外祖父，像我的父亲、母亲，或者还有我和我的儿女们……

回乡记

（回乡是一桩桩悬挂于心的事情，作为他的同乡，我以叙述者的身份替其书写，他的影子里有我，也有以故乡血脉为圭臬的一切生命线。）

每每回到久违的洋峪川，踏上故乡的热土，九〇后青年荣星的心情就格外复杂。洋峪川的山川水汽令他暂时忘记了异乡打拼的艰辛，山村的宁静秀美既让他心安，又让他陶醉，他常常被故乡辽阔壮丽的田野所震撼！生于斯、长于斯，然而，生活注定要漂泊流浪。看着年迈的奶奶和渐渐衰老的父母，他有种说不出的惆怅。故乡的日渐虚空又悄然成为他心中的一道隐痛。回归与出发同样令人纠结，我们一直在故乡和远方之间徘徊着……

一

门"吱呀"一声开了一条细缝，一束光柱迅速照亮了屋子里蒙黑的一片空间。竹篮婆婆从细缝里朝外望，她的目光像刚从深谷里探出来的一样。

她刚刚从午间睡醒。

为了防止外面白刺刺的太阳光刺伤眼睛，每次醒来，她都是一贯地先开一道细细的门缝，等眼睛适应了一会儿，才缓缓打开那扇漆黑的木门。

乡村太静，一点风息都没有。门外那棵老槐，一动不动地伫立着，浓密的树冠遮挡住了许多阳光，在树下投下了一大片阴影。老槐树高大挺拔，树皮皲裂，纹理粗阔。躯干遒劲有力，如虬龙盘枝，造型颇具美感。槐树究竟有多少年了，竹篮婆婆自己也记不清了。打从她嫁到荣家大院，这棵槐树就有了。据村里人说，大概有几百年的历史了。具体几百年，没有人说得清楚。后来，县文物旅游局的专家到村里来鉴定考究，最后给出的结论是，树龄有七百多年。县上把这棵槐树作为文物保护遗产给围护起来，还在树上挂了一个铁牌子，上面标注"百年古槐"。

在古槐的对面，有一棵笔直的白杨树和一棵沧桑的皂荚树。白杨树上有硕大漂亮的白杨叶，光线从杨树叶子的空隙间筛下一小片斑驳的树影，与皂荚树的影子连在了一起。

皂荚树荫下，几只芦花母鸡闭了眼，正静静地卧在土堆上打盹。老黄狗旺财耷拉着大脑袋，呼哧呼哧地吐着长舌头。正晌午，太阳太毒，鸡犬无精打采，互不干扰，各自居安。

屋檐下堆满了硬柴，码得整整齐齐的，粗细分明。柴身灰黑，露着陈白的茬口，犹如堆积着一段旧时光。刚好有一只老花猫懒洋洋地从屋子里蹭出头来，像刚从旧画中走出来的一样。

竹篮婆婆也缓缓走出旧画，她一只手拄着拐杖，一只手里拿着一条白毛巾，她要走到门前的水管前洗把脸。

　　她伸出槐树皮一样干瘪的手，用力拧开水龙头，一股细长的水流便垂了下来。太阳把管子也烤得滚烫，从管子里流出来的水也是热的。竹篮婆婆用湿毛巾擦了脸，自己又用手蘸了些水在头发上抹了抹，然后回屋又躺下。

　　乡间的老屋都是些土木结构的柴房，夏天待在家里也不算特别燥热，何况村庄本就在山脚下，更何况竹篮婆婆又是个已摸上八十岁的老人家了。一年四季，她总是怕冷，七八月份，也不觉得很炎热。孙子荣星以前常给人说，他婆老糊涂了，大热的天，躺在炕上还要盖一个薄褥子。

　　竹篮婆婆耳不聋，听见了也故意装作没听见。

　　儿子荣建良几年前在西安的建筑工地上伤了腰，从此不能再干重活。儿媳妇粉线托了在镇政府当副书记的娘家堂弟给男人找了份看大门的差事，一个月给两千元，一周可以回家休息一天。粉线在山口正在扩建的竹林畔滑雪场上班，具体说，是在厨房里打杂，洗碗、端盘子，月薪一千八百元。早上六点出门，晚上七点回家，每天临走前，她将家里卫生简单打扫一遍，给竹篮婆婆准备好一天的饭菜。晚上回来收拾完碗筷后，要给婆婆洗脚、擦洗身子，还要洗换下的脏衣服。粉线是出了名的孝顺媳妇，在洋峪川颇具口碑。

　　几天前，荣星在电话里说要回洋峪川住些日子，还会带两位朋友一块儿回来。竹篮婆婆很是高兴。她有差不多一年没见到亲孙子了，心里想得慌！

　　荣星大学毕业后，刚参加工作不到两年，应聘到浙江一家家具设计公司上班。距离家乡远，一年到头很少回家，这次是休年假，刚好回来看望奶奶。孙子在电话那头说很想奶奶，竹篮婆婆听得老泪纵横，手指颤抖，心里却高兴着。

能见到乖孙子了！她拄着拐，一天能到村口张望十回。

二

荣星是在一个西山映着大片夕光的傍晚回到村子里的，同行的还有他的老板周蓬华和老板娘徐丽丽。

一辆黑色的奥迪A6L停在门前的大槐树下，荣星就是坐着它回来的，不过他自己目前尚还达不到买车的条件，得考虑一下在浙江那边先买房子的事。奥迪是周蓬华和徐丽丽的。

荣星一进门就给奶奶一个深情的拥抱。竹篮婆婆脸上笑开了花："我娃回来了？"她有些不确定，又仔细地端详了一番："果然是我的好孙儿！"然后她拉着荣星的手问："星娃，想奶不？"

"想，想得很！"孙子帅气地咧开嘴笑了，露出一排整齐好看的牙齿。

"呜呜呜……"竹篮婆婆忽然像个小孩子一样哭起来，"你让奶想得好苦啊！"她又百般地埋怨起来，"怎么能离开奶一年呢？怎么那么长时间呀？"她絮叨着，又"呜呜呜"地啜泣起来。

荣星只好哄着奶奶，同来的周蓬华和徐丽丽也在一旁劝慰着老人家。一年未归，荣星给家里人买了很多礼物，老板周蓬华夫妇也带了些浙江特产过来。

粉线一接到儿子的电话，就匆匆赶回家。再次收拾家什、打扫卫生，为了招呼儿子款待客人而认真准备晚饭，她还专门请了两天假准备在家陪儿子。几天前，知道荣星要回来，她就把屋里用泥土夯平的地面清扫得一尘不染，并将锅台周围擦洗得明亮可鉴，还将后院摆放的各种农具一一归整。这样还不够，她又将房子周围的杂草清理干净，连门前的大树下也仔细打扫了一番。总之，她的心情很激动。

吃过晚饭，荣星和老板与老板娘被母亲安排在隔壁大伯家里休息。大伯一家常年在西安生活，鲜少回来，家里门户平时也是托付给荣星的父母照看。荣星家里因为有年迈的奶奶在，不方便客人住宿。他的母亲提前收拾好隔壁的两间卧室，铺了新的床单、被褥以及其他一应所需品，一切看起来整洁而舒适，令人倍感亲切。这让荣星和周蓬华夫妻都很感动。

老板和老板娘早早地睡下了。荣星睡不着，就过来陪家人闲聊。时间尚在晚上十点多，他们就搬了小板凳，坐在门前说话。

荣星问了一些家里的情况，又询问了奶奶和父亲的身体状况。母亲说都好着呢，让他放心。竹篮婆婆和孙子说了一会儿话，就在他的怀里打起盹来。荣星便和母亲将奶奶搀回屋里，安顿她睡去，母子俩仍在门前继续谈心。一年未见，彼此总有许多要倾吐的心声。

家门洞开，夜色清凉，四周有铁黑的树丛在摇曳。月亮如洗，它在高空静静地泊着，村庄便浸在一片银色里了。远处的南山峰脊似乎隐约可见，空气中传来泥土和草木的温热气息。一阵清风吹过，门前的白杨树叶子便在枝头冷冷地摇响起来。这时不知何处的蛙鸣传入耳际，一时间，虫声如鼓，夜色既悠长又浓郁……

三

第二天清晓，东方泛了白。徐丽丽睁开惺忪的双眼，懒洋洋地从床上坐起来。她被早晨密集的鸟鸣声包裹了。她欣喜地朝窗外望去，一缕冶丽的光线正迤迤然从玻璃窗映射进来，她所居住的房间里一下子生动起来，仿佛一切事物都深陷在这美好的一天里了。

究竟是什么，她一时也说不清楚，就是觉得很美好。她扭头看看还在酣睡中的老公，不忍惊扰他，就自己悄悄起床了。

洗漱一番，用过早点，徐丽丽一个人沿着荣星家门前的一条水泥大路，不知不觉地溜达到了村口。她看见一片葱绿的田野正铺展在延绵起伏的青山脚下，天际辽阔，伸向远方。她走过去，站在一块庄稼地的地垄上，极目远眺，尽情感受着大地的苍茫与大自然的亲密。

东山朝霞披散，此时的田畴、村庄、塬坡、沟壑、山岭，全都浆在满目金光的霞色里，既朦胧，又灿烂。徐丽丽沐浴其中，深感惬意。她深深地呼吸着，感觉身体里的每一个毛孔里都充溢着乡村的草息和空气的清冽。她又走到河滩上，远远地，她就听见一阵潺潺的流水声。走近了，她分明看见一条银溪样的曲折玉带，正在河岸和芦苇之间妖娆穿行。徐丽丽不知道这条河叫作洋峪河，她只晓得它很美，波光粼粼，犹如长龙，清澈而透亮。

风平浪静时，它像一面镜子，水镜里能映出蓝的天、白的云和婀娜周垂的柳影与神秘不可窥探的茂密的芦苇丛的倒影。当然，河滩白石表出，河水中的游鱼细虾也是可爱的，她对此深信不疑。

徐丽丽高兴之余，拿了手机不停拍摄，拍了许多洋峪川的美景。

返回村子的时候，她看见一个发丝凌乱的老妇人在屋檐下剁草。她手如雀爪，握着一把生锈的薄菜刀，正在一块长方形的小木板上梆梆地剁着。徐丽丽好奇，便走过去同老人打招呼。老人停下手中的活，抬起头来看着徐丽丽。

这是一个七十来岁的老婆婆，枯白头发，灰黄嶙峋的脸上遍布经年风雨的深痕。

"是叫我吗，姑娘？"她朝徐丽丽笑着。

"对的呀，老奶奶。"徐丽丽不会说陕西方言，就用普通话和老人聊天。

"看你这么个白白净净的姑娘，不是本地的吧？"她一边问一边慢慢起身，准备进屋给徐丽丽拿个坐的小板凳。徐丽丽赶忙上前搀扶老人，一并进了屋。

这是关中地区广大农村一座普通的青砖瓦房，高处撑着檩架，屋顶是整齐排列的椽木，半空并没有横搭荆楼，只有一根粗大的原木柱子竖在那儿，一木鼎天地。屋内光线通透，地面陈设清洁。显眼处无非土炕灶台及案几桌椅，也是非常明净。房间布局沿袭北方传统的一明两暗。墙角放着一只年代久远的红木柜子，柜面漆画已模糊，在岁月的侵蚀下渐渐变成一种酱褐色，仿佛时光凝固其身，让人恍惚坠入一段旧事中……

徐丽丽和老人在檐下坐下。

老人端了些新鲜的桃子和李子让她品尝，说是自家树上摘的，新鲜的。又在水管下洗了两个红润的西红柿和三根细长脆嫩的黄瓜放在另外一个篮子里让她吃。徐丽丽很不好意思，她被老人的淳朴和热情深深感染了。

交谈中，徐丽丽才知道她是给鸡剁食，几只母鸡平日里散养着，但为让它们多下蛋，有时需得在碎青草末里拌些谷粒。

问到家中其他人，老人说她的儿孙们都在外地打工，留她一个人长年在乡间，她尚能够生活自理，就自己种菜。米面油是后辈们逢年过节回来时买的，囤了不少，不用操那个心。

乡村空气清新得像从土里生出来的一样，其间夹杂了青草的一些腥味。徐丽丽很喜欢这种味道。她注意到了，老人的后院是一片小树林，基本上都是些老槐树、香椿树、梧桐树和老榆树。浓绿的树叶遮住了早晨的太阳光，在屋后的空地上投下阴凉的一大片树影。

门前的一侧种着西红柿、黄瓜、豆角等时令蔬菜，算是一块小菜地。另一侧用砖体铺就，墙角砌有一口水井，显然已经多年不汲取井水，井台青苔累累，杂草丛生。

她又抬头瞥见屋檐的暗角落处有蛛网絮结，再往下搜索，墙皮剥落，墙角堆积着一些曾经耕种用的旧物，已是灰尘蒙盖，像是一些虚设的记忆，不免使人生出一番忆旧的伤怀。

洋峪川的乡野之美让徐丽丽感受到一股深沉蕴藉的柔情的同时，也有种说不出来的隐痛，令她有短暂的不能释怀的情愫。是一种很复杂的感情，与她遥在浙江乡下的故乡一样，有某种相连的东西在里面。她亦能理解荣星平时与他们夫妻一起小聚时，这个淳朴英俊的陕西小伙子，每次酒醉时不断念叨家乡的种种过往。

乡愁与生俱来，这是任谁也逃不脱的血脉之思，徐丽丽很清楚地知道这一点。

四

荣星给父亲打电话，荣建良告诉儿子：今天门卫值守的班倒不开，得到明天才能请假回来。荣星便给父亲说他明日坐老板的车到镇上去接父亲，顺便再买点儿焦岱酱牛肉。荣建良答应了。

午休起来以后，荣星陪母亲去村南的菜地里摘豆角。粉线想着儿子好不容易回来一次，又带了客人来，应多做些他们平常吃不到的稀罕饭食。她打算明天做荞面饸饹，再烧一大盘洋芋熬豆角，把家里珍藏的干神仙粉叶拿出来，在热水里烫了，给荣星和周蓬华夫妇做神仙凉粉吃。神仙粉叶是她去年在山里采摘的，一直舍不得吃，原本就是给儿子留的。

母子俩在半路上遇见前街的王有顺扛着一把铁锨刚从地里归来。

"是荣星吗？"王有顺老远就认出荣星来，"啥时回来的？崽娃子都长这么高了！"到近处了，就扯着嗓门大声说笑着。

"啊，是有顺爷呀！"荣星赶忙从裤子口袋里抽出一整盒猴王烟，殷勤地递给他本村的王姓爷爷，"我昨儿个下午回来的。爷，你这是刚从地里回来？"

"哦，从河道给菜地引些水。天气炎热，太阳毒辣着哩，爷怕把菜晒蔫了！"有顺老头一边接过荣星递过来的烟，一边笑眯眯地赞叹道，"好烟，好烟！我娃现在出息了，爷也跟着沾光！"

粉线在一旁也赔着笑。

荣星看着满口蛀牙、目光浑浊的有顺爷，吃惊于他的迅疾衰老。似乎站在他面前和他交谈的不是那个当年走路扇风的乡间汉子，而是一个形销骨立的肉物。他的背稍稍地驼着，只有脸上仍是旧年一贯的慈祥模样。

算起来，王有顺也就比荣星的父亲大不到十岁，但看起来俨然一位七旬老头了。他一生没有儿子，只生了一个独女，名唤红丽。老伴是个哑巴，整日里咿咿呀呀地在村人面前比比画画的。红丽初中毕业后就去城里打工，后来嫁到西安北郊城中村，生了两个女儿。婆家嫌弃她生不出儿子，便离了婚，把判给自己的幼女放到乡下让父母管着，自己跟一个河南人跑到东北办了个养鸡场，隔上几个月给家里寄些钱，人几年未见回过洋峪川。

想着有顺爷也是个可怜人，荣星不禁同情地问些关于他的近况。

"还好吧。"有顺爷说，"村里让我打扫街道卫生，一个月一千五百元。钱是少了些，活儿倒也轻松。一年四季，路上除了秋冬落叶多些，也没多少垃圾。村里基本没人，街道也经常干净着呢。"顿了顿，他又说，"这个你妈是知道的。"

粉线点点头。

"嗯，这就好。您要保重身体！"荣星很关切地说。

"这是自然了。人老了，也干不动了，我和你哑巴婆守着几分薄田算混着，等外孙女大了，也就不用操持那份心了。大队部对我们很照顾，得空了让我去当护林员。好几个人呢，轮流着在林子里转，也给些补贴，吃穿倒也不缺的。"有顺爷一口气说了很多，末了感慨道，"如今国家政策好了，也算过得去！"

荣星和母亲摘完菜回来的时候，没有走原路，而是绕到另一条新修到门口的水泥道上。路过村中看见有一家正在盖新房，荣星记得好像是赵新勇家，按照村里的辈分，他把赵新勇叫叔。荣星让母亲先回去，他自己在那儿停下来看看。

新楼已经盖了一层，工匠们正在砌二层的墙。荣星环视了一下，不见新勇叔的影子，觉得奇怪，便问一个正在空地上装砖的人，得知他去镇子上买菜去了。荣星掏出一盒烟，给工匠们每个人散了一根，然后简单攀谈了几句。那个在下面装砖的瘦高个子，是赵新勇的远房表哥，盖房子的十来个人也是他寻的，都是些五六十岁的农民。

荣星看到烈日炎炎的夏天，这些人的衣服上都是脏兮兮地沾满泥灰，皴黑而粗糙的脸庞及青筋暴突的脖颈处，正因太阳的炙烤而流淌着大颗汗珠，连他们的呼吸中也充斥着阵阵臭汗味。他们不为所动，依旧顶着滚烫的大火球忙碌着。荣星看着他们，想起父亲几年前在西安建筑工地上为自己挣大学学费的情景，他的心里隐隐作痛。若不是为了他，父亲也不会从那么高的铁架上摔下来，也不会伤了腰身，以致从此再不能从事繁重的劳动。毕竟是自己害了父亲。几年来，这件事就像一块沉重的大石头，一直压在荣星的心上，令他内疚不已！

正值下午三四点钟，没有风。村子里大树上的树叶儿，都在白日的骄阳下像蒸干了水分一样耷拉着，一动不动。荣星又待了一会儿，和那几个外乡人随便聊了些话题，便回家了。

五

晚些时候，日光的强度逐渐减弱下来，空中有了丝丝的凉风。

伴随着凉意，黄昏来临，但天光仍是灿明。荣星带着周蓬华和徐丽丽到月牙山山麓看景兜风。

越往秦岭腹地深入，空气越是清凉，溪谷越是幽静。驱车沿着河岸行驶，一路上都是宽阔的柏油大道。有村子的地方，路两边必然耸立着整齐的路灯，上面为统一的莲花形灯罩，甚为美观。岸边多杨柳，杨树皮白叶翠，犹似北疆的粗犷油画。柳树的枝条一律儿下垂，有的扶摇到水面，像姑娘纤细腾挪的腰肢一般轻柔。

沿途路过的村子，每家每户门前都是柏油路，家里也都通了自来水，接了网线，房前屋后都有茂竹。

在孟峪口，路随山转，桥随水横。鸟音不绝于耳，绿树劲草鼓鼓涌涌，林荫道上满是佳景和绿色的生命。

周蓬华和徐丽丽被眼前的美景深深陶醉了，一路停下车来频频拍照，口中也禁不住溢出赞叹。

"荣星，这地方真美，像世外桃源一样。生活在这里，适合做隐士。"周蓬华不由得感慨。

"这些都不算什么，"荣星说，"你们还没爬到月牙山的巅峰上去看，那景才叫美呢！"

"真的如你所说吗？"周蓬华一边喃喃地言语着，一边忙着给徐丽丽拍照。

荣星看他们兴趣这般浓厚，便自豪地向他们介绍月牙山："这山海拔约有两千三百米，峰巅视野开阔，东西两边高翘，中间地势平坦，远看山顶像一弯月牙，我们当地人便叫它月牙山了。"

"哦，好有诗情画意的名字，带着仙气呢！"徐丽丽细声细语地说。

荣星便又道："别看山中央平阔，两边可都是悬崖峭壁，根本没有路。要想从正南面上去也非易事。早年间，山民们手持砍刀，披荆斩棘，割去藤葛莽条，才开辟出一条逼仄山径。就是现在车能开到景区门口，若要攀登到巅峰，登高望远，一览众山小，也需七八个小时的脚力。"

"这话我相信！"周蓬华说，"你看，咱们站在河沟处向上望，这是嵯峨屏障，云气缭绕。我猜想，定是高处不胜寒啊！"

"我小时候随父亲爬过一次，但未能登峰，只在半山腰的岩石缝隙间割过野韭菜。那种植物根部是红的，比菜地里自家栽种的韭菜味道要冲些，我们这里的人都喜欢它的野香味。"荣星来了兴致，越说越亢奋。周蓬华和徐丽丽也听得津津有味。

"那时我爸要编织筐笼，就常到南山里砍荆条。有时也上山砍些矮的乔木丛扛回家，为冬天积攒硬柴。我偶尔纠缠着也进山，过去曾经在山里亲眼见过岩羊和狐狸。"说着，荣星弯下腰，蹲在河边用手掬了一捧清水，大口大口地喝起来，然后又撩着晶莹澄澈的河水洗了把脸。

"我至今也没上到山顶，不过我妈上去过。她说上面是高山草甸，东西峰上各有一座庙宇，是洋峪川人捐资修建的。每年农历的六月六逢庙会，方圆二三十里的信徒们必定带足了干粮和香火，于前一天爬到庙前，晚上在庙里草草宿一夜，第二天便正式开始跑佛拜神仙了。"

见老板和老板娘兴味犹在，荣星接着道："村里赶过庙会的老人们都说，山上道路崎岖难行，沟岔交叉，上有大片的杜鹃林。崇山峻岭之间，林莽纵横，山泉河溪众多。山间奇花异草遍地都是，阴峰处冬春景色更是奇妙，峰脊白雪皑皑，山腰却鲜花怒放。真是'聚沫绕崖残雪在，迸流穿树坠花隈'啊！"

荣星清了清嗓子："山里有红豆杉、青冈、松柏、桦树、漆树、橡树、月桂等珍贵树种。草药也是漫山遍野。说到动物呢，除了我前面提到的岩羊和狐狸，还有狗熊、猪獾、锦鸡、羊鹿、豹子、山猪和野狼等。可以说，山上全是宝！"

"真是美妙啊！"徐丽丽好像置身妙境，一脸沉醉。周蓬华也是静默不语，他们听着荣星娓娓道来，完全被月牙山的美给摄魂到窒息了……

夕阳西下，三人才慢悠悠地往回赶。在途经肖梁村时，三人遇到一群人正从一座石桥那边走来，挡住了去路。

停下车来打听，方晓得他们是在河对面山梁上修葺村里的老旧房屋，说是一个外地老板看上洋峪川这块风水宝地了，认为这里的生态环境很美，值得投资进行开发，适合发展旅游业，并要在这里建民宿。

荣星听了，心里很高兴。他问他们是哪里人，他们回答道："都是洋峪川周边的。"

荣星一一看去，都不认识，都是些上了年纪的，只有一个是三十多岁的，但看着腿脚不灵便。

周蓬华在返回的路上调侃道："荣老板何时衣锦还乡，在这洋峪川也建一处民宿，我们以后过来了也有地方好好消受一番。"

"您这是拿我消遣呀！"荣星苦笑道，"要建民宿也是您先考虑一下，看能不能转型过来投资？至于我嘛，这辈子恐怕是没有这个实力了！"

说这话的时候，荣星忽然感觉自己的脸部有些发烧："是呀，这么美的家乡，自己为什么要逃离呢？既然逃离了，又为什么将希望寄予他人呢？这是多么可耻的想法呀！"他在心里思忖着，抬头望望模糊又独立的山形在车窗外匆匆闪过。啊，他熟悉的月牙山峰就高高地伫立在那里，被夕阳的余晖染得微红灿然，正泛着高贵的金属色。它的背阴的一面，是一片幽静的蓝色，像湖水一样宁静。多好的月牙山啊！它属于远景，又近在眼前，永远溶解在光线、云雾和天空中，犹如一道柔和鲜明的轮廓，似故乡之眼，渐渐消失在苍茫的无垠之中。

数年前的一个秋天，他曾陪着父亲于月牙峰下打橡子。他至今很怀念那片橡树林。那一大片高耸蓬展的树冠，充满了成熟和光明，枝丫在山坡上荡漾，像水波纷纷涌动，它们头顶无尽的天空中有浮云和几只飞鸟。荣星和父亲借采摘野果的方式，与这片茂密的山林相遇了。父子俩的心自愿而充盈地热爱着它，同风影一起呼吸，对大山赋予他们的光影、色彩、声音和喜悦收获的美妙，充满感激和爱意。

如今，这片林子大概已经无人问津了。然而，大自然仍在这里繁衍出延绵数里的树木。不但如此，由四处飞来的种子生长而成的杂木林适时地贯穿其中，栗树、松树、漆树、核桃树、山楂树、桦树、槐树、榆树和一些其他的树种，它们使得这片广袤的山林更加葳蕤而充满生机。

荣星这样忠实而虔诚地怀想着，他在洋峪川的黄昏里，一直感受着某种色彩的交响、某种香气和声调的颤动。他明白，这是只有故乡的大地上才会具有的奇妙观照。

暮色终于张开复脚，山区道路两旁，灯光晕黄，树木开始影影绰绰。黑暗大口吞咽着乡村的安静时光，等荣星他们赶到家里的时候，粉线已经做好了晚饭。

六

一大早，荣星就和周蓬华到镇子上去接他的父亲荣建良。

三人在街道一同吃了早餐，买了酱牛肉和一些作料。周蓬华踩几脚油门，他们就到家门口了。

还没下车，徐丽丽就缠着老公，要他开车去周边的村子周围转悠，再涉猎些好的风景，顺便在野外寻点野菜。周蓬华拗不过她，只得在门口放下荣星和他父亲，就带她去玩了。

荣建良和荣星坐在门前，一根烟接着一根烟抽着。荣建良问了问儿子在浙江的一些情况，荣星回答说都好着呢。

然后，父子俩都沉默了。

荣建良本来话就不多，虽然一年没见到儿子，心里好像有许多话要说的，但真正父子相见了，又各有保留。

沉默了一会儿，荣建良又说起儿子的婚姻问题。荣星为了不让父亲担忧，就安慰他说："爸，你不用操心！等我在那边把房贷还得差不多了，就买辆车，来回也方便。找对象的事先不着急，我还年轻着哩，有的是时间！"

"哦，这就好。"荣建良见儿子这么自信，心里稍稍宽慰，但他仍说，"尽管年轻，也别拖得太久了！"

"我知道了。爸，你大可不必为这事犯愁，你儿子这么帅气、这么优秀，还怕讨不到一个好媳妇？"荣星虽然嘴上这么说着，但心里却是愧疚极了。

他是家中唯一的男孩，上面有一个姐姐，早已嫁人，婆家是邻县村子的一户人家，距离洋峪川相对较远。姐姐和姐夫在他们当地开了一家日用百货超市，平时也没时间回来看望奶奶和父母，他自己又远在浙江，至今仍是一事无成。他知道，父亲虽然是个不善言辞的人，但心里一直都在关心着他这个不孝之子。父亲和母亲为了给他攒钱，在乡村卑微地活着，他们从来没有任何的怨言。

想到自己这个做儿子的，从小到大，总是不断地向他们索取。即使现在工作上班不再花父母的钱了，却也没有更多的钱去孝敬奶奶和父母。说起来，心里总是愧疚难当！

荣星不敢抬头看父亲，他生怕父亲看出他的任何一点心事而平添忧虑。父子俩彼此沉默着，气氛有些凝重。

后来，母亲切了一小盘牛肉端出来，荣星和父亲又喝了点小酒。几杯下肚后，他有些恍惚。一阵熏热的夏风迎面袭来，荣星感到了醉意，愁绪继而在心头涌现。父亲老了，刚过五十岁，两鬓便已生了白发。自从腰身受伤，父亲的精神头好似一日不如一日。皮肤愈加黝黑而粗糙，人也越来越瘦弱，话好像也比往日少了许多。

荣星心里有些害怕。在此之前，他从未有过这样的感觉。

他想起前一天刚回来的时候，他拉着奶奶的手。七八月的酷暑天，奶奶的手那么冰凉，她的眼神惊慌而游离。一个行将入土的耄耋老人，她骨头里的磷火似乎正一点点从皮肤里透出，而她的枯黄皮肤，像极了褪了色的皱巴麻纸，斑块沉积，瘦得只剩下一层皮了。

荣星想到这里，心里忽然堵得慌，就赶忙又喝了一口白酒。

父母一天天衰老，奶奶越来越糊涂，而自己尚还没有能力撑起这个家。父母在乡下为他默默持守着家，大半生的劬劳，自己至今仍不能让他们安生。这真是无法释怀的荒凉和悲哀啊！

荣星和他的父亲荣建良就这么互相沉默着，父子俩一直坐到徐丽丽他们游玩回来。

因为明天要走，下午，荣星带周蓬华夫妇到临镇的汤峪碧水湾泡了个温泉澡，又在汤峪水镇上游的汤泉湖森林公园划了一会儿船。徐丽丽兴致很高，在汤峪拍了很多张美景照片。

傍晚时分，他们回到洋峪川，老板娘仍是余兴未尽，在洋峪河畔，用周蓬华的手机又摄取了数张芦苇丛的照片。

总之，周蓬华夫妇对这次陕西之行颇感满意。

七

天刚麻麻亮，粉线和荣建良便摸索起来给儿子他们收拾好要带走的东西。

夫妻俩准备了许多山里的干货和水果，还有些中药材，比如泡脚的艾草、下火的野菊花瓣和治痢疾的苋菜丝，都是去年采摘的，晾晒干了的。大包小包，堆得像座小山，把周蓬华的奥迪后备厢塞得满满的。

荣星要走了，竹篮婆婆拉着孙子的手，迟迟不肯松开。

一家人送到村口，竹篮婆婆又哭了："星娃，你啥时候再回来看奶奶？奶奶怕下次等不到你回来了，呜呜呜……"

荣星心如刀割，他强忍眼泪，一遍遍地劝慰着奶奶，最后一狠心，朝父母挥了挥手，上了车……

故乡渐行渐远。

这一次，自己又像候鸟迁徙一样离开了故乡，离开了洋峪川。亲人的面容越来越模糊，亲人的身影越来越小，最后，消失在了洋峪川的淡淡晨霭里。月牙峰、堡子山、沙嘴坡、竹林畔、田野、村庄、树林、小河、芦苇荡……都渐渐远去。

荣星喉间不由哽咽，眼泪再也忍不住地流淌下来。

家乡的山川水汽，高坡沟原以及一重重山迅速地向车窗后退移着。村口那条通往外界的熟悉大路，曾目送了多少如他一般出走的年轻人，他们像豆子一样撒落在全国各地。每年，在这条路上，都会有人顺着它去了远方，他们在各个地方打拼，在各个城市的角落里涌现，他们离家乡越来越远……

对故乡的不舍和眷恋、背叛和逃离，让荣星有了深深的负罪感，他无比惆怅而又无可奈何。同无数打工族一样，他成为城乡矛盾割裂层的一员，反复在故乡与他乡之间不断迷茫、徘徊。

怀旧的物事与生活的奋斗纷杂交织着，在他每次抵达洋峪川，与故乡的生灵亲密交流时，在他无限重温童年的记忆，一次次欣赏父辈躬耕土地消磨岁月时，他的心再次复活。

久已沉睡的乡情悄然复苏。血脉与村庄、土地一次次衍生的坚韧和柔软，草木蓬勃与河溪润泽一次次喂养的欢悦和灵性，唤起他的再一次热爱。

然而，有一天，当他一旦决定要真正离开的时候，这份记忆又是何等的荒凉。

忧伤不期而至。在城市，他常常觉得自己像一片孤独的浮云，在人生的十字路口，汇入伴随着那股脚步涌动的黑色激流，无声无踪地淹没在茫茫人海之中……

洋峪川那蓝得像秘密一样的天空啊，那在空际叫了整整一季的云雀啊，洋峪川那氤氲着绿叶青草郁香的远山啊，那一片广袤无边密密匝匝的庄稼地啊，河水两岸如安雀一般的村庄和生命啊……

当春雨再次降临，洋峪河的河水必将焕发深层的活力。当脉动起伏的麦浪再次被布谷鸟催至金黄，一个村子的人们，必将忙碌起来。当南山的秋叶红遍，洋峪川的大地必将获得又一次的丰收。当冬天踏雪而来，四野一寂，河川一白，土地必将孕育新的春天。

时间总能唤醒一个村庄的记忆，令思念者更思念。时间也能选择遗忘，让许多人忘记了从前故乡袅袅炊烟升起的模样，也忘记了男耕女织、鸡犬相闻的田园生活。

村南的坟茔荒芜塌陷，一条田间的小路开始缄默，一口幽深的老井苍苔覆身。父母的容颜日渐老去，村庄的上空弥散空虚……

荣星问周蓬华："我们算不算是有故乡的人？"

周蓬华说自己没思考过这个问题。

荣星又问徐丽丽。

她想了想回答说："故乡一直在心中，故乡一直在远方；而我们，仍在路上。"然后，靠着车窗渐渐睡着了……

第二部分　四时

一月日常

感觉能摸到水的骨头。

冬天的灞河，显然已经很清瘦了。河滩一览无余，一些枯芦苇稀稀拉拉地竖在那里，无比萧瑟。落光了叶子的柳树林，蜷缩在一片碎石滩上，看起来十分潦草。

有人在河道里清理淤泥，沙堆堆得很高，大片没有水流的地方，泥沙表层断裂、塌陷，像被风撕开了血口子，朝着人们吼叫……

迫切需要一场大雪的降临。

北方的冬天似乎显得十分漫长。起初，日子还像撒面粉一样松散模糊。临近年关，时间就明显有了清晰的分界，紧促而忙碌。

旧年的空虚和浩荡，犹如一些晃动的话语重重地砸在地上。善于思考的人们，能在一夜之间学会裁剪和延续，在一板一眼的从容里，借用一种宽度和细节，认领一束光，表达一种生活的仪式，打开一条充满温暖和希望的道路。当然，每个人在本质上过的是一样的日子，不一样的或许只是各自不同的内心感受和体验罢了。

一月仅仅属于日常的一部分。在这种并不稀奇的日常里，一切似乎都是按部就班地进行着。生活如此，工作如此，生活和工作之

外的诸多也是如此。如此这种诸多构成了许多人的日常，许多人的
日常在许多情绪的丛林里呈现出许多不同的生命特质，最终成为生
命的本质。我不知道自己对于这种日常的理解是否正确，但新的一
年终究是到来了，生活中的一月仍旧不可避免地成为一种日常。

　　母亲在旧年的秋天里为这个冬天准备了许多日常：泡白菜、腌
萝卜、炝雪里蕻，也用萝卜菜叶沤了酸菜。酸菜的引子是她从乡下
带来的，我们叫它浆水，是一种淡白色的酸浆，可以直接喝，带着
微酸的温气，舀一勺子倒吊着可以勾出长长的线来。

　　也许食物是这世上最妥帖的安慰吧，母亲的酸菜里永远有着家
的味道，有着日常的气息和温暖，也自带了一份故乡的关照。虽然
"故乡"这一现场开始具有了许多的不确定性。

　　这个冬天，有些色彩似乎已经逃离得一干二净，只剩下灰的天
和素的树。还好，人们终究在新年里盼来了些雨雪，不大，细蒙蒙
的，有湿淋淋的感觉。

　　清洁工仍旧在不大的雨雪中认真工作着，公交车仍旧在不大的
雨雪中缓缓行驶着，卖日杂、水暖、家电、门窗、钢管角铁的仍旧
不断地往买主车上搬运材料，发廊外的转花筒灯依旧明亮耀眼，鞋
店、衣服店、花店、水果食品店及超市门前依旧人来人往，各种小
吃店里依旧向外飘着浓郁的香气，各个菜市场里依旧传来热闹的吆
喝声……

　　大街小巷、房檐屋顶全被一些雾气笼罩着，各色人群全被各自
的日常隐藏在某些固有的或者特定的惯势里……而在时间之外，这
不大的雨雪更像是一幅预定铺开的画布，随时要把新年的声势渐渐
渲染……

　　旧的时光总是要见底的，新的气象也会拉开帷幕。每一个人都有自己单纯的工作，这种努力会让人们在意自己成为被评价的对象。年，既是一个时间的界面，也是一种生活惯势的继续。

　　日子在人们脸上的投影似乎远远超过了日子本身，这种平淡最终归结于一种日常。

　　母亲的世界里依旧堆满了厚厚的村事，我也不厌其烦地聆听着、记录着、宽慰着，直到她随时愿意将她有生之年在故乡所经历的一切都讲给我听。

　　她说村里已故的赵生财会通过"放冷针"给人治肚子疼；她说我外公曾经是一位很有智慧的乡间老者，他会用烤热的布鞋底子治疗牛胀肚；她说我父亲曾经有一双结实的手，那双手与锄头、镰刀、犁杖和车把相伴了一生，她在乡间经常挖料姜石回来泡在大锅里熬制热水给父亲浸泡双手……

　　她的声音很轻，轻到暮色悄然降临，时光远去……

　　这是耳朵里的风景，像一种反复涌现的声音，通往故乡的路。我看见母亲正坐在洋峪川的院子里，扬起脸静静地望着月亮，而我的父亲则扛着犁杖引领着一头牛从季节深处归来，一弯新月别在了他的腰间……

　　思念如一根古老的冲线，包浆醇厚。这曾是我熟悉的故乡，虽然现在时常让母亲以这样的色调来回忆往事。我不得不承认：我们与当下的故乡正在进行着一个互相辨认的过程。

　　算是一段路过的时间，在返回我们的身体时，记忆常常会颤动，重背旧事的人，总是无法割舍。

　　这个一月，当我写下起伏的故乡，一些故事始终像齐刷刷的气流一般，穿透了雨雪，荡在了我们的生活中，仓促而美好，隐忍而清晰，令人熨帖而无奈。

无论如何，它们亦是生活的一部分。

当我能够沉静下来继续读书的时候，我同时也读懂了一种寂寞。不仅仅是对故乡的书写，更是对生活的继续叙述。

依然是些碎片阅读，这可能显得非常矫情，但实在不喜欢去啃那些长篇大论的文字。

山东作家张炜说这个时代是朗读的荒野。如今，我手上并没有他说的那样一本好书，但想着在我的碎片阅读里也许多少还能捕捉一些他所渴望的"可资记忆的往事"！

张炜的文字我读得不多，只是一些乡土类的散文，也是断断续续的。碎片里能够看见一些大地上的事情在下垂的时间里愈发显得沉重而饱满。故乡存在着共性，在人们的眼里开始具有了许多的不确定，这许多不确定的现场形成的质朴色调，似乎很适合他这样一个老年人回忆往事。

文字的特质里永远呈现着一位作家的出世情怀，张炜对于世界情感的命名，在他的乡土往事中得到充分的人文关怀与哲思延伸。这让我想起了我的故乡——洋峪川：树木在记忆里清晰地凝固在山坡上，一动不动。母亲粗朴的屋前，木门半敞。一个冬天的中午，我的父亲将自己舒服地躺在阳光下，悠然地咂巴着他的羊群烟……

这"可资记忆的往事"或许是一种静态，让我们在一夜之间年少老成，经年瞭望。

二月宅居

一夜风紧，居门相扣，像是糅了许多的心事在里面。开了窗，便看见阴郁的天空低垂在城市上空。穿堂风吹过，街道、马路以及偌大的广场正在朦胧的晓色中瑟瑟发抖。

小区的园子也不例外。

有一条小径，是人们熟悉的，现在被人们抛弃在小区的园子中，有一小段时间了。

天空乌幽幽的。风物空荡，园子里寂静得出奇。除了偶尔的几声鸟鸣，树枝在被风不断地拽拉中，透着难以言状的清冷，一伸手，触到犹如麦芒的刺寒，气息清冽。

小区南北两域的门禁与千家万户虚掩的窗口在相互对应的理解中，静静地映射着一种严肃与无奈。

站在窗前，隐隐听见风收复枯枝断根的声音，像是一种指令，又似一种押解，十分决绝。

窗外有时阳光煌煌，有时雨雾蒙蒙，所有宅在家里的人们心情沉重：庚子年的新春在一片密匝的疫情围困中，开始叠加起来，被时间悄悄地染花了……

然而不管人们是否在意，立春于节气的律回中还是到来了。

有人会用潜行的词语虚构一场思想的旅游，在有限的宅居里和善地与白昼完成一种交接，将生活的仪式感用细节和庄重呈现出来。

无论生活的悲或者喜、逆或者顺。

年前母亲一直在吃药，因为胆囊炎，她在医院住院打吊针，腊月二十六才出院。在这期间，我们小心翼翼地陪护着。

腊月二十九，母亲在厨房里蒸包子，出了些热汗，将窗子开得通透，结果第二天就发烧了。

老人家感冒，一躺就是十多天。在这些日子里，除每天要给她喂药、量体温、做心理疏导，还要进行消毒和物理降温。半夜里只要听见她的干咳声，就得再去厨房里熬些菌汤或者姜汤劝她服下，盼着挨到天亮，让她起来活动活动，抗过流感。

爱人每天都要出去执勤的，有时是白天，有时是夜晚。每次回到家，孩子们都要对他全身上下进行全面的消毒。有时到凌晨一两点，孩子们都睡着了，我便起来继续做这些事情。这样的日子，每天过得虽是很烦琐很疲惫，一家人却也没有谁会埋怨些什么。

几日之后，母亲的病算是彻底好了。

一家人悬着的心总算是落了下来，先前的种种猜测和怀疑也悄然冰释。这自然是好的。

感觉母亲的脸上多了些微笑，微笑里又多了份笃定。她又在厨房里开始"叮叮咚咚"地忙碌了。那时，心中不禁感叹：都不容易。老百姓不容易，国家也不容易。除了安分守己宅在家里，积极地配合防疫防控，共渡难关，似乎并不需要担心什么。长风凛冽，疫霾笼罩的天空，阴郁而苍寂。然世之美好，无不在于人们的善念和努力之中。接受一段疏离，接受一段沉静，仰望那些在恐慌中挺身而出的人们，亦如烛光映照，心中熨帖。

是不是一个人隐去了自己的忧伤，总得向人们展示阳光的一面，感动、影响着一群人？这样的话，众志成城才能战胜一切。这些应是困境中的好了。

宅于家，大概什么也做不了，仅有的可能只是一种生活的日常：洗衣、做饭、看电视、发微信，偶尔也品茶或者修剪一下花木。

去年托朋友从网上购买了一些宣纸，本来是想静下心来好好练习水墨画的，后来因为一次瑜伽锻炼不小心拉伤了胳膊，医生说需要先静养再理疗，结果一整年的时光生生地见了底。现在想着宿墨走笔，重新温习一番的时候，却总感觉有些铺眉苫面的味道了。

和朋友在微信里聊天，有一搭没一搭的，无非也是些乏善可陈的事情。有时想一想，倒不如读读书，让充实的知识围猎身心，倒是一件十分妥帖的事情了。

冯骥才的《木佛》最近断续读着，他在书中警示了一种文化恶疾：有文化无文明的中国民间文物市场，当下常人对佛性膜拜的庸俗真相，文化与文明传承的融合点模糊不清，等等。这种警示也是一个文明与故乡互相辨认的过程。

较之当下许多表演型作家，冯骥才是将个性放进了内心世界和深度创作中的一个。他的《木佛》无疑也是一本好书，有时代与文化反思的裂帛之声，值得人们细细去品读。

如今许多的文化人，作品也断不能以"厚重"服人，却多以颜值说事，消遣文化，包装炒作，实实是坏了文化的生态环境。倒是文人相轻却愈演愈烈，轻者互撕，重者到了大打出手的地步。

说到文人相轻，宋时晏殊与欧阳修也互贬。晏殊讥笑欧阳修丑如韩愈画像，说自己看重的是欧阳修的文章，但不看重他的为人；欧阳修也讥讽晏殊"词写得最好，诗就次很多，文更次，其为人又更次于文"。而清"郑孔门前不掉头，程朱席上懒勾留"的袁枚为吴敬梓所鄙夷，吴在《儒林外史》中以"杜慎卿"讽刺袁枚"大家都在雨花台赏景，唯他却独在太阳地里看见自己的影子，徘徊了大半天"。但这古人相轻，却也算文雅之斗，亦不乏可爱之处。

大概现在现实中的读书人，亦是渐已失去了这种中国式的精神，想来实在是令人唏嘘不已！那种相见长揖、贤者居上、文质彬彬、谈道论政的风尚，恐怕只能通过两三千年前的文章来遥遥相望了。

近日里，又读了米沃什的《礼物》诗句，有多种译版。诗人在作品中表达的旷达自足的人生境界，正是现实与自我内心和解的结果，这让我们很容易地就能窥探到一个人在生活中最深刻的智慧。

疫之困扰，在家里，读些诗书，少了些郁闷，总还是好的。

无论如何，我总是相信：世之美好，没有一个冬天不会过去，没有一个春天不会到来！

母亲在住院期间，给我也讲了很多旧事，譬如：村里有人肚子疼找北头的赵生财，赵生财便用银针给人针灸，叫作"放冷针"，一扎便好；有人走路绊坎把脚崴了直肿痛，家里人就从土坡地里捡些黄色的料姜石，放进大铁锅里泡了水，熬一个多小时后，用黄汤水洗脚，反复几次后，脚慢慢就会好起来。

说到家里以前养的耕牛得了塞皮胀，她说我祖父会在地上生一堆火，把自己的一只布鞋脱下来，将鞋底放在火上烤热，用它在牛肚子上不停抚摸按摩，就会解了牛的胀气。

母亲的陈述还原了故乡的一些生活片段，我于这种片段中也努力地打量着一个村庄的背影……

在那个人畜共居的村庄里，简单朴素的智慧往往显得尤为重要。人们在与自然和谐相处的呼应中，劳动衍生了智慧，智慧创造了一个村庄，人们在村庄里得到了庇护，村庄在自然中找到了自己。

那日，母亲说她想洋峪川了，我应许着等天色澄清、疫霾尽散之时，一定陪她回乡下看看。

她便静静地站在窗前向外望，她被一个村庄带到了春天……

三月自烹

挑开垂掩的帘布，宛如伸手拨开一层生活的面纱，杏米的麻艺，点缀了浅茶色的叶片，简约时尚而不失柔和与端庄。

南窗放进满屋的春光。光线从外而内，透过玻璃，迅速横穿每个房间。

屋外大野之景显得格外宽阔。远山疏林、近水苇丛、坡塬沟岭、旷野畇田……尽收眼底。

城区内能够看见耸立的高楼、悬挂的广告牌、铺展的平房屋顶以及马路对面的休闲广场……

晨光衔接了天际，弥合了空间差距带来的缝隙，也填补了时间色彩上的一种单调，与料峭渐渐和解，努力地团出一种暖意，如这柔和端庄的麻质帘布，带着世俗的温度和气息，催生朝思暮想中的春光宴宴。

小区的花园里，鸟鸣接替了一切，嗷嗷之声布满了枝头，听得人心生欢喜。对面人家有人也如我一样开了窗子朝园中张望，她的脸上荡漾着满满的笑意，酒窝里都藏不住，大概如我一样欢喜。我理解这笑应该会涌出一个希望的春天。目光所及，它的针脚已经密密地与大地衔接起来，仿佛楼前大片的草坪，正由黄变绿；仿佛墙根的竹丛，正婆娑起舞……

楼前披散的柳条上已经抽出了无数的嫩芽，细细看去，一树一树地绰约，一树一树地有了生机，一树一树绿得缠绵缱绻。

一只黑猫正悄然卧在柳树枝杈上，大概是昨夜思春叫倦了的缘故，它一动不动，像个凝固的黑疙瘩一般，十分安静。

一条甬道拂柳而过，紧拥甬道两边的绿色围栏，看着沉静而内敛，好似装了一重一重的心事，一副老成持重的样子。

两个朴实的清洁工正推着垃圾桶缓缓经过甬道，她们在清晨和春同行，努力用勤劳完成一种饱满。

在她们远去的背影里，晨光包裹着一层湛明的质地，在悄悄地游移、变幻……

园中的小树林也沐浴在这片明辉之中，老枝交错着细枝，横着、虬着，疏影离离。像是在描着一种老心境，又像是蘸了一种小清新；像是一种决绝的收梢，又像是一种恣意的横斜，力透筋骨，被一些鸟鸣包围和鼓舞，飘绕风中，气息不绝。

应是蛰音未响，春帷已揭。晨光一直安抚着节气，节气一直安抚着月份，人们在月份里也不断地安抚着身心，各自咀嚼着生活……

疫情防控还未结束，拐点尚未出现，所有逆行的、坚守的、复工复产的和宅居的，都怀着一种努力与希望。

清晨，宅在家里盼春天，守在窗前画春天，一枝、两枝……千万枝，枝枝清绝，枝枝温暖。

春天里所有能够联系起来的词语，都与物象相关。有人说，站在幽静的枯树下都能读懂春的惆怅。我不是诗人，没有那么多的惆怅，也来不及惆怅。我现在拥有的，只是一些真实的生活态度和温度；能做的，就是在居日里读些闲书，闲书里有俊意和敬意，这俊意和敬意也因此而明媚了我的窗。

京梅的《如梦如烟恭王府》负暄以读，天开图画几百年，感受什刹海的历史变迁，感受它的幽野天成和秀丽回漫：农舍稻畦，河苇桑田；荷丛暗渡，漂萍映水；古树浓槭，绿柳拂波；寺宇庙观，回环曲廊；风樯帆影，水鸟凫雁……不得不说，什刹海是一片水乡泽国，它成全了恭王府的水木清华和宏阔壮观，也见证了恭王府如梦如烟的前世今生。

隐于城市而现身山水之间的恭王府，是幽深绮丽的古典园林，是春去不分明的半部清朝史。

尤喜它作为园林的庄重肃穆与曲折迂回。"漫步"其中，恭王府花园衔水环山，虹光隐秀。有长廊亭榭，桥台幽径；高脊挑檐，青砖简瓦；古树参天，竹柳扶摇；假山峭石，曲水流觞；花林如霰，翠蔓蒙络……如临仙境而引人入胜。

而弘沉苍古的西洋门、清秀自得的独乐峰、馨宁静谧的安善堂、长虹卧波的渡鹤桥、引流漱玉的沁秋亭、馥郁生趣的曲径通幽、豆架结棚的蒑蔬圃、秀逸葱翠的怡神所、翘角重檐的大戏楼、高大壮观的蝠殿、描彩蘸影的画舫水榭、凭栏远眺的妙香亭、雨过苔滑的樵香径……处处精致而妙不可言，令人流连忘返而书意沉醉。

红学专家周汝昌先生认为恭王府乃《红楼梦》中大观园的遗址，是曹雪芹先生创作时的环境及其故居江南府邸环境之结合。而杨乃济先生却认为，"大观园就在什刹海的恭王府"的说法，不过是几百年来的闾巷传闻,皆不可信。孰是孰非?恭王府与大观园的纠葛,正如作者京梅所言:诸说纷纭,不能定论。

只是浮光掠影,尘烟缕过,恭王府岁华变迁,它的前尘往事,早已烟消云散,虽留府邸花园遗迹于世,却也是物是人非了。

古人曰:书是青山旧友,能静中安坐,通心入境。人与书俱老,自是好处颇多。从来光阴之手,犹如人间清淡唱白。书能存一角,聊放侧枝花,也是熨帖。

四月清晏

檐下落了些雨，错落有编钟之美，如同农人在土里洒了些俚语一般，四月变得清明起来。

坡原上的枸杞叶再掐一茬就有些老了。人们开始吃香椿的嫩芽，山韭、小蒜和马兰头野味十足。苜蓿这个时候也很新鲜，枸树的絮子适合做麦饭，要想食用槐花，恐怕得到五月了。

原下湿滩的鱼腥草正如星芒般地冒出芽叶，河边的水芹菜也密匝匝地铺排了一大片，只是荠菜已长了细枝，开了小白花，蒲公英也立了茎秆开了黄花；想起《诗经》里"春日迟迟，卉木萋萋。仓庚喈喈，采蘩祁祁"的诗句，只觉春日到了四月已不再是缓行天宇，而白蒿也已柴老不能采食。即便母亲说过："人老心不老，菜老锅不老"，有些野菜还是过了食用的最佳时间。

四月，春色煌煌，远远望去，田畈终于有了弧度，从薄荷绿到橄榄色，大自然在悄然变换着。树影、草丛将水面映得绿泱泱的，浓郁开始包裹了世界，风拽着一个季节的色彩到处招摇，所到之处，春光晏晏，气息扑面。

古人说："阳春二三月，草与水色同。"我想诗中这"二三月"应该是农历的月份吧。四月，春草与水色涸染，相映生趣，这是很美好的画面；如果这个时候读谢灵运的"池塘生春草，园柳变鸣禽"，那绝对是熨帖入微、情景入境了。

柳絮开始在空中飘飞了，飞得不算高，絮团不大，也不密，浮浮沉沉，显得很悠闲、很随意，在树上树下、枝间草上不停游离。透若轻纱，薄如蟪蝉的翅翼，三三两两，连成一片。触到窗玻璃或是红砖墙，随即离去，在草木绿荫间浮动徘徊，宛如银白色的萤虫，梦幻而着实可爱。

柳絮飘起来虽然很美，却有人会因之而出现过敏，好在它们只是借风传播种子，存活率也非常低，算是短暂的美和一点不友善的景物了。

你是人间四月天，这总归是春天的好，郊游、读书或者生活、工作，心情都是舒畅的。

孩子们陆续入学了。打工族们继续着对一座城市的重塑。农民们于谷雨前后，也开始向大地播撒种子，交换血汗。在这清晏春光里，我也开始读书了。

很羡慕明时文人描述的读书环境："读史宜映雪，读子宜伴月，读《山海经》《水经》、丛书小史宜倚疏花瘦竹、冷石寒苔。"想来这便是他们所说的"入山读书"，游园、望山、幽居，可与自然相融，可与自我对话，图的是一种好心境。

今人读书大都少了古意，多以碎片阅读或者快餐娱乐，不能不说这确是一种时代的遗憾！好在真正的读书人还有一大把光阴可在书中消磨，陋室寂寞或者负暄闲谈，纵不能全然断了青年的危机或者中年的油腻，却也绝对不会辜负了春光，去糟蹋一些世事人文的情怀。

卞之琳的《断章》的确好，但他的《墙头草》也是很耐人回味的：

> 五点钟贴一角夕阳，
>
> 六点钟挂半轮灯光，
>
> 想有人把所有的日子
>
> 就过在做做梦，
>
> 看看墙，
>
> 墙头草长了又黄了。

这是一首意象小诗，气息颓废，含蓄敏感，有着一世倦情的唯美和时空距离产生的荡动。作者在迷茫和麻木中逃避，又在怅然不甘中顿醒；有守候和无奈，有挣扎和孤单，在双重性格暗示中，努力地寻找着人生的定位。

诗中生动形象地呈现了一种矛盾而复杂的生命现状，卞之琳以跳跃的思维方式变换着人生角度，在新的审美空间里认真触摸生活的真实筋骨，思考生命特质里的普遍性和必然性。

"五点钟""六点钟"用时间上的数量坐标代表了诗人现实的生命境遇，"一角夕阳""半轮灯光"则蕴藏着人生美好与光阴飞快流逝的残酷性，大有"夕阳无限好，只是近黄昏"的意思。慌乱与急促、迷茫与悔恨、寂静与无奈，最终在矛盾的挣扎中折射出来。

"想有人把所有的日子就过在做做梦"是一些人用来逃避现实的自愚借口，因为梦总有醒来的一天："看看墙，墙头草长了又黄了。"这是现实的残酷，谁也无法逃脱的。作者用"墙头草长了又黄了"断了人们"做做梦"的麻木和空虚，暗喻了日子是平实的生活，生活是平实人家过日子的墙头，你最好面对现实，去奋斗，去创造，勤劳的墙头又怎么会有潦草的墙头草呢？

不然还能怎样呢？你透过门窗，让目光穿过墙头，聚焦到墙头草的荒芜，看夕阳正映着墙头和墙头草，你是明白的：那草终会枯的，这恰如那一角的夕阳或者半轮的灯光，稍纵即逝。

就诗的语言特质及作品意境而言，作者更像是刻意为我们提供了诗词的美审视觉，创设了一种诗歌意象，将隐秘潜伏于笔下，却又把捕捉到的熟悉景物，通过时间和空间上的移动，而最终浮现于读者眼前。

仔细咀嚼，不难发现："贴一角夕阳"与"挂半轮灯光"动静相宜，明暗参半；屋内之"人"与窗外"墙头草"高低呼应、远近观照。不得不说《墙头草》是一首绝妙的人间诗作。

卞之琳用了世上最凝练的语言，将人生意象化，他留给读者的，除了深深的思考，还有他挥之不去的现实与梦幻、冷淡与深情、奇兀与亲切、孤独与温暖……他的语言是民族的，他的风景却永远只属于他自己。

或者说这个四月是充满诗意的，春光是清晏的，而才气和静气再怎么内敛蕴藉，也会在一段时光的深度阅读中闪烁金芒，照见美好。那么，春天就是一卷长画，你尽管往前走着，风雪扑袭，一路打开，全是奇丽，而且悠悠无尽。

五月森深

一窝子的光阴走了，如夜行车，疾飞、慌张。

响晴蔚蓝的高空里，渐渐有了晒气。夏色瘫软、沦陷，风是绿色的，拂在人身上，很清爽。

扑鼻而来的槐花林，雪天一样翻江倒海。

五月开始森深。

季节把一年之中最旺盛的光阴给了夏。清晨醒来，眼睛第一时间开始与浓郁的绿色对接，开始在风中打摆。它们是阳光的芒花，也是细雨的卑湿；是空中双燕剪风而过，是叶下黄莺呖啭歌喉；禾雀们善于啾啾唧唧，窗外喧闹，就连喜鹊也是欢喜地叽叽喳喳……夏天好不热闹！鸟儿们一定是带了原野的横荒草味而来，带了密密匝匝的心事而来，那叫声是绿色清新的，能渗入人的皮肤并钻入骨髓。

时间供我们临水自照，照见了季节的颜色和肌理，不可逃遁的夏天终于来了。

水葱如小号的香蒲，开了细细的花，在水里自顾自地蓬着；靠近河滩的地方，虫儿们有些惊，总是罩成一团一团地追着人飞，驱也驱不散。水面则是润润的，映了绿，风一吹拂，只留些柔软的弧线，丝丝纹纹地波动着。

马兰花像紫蝴蝶一样在风中簪着；三色堇装饰了单位门口或是进了护栏做了街道的点缀；蔷薇生得繁茂，枝枝蔓蔓，爬了一墙；月季倒也可爱，翠叶中露出几朵，牙黄、月白、杏粉，生得妩媚却无妖气；广场上有绣线菊，羞答答的，如繁星般铺点着甬道；只是那各色的鲁冰花格外引人注目，红的、白的、黄的、粉的、紫的，一串一串的，以至于许多人围上去与它们合影相惜。

夏天的眉眼藏于阴影花叶中，随意在园中走动，小径两旁尽是繁枝青草。丛里几株旧友，气息仍如往年脉脉相通。那些花身，有行走世间的生动模样，如春秋信笺，色彩浓郁。

不期会遇些宿雨，空气中有混合的草木花香味，湿气也还郁结着，像随时都可以拧出水来一样。第二天推窗看去，一些杏子悄悄结在细梢上，羞答答的样子，像坐上了青釉一般，着实很可爱。而花间仍是水淋淋的感觉，先前那如飘雪执念而飞的杨絮，早已被打湿成团，在某个角落里俯地而贴。雨季的气质中有宋式的清秀和美感，诸如明黄、淡粉、深红、浅白、墨绿、酱紫等，各种花儿对人世的记述也渐渐在层次中端庄稳重起来。眼前的雨景也似一幅从水中捞起的沉卷，让人心生些许想象。

立夏之后，大片光阴只有绿色，自顾自地跑成了一匹野马，谁也拦挡不住。

这个时候，对文人而言，应适合提壶弼茗，适合入山撷趣，适合负暄闲谈，适合读书入境，这是五月的好。

人们尝试季节的美，同时为生活所环绕，在它们的森深与腔调中，最宜顺势而为。

比如这般美妙的树荫里，是应该有个茶座什么的。静下来闲喝擂茶。茶色往往如光，有侘寂之美，似往事投影，无端地缥缈；而茶汤又如"疏星淡月"，人的心境便有了凛冽之美。这种感觉似一条林间曲径，被茶引入清幽。最后再细细抚摸茶器，看其老身沧桑，一人拙朴，似万物瞬间凝固，一眼就望到了来世。

如果入山，草木肯定疯长。鸟雀躲在阳光里，羽毛一定斑斓；阳光落入溪水中，会亮得人睁不开眼睛。山风习习，路过某一处树林，风会停在一些叶片上，叶片一定会摇曳起伏……

各种可能都有。

小夏天，樱桃、豌豆会上市，栀子、石榴花骨朵上会有蜜蜂嗡嗡嗡嗡的声音，田野里也将会有蛙声开始此起彼伏……凡此种种，都不能轻描淡写。

绿色开始高高低低地随处擎着，落在地上的影儿有时俨然成了围坐在一起的水，它们在树下静止着，在风中晃动着，有时也会拥些阳光的斑驳碎影，在时间里做着短暂的欢聚。一种清凉很快从绿荫下滑落，五月的唇是蔷薇色的，它有着敏感的触角和缠枝的图案。五月的眸是琥珀色的，风在动情地陈述一种惬意，节气也在这个时候竭力地向人们展示一种呼之欲出的质感。

继续读书。

张岱的《陶庵梦忆》读起来颇费些时日，因为是文言文且以旧的字体呈现，虽然篇幅较短，消化过程却还是很慢。

《陶庵梦忆》共六卷，写的都是作者昔日生活中的一些琐事回忆，诸如茶楼酒肆、歌馆舞榭，说书演戏、放灯迎神，养鸟斗鸡、打猫阅武、山水风景、文物古迹、工艺书画等社会生活和风土人情，可算作笔记小品。每篇都很精练，语言清丽，很有些嚼头，也很富有诗意。

《序》中说，陶庵老人著作等身，擅长方言巷咏、嘻笑琐屑之事。这本是世俗生活，略经他点染，变成了至文佳品；读者若能细细去品，定如历山川、如睹风俗、如瞻宫阙宗庙之丽。评价是极高的。

我尤喜《砎园》《一尺雪》和《湖心亭看雪》篇。砎园的好在于庞公池的水。水是好东西，万物以其为根。孔子将水视为君子，想必这张岱也是以水为精神依托罢。一尺雪为芍药品种，虽在兖州种者多如种麦，却因他的一句"洁如羊脂"而美得惊艳。

《湖心亭看雪》是名篇，为六朝小品之隽永风物，实在精辟。世人皆以其为例，言之为张岱散文代表之作。我细细地品读数遍，自觉笨拙，竟无法将它的好用语言淋漓表达。

文有会景。

四野一白，大雪数日不停。开篇闲闲交代两句，点出时间、地点。不着痕迹地巧引出"大雪"及"湖心亭看雪"之场景，可谓一铺而就，简到纸贵。而"大雪三日，湖中人鸟声俱绝"之句更是绝妙，一个"寂"字、一个"寒"字，沥入画面，人鸟无声，冰雪封冻，此时万籁俱寂，唯"雪"独胜。于"三日"后"拏一小舟，拥毳衣炉火，独往湖心亭看雪"，"独"中蕴含了雅兴和高远情怀。再看"雾凇沆砀，天与云与山与水，上下一白"水墨洇漫的寒色夜雪图，云天气息迷蒙，山水映照之梦幻，此番情趣是一般俗人所不能及的。

斟其后面"湖上影子，惟长堤一痕、湖心亭一点、与余舟一芥、舟中人两三粒而已"之句，桨音阒然，人船凝成画境。此"一痕""一点""一芥"及"两三粒"简约勾画，留白空间之美，阔中现微，物趣成画。

至于"到亭上，有两人铺毡对坐，一童子烧酒炉正沸。见余，大喜曰：'湖中焉得更有此人？'拉余同饮。余强饮三大白而别……"的湖中雪饮境界，更是缥缈虚幻，胜似仙境。

所谓人间相逢有知己，围炉煮酒，雪天对饮，冻湖晕景，苍茫雾气，混沌一片。穿过物影，物我两忘。

末尾"及下船，舟子喃喃曰：'莫说相公痴，更有痴似相公者'"意未尽兴，言中有深意，确为高妙之笔了。

全文区区一百六十字，道出了物我两忘，自然而法。细细咂摸，张岱之《湖心亭看雪》是浸了静气和闲适的。其所隐透出来的淡淡的侘寂之美，是寒而不呆，孤而不伤；在视觉、听觉，实景、幻景，动态、静物的处理上实在是妙不可言。人云张岱散文为世间少有绝品，此言当真不虚。

夏日小读，好的文字如同掌上青玉或者包浆的旧物件，怎么品都是好味道，且感觉熨帖入微。

那时窗外，风暖鸟声正碎，日高花影也重。有人闲坐，杳若深山。

六月饱满

时间虚晃一枪，六月就到了。

一轮月季，跌跌撞撞地开，颜色压着颜色，情绪撩着情绪，直到色香暴涨，终于败了下来，初夏的小清新也将要过去了。

窗外开始有了浓影，窗外盛产树影、草影、花影、日影和月影。

绿是一种阳谋的绿，纯粹、通透而又隐秘、浓郁，开始一副心事重重的样子，看不见尽头，风景的深处藏了安静和凉意。树下是一地的书带草，繁茂如抱蒲团，墨绿的一大片，轻风拂过，蓬蓬四垂，楚楚有致。光叶紫花苕围了园子的四周，密匝匝的绿，点缀了淡淡的紫花，远远望去，甚是美好，让人起了一些朦胧的心事。

六月仍有遮挡不住的娇媚，这种娇媚笼罩着窗外，它们来自明的光线与媚的花影。

木槿开得九曲回肠，满树的花骨朵都像是奔赴着一场艳丽的光阴而来。木芙蓉绽得极有姿态，花瓣层层叠放，仿佛心中卷着万千故事，用尽了人间曲笔。满天星则低调地开花，小碎的、散的白花，像诗中低吟的女孩子，又敏感又含羞的模样。碧蝉花幽幽的蓝，蓝到无话可说，蓝到一湖碧水风平浪静，清宁如洗。飞燕花紫蓝紫蓝的，花朵簪在直的长茎周围，犹如凌风飞翔。忍冬爬了一墙，玫瑰开得没心没肺。蜀葵亭亭玉立，栀子花开，青叶白花，令人心中柔软，它的香一直浸到人的骨子里去了……

夏天是真的来了。

树荫以一贯的浓绿收尽人心，在一阵风的清凉摇曳下，顺便从耳朵里拎出几声鸟鸣。阳光打在水面上，花影打在墙壁上，墙上有了花开的红晕，墙外有了行人的身影，影子斜长、淡黑且不停在地上移动。所有草木跌入绿色里，一切被时间照顾的事物都在做着一些长长的梦。梦是光线的产物，带着故事和晃动，画影为地，坐幽成荫。

风追着一群咯咯笑的身影，被夏日的气氛扶立着，从光影里闪过。那风是从诗经里吹来的，很轻，也很飘。一群咯咯笑的身影在草地上吟诗，青草铺平了一切，草在阳光里闪着绿，跳着数不清的唧咕……

水面也跟着闪跳，绿蚁浮影，那是小池的美。几片荷叶泊在水中，泊了一份文气和寂静。数只青蛙伏在荷叶下，露出鼓鼓的眼睛，一动不动。阳光抚着水面，水面映着荷叶的影子，像镶嵌了一片温润的碧玉，娴淡不惊。

杏黄麦熟，布谷鸟叫得格外殷勤。六月是个饱满的月份，那些挂在枝头的黄杏，还未入口，舌下便立即水涌渠成。麦田里袭来一阵热风，带着故乡的温暖，像极了久别重逢的亲人。汗水在麦芒上挑灯，从他乡赶回收麦的农民，正用镰刀引领着一片土地和一个村庄延绵的故事。

城市在旸旸中眠着，城市失去了镰刀的天空。而在六月的乡村厚土中，仍能看见犁尖稼穑的躬耕身影。有人还在为一个村庄坚守，为一片土地流汗，这算不算是一种安慰呢？

无论如何，人们被时间赶着，继续向着风景的深处迈进。

黑夜怀揣着隐而不发的光，道路布下重重迷局，闷热开始像焦糖一样黏稠，困在城市街角的某些灯光，在人的眼眶里画地为牢。除非有月亮的夜晚，窗外才会显得格外旷古和清凉。

南山驮着月色，树枝在轻风中暗影斜出，银辉投在窗格子上，映着摇曳的树影，斑驳披拂，让人感觉清爽而惬意。月光皎洁，窗外像被用水洗过。夏夜，有时月亮高高升起，有时月亮挑着屋檐，有时月亮又被云掩着。不管怎样，凡是有它出现的时候，夜空总是那么幽静明亮，所有泊在月光里的事物都是很轻的样子，连夜风也像是很轻。淡淡的光，淡淡的影，淡淡的世界，淡淡的心事，一切都是很美好的样子。

一阵雨声，打醒了夏夜的月色，也消去了白天的蒸热。早晨起来，看见白鹿原上起了雾气，氤氲一片。望不见南山，只有天地之间挂着一帘细雨，蒙着一层迷幻的白纱，路人、车辆、街道、瓦舍、小巷、广场全被罩在其中……

雨是静物，在夏日里营造了清凉之意，也让人生了清凉呼吸。静坐窗前，看几线檐雨，静静垂挂、轻弹落地；或是撑着雨伞在园中独自散步，看雨滴在花叶上打坐、从花叶上滚落，都是很美的感觉。

在楼下路过一丛繁密的黄杨时，不禁想起了李渔。

李渔的《闲情偶寄》表面云淡风轻，实则暗怀了济世之情。他写黄杨：虽"每岁长一寸，不溢分毫。到闰年反缩一寸，是天限之木也"，却"冬不改柯，夏不易叶"。他将黄杨敬为"木之君子"，夸它风骨高洁，虽然身处低位，却"枝叶较他木加荣"而四季常青。

李渔品质美好、才华过人却得不到重用，但他从不随波逐流，也不抱怨沉沦。以济世之心观照人事，以花木怡情，娓娓而述，品鉴生活，在纷杂的人世间，文艺自修，淡泊宁静，活得雅致而有情趣。

生命的饱满往往在于一种质感，恰如黄杨不卑不亢，纹理细密，木质坚韧；恰如黄杨笃静平和，气息温厚，色泽清亮而日久弥香，愈老愈浓润。

黄杨是人间绝品，出世卑微，入世高贵，一身凌风傲骨，活到了包浆。

七月安生

有一段时间深居简出的，我每日里除了浇花理草和侍茶弄墨，间或也断续读书学习，笔记做得还算认真，密密麻麻的，极其细碎。

《西南联大》纪录片是以杜甫的诗句"细草微风岸，危樯独夜舟。星垂平野阔，月涌大江流"作为开篇的。

蒋梦麟在《西潮》里幽幽地叙说着，他那文人特质里难以名状的忧伤，有意无意地让人脑海中会生发出一种时间上的恍惚感。民国风影里的先生才子，多以文心风骨立世，蒋梦麟、梅贻琦、张伯苓、闻一多、陈寅恪、冯友兰、郑天挺、华罗庚、张文裕、王竹溪、赵九章、吴大猷、刘武一、任之恭、金岳霖……他们是一个时代的天之骄子，在追求精神独立和思想自由的高度中，历史赋予了他们不可复制的人格魅力和文化仰视。在民族危亡之际，他们所表现出来的爱国情怀和文化担当，着实令人敬佩、感念和动容。

次日，与朋友闲聊，他说春秋战国是一个文化的轴心时代，呈现的是一种激荡纷纭和包容气象；魏晋南北朝是一个文化的审美时代，虽激荡开放却不失风流；而民国时期的文化运动思潮中，则多了情怀和担当……

　　我在他的娓娓细说中，亦意识到了自己的浅薄和无知。他是真文人，读了很多书，近日又在读蒋勋的《池上日记》，还特意给我推荐了《手帖》。他说蒋勋《手帖》中的帖，跌宕而迷离、隐秘而暧昧，有点像半城烟雨，若即若离的，读"帖"中故事，更像是在跟着作者重新勾勒一段斑驳岁月的言笑身影，体验世相百味，看荒诞风流的雅士们，在动荡摧残而绝望无告的时代，如何活出本真自我，书写率性的生活底色。

　　想必读书是他作为文人心性的归属吧，连叙述也是浓郁入境的，难怪人说"唯书有色，艳于西子；唯书有华，秀于百卉"。较之现实中那些自以为是、上蹿下跳的政客们，文人伴书为上的单纯无疑要可爱得多。

　　今年夏日的盛况在七月的天空中才算真正荡漾起来，六月初，落些雨，云雾浓稠时，还偶尔有小秋的错觉。

　　到小暑那天，我一个人仍衣着矜庄地在家中侍弄着几盆五彩苏。这花儿喜水，剪下的枝插于瓶中，需得放于背光通风的地方躲几日，一副羞羞答答、弱不禁风的模样，虽然叶片艳丽，却端庄而不妖。倒是架子上的吊竹梅，枝枝蔓蔓，挤成一团浓郁的气息，满屋子婆娑着，令人心境极好，完全忘记了日常中一些反复叫嚣的人间炎凉，忽然觉得草木有趣。人们跟着节气过日子，烟火中携带着生活的许多仪式感，在特定的时间环境里萃取了些许自己想要的东西，就像朋友推荐给我的《手帖》一样，我将要用心地去读一段动荡的故事，也将在时间的面孔中写下山水，我亦相信生活的面孔里是有山水的。

　　当然，有时也会默默地坐在窗前凝望南山，想象着乡下的老屋被拆后盖成新房的样子。

新房还未竣工，母亲总是一遍一遍地与二表哥通着电话。春上的时候，她就与小弟商量拆房盖房的事情，最后便托待在老家的二表哥做监工。我回去过一两次，看见几个五十岁出头的匠人们正在房基上有序地忙碌着。他们都是村上的人，一边干活，一边大声地谝闲传，粗犷的声音从高处落下来，被风吹散，一次次地落在了地上……

村子里没有留守的其他年轻人。一两个说话漏风的老人有时会过来看看。他们行动迟缓，眼窝深陷，干瘪的嘴唇一张一合，不时地抖动着。

这是乡村的一些现状。而我母亲仍坚持盖新房，不过只是为了在洋峪川留些念想罢了。

离乡的孩子都熬成了父母的过客，但家的概念仍需以一种房屋建筑的形式坐落于村子之中，成为村庄的一部分。不管是在外奔波的小弟和我，还是留守在农村的表哥、匠人们，我们在风雨中晃动的影子，都是为了生计。

有时，我在想：我们背叛了乡村，但乡村却仍用包容接纳着我们，它还原了我们最初的模样，赋予了我们最丰富的记忆，它依旧是我们立足社会、观察世界的情感来源和人文标本。

我常常会怀念洋峪川的夏夜：树影幢幢，凉风袭面，星星在天际闪着亮眼。屋前的空地上，小孩们躺在簟席上听着大人们细语说笑，听着听着，就迷迷糊糊地睡着了。而屋檐下的门石缝隙间、山墙外的草丛里，虫儿们却还在不休不眠地鸣唱着……

有时夜空很蓝，月亮就爬上来，晕白晕白的，搭着高高的窗格，晕着对门人家斑驳的屋影，映成了一片画境，铺开无比的清凉……

这般美好记忆始终如梦境一般，在脑海里反复出现。故乡从此就像永远回不去的远方，许多东西只能用思念去深情叙说了。

七月，我在城市的一个角落里，静静地想着洋峪川。

窗外是淡蓝色的天幕，有一些蓬松硕大的云朵在空中游弋浮荡。我看见小区外面的白鹿广场被不同于乡间的另一种城市气质所覆盖，浓荫簇拥，青叶缠绕；亭廊长椅，曲径小园；旁有草坪铺陈，秀石榻卧。勤劳的清洁工人正用双手和爱心愉悦着一隅乐园，在细节中传递着一种最朴素的责任与文明，把一个季节的呼应默然转化成霞光雨露，和善地与每个晨昏完成交接。

六月，被一些烂事纠缠，心生烦意。七月的一天早晨，猛地听见屋外孩子们一阵可爱的笑声，感觉湿漉漉的，像这个酷夏里飘了几场清凉的细雨，蘸着生活的三分念想与七分余兴，与一种淡然的心境一直持续地相坐对视着。

野水老师的散文集《旧物时光》终于在作家出版社出版发行了，书中沉郁冷峻的文字，透着他对旧时光的反刍，隐忍里饱含深情，细述中折射出沧桑与苦难。乡情与温度，物语与寓意，全在人性、百味的遇见反刍中成为一种让人怀念的旧时光……

感念王老师的坚韧与厚重，他以"茂林"身份在长安城中为生存艰难地打拼前行着，又以"野水"笔名在文学圈中低调内敛而特立独行着。

就文学创作而言，丰富的人生阅历、高度的思想站位以及超强的文字驾驭能力、细腻入微的情感观照……缔结了野水文学特有的经天纬地。

> 老屋院里木格子窗的台沿上，是砍刀栖息的地方。那
> 时候，它像一个壮汉躺在那里。黝黑的身背向外，骨架宽
> 厚，气质深沉。尽管刃口向里，将那道寒光收敛了起来，
> 但它健硕的体形、硬朗的线条，依然传递出一股凛然的
> 气质。

这是他的文字，有质感，透骨且具张力，虚实交错的表达中矜
着一丝寂寞，又泛着一丝湛明，怎么读都有味。

煮字疗饥，借笔画心，好的文章会把辽阔的时间光影传递给我
们，而好的词语也可以把我们带到任何自己想要去的快乐心境，就
像野水先生的《旧物时光》一样。

文字、花木；斗室、诗心。我在夏日里备了瘦茶，有些朋友往
来，穷开心。

七月，安生。

昨日的茶还未凉，今日喝茶的又来了。

八月未央

八月，起初没有人想对季节说些什么，因为还不到真正的秋天，关于立秋，也只不过是个轻描淡写的话题罢了。

几场大雨的来临，使得整个辽阔的世界忽然一倾而下。而在这横扫的大雨背后，一些城市的溽热与烦躁暂时被清凉和惬意所代替，另一些城市的安静与平和却被水患和台风所破坏。

人在开始哑摸这个月份的时候，更多情绪则陷于未知之中。

未知里自然有忧虑和欢喜。忧虑只能靠努力和时间去改变、去打磨，而欢喜只宜时下享用。

六月的时候喜欢静静地阅读，缘于不想惊动"夏天"这个词语，但夏天它终究还是来了。于是每个夏日的清晓，除了会常去看园中那些谦卑的花草，想象一个季节的醇美与辽远，大多数时间，便还是阅读了。

至七月，除了安生，仍是阅读。

我曾欢喜于阅读长安十二时辰：夜半、鸡鸣、平旦、日出、食时、隔中、日中、日昳、晡时、日入、黄昏、人定，古人对天地生息的尊崇，美得让人窒息。这种描述，随手一摘，处处便能触动到语言的关节。

这语言犹如夏日里那些碧绿蓬腻的叶子，摇曳腾挪着让人捉摸不透的秘密，荡着远处的空山，云影虚设，风影幢幢……

它们是隐于阅读中的万水千山，让世俗变得浪漫而有了情趣，很容易让人从盛夏之中抽身而出，把一个裹着重重心事的闷热季节瞬间原谅。

相信文字是最清凉的事物。

还好，八月是一个衣锦夜行、宜把欲望和心灵瘦下来的季节。所谓情绪和未知都是人在虚设的光阴里流放自己，与其这样，不如将每一天都虚设成一个有情的日子，让每一刻都成为自己的良辰与美景。

继续阅读，诗人李光泽的《一把椅子》充满了生活的哲性，他以叙述者的角度，凝练浓缩成了一个人的一生：

> 这是一把让我爱慕已久的椅子，
>
> 放在大楼里面，
>
> 叫我以身相许，
>
> 希望在这把椅子上慢慢变老。
>
> 这是一把没有自由的椅子，
>
> 只能待在一个固定的位置。
>
> 我小心翼翼地坐在椅子上，
>
> 做规定的动作，
>
> 低声细语地说话，
>
> 从来不敢改变坐姿。

> 这是一把让我纳闷的椅子，
>
> 一屁股坐下去当然踏实，
>
> 坐得久了便腰酸背痛，
>
> 心慌气短。
>
> 我渐渐明白了一个道理：
>
> 这把椅子其实不适合自己，
>
> 而我已经把最好的年华献给了这把椅子。

个中滋味，酸甜苦辣；世俗百态，得意失意；人生如梦，极具现实的戏剧化和讽刺性。

这样的阅读甚好，或许能够及时地将我们从演变到影子的悲剧中剥离出来，坦然地面对自我。

当然，阅读更多时候只是一种生活的态度，在与最美的文字的相遇中，每个人都看到了不一样的自己……

岁在己亥。立秋。八月。

蝉鸣依旧把一些歌曲挂在小区的树木间，我将它理解为对雨后放晴、城市依旧黏稠如汗的对抗。

八月的米槐，端庄地挺立在人行道两旁，有的花儿开在枝头，有的如星雨一般簌簌落下……

小区对面，是新建的白鹿广场。广场上茂盛葱郁的花木，参差地遮掩着枝丫上晃动的阳光，投影扶摇、细碎斑驳。

广场有花园，园中有小径弯弯曲曲，呈现出寂静的形状。园外有草坪，坪中有卧石，意在以石当山，以物造境。而境中有亭，亭外有阶，亭旁有扇形文化墙，墙角亦有曲径，一侧通幽处，另一侧延伸至小花坛处。花坛周围用黑色卵石铺就，排列整齐，光滑生辉。

廊亭中的一些长椅上，有三三两两的人闲坐聊天，他们在享受生活的散淡与舒适。偶尔，广场的中央闪过一两个瘦瘦的少年，带着清澈如湖水的眼波，来回地奔跑……

这是八月的一段时光，这时光只属于城市风景的小小一隅。

我常常与它对视，在对视中关注过广场上那些被强光将脸庞涂染成黝黑色的清洁工，他们亦是城市风景的一部分。因为这一部分，我也常常觉得有南山作屏、灞水为带、白鹿原扶缀绵亘的蓝田新城更富了质感和厚度。

八月赋闲在家的日子里，除读书作画、养茶侍花、听着音乐锻炼来聊慰时光、排遣心中的不快，烹饪则成了每日的用心之作与调剂。我开始频频现身于熙攘吵闹的菜市场，像个踏实贤惠的主妇一般，认真而不厌其烦地挑选着水果蔬菜。

择菜、淘洗、削剥、刀切；煎炖、焯炒、腌泡、佘拌……一家人与美味相遇的快乐时刻，全部通过食物含蓄地表达了出来……

光阴可慰，跟着季节度烟火，用另一种方式劳动和工作，给平凡的日子增添了些许生活的仪式感。

过完忙碌的部分之后，在闲适的季节里，我们做着最朴素的事情，欣赏着最动情的事物：日影、月光、长风、星空……

而与此同时，一些城市的角落里，亦有人正在悄悄地衍生着另一种风景的深度。他们是清洁下水道的城市蛙人，在最底层的劳动中，做最好的自己，只为疏通一座城市的血管；他们是街巷里的深夜读书人，在二十四小时书吧里为自己阅读，与自己对话；他们是城市边缘的旧木家具设计人，在与老木共处的时光里，循环着空间的创意与人生的本意；他们是罕为人知的手工制鼓人，在削竹成钉、鞔鼓出音的过程中，自觉地传承着手艺，诚实地面对自己……他们是一群群常常被人忽视的人，正在用自己的方式为城市创造文明、沉淀内涵，延绵着一种由物及心、由心及物的感动和力量。

八月里有很多美，而我在搜寻中发现了他们。

因为一种敬畏。

敬畏是一个庄重的未尽之词，适合用寂静来镌刻一种风景的深度。

八月宜静，宜瘦，宜慢下来。

八月未央。

九月穿堂

前情后味，穿堂的风开始造访九月，我依旧在坚持读书。

毛姆是对的，他说自己读起书来，只是用眼睛瞄瞄而已。不过，有时候也会碰上一段文字，或许只是一个词组，对他来说还有些意思，这时，它们就变成了他的一个部分。我想对他而言，人与书的最高境界已是超越了"读"本身，正如雪小禅所言那样：人书俱老，活到书香盈怀，骨头里都能渗出汁香来！

我也开始相信朱自清先生的话：一个人如果独处时感到寂寞，那他（她）事先一定没有和自己好好沟通，没有和自己成为好朋友。

他们都不是普通人，而我永远只能是他们的读者。

节气开始接近白露，天空正用一种清凉覆盖早晚。大自然，总有足够的时间来聊慰一个季节的善变，对于我来说，刚刚开始的九月却显得有些匆忙，匆匆得来不及思量，一些人事的起伏早已穿堂而过！

有时会感叹这窗外的世界：千品万俦，繁然杂陈。人生不外乎言与行，所谓的人情世故，一半是在说话里，而一些话语却如空对空的游戏,说了也无用,倒不如一人枯坐,将一壶茶喝到寡淡,将一本书读到倦怠……

秋天正从母亲的衰老开始,她把全部的垂暮呈现给我们。

她说,天凉了,果真是有了早晚,每日里去广场转悠,身上直发冷,得多加衣服。

我静静地注视着她的脸,黝黑的皮肤像风干的水果或者某些陈旧的漆器表层一样,布满了皱纹和沧桑……

心里常有被扎疼的感觉:岁月将母亲熬得形影单薄、瘦骨嶙峋,熬成了一种深深的伤害!

可谁又有能力去改变这一切呢!

当她喜欢一个人坐在阳台上做些针线活的时候,那副老花镜总会架在她的鼻梁上,她的神情也总是那么认真、专注。

她在看电视的时候常常打盹,她在打电话的时候总是记不住对方的号码,她也会忘记吃降压药,她出门遛弯的时候也常常会忘了拿钥匙……

有时,她会不厌其烦地给我唠叨些乡间的陈年旧事,唠着唠着,就不言语了,她会去窗前,脸贴着玻璃向外望,望南山,望她的洋峪川。

我想:她一定是在想她的老屋了!

时间在她身上的投影早已变成了一种记忆,深深地烙在了洋峪川的每寸土地上。而她的脸也越来越像洋峪的山川河流、树木房屋了。

她曾经的世界里堆积了厚厚的乡间村事,通往故乡的路,始终是一片耕作稼穑、麦浪涌动的田野。那时的母亲总会仰起脸，眼神像涂满了阳光的晴空，又仿佛嵌满了月光的星夜，深邃而饱满。

她的眼里藏了风景的深度，这深度一直默默地埋在心中，让秋天变得厚重而深情……

八月中旬到九月以来，母亲几乎每天傍晚都要和小区里的几位老人一起相约到广场上活动转悠，她的生活似乎有了一些比较规律而快乐的内容。

母亲的幸福有时很简单，简单到从小区到广场，距离不过三十米！

她每天都在很努力地充实着自己，她说她喜欢傍晚的广场生活。

偶尔，我也会在傍晚出去散步，但有时心境却与她不同。

城市的角落依然灯影浓郁，楼宇被勾勒成一大片迷幻的景致，顺着夜色流淌，人在夜色里会莫名地用目光拎起一种朦胧，有时不知道自己身处何地，也不知道明天会发生什么……

在城市发展的自然式拥挤与封锢中，人的思绪往往会有不同的跳跃和翻滚。只有睡眠才是正大的光阴，在卸下全部的思虑过后，人们睡相庄严而安静，身心才算真正回归了自我。

似乎在光阴面前，每个人都是自己不可逆转的叙述者。

秋蝉仍在声嘶力竭地绝唱着，那声音听起来有些貌似怀才不遇的人一样惆怅，在晚风中断断续续，时隐时现……

这惆怅让我想起了废名的《星》：

满天的星，

> 颗颗说是永远的春花。
>
> 东墙上海棠花影,
>
> 簇簇说是永远的秋月。
>
> 清晨醒来是冬夜梦中的事了。
>
> 昨夜夜半的星,
>
> 清洁真如明丽的网,
>
> 疏而不失,
>
> 春花秋月也都是的,
>
> 子非鱼安知鱼?

只不过废名的惆怅是对国家命运的担忧。1937年,面对抗日战争一触即发,诗人无比彷徨与失落,借《星》来寄托自己的愁思。

惆怅是秋天的一部分,就像多年来一直在母亲心中发光的那个地方早已被城市碾轧。而城市的天空也几乎无一例外地被高楼大厦挤成若干不连续的碎片。这碎片里有模样与装束看起来像极了概念化的艺术家,也有灰头土脸在建筑工地上正干活的现实农民工。梦想与无奈同时存在,一座城市的巨大缩影在文明与矛盾交织中真实地呈现出来……

9月3日,注定是一个让人心情不能平静的日子!

对一个国家、一个民族来说,惆怅更像是一种凝固的记忆,永远地在历史的长河里烙下一道道伤痕,划过人们的心头:卫国杀敌、血洒南苑的爱国将领佟麟阁;"争自由,誓抗战,效马援,裹尸还……待光复东北凯旋日,慰轩辕"的抗战英雄赵尚志;以草根棉絮充饥,血战到最后一刻的铁血将军杨靖宇;保护大部队突围,壮气永存，宁可投江也不投降的抗联女战士（八女投江：冷云、胡秀芝、杨贵珍、郭桂琴、黄桂清、王惠民、李凤善、安顺福）；"为国战死，事极光荣"，指挥孤军奋战，以血肉之躯保卫云南大后方的民族英雄戴安澜……这些在抗日战争中抵御日寇、前仆后继的英烈们，他们将永远成为历史的一座座丰碑，值得后人铭记和缅怀。

九月，我途经灞河的堤岸，它仿佛一场流动的盛宴，为美而活而流，独具生存的智慧，因博大宽广而富有一种特有的生命质感。

这种质感在那么一瞬间，同样感动过我。我看见时光唰唰地穿过树叶和尘土，顺着遥远的大地直奔而来……

那时，一丝秋风从耳际掠过，我知道，它是穿堂的风，九月因它而变凉，也因它而富有诗意。

我仍在读书，我读诗歌："黄水塘里游着白鸭，高粱梗油青的刚高过头。天是昨夜雨洗过的，山岗照着太阳又留下一片影；羊跟着放羊的转进村庄，一大棵树荫下罩着井，又像是心！"用另一种方式来怀念故乡。

我读声律启蒙："沿对革，异对同，白叟对黄童。江风对海雾，牧子对渔翁。颜巷陋，阮途穷，冀北对辽东。池中濯足水，门外打头风。梁帝讲经同泰寺，汉皇置酒未央宫。尘虑萦心，懒抚七弦绿绮；霜华满鬓，羞看百炼青铜"，通过学习，再一次感受国学之美。

我读纪录片《南京》，了解一座城市"同居长干里，自谓羲皇人"的生前风骨和百年余绪；感受桨声灯影里的秦淮河被岁月淡化了朝代的印记。无论白天的十里繁华、夜晚的画船箫鼓，还是乌衣巷的旧时王谢、美丽动人的秦淮八艳（痴心才女马湘兰、侠肝义胆李香君、风骨嶙峋柳如是、侠骨芳心顾眉生、艳艳风尘董小宛、长斋绣佛卞玉京、风流女侠寇白门、倾国名姬陈圆圆），衣冠南渡的中原文明改变了秦淮两岸的一枝一叶，濡染了一条河的向往与诉说，也濡染了中华文明的一脉相承。

我读"玉杵叩扉"的唐诗、婉约清新的宋词、雅俗共赏的元曲，亦读庭院设计、本草中华、舌尖源味、书画鉴赏……

文字可以把我们带到任何想去的地方，读书成为生活的一种底色。

九月，一些凉风穿堂而过，日子像被风吹散的样子，认领它的时候，更像是一种安慰。

十月熨帖

这一时段中，小区的院子里很安静。仅有的几株丹桂，花开得虽然热烈，但花期较之往年还是急促了点。究其原因，大概是秋雨没心没肺下个不停的缘故。

白鹿广场的桂花树是今年新植的，开得很低调，有朱红的，有金黄的，还有象牙白的，都是些粟粒似的细花，藏在披散的绿叶下，内敛而含蓄。

我在园子里采摘了一些，做了香袋放在床头，有淡淡的清香，嗅之感觉很沉静。

九月的阴雨多得让人生厌，好在喜庆的十月令人倍感熨帖。国庆的盛大、国家的富强、国人的爱国激情，以及因之而团结起来的民族凝聚力实在是让人感动！我坚信：仰视国旗、倾听国歌的那一瞬间，许多人泪流满面、发自内心的真情流露是绝对不容置疑的！

与此同时，《我和我的祖国》也唱响了中国，唱响了全世界。让我们为之自豪的不仅仅是一种民族自信，还有国人与生俱来的一种家国情怀。

十月，南山如簇，白鹿苍茫，秋阳铺陈的日子，心情自然放朗。天色蓝得透亮，没有丝毫的尘埃。

　　大街两旁的人行道上，高大浓密的栾树枝头，绿叶衬托着红黄参差的灯笼蒴果，形成了繁茂巨大的篷冠，在阳光与风的披拂下，显得格外鲜亮；而笔直挺拔的娑罗树，周身泛着灰褐色的光晕，斑驳的枝头覆盖着掌状的树叶，叶间挂满了橙黄色的娑罗果，鸡蛋大小，呈梨形，有果皮已经开裂的，露出深红色的坚果来，似随时等待着"叭叭"落地……

　　槐树自带了沉静，像远道而来的老者，瘦枝疏叶，历尽沧桑，粗犷的纹理写满了对岁月的臣服与深情。

　　白杜枝头挂满了粉红色的蒴果，像是浪漫而热烈的倒形嘴唇，像一个个摇曳的风铃，层层叠叠，叠叠层层，很是冶艳。

　　女贞树低调且冷峻着，似在遮掩着一重一重的心事。被果实压弯的枝头，累累如卵珠，着实可爱，颇有些古风旧味。路径幽凉，树影团团如浓墨，它们心甘情愿地为秋天守护着一季又一季的希望。

　　寒露过后，空气里搂了些许的冷风，不大。风掠过密匝的树枝，会将一些鸟雀的鸣叫拽进秋天的深处，听着空旷、辽远。

　　天空偶尔会落些小雨，檐下雨丝成线，不过一两天便会停。落雨时，天际空蒙，远山横过几道浅浅的云雾。雨线划过，阴灰中夹杂着一点铅色，映着地上的水汽和三五片枯叶，萧然自远。

　　树冠四垂的桂枝上渐渐泛起灰白，梧桐树叶也会笼罩着一层薄薄的雨雾，苍苍如烟。马棣子依旧伸展着羽毛一样轻盈的绿叶，静静地站立在雨中，水正从灰褐色的树皮上细细地流下，湿淋淋的，远远望去，树上的一道道纵裂，像在微微荡漾，样子很美。

　　十月的风景渐次有了深度，季节像被瞬间赋予诗意一般，连秋风也有了"打家劫舍"的豪气。风中稀疏的银杏枝头，挂着冷冷作响的黄叶，像极了唐宋街头落魄的书生；而随风而去的落叶，更像魏晋郊外风流的才子，满腹经纶，随处游说，企图说尽一个季节的惆怅和抱负。

菊花开得正旺，让人想起黄巢"待到秋来九月八，我花开后百花杀。冲天香阵透长安，满城尽带黄金甲"的诗句。这诗中带着霸气与杀气，较之陶渊明的"采菊东篱下，悠然见南山"要冲得多。

入世、出世，黄巢与陶渊明的秉性与傲骨在他们各自的人生境遇里真实地呈现出来。

说到陶渊明，喜欢他恬淡旷远的襟怀。品格高洁，嶙峋孤傲有风骨。欣赏他宁固穷终生而坚守清贫的文人气节。隐逸乡野有儒风，寄情山水五蕴空。他写平淡质朴的田园诗意，过冲淡为衣的天成生活，旷达，自若。

李白一生仰慕陶渊明的人品和诗作，敬陶公为圣贤；杜甫在安史之乱后，一直过着颠沛流离的生活，他把陶渊明视为知己，以友情抚慰各自的不幸；白居易以"垢尘不污玉，灵凤不啄腥"颂扬陶渊明高尚的人格；苏轼则赞陶渊明"外枯而中膏，似淡而实美"……

虽然陶渊明也曾因生活所迫在乡野朋友家"屡乞"过，但亦是他躬耕生涯之一的侧面写照，真实而感人。他既敢以《乞食》诗面世，足见诗人朴拙真率的个性。较之唐代"富文辞，且工书，有力绝人，世称三绝"的宋之问的谄事权贵、杀甥夺诗、卖友求荣，陶公确是活出了文人的文骨和尊严，他的洁身自好、不与世俗同流合污的高贵与高尚值得后人敬仰和推崇。

因为很喜欢陶渊明的诗句，我在《有露沾衣》一文中曾引用过他的"道狭草木长，夕露沾我衣"，并将他面居南山时晨兴暮归、夜里戴月荷锄的田园乐趣与我父母南山耕种，为了生存糊口的辛勤劳作比较，同时赋予了"有露沾衣"的美好意义。后来这篇散文发表在《西安日报》上并选录在我的散文集《从故乡出发》里。有朋友曾问我文中两个"南山"是否属同一个"南山"，我没有直接回答，只以"理想寄托与乡野劳作都是一种情怀，都值得我们去尊重"的话语回复了他。

每年秋天，不管我是否在吟诵陶渊明的"采菊东篱下，悠然见南山"，但我对于父母耕作而居的南山必是尤为怀念的。

南山是洋峪川的一部分，亦是故乡不可复制的暖色胎记。我想，当旷野在黄昏褪成一种背景的时候，十月的洋峪川必然像风中飘荡的树叶，惊动了我身体某个部位熟悉的穴点，让我在想念它的时候平添了许多温暖和慰藉。无论故乡有多远，南山永远为一个季节储备着最饱满的色彩。

也许，洋峪川的傍晚很静，放牛娃正在风中把整个洋峪川赶进牛的肚子里……

也许，洋峪川的夜很深，偶尔的犬吠散于村中，草丛中嘶鸣的秋虫惊动了墙头的月牙，从前的故事里便还有几分朦胧的月色笼罩其间……

至少，我们这一代人还有曾经美丽的乡村可以怀念。

十月，我一边思考一边读书，思考的一部分，无非还是些乡土情结的人文情怀。而读书，我依旧读些具有现实意义的诗文，比如纪伯伦的诗，就很美：

你的儿女，其实不是你的儿女。

他们是生命对于自身渴望而诞生的孩子。

他们借助你来到这世界，却非因你而来。

他们在你身旁，却并不属于你。

你可以给予他们的是你的爱，却不是你的想法，

因为他们有自己的思想。

你可以庇护的是他们的身体，却不是他们的灵魂，

因为他们的灵魂属于明天，属于你做梦也无法到达的明天。

你可以拼尽全力，变得像他们一样，

却不要让他们变得和你一样，

因为生命不会后退，也不在过去停留。

你是弓，儿女是从你那里射出的箭。

弓箭手望着未来之路上的箭靶，

他用尽力气将你拉开，

使他的箭射得又快又远。

怀着快乐的心情，

在弓箭手的手中弯曲吧，

因为他爱一路飞翔的箭，

也爱无比稳定的弓。

朋友说，今年霜降落了雨，后面的雨水可能会多些，风也会一天比一天大，树上的叶子会生出许多锈色来。不过，园子里的苹果

会愈来愈甜，地里的萝卜呀，白菜呀，雪里蕻呀，包心菜呀，也就该收了。

　　"那么，落了霜的柿子也可以放心地蓄藏了，等到冬天的时候再拿出来，在热水里浸泡一番，取出，剥了外皮，轻轻一咬，软软的、甜丝丝的，在唇齿间停留片刻，然后从舌尖滑入喉间……"

　　我一直这么想。

十一月嶙峋

桂香已熄去多时。阳光在黄叶上打着滚，有时很像几滴水，不多时就消失了，只留下一些沧桑和残缺之美，化作了时光的容颜，给多愁善感的诗人们做了文字，或者成为妙手丹青笔下的画作，像是生活中忽然间就多了那么几分浪漫的情趣和仪式感一样。

鸟声也似乎有些稀疏，远不如春夏时节那么语汇丰彩、语法讲究。它们的歌声断断续续、隐隐约约的，有时是在暖阳里，有时是在风中，有时是在雨中。早晨一副松散随意的样子，只有到了黄昏，才显得那么庄重有形。看不见它们的影子，只听见那些绿的、黄的、红的薄凉枝头扑啦扑啦有响动。其时，暮色已在城市上空渐渐堆积，声音的边界远远大过了人的视觉。

那些十月还苍苍如烟的老树，几场风雨过后，枝叶就不再披拂，它们骨干分明的枝头足以将夜空一一划分，开始了一场从容的伸展，或者叙述。它们不在乎月光是否能锐利地切开黑暗中的浓雾，即便是落了雨没有星子的夜晚。

月亮时常会晕晕地挂在空中，边沿有些模糊不清，像是喝醉了酒被冷风吹过一般，凌乱地照着窗外的树丛，影影绰绰、东倒西歪的。风在树间趄摸的时候，一些树叶充当了生动的夜色，一片一片从枝头悄然飘落，很安然地躺在湿润的地上，缤纷而寂寞。

十一月，心思开始嶙峋，情绪里蓄满了清峻和安静。虽然如此，人却并不能像花木那样可以完全地进入长期的休眠状态，除了工作和休憩，每日里，读书仍是很必要的。

那个下午，我泡在摩诘书屋里读张潮的《幽梦影》时，屋外正下着小雨，雨中带了风，风并不大，像刚好路过似的。空气湿淋淋的，一些云雾在南山隐隐勾勒出来的幽静没有明显的界线，散落在河堤路径上的微光，让河与岸的结合处瞬间闪动起来……

书屋的管理员是一位中年女士，白皙而清瘦，神情肃穆，脸上带着平静，说话的声音很轻。我用目光在书架上搜寻的时候，她很热情地上前服务，随后端了一杯热水放于我的桌上，就回到吧台做自己的事了。整个下午，书屋里就只有我和她两个人。

室内有灯光，光线很柔和，衬托着从书架垂下的绿萝藤叶，清新而熨帖。书架是银灰色的，分了六个格间，有四层，每层都整齐地摆放了各类书籍。最上面的是一些政治理论体系类的；二三层分别是一些世界名著和中国古代孔、孟儒家传统思想类及近现代文学大师的作品；最底下的一层摆放着自然科学、生活小品类的读物。书架上书脊给人的感觉立体而温暖，这大概是爱书的人心中有一种潜在情怀的缘故吧。总之，读者的世界在书脊上显得如此的丰富而生动，而书的重量之中似乎也有一种人间秩序的肃穆感，正如那管理员的脸部表情，虔诚，有静默的美。这静默也正好给予世界一个美的呼唤，书与人的场景就被时间的美所置换了，瞬间就勾勒出了一种温和的侧影……

阳光鲜活的日子里，偶尔也会拿一两件新买的裙衣，到面粉厂大院内综合市场的唐萍裁缝店裁改。店面不大，也就三十多平方米，里面堆放着许多需要修改的衣服；一个熨烫衣物的案台，一台年代不算久远的缝纫机和一台新式锁边机；墙上挂满各种颜色的用线和纽扣、贴布；一张单人床，一面试衣镜；床和镜子的夹角悬了一个不大的圆形麻布隔挡，算是试衣间吧，里面只能容下一个人。

唐萍是位四十多岁的乡间女子，因为家距离县城不远，每天来回骑一辆电动车。她长得微胖，一脸的淳朴、憨厚，见人话不多，每天只顾低头做活计。来她店里修改衣服的人总是很多，每次来排队都要等上个把钟头，时间一长，与她就很熟悉了。

其实市场里也是有好几家裁缝铺的，活路也还算细法，只是唐萍收取的费用更公平合理些罢了。

有时活多，她就顾不上吃饭，一般中午也不回家，只在大街上随便买些吃食简单凑合一下。我曾问她："很辛苦吧？"她只是笑笑："习惯了。"手中的活并没有停下。

她说自己念的书不多，却喜欢读别人的文章，每天下班回到家，无论多苦多累，她都会翻开手机读些自己认为好的散文和诗歌，有时也听一听音乐什么的。只要热爱生活，每天就过得很开心。

后来她加了我的微信，时常在她的朋友圈里分享我的文章，有时也发点生活小感悟，都是些充满了正能量的语句，读起来，让人感觉很温暖。

我觉得，唐萍读懂了生活，她活得很真实也很接地气，在她那满是沧桑的容颜里，充溢着无限生动的生活状态和时间品质。底层劳动者的精神底色，有时远比我们想象的要高贵而饱满得多。

　　十一月的街巷，多少有些消瘦，所有躲在大树背后的房屋都像事先商量好的一样，纷纷探出檐角，无一例外地暴露在街道两旁。仿佛它们不再需要蓬腻的树木遮挡，那些点缀在墙根下的花花草草们也开始在风中潦草起来。

　　不仅如此，一些巷子深处人家门前的柿子树上，叶子几乎全落了，光秃的枝头挂满了红灯笼一样的果子，主人家也懒得去摘。

　　园子寂阔，黄的落叶，是柳叶，飘落在脚下的小径上，像一条条安静的鱼，风一吹，便随着那斑驳杂乱的枯叶一起游荡，顺着风声而去，把自己典当给了冬天。

　　冬天，顺风走远的还有一些人和一些故事。风把他们的样子和故事的内容吹得渐渐模糊不清了，就像洋峪川的风会把故乡吹得渐行渐远一样——风将南山吹瘦了，将竹林畔吹秃了，将堡子坡吹薄了，也将洋峪河吹浅了。无论如何，风将一个村庄吹老的时候，我相信，它是一场不完整的风。至少它吹裂的不仅仅是一架被丢弃在墙旮旯的旧木犁，也不是几间已经塌陷的土屋，或者是废墟中一把斑驳生锈的镰刀；它吹裂的还有一种背影和记忆。

　　也许我会在这个冬天，有意无意地去乡间看望一场风：看它怎样无力地瘫坐在一段破损的老墙根下；看它怎样吹丢一些鸡鸣犬吠，吹丢一群牛羊；看它怎样吹丢一条通往田间的耕种小路，吹丢一片玉米大豆的坡地；看它路过我们的房屋前，还能否在庭院里找到我们当年快乐的身影？

　　或许它正在与几根随便躺在屋檐下的旧木头说话，我听不懂它们说什么，只看见那些旧木头在风中张开了口子，躯干像佝偻的老者，在与风交谈的时候，喉咙里发出了沙哑的声音。

风可能知道一条街乃至一个村庄会有很多东西在这个十一月里游荡，比如细雨，比如浓雾，比如树木，比如鸟鸣，比如流水……

只是十一月，没有人的乡间也会嶙峋的，尽管村里还有一些林立的高楼、宽敞的道路，或者一些依然青绿的、红黄缤纷的花草。

谁说不是呢？

当我认真地去解读一个月份时，我相信，我们的故乡曾经住着诗歌。那诗歌是一片闲得打盹的白云，是一群在山墙外吃完饭还要再闲聊一小会儿的庄稼汉。他们曾在某一个黄昏的下午，把一阵疲倦的鸟鸣送归山林；他们曾在某一个明媚的早晨，把一片晶莹的露珠馈赠给了大地……

这些年，我努力地用文字记录着洋峪川。关于故乡，关于山那边，关于早晨和黄昏，关于老屋上空的炊烟，关于父辈们裤腿上的泥土，关于村头、坡沟的老路以及路上行走的那些人们……对于洋峪川，它们都是时间的样子，被我用文字一点点叙述成爱的文本，变成故乡模糊而又清晰的模样。

然而，最终，我还是把自己典当给了时间和生活。作为人质，在十一月最嶙峋的心思里，我一遍又一遍地询问自己：我们最终还能回到曾经的故乡吗？

十二月清绝

　　一些树木的枝干飞檐斗拱般地呈现出冬的姿势与线条。

　　有时阳光很慵懒，像几声浮动在空中的鸟鸣一样，慢条斯理地，一点儿也不生动。不过，没有关系，这是在冬天，连荷花、芦苇和水草都接受了寒冷的剃度，有阳光和鸟鸣就不错了。

　　显然是不错了。就算风会带着一片树林连同一片田野的美好故事集体叛逃，但还有一些植物的果实仍旧在枝头裸露着锁骨，等待着人们或者鸟雀去采食。

　　它们是这个冬天里遗留下来的温暖，清绝而凝练，像一种曲风，有生活的内涵和质感，也有季节给予人的细节和涌动。

　　浓霜虚设的早晨非常可爱。首先是园子里的草坪，远远望去，像覆了一层薄薄的雪，雾蒙蒙的，走近了去看，却是着了一些白的霜，冷峻而凝重；至于那些还在跟冬天抗争的花叶和树木的顶部，也影影绰绰地有些霜气。

　　白的林间小径，直直地通向中心花园。花园不大，是新植的，中间是些广玉兰和紫叶李，周围是月季和红叶石楠。小径不长，透着寒湿的气息，有种润润的感觉，被几丛矮的乌竹和细的垂柳所遮掩，羞羞答答的，一副可怜楚楚的模样。一些光线在林子里窥射着，斜斜的，安静的，透着明暗交接的变化……

这是一个需要重建语言的早晨，就像小区的行人道上准备好了灰尘，正等着你去加入它们之中。那时，落叶可能会紧跟其后，在你的脚下翩然生风。你可以这样理解一群清洁工们手中的扫帚：它们替冬天问候你，替你清扫这个世界的尘埃。或者扫把上还沾着露水和寒霜，你试着，试着通过他们忙碌的背影去理解一个全新的早晨。

有人在对面广场的运动场上打篮球，有人在中央平台上跳广场舞；绿色的环形跑道上有结伴跑步或者大步快走的，也有咿咿呀呀在吊嗓子的；亭子那边有一些人在练太极拳，长廊下面站着几个唱秦腔的和坐着拉二胡的……

广场上的娑罗树、栾树、国槐和银杏树，全都齐刷刷地站立着，像是在庄严地参与一场隆重无比的生活仪式一般，不卑不亢，筋骨分明，即使落光了叶子也不甘示弱，傲气冲天。只有大叶女贞和桂树的枝头还固执地摇曳着一些绿色，与那些花坛周围的矮化植物相望而生，顾盼成景。

至于河滩地里，胡柳林长得还是有些潦草了。不过在干枯的草地上或者清瘦的水流旁，还能看见白鹭和黑野鸭的影子，它们在这个冬天里总是显得那么悠闲而有活力。在远处，大片水域与芦苇的接合处，隐约氤氲着一些白汽，像是水，又像是雾，但谁也不会怀疑：那就是早晨的语言。

细节总是和风有关。风有时大些，有时小些，但总会在刮。有些草木试图在风中突围，连阳光也不例外，但它们都不会迂回，终究是被风送至黄昏。

冬天的黄昏也是可爱的，阳光有时只是为了发光或者衬托一些景物的背影，像一种节气里固有的仪式，灌了诗意和宽度。而这种诗意里有些冷寂，宽度里也会反弹出冬天的空旷。

一些鸟雀仍会稀疏地鸣叫着，它们穿过光秃秃的枝丫，在黄昏里认领一道道光。这些光里开始有了城市的特质，或者是一些河堤路上的景灯，或者是热闹大街的华灯。小巷里的灯光似乎有些暧昧，晕晕的，在暮色下的黄昏里，夹杂了各种音乐的流畅和温暖。

十二月，有大把的时间可以消磨，因为夜晚要比白昼长得多。你坐在被温暖包裹的屋子里，扒着窗子向外看，城市在黑暗与浓郁的灯光里不断切换，一些隐秘藏在某些看不见的角落里，而来往的车辆与行人却让时间变得浓稠起来。城市在冬天的寒夜里，依然有一场盛大的叙事，借着黑暗与灯光，将一些远景忽然拉近，让一些近景忽然变得模糊又清晰……直到目光被室内的光亮牵引回来，你才变得真实起来。

依然读书，依旧是细碎的片段。

剧坛才女廖一梅有一本散文集叫作《像我这样笨拙地生活》，书名起得很好。她说，"每个人在本质上过的日子是一样的，不一样的是你心里在感受什么"，至少我很喜欢这句话。廖一梅很会倾诉，她用尽了文字去极力刻画自己对生活的独立见解，将生命中所经历的一些情绪巧妙地进行往复穿梭而达到统一。她懂得选择适当的倾诉情境，在真实中给人以正能量，从而进入最高的倾诉境界。

那么，这样的倾诉有时候是很有必要的，就像我们时时需要读点儿书一样。

　　有时，我们认为自己在走笨路。其实走笨路也并没有什么不好的，我们对待生活的最终理解都是一种心境。

　　廖说："我从来不屑于做对的事情，在我年轻的时候，有勇气的时候。年轻时，并不知道自己要过什么样的生活，但一直清楚地知道我不要什么样的生活。那些能预知的，经过权衡和算计的世俗生活对我毫无吸引力，我要的不是成功，而是看到生命的奇迹。"这些话里有一个中年人对年轻时光所表现出来的珍视，同时也给我们呈现了一种简单生活的情绪倾诉。

　　笨拙地活着，我们完全可以将它作为一种心灵的麻辣烫。

　　刘亮程的《虚土》我也在断断续续地听着。朗读的人读得一点儿也不流畅，时常结结巴巴的，咬字也不清晰；而且他的普通话很土，听起来怪怪的。我不能够确定他是不是刘亮程自己，但我觉得，那些并不重要！重要的是，我手里没有他的《虚土》集子，在网上听一听，挺好的。

　　刘亮程是乡村的哲学家，是最会抒情的西部作家，我喜欢他笔下的每一句富有诗意的话语。

　　关于乡愁，关于村庄，关于生长和埋葬，关于生命特质里的一种永恒的东西，刘亮程用记忆打开了：所有的日子都站立起来，被你遗忘的那一页，又重新生长。

　　生活，总是在语言和想象之外。但无论如何，我们还得继续向前……

春　拾

二月为如，心里却仍有点兵荒马乱的感觉。新年过得匆忙而索然无味，酒貌烟容、鲜衣味居皆是别人的风景，喧嚣携着浮躁犹如穿堂而过的风，唯茶色书香能烘焙一番早春的冷寒，托出些温暖而庄重的情怀。

欠了半冬的雪在春天里开始洋洋洒洒地下了起来，坐于室内，听风吹着树枝，窸窸窣窣的，像极了窗外路人的细慢履声。渐渐霏雪盛起，透过薄帘，看见小区里一片平白。

望不见山影，只是云雾迷蒙，田野盘坐，一片寒凉。远处隐隐晕出一幅笔情墨韵的国画，冷寂沉疏，郑重清持。

近处林木瘦立，苇丛疏疏；桥头河面雪迹落座，黑野鸭倏忽间就没了踪影。

园中竹枝摇曳，细叶婆娑，花树相互扶拥，似有亲切之意；飞雪玉花，树木之间两两相望，仿佛要生出一种地老天荒的深情。

广场那边是灯艺景观的绚丽与喜庆，小区里面却安静而淡定。此刻最宜读书。

翻阅一本《民国记忆》，桌旁摆放了一盆墨绿四垂叶子的植物，嗅着它散在枝叶间的鹅黄色小花发出的幽微淡香，感受民国春晖式的怀旧温暖。

　　纸比人寿，说的是齐白石的故事，他一生有"几不画"：像不画，工细不画，着色不画，非其人不画，促迫不画。又有"几不刻"：水晶、玉石、牙骨不刻，字小不刻，印语俗不刻，不合用印之人不刻，石丑不刻，偶然戏索者不刻。白石先生是出了名的"老吝啬"，连作画也是少墨多留白的。相比较，我倒是更喜欢中行老人多些。他"学富五车，腹笥丰盈"，《负暄琐话》《负暄续话》《负暄三话》至今一集还不曾读过，多多少少有些遗憾了！据说其文有古风，似六朝的短章，也带晚明小品的笔意，颇有苍凉的况味。读得不多，《留梦集》也只是匆匆而阅，敬佩的是他的人品。

　　张中行大师生活简朴，住居有"都市柴门"之称。他教育学生"生活向下看，学问向上看"，这也正是他一生的生活写照。更难能可贵的是，他尽管清贫，对需要帮助的人却毫不吝啬。昔日有一同事丢了一千元，他知道后便给其五百元救急。后同事条件好了，还五百元与他，表示感恩之情。他却不收，说是给人的，不是借予的，既是给的就不必还了。

　　长篇小说《青春之歌》的作者杨沫是中行先生的前妻，后因两人信仰不同而分手，杨先生对中行先生多有怨恨。张中行先生因其小说中"余永泽"的人物形象而长期被人误认为生活原型，备受讥讽与冷落。"文革"期间，他受批斗三次，被发配到安徽凤阳进行劳动改造，饱尝世间炎凉。专案组在调查杨沫时，他却未说过一句杨先生的坏话，每每有人提起时，还总说："那时候，杨沫比我进步，比我革命。"这位寿而多辱的睿智老人，阅尽人生，饱学而淡泊,为后世人们留下可贵的风骨情怀。

放下书卷,想尽量褪去新年的气息,让心境重新安稳下来。

春天总会有些温度和温情的吧,那立春竟不知不觉地就擦肩而过了,来不及去吃什么春饼,正月里的菜汤里本已满是荤味,而我几乎是不沾肉味的;况且北方人也不比南方人将节气看得重,也就没那么多讲究了。

二月早春,完全可以用生活所感来读书,用读书所得去生活,营造好的心情,让自己活得更得体。学会用心发现美,这样的话,即使是在工作的上下班,也会有些美的仰望。

在单位的后院发现了两株怒放的蜡梅,是金黄色的那种,疏密有致,极富节奏之变。广玉兰高挑的枝头也是结了花骨朵的。连翘的枝开始泛绿,一簇一簇地,并不输于那些凌寒而放的迎春花。而下班绕过前院的小池边,我又发现了一株花树,叫不上名字,只见枝头满是含苞欲开的骨朵,羞答答的红,似有人间画色,疏阔纵放,枝丫苍劲,曲中求直,像是忽有一日,花儿要凌枝而开,满园春色恣情,每日便要工作于花影横斜、万叶惆怅的意境之中了。

开始忙碌,有时竟忘了喝水,忙活起来感觉倒也充实。

有人云:"人生忙如自己挤车,闲如看人下棋。"

春不待人花欲开,只不过是在春天的某一个时刻,我不小心被文字和工作裹住,换了一种心境,蘸取了一些光阴的美,仅此而已。

冬天漫过我的眼

晨起，推窗远眺，浓雾掌管了四周，弥漫了整个天际。看不见南山，只有一些树木的疏影在白鹿原下依稀可见。

轻霜在地面虚设了一层薄薄的陷阱，笼罩了小区的草坪。空气中有了潮湿的味道，园中林圃，寒露沾叶，隐隐听见几声鸟鸣，声音短促、干净。

我静静站立，与窗前的一些树木默然对视：一棵银杏的枝头，零散地挂着数片黄叶，带着冬天的萧瑟，透着孤寂和单薄；女贞依旧枝繁叶茂，继续与季节做着一番绿色的纠缠，藏于浓荫下的果实，乌黑而饱满，端然呈现出一份生命的庄严与仪式感；乌竹傲然挺立，婆娑的枝叶在风中"沙沙"作响，舞动着生命的不屈和倔强；而柳树显得文弱消瘦，修长的柳枝从高处垂落下来，细叶黄绿参半，在晨雾中轻轻摇曳，不时拂过甬道两旁的黄栌和冬青矮丛，给冬月平添了许多的诗意和浪漫。

对面广场上有几棵深色的树，光秃秃的枝丫上，残存着几片经冬的褐黄色枯叶。周遭一时又静悄悄起来，有如舞台启幕前的寂静无声。

一股乍然袭来的寒意迅速漫过眼帘，涌进室内，瞬间又遇暖即化。这是一种奇怪的感觉，它渐渐蓄满了人的鼻翼，在屋子里发出轻悄的鼻息声。

　　母亲正在阳台上修剪花木，她的精神状态近来极好。也许是放了暖气的缘故，她每晚的睡眠质量有了保证，半夜里就不再咳嗽了。早上天刚麻麻亮，她就窸窸窣窣地起床开始忙碌。对她来说，能够等到双休日，与儿女们在家里好好待上两天，这是一件多么幸福的事呵！平时我们都要上班，她的一大半时间都是一个人窝在家里，守着一座房子的孤独和寂寞消磨时光。天气好的时候，她会邀上小区里的一两个老太太在楼下晒太阳，偶尔也会去菜市场转转，遛遛弯，看一看人间烟火。虽然菜市场的治愈力足以让她忘记一些烦恼，但短时间的安慰，远不及家人时时陪伴的温暖。

　　摸上七十岁的人儿，她的记忆始终走不出一座村庄的前尘旧事。

　　中午的时候，我陪她聊天。她说自己常常梦见洋峪川的风吹过六月的田野，席卷着盛夏的溽热袭面而来……麦浪裹挟着成熟的喜悦从她腰际呈弧线划过，她听见云雀在枝头叫了一整天……

　　她说她很怀念洋峪川的秋天。早晨，田野里会有一层淡淡的轻雾，她能听见露珠从菜叶上滑落的声音；黄昏，村庄的屋顶会被夕阳染成金色，她能嗅到打谷场上农作物的清香……

　　她说自己与土地亲近了一辈子，她喜欢泥土的味道，喜欢门前那高大而挺拔的梧桐树，喜欢后院那浓密而在竹篱间重重叠叠不留一点空隙的藤叶。乡间总有许多可以说道的故事，比如洋峪川的月亮，总是高高地挂在夜空，非常的明净；比如洋峪河的柳岸，总有树影在水中摇曳；比如沙嘴坡的青草，足够牛羊咀嚼一个冬季；比如二龙山下的竹林畔，总是会在第二年的春天开满野花……

她絮絮叨叨地说着乡村，不知疲惫地说着洋峪川一茬一茬曾经繁盛着的庄稼和一缕缕炊烟……

她快乐的脸上洋溢着笑意，话儿比平时稠密了许多，似乎洋峪川的天空、河流、田野、山梁、坡岭、川原、沟洼……都能成为她回忆的一段老心情。

我一直认真地听她叙说着，直到她说得困了，自己要去休息，鼻息咻咻地睡着了。

下午的时候，浓雾散开，窗外飘起了蒙蒙细雨。远处的南山渐渐露出一些轮廓，在冬天的雨境里，宛若一幅洇开的水墨画，山影朦胧，亦真亦幻。

潮湿的空际，雨丝虽夹杂了阵阵寒气，却并不让人觉得突兀或者枯荒。倒是这冬天里，有雨脚伴随，空气也显得格外清新。放眼望去，整个窗外的世界都被一片轻柔的银灰色雨网给网住了，人的心境里倒也有种清静无扰的感觉。

此时最宜读书。

我继续阅读王木春的《先生当年——教育的陈年旧事》。民国时期，大师辈出。而我在木春先生的书卷里，再次领略了六十多位先生的风骨气度，感受他们的情怀命运。蔡元培、张元济、张伯苓、鲁迅、陈寅恪、胡适、徐志摩、顾颉刚、叶圣陶、钱穆、黄侃……他们有的是受旧学熏陶的儒才，有的是经过科考贡举的贤士，或因肇始于晚清的新式教育的影响，或受东西洋留学新思潮的冲击，他们学识渊博，贯通中外，成为中华文化气息延绵的精神标志。不拘一格的"南开之父"张伯苓，"书在肚中"的陈寅恪、俞平伯，"数学明星"、掌握七门外语的苏步青，"硬汉教师"邹韬奋，多才质直"不将就"的吴组缃，"博见强识，过绝于人"而虚怀若谷的柳诒徵，儒雅绅士的胡适先生，"襟怀坦荡"的金岳霖，"功成不居"的吴大猷、叶圣陶，"国史界之第一人"钱穆……民国精英，大师云集，先生涌现，真可谓文囿渊薮，灿若星辰！

我想他们这些人之所以能在历史的长河中熠熠生辉、活到一身包浆，除了胸有丘壑，在各自的领域内有所建树外，最主要的恐怕还是长期将读书奉为圭臬，不断丰富个人的文化素养和精神世界。他们读书移晷忘倦，一意在心；而我们凡夫俗子只知书中有意味，却很难像他们那样真正达到泛览辞林、心游目想之境界。

想自己平生是个不善于应付复杂人情世故的愚笨之人，唯有读书时时聊慰心情。虽然自知狭才鼠目、浅薄苍白，却力求在文字中能努力觅得一隅安静之地，文心向暖，于阅读中沉藏峻急，吸纳彬蔚，感受清风幽谷、旧学遗韵。一个浸淫民国风影的书香下午，恬静、文雅、温馨而隽永。

寒雨飘落，气息弥漫，冬天漫过我的眼。陋室之中，有老母亲的鼾音陪伴，有好书可读，心安之矣。

冬之心

时间的笛孔被密匝的鸟喧打开。

叫醒一个早晨，如同叫醒一个春天。阳光一动不动地在那里站定了，地板上出现了明晃晃的条纹，花木在屋中静静地投下影子，像一种纯明而干净的微笑。隔着窗，光与人握在了一起，温暖从心里一点一点地拱了出来。

寂静的花园，寂静的小区，寂静的马路以及寂静的广场，视野所能到达的地方，都一溜儿踱过去，如远的静山与寂寂云天。

因为疫情，人们各自小心地呵护着一段特殊的日子。宅在家里，除了日常，其实什么也不能做。

那么，就静下心来读书好了。

林斤澜的文集断断续续一直在读。书是蓝田文友杨亚贵先生赠送的，共八卷，有文论集、小说集、散文集和戏剧集子，都是统一砖红色的硬封书衣，有林先生简秀的手签，配以银白的名字，浅粉的"文集"字样，里面空白页皆带点儿土黄的金色，扉页也呈现温暖的浅白色，给人一种亲切入微的感觉。

林先生的小说深沉冷峻，读起来颇有些吃力，特别是《矮凳桥风情》，不但难懂，而且要多费些时日。因先生有"短篇圣手"之美誉，所以勉强读了几篇，如《门》《台湾姑娘》等。

较之小说，我更喜欢读他的散文——冲淡而平和，朴素而深邃。先生着笔有虚有实，自然厚重，即便是批评，往往也不失理性与率真。

他与汪曾祺被誉为"文坛双璧"，两人是多年的好友，皆与沈从文先生交往甚密。汪曾祺是从文先生的学生，林先生因对从文先生的敬重，也自称是他的学生。汪林两人的作品也深受沈从文先生的影响。

较之汪曾祺的散文，林斤澜的散文更多了批判性和思考性，我个人认为他比曾祺先生的作品更有深度。

他们二人都写乡土，都写风俗，包括写了点点滴滴的美食文化，都有着浓郁的生活气息。汪先生似乎在矛盾纠葛的世俗中努力寻求一种和解，而林先生则在不动声色的苦难中，冷峻审判，努力反思。这亦是两人的不同。

尤喜斤澜先生的《雁山云影》篇，他在书中多次提及"雁山云影，瓯海潮踪"，这是朱自清先生为温州中学写的校歌开头两句。

林先生"日逐怀念故乡那山深海阔丰富的角落"，其中就有他的母校。

他说："那时候功课是繁重的，老师是博学的，学生是勤奋的。"他感慨那时的温中附小："小学生就写诗作文……到了初中，已经有几个人在《浙瓯日报》上办一个一周一期的副刊，三年级有人就会翻译外国的短篇小说了。"

回忆起抗日期间，他们在土匪的赌场上夜校时用的识字课本及每晚点一盏煤气灯的灯油时，先生说"苦难也会发出诗一样的光彩"。可见，在他的回忆里，留给我们太多的思考和重新认知。

斤澜先生的一些散文很有味，不细细咀嚼，是品不出它的美感来的。

像《滑竿教授》一文中，林先生写梁实秋坐滑竿来学校中的滑竿一段"梁实秋小胖，穿皮袍、戴绒帽，围可以绕三圈的长围巾，圆滚滚仰在竹躺椅上。竹竿一步一颤一悠，一颤是抬前头的一步，一悠是抬后头的步子。南方穿皮袍，身上是不会冷的，可以发生一些诗意"幽默而可爱；说到梁实秋上课"不拿教案，只揣着字条就上课。天南地北，海阔天空，法文英文，各种文学著作，张嘴就来"，又是那么的率真虔诚，入情入性……

名家侧影千帆过，林斤澜的"山深海阔，云影潮踪"早已不再，只留下半窗明月，一片寂静。

抚摸先生的书页，在他回忆的抒情里，悟着文章是寂寞之道，也做着"春光可焙"的慰藉。

孩子们于网上学习日语；母亲戴了老花镜在阳台上缠线团；爱人则因夜里带队执勤，正歪斜在床上……

起身开窗，看阳光下偎作一片的柳影，温情而生动。

花园里，一样的寂静，除了阳光和一片绿色，有些色彩似乎逃得一干二净。不过，一些人家窗台上的花木及藤椅藤吊带来的情调仍可悦目。

朋友发微信交流读书感想并推荐了米沃什的诗歌《礼物》，有质感有意境：

如此幸福的一天，

雾气早早消散，

我在花园里干活。

蜂鸟落在忍冬花上，

这世上没有一样东西是我想占有的。

我知道没有一个人值得我羡慕。

任何我曾遭受的邪恶，我都已忘记。

想起过去也没有困窘不安。

我的身体感觉不到痛苦。

当我直起身，看见

蔚蓝的大海上白帆点点。

这是一首与生活和解的诗歌，有迹可触摸，算作一种友情的鼓励吧。

她说，人与人之间最大的差别在于面朝的方向，有了闲情读些诗书总是好的，这便少了生活中的某些无趣纠缠，也让人有了一份不老的心境。

我觉得她可爱得像个赖在诗歌中的小女孩。

昨日与几位文友讨论了中国历史的五个划分，他们各有自己的见地和理解。

一位文风古意的文友在闲谈中亦有了山隐的想法，他说他很向往"南亩耕，东山卧"的诗意生活，那种"当窗松桂，满地薇蕨"的意境实在美好。

可我觉得那些太过理想化了。

大家打发日子，读些闲书挺好，也不能成为"能信陆贾""良谋子牙"或者"豪气张华"，况且陶潜与那谢安亦是高人，我等皆是凡夫俗子，现在能做的，就只是保持生活的一种从容了。

　　微信那头回了一个微笑，像"贴"在手机上。我理解为两人在叙说途中，茶相石道，各尽了苍绿。

　　朋友圈有人提醒明天是西方的情人节。与我无关。

　　我只关心一个被阳光叫醒的早晨。

　　当晨光在屋外密密甫出的时候，春天对着一群人说：你们低头读书的样子，或者站在生活的那里不说话，也十分美好。

初雪飘飘

我住的小区紧靠河边，冬天的灞河消瘦了很多，河面极静，结着一层薄薄的冰。

那些被寒风吹过的苇丛，稀稀疏疏的，一身阴郁，带着枯意和落寞，静静地站立水中，偶尔有野鸭出没，也很少起飞。

这样的天气，适合蛰伏。但即使这样，河边还是会有人晨跑或者午钓。那钓鱼的，借用一根长长的鱼竿，坐在河边破冰处，一动不动，仿佛雕塑一般，忘记了寒冷，固执地钓着一个寂静的冬天。

岸边古槐清寒的老枝透着一种骨力，像武士一般整齐林立；而低矮密集的黄杨丛一路铺陈而来，与修剪成球的石楠树默默相伴，在冬天里，努力地为一条河的厚度着色陪衬。

兀立的荒原空旷无碍，一些村庄静静地偃卧在白鹿原坡的半塬上，稀稀拉拉的，像撒落的豆子一般，隐现在一些树木之间。塬坡肋骨分明，沟畔相望，寂寥的小路蜿蜒迂回，爬行在一道道起伏的坡梁上。南山已经归隐，看不清它的模样，浓雾渐渐包裹了远处。

大地客至，当飞舞的雪花终于纷纷扬扬地从天空飘落之时，端然安静的小区瞬间便被雪映亮了一片……

几株蜡梅盘曲有致，在园子里悄然绽放，清冽的香在风中弥

272

散，似乎努力地在用它们自己的方式与周围的法青、乌竹、赤楠、海桐、杨柳和广玉兰一一相认示好。比起枝叶浓密的女贞树，单薄倔强的银杏树却显得干净凝练，树上的叶子一片也没有了，落得干干净净、坦坦荡荡。直立向上的枝干刚劲有力，与寒冷的冬天情愫相若又同时做着温和的对抗。

大雪终于覆盖了整片的三叶草坪，慢慢将小区里树枝的形状勾勒成一幅幅淡墨写意画，藏筋骨分明于凝重含蓄中，化清空峭拔于浪漫诗意处，自然朴素、简单洁净而不乏端庄俏丽。

"六出飞花入户时，坐看青竹变琼枝"，临窗观望，高骈的诗句正好入了情境；再侧耳细细地去听，窗外那银屑簌簌落地的声音，有一种说不出的细碎感和美妙……

冬意浓郁，即便风声如唳、寒凉彻骨，却终因了它落落的洁白而心生欢喜与温暖。

你看那空中的雪片、地上的雪堆、屋顶的雪毯、树上的雪绒……冬天，在某个瞬间猝然凝固，满窗寂山而又银装素裹，美丽妖娆。面对这样一个纯净的世界，忽然想静静地赏雪。赏雪的时候又不免会思绪翩跹：谢道韫"未若柳絮因风起"的形象生动与白居易"晚来天欲雪，能饮一杯无"的殷切深情，谢安与子侄后辈们"围炉夜话"的温馨暖意和王子猷"雪夜访戴"的洒脱自适；而单一的雪白色同时也会让人无端地联想到世间的许多奇妙颜色：紫檀、藕荷、玄色、黄栌、天青、茶白、竹青、霜色、黛绿、豆沙、秋香、牙色、靛蓝、明黄、苔绿、胭红、月白、石青、绯红、宝蓝、石绿、朱砂，等等，都是说不出的万般好！

雪是最撩人的，也是最能勾起乡愁的东西。

　　母亲不断在耳边叨唠着，她说冬天下大雪，以前在乡间老家时，她每天必是把土炕烘烧得热腾腾的，村里的大娘婶子们总是会来家里串门蹭热炕，她在炕洞里煨了好多柴火，女人们围坐在暖炕上，一边纳鞋底一边拉家常，一个漫长的冬天就不觉得那么寒冷了。

　　我父亲要是从城里赶回来，周围的几个庄稼汉冬天闲着没事，就会过来找他下棋。他们从灶膛里抽出一根细细的火烧棍，在地上画个简单的棋谱，几个人就蹲在地上开始对弈。父亲在旁边放了一个自制的土炉子，火烧得旺旺的，上面架了水壶，水烧开的时候，水壶里咕咕地冒着热气。男人们一边喝着热茶，一边将手中的棋子在地上敲得响亮……炕上的女人们和他们开玩笑，他们也不搭理，只顾专心下棋，一下就是一个下午。

　　母亲的话比过去稠了许多。她说在乡间，现在还在种庄稼的人家，地里的冬麦此时应该盖上厚厚的棉被了，今冬不缺雨雪，麦子长势肯定好。洋峪河的河面一定又封冻了，村头老荣家门前的那口老井一定还在不断地冒着热气。老屋屋檐下一定垂挂着许多长长的冰凌子。门前的雪地上，麻雀也会在上面留下许多好看的爪痕。

　　她对乡间过往的这般美好描述，同样也勾起了我对故乡从前冬天的些许怀念。

　　四下里埋伏着寂寞，树木总是在风中无言地站立着。天空压得低沉，一直要垂到洋峪川的田野上。南山雾蒙蒙的一片，南山脚下的树林也是雾蒙蒙的一片。它们随时准备着拥抱自高空簌簌而落的雪花。

　　庄子里，霜气笼罩了一切。那些蜷缩在老屋后院菜园里的蒜苗、菠菜、香菜们，像长了毛茸茸的睫毛一般银白可爱。屋外地表上的土块冻得硬邦邦的，踢一脚，直硌得人脚指头发疼。屋内稍微暖和一点，但蓄满水的缸里还是结着一层麻麻花花的薄冰。呼啸的北风裹挟着寒冬的阴冷迅速地包围了整个小村庄，人们缩着脖子，嘴里呼着一些白气，咳嗽着出门。人们呼出的热气，有一些被用来呵护冻僵的手指，其他的都被风很快吹远了。

孩子们清晰地闻到冬天的气味。那种清冽纯净的气味往往会刺激到他们的鼻腔，带来某种酸涩的寒冷。他们便会流着鼻涕，脸蛋冻得红扑扑的，在无聊的寒日里殷切地盼望着一场大雪的降临。

鸟雀们开始相互传播着河面冻结的消息，鸟雀们的鸣叫声在雪天里也白了。

掷雪球，打雪仗，或者堆雪人，在雪地上画圆圈……洋峪河面上结了厚厚的冰。不知谁狠狠地扔了一块石头出去，"啪"的一声，冰层被砸得四分五裂。再投一块，"咚"的一声，滑到远处去了。孩子们在冰雪上找乐子，他们需要用整整一个冬天的等待，来兑换一个银装素裹的诱人世界。

落雪的村庄里依旧隐居着洋峪川的坛坛罐罐和家长里短。群山被厚厚的积雪覆盖着，银色披散，光影冷峻。远远望去，峰脊隐遁，天际苍茫，仿佛一幅静穆旷疏的淡墨山水画氤氲眼前……

山麓下，村庄抱雪而卧。树木默然站立，高擎的枝头缀满了雪球，挂满了银絮，晶莹剔透好似玉树花簪，涂满了梦幻和美丽。

人家屋顶、檐角、门楼、院墙上全让冰雪给遮掩虚化了。清浅的光影里隐约露出黑的瓦痕，犹如幽淡留白的布景嵌于天地之间，拙朴简约而安静无扰。

　　一条银溪样的小路从村口延伸而去。孩子们跌撞的脚步一路追逐着冬天的美丽，将洋峪川的故事传向远方。远方有广袤的田野，有春天，有梦想，更有向往的家园……

　　与冬为邻，风雪相沾，故乡的美好飘落心底。

光的春天

能够触摸到春的筋骨，有着令人慌张的气息，因为鸟雀之声已嘹嘹呖呖，各种绿色也从土地里拱出嫩芽，从枝头蘸着可爱，悄悄地来了……

这还不够，一种叫作光的物质代替了一切。春光辽阔。光是大自然最好的语言。光用花开或者绿芽包裹了世界，收纳了空气和明亮，来找我们了。

光影婆娑，枝子也可爱。枝子在骨感而质感地生长着。春天渐有深意，有密密搅动情绪的喧闹和流动生命的暖风。香息从远处来，也从近处来，一点一点连成了虚线，一片一片地晕染成画。如一株贴梗海棠压枝怒放；如一棵樱白连着新绿；如一树玉兰枝蔓清晰；如一夜结香花颈散白，瓣子吐黄；如一丛黄花风铃扑扑地开了；如一片杏花气息温润；如一园桃花骨相清逸；如一捧梨花白如雪天，或者如一垄油菜花，已是沿途声势浩大……

春到枝头已十分，各种声色好似潮水，那些令人感到莫名魅惑的气味，也正在从我们的身体里拱出，让我们用深情感知着一个季节的博大和明艳。

你听，园中的鸟声像是扎了根似的，每天鸣叫不已；你看，街角的树荫像是汇集了一般，早晚都在认真地切入一幅幅生活的图景。

河边的柳林已偷偷养起了倒影，坡上的地米菜也开始攒动起来；大地步声登然，铺开了喜悦；天空是淡淡的样子，散发出旷古迷人的味道。人间鲜事，令人伸脖远望，那些打动我们的，竟是这般清冽而急促。

张九龄的"草木有本心，何求美人折"的诗句，总是让人相信春天，相信春天是最可信赖的。春的意义就在于让花开千色，山水共融。而我们在信翅飞翔的鸟影里，必会萌生一些发芽的心情，成为时序的旁观者与参与者，被它们激励着、追赶着，也迷惑着，以致惊叹的情绪达到高潮……

当时间最终成为一种生活的需要，让人们的思想在合适的季节里得以新生，那些准确无误呈现出来的各种芽苗和花事，恰到好处地开放着我们精心养殖的日子，即便疫情防控尚未彻底结束，即便春天的某一个早上空气依然冷得像一块凝脂冻。

小区对面白鹿广场的篮球场上，年轻人身上正散发着腾腾的热气，在早晨五六点钟的春曙里运动着，用他们蓬勃的青春，奋力地展现着一种生机与活力。

三月间，有风居住的街道上，清洁工人正用忙碌的身影，为城市的晨光注解着一种背景。这背景呈现出了春天的温暖表情，也成为最生动、最抒情的一幕。

他们无疑是这春曙里的美，有着宽阔和坚韧的生命质感，将疫情带来的沉闷悄然安放并逐渐融化。

当然，这春曙里的美，不仅仅有欣慰，也从另一个角度暗示了一种淡淡的忧伤：窗外，那些衣着凋敝的工人们，正蓬头垢面地在工地上讨生活。

他们是春天第一批返城复工的农民工，也被赋予了城市的表情，带着一个时代的烙印，成为生活面孔背后的一种刺痛和替身，与时间一起凝固，最终让岁月被动地默许了，将世间最真的敦厚和质朴，永远地留给了春天。

他们也终将是这春曙里的美。

这美更是经了寒冬轻煨细火慢煮的温暖，是那千千万万战"疫"故事中的英雄背影：李文亮、梅仲明、朱和平、夏思思、彭银华、樊树锋、董宗祈、李兰娟、王辰、张伯礼、陈薇、乔杰、仝小林、黄璐琦、夏莹、佘沙……他们是春日里的暖色调，是这个春天里最美的逆行者。

没有一个冬天不可逾越，没有一个春天不会到来。春天真的来了，一切美好，都在努力、希望与爱里，按时抵达。

无论如何，这攒簇成景的春天，还是给予了我们希望和美好，我们终究还是被它打动了。

日色暖晖，疫情陆续解封的路口，行人和车辆逐渐多了起来。行走在大街上的脚步，像一个个匆忙的星点，一掠而过；游散在田野里的身影，像一幅幅入了画的春色，忽隐忽现；热爱生活的人们，被春日的节气引领着步入了一种日常的习惯和正轨之中……

我也多少被这春天的美击中了，虽然偶尔也会生些淡淡的惆怅，却再不能如少年时的那样潦草、迷乱、动荡乃至疯狂了。

渐已变成一个喜欢安静的人，在春意缱绻的时候，好像更愿意把自己丢在书本的阅读里，与时光一起沉淀，深陷其中。

读书，自然也成为生活最富于惯性的一部分。

"春天的黎明很美。逐渐发白的山头，天色微明。紫红的彩云变得纤细，长拖拖地横卧苍空"，这是清少纳言笔下的春曙，美得令人窒息。她的《枕草子》清新幽静，像另一个春天里寄来的风景，有着贴肤的透明趣味和隔世的朦胧美感。

"早上的雨虽然停住了，可是也总是阴沉，看去似乎动不动就落下来的样子，是很有意思的"，清少纳言在《四时的情趣》里用纤细、敏锐、婉转的女性特征，款款深情地描述着自然之美。这语言如包了浆的老物件一般，有出世的裂帛之美，亦有入世的沉静之美：温润、文气、惊艳而决绝。

大概在她的眼里，那些转瞬即逝的事物都是"很有意思的"。

譬如，"有月亮的时候，这是不必说了，就是暗夜，有萤火到处飞着，也是很有趣味的。那时候，连下雨也有意思"。

譬如，"月亮很是明亮，上面盖着很薄的云，这是很有趣的事"。

譬如，"空气里有前一年栗子花晾干后编的驱蚊绳，燃着了有袅袅的轻烟的香味"，寥寥数笔，干净洗练，散淡纯明，让人感觉亲切入微而简约如许。

看来川端康成将清纳少言的文字誉为"日本之美"并非虚言，《枕草子》能与紫式部的《源氏物语》同时成为日本平安时代的文学双璧，能与鸭长明的《方丈记》以及吉田兼好的《徒然草》共同成为日本的三大随笔，不能不令人为之惊叹！

据说《枕草子》是一部唯一具有分析精神的作品。

清少纳言在书中极尽了情怀之笔，将声、光、色、形之美娓娓道来，而书中的内容也是十分丰富的，涉及了四季的时令、情趣、礼仪、佛事、人事、山水、花鸟、草木、日月及星辰等世间众相，开启了美学随笔，成为一部熨帖之作。

周国平的"每个人都睁着眼睛，但不等于每个人都在看世界"的话也许有些道理，至少我没有像清少纳言那样认真地观察过世界，也缺少一双捕捉世界之美的慧眼！

我仅有的只是一副文人的表情和一些足够多的情绪，用它们认真地触碰着春天，并且敬畏着自然。

三月里，持续的简单就是读书，这是一个恢宏时代里应有经世致用的修炼。

这便是尘世之美。

这尘世之美，不过是春到枝头已十分，像果子包着核，核里正孕育着春天的骨头和血肉，而已。

白露一日

早上起来，照例吃过茶，开始读书。今日为白露节气。

昨晚倏忽一场雨，天便真的有了凉意。只是今秋的白露很浅，也很淡，像一个人薄凉的微笑，轻轻荡在空气里。

窗外老蝉抱树苦吟，尾音甚是幽咽凄凉。想着秋风有信，该是那蟋蟀切切吟唱的时候了。

蟋蟀年年光顾陋室，分不清是否为昔时旧友，从田野到屋舍，吟了些古典的意趣，权当是《诗经》里的那一只罢。

楼下墙角有茕茕之猫，一身周白，闭眼蜷卧，似醒未醒，困意细薄。或是昨晚辛苦，天亮才睡，将身体缩成一捆，一动不动。

夜里的露水仍挂在草尖和叶片上，带着某种秋天的气息，幽幽地闪着亮光。

读书读得目倦了，便望南山。南山明净悠远，峰巅飘浮着淡淡的烟云，像飘浮着一种淡淡的哀愁。南山的蓝里藏着一种沉默和宁静，能幽深到人的骨子里去。

我便想着，这一天是很适合一个人静静凝望的。这种凝望像极了一个人在故乡的山水里伫立一生。那个人便在伫立凝望的沉默里，将故乡与远方变成了一种淡淡的哀愁，藏在白露的清寂幽旷里，最后浸入那个人的往事里去了。

白露便是一个人了。

在那个人的记忆中，乡下的园子里总有开不败的朝颜花。木槿篱也是，浓郁地罩住了院墙。从清晓到黄昏，蝉一直在嘶叫。蛐蛐也喜欢隐匿在老屋山墙外的草丛里。那草丛绿而挺立，那蛐蛐的叫声欢快而孤单。

夜雨寄北，清冷的露水打湿了田野与乡村。第二日，穹宇空远，流水深幽。天地之间生了禅味和况境。秋天里便有大片的斑驳和静谧，荒野中便也站立着许多的宏大和孤小。宏大是自然的，孤小里常常是父亲躬身耕作时的寂寞和孤独。那时，雾气如潮，有露沾衣。一片片落叶在风中"沙沙"作响，那声音细微、寂清，像一个什么人正从身边轻轻走过。

那一个什么人从身边走过的时候，一定看见了被露水打湿了衣衫的老父亲。他的身影那么单薄，风一吹，就不见了。他的脸上黧黑消瘦，布满了岁月的沧桑。那是一张怎样的脸庞呵！包容了大自然的所有表情，在乡间的田埂上，为了一个秋天而忙碌着。

那个什么人也许会泪流满面，他一定想起了自己的童年和乡村。他的孤小的老父亲也曾在宏大的荒野中为一个秋天而忙碌过。

而远离故乡的他，再也回不到故乡，寻不见儿时的乡村了。

这往往是一种忧伤而莫名的哀愁。节气里总是弥漫着人的不同情绪，当这种情绪像扎了根一样地住在一个人的身体里时，节气便成了一个人。

白露也不例外。

远离了大自然与乡村的白露，气息那么浅、那么淡，只是荡在了空中。若要往深里去寻，有时便会怀念。

怀念常常很模糊，像在梦境里找到一条通往乡间的小路。幽深的往事就变成了星灯，照着那条小路，一直深情地往前搜索着，直至到达最初的生长地。

那条小路，途经一片渐至金黄的稻田，途经一条唤作洋峪河的河流，途经一片美丽的白杨林，途经一座老苔覆身的石桥。最后，村庄便出现在一片白色的雾气里……

那村庄上空有袅绕的炊烟。那村庄的长街小巷里有鸡鸣狗吠的乡间趣味。柴垛堆在屋檐下，门石横卧在两侧。人坐在院子里，听见风吹树叶"哗啦啦"的声音。站在老屋檐下，能看见高过对面屋顶的沙嘴山头和被云雾弥漫的月牙峰的峰巅。沙嘴山的山头是墨绿的，而月牙峰的峰巅却是深蓝色的。那种蓝像个猜不透的秘密，与秋日的天空融为一体了。

朦胧中，似乎听见自己在那条小路上奔跑的脚步声。小路那头的景色很浓稠，也很寂寞。其实看不到尽头，就像孩童时向往外面的世界，站在故乡的小路上，看不见小路通往世界的尽头一般。

人常常是很复杂的动物。有时忽然就想哭，哭得莫名其妙。像悼念离世的亲人一般，对着故乡的山水剥离了自己，又融合了自己。

于是白露这样的节气，于情绪而言，它更像是一位故人。与此同时，所有的节气也会像一个个故人。它们站在光阴里与你相遇，与你一遍遍交流。一年又一年，你的人生故事仍在继续；而它们，早已穿越千山万水，离你而去。最后，你的光阴里只剩下苍老和对故乡的回忆了。

白露为霜。蔬菜年年块茎肥美，人身却渐老如木。想起母亲院落里的小菜园，常常令我欢喜如莲。想起昔年白发苍苍的老父亲，想起他在深秋的劳作中，裤挽里的泥土和衣衫上的湿露，想起一片村庄的土地，便想到一个人的往事深处里去了。

山河草木，风物节令，是自然，亦是情怀。无非是思念的人儿，为自己在节气里勾勒了一种美好宁静。而这美好宁静里却藏了一个无以言状的"愁"字。

白露，是一位故人了。

清明帖

春景虽不如夏时森深，枝头却相对热闹了些。

小区的樱花开了，很热烈，繁扑扑的一片。白的像羊脂，色淡而薄轻，远远看去有娴气。遇风而落，好像阵阵梨雨，看了让人心碎。粉色黏人，似二八少女的笑靥，羞答答的，含了些春的愁绪。低头不语的样子，勾着一种相思，很是美好。

春天的有趣是那扑嗒作响的声音，树丛中有鸟影，花木间有虫动。清明将至，空中落了些雨，有"初写黄庭，恰到好处"之意味。先是针脚很细微，后来就渐渐地变得有密度有意境了。那雨中便开始有了一种气息在加厚，似草木之香，浮着些幽意，腥气扑面而来。风过之处，斜织拽网，在屋顶缥缈成烟；在檐角，滴滴答答，稀疏垂落。这般况味，如春雨有了浓稠心事，纷披又厚重。

可是各种叶在雨里，却如星芒般绿得发亮了，各种花也蘸水而开。它们的颜色在雨中战栗，如疾走的光阴，曹衣出水，吴带当风。

风生树端，一场春雨一层软。无数湿淋淋的光线密布天空。人在雨中，跌跌撞撞，有些醒的感觉。还以为春光已经老透，嘴里景语洇着情绪在风中不停地打摆……

286

早晨，黄莺在窗前总是快乐地婉转弄喉。看见它们轻盈可爱的小身姿，想起它们饶有趣味的别名儿：黄鹂、黄鸟、鸧鹒、金衣公子、流莺、楚雀、黄袍、阳鸟、黎黄……真叫人相信春天是生动而有灵气的。

杜子美在《绝句》一诗中曾以黄莺为引子，向读者铺展了一幅清丽明快的春景图："两个黄鹂鸣翠柳，一行白鹭上青天。窗含西岭千秋雪，门泊东吴万里船。"这图中意境极具层次之美：黄、翠、白、青，有颜色在视觉上的对比衬托；两个、一行、千秋、万里有数量多少的疏密纵横之相；栖枝黄鹂的鸣叫、冲天白鹭的信翅飞翔与窗含西岭的千年积雪、门外停泊的万里船只有动静之宜；而翠柳、青天有高低之分；千秋雪与万里船也远近相望，山水互视；黄鹂、翠柳、白鹭、青天、戴雪、泊船，这些景物恰到好处地自成意趣，由点到面，将春天的好生生地烘托了出来。

黄莺，无疑是这景中的点，虽微不足道，却激活了整个春天。

想来，黄莺的好还不止这些。

"黄鹂啄紫椹，五月鸣桑枝"，青莲居士得它提醒，自觉不应虚度光阴；摩诘喜它，在"漠漠水田飞白鹭，阴阴夏木啭黄鹂"中形容其啼叫之声，有婉转之美，闻听黄莺歌唱，能悦人身心。

世人从不吝啬对黄莺的赞美之情，豪爽李白，沉郁杜甫，空寂王维也不例外。

有文友说：春天的气质像唐诗，而清明时节落雨时却只宜读宋词。这可能也只是她的一厢情愿罢了。

杜牧的"清明时节雨纷纷，路上行人欲断魂。借问酒家何处有，牧童遥指杏花村"一诗作为描写清明的代表之作，虽无宋词的物语呢喃、粉杏芬芳之工笔描摹，却以"雨纷纷"和"欲断魂"的水墨大写意力透纸背，洇了断肠人的身与心，有留白，有筋骨。既点了清明的题眼，渲染了这个节气的灵和魂，又将世人的愁思与伤感淋漓尽致地表现出来。

关于唐诗和宋词，各有各的好，放在清明的情境里，都是切景的、熨帖的，也都能透出一个节气的光和影来。

春日里物尽天意，新枝初乳的喜悦光景，让人心感松软。但那坟茔的凄凄风咽，却是一半属于生者，一半另有安置。寒食轻烟，愁雨绵绵，思念故亲，又好似春风吹开了一个人，吹醒了一段伤心往事，在清明帖里长久寂坐。

乡间的淡墨

秋深了，母亲说想回乡间种菜，我就陪她回乡间。不是洋峪川，而是我婆家的西川。

公婆去世多年，院子也荒废了多年。

母亲要种的是一种叫作芥末的蔬菜。我们清扫了落叶，找了一块向阳的地方，翻了土，便将菜籽播种进去。

乡下院落很大，到处是秋草。院中铺有甬道，窄窄长长的，一直通到屋檐下。甬道用条形的青砖铺成，青砖的缝隙间也冒出了一根根野草，纤细、稀疏，却饶有兴味。野草的下面堆积了几卷泥花，是蚯蚓翻吐出来的松散新土，形态可爱，引人揣摩。

檐下白石表出，石做台阶。台阶上爬了许多不知名的草蔓，黏黏糊糊，缠缠绵绵的，看着有些纠葛。那根须一部分牢牢扎进台阶下的泥土里，似无数的毛细血管，一部分盘露在地表，像孩童的垂髻，漂亮有韧性。

也有一些生趣的野花，品貌多是风流。

比如细枝上开出舌状黄色小花的千里光，枝枝蔓蔓的。花朵密集，花梗也曲长。花苞全为片线状地向四周辐射，像是时时都有好的心情在绽放。有一种叫作三脚虎的，叶子呈心状，茎部带了红色，开着紫蓝色的小花，幽幽的，如小儿的眼睛，既纯明又梦幻。马兰头也开得唯美，浅紫色的花瓣，蕊是鹅黄的，根茎匍匐着，花开了一大片……

心境使然，我欣赏着婆婆荒凉而静美的院落，有些痴。泥土的感觉极妙，气息凝重却散发着农家的悠然景象，似含了些苍凉时节的侘寂和物哀，又多了日薄西山、黄昏将至的迷离。那种曼妙之意，简直无以言表。

种完菜，我们在休息的时候，母亲去摘柿子了。

柿子树孤单地伫立在东墙内的空地上，应当有二十多年的树龄。树皮粗糙，皴裂，黑漆漆的，像老人的脸。叶子差不多快要落光了，枝头全是成熟的果实，火红的一片，很繁累，也很惊艳，压得低处的枝干远远地垂到井台那边去了。母亲走过去，只需一伸手，很轻松地就摘到了一颗大柿子。

井台不高，就在山墙根下。四周阴郁一片，有潮气。绿苔广布井沿，很光滑的样子。墙根也生了苔，很厚，毛茸茸的，像少年的嘴唇。

母亲抬头看挨着邻家旧围墙上茂密的藤叶，问道：那是种的，还是野生蹿出来的？

不知道，大概是它自己长出来的吧。

叫啥名？

不清楚……嗯，可能是爬山虎吧，总归是弥足珍贵的。

母亲就站在那儿静静地看，她笑，我也笑。那墙上的绿叶便在秋风中一漾一漾的，像绿色的波浪，很蓬腻。母亲说：好看！

我也说：好看，像画儿一样！

290

　　于是，久无人居住的庭院，看起来虽是那么的空寂荒芜，倒也不是完全不可陈情。

　　西天上了云彩，屋顶有霞色可观。母亲站在院子里望夕光。夕光浓艳，景象非常。夕光照亮了她的脸，是一幅动人的光景。

　　我意犹未尽，她那质朴的脸上全是金色的笑意。这一切真的很有况味。

秋天在十月安营扎寨

几天以后，天空中布满浩渺之气，如云彩模样的树叶，既耀红又浓重。坐在窗前望秋，往往是，秋也在望我。

南山有些旮远了。

天色很清放，树影也可爱。枝叶次第斑驳，入目的美景极尽风姿。原野之风撞击着大地，心思纤细之人一直在欣赏：叶子先是墨绿色，续而为黄褐色，到了秋的绛彩红时，自然光景才算进入高潮，秋天就在十月开始安营扎寨了。

银杏黄，枫叶红，芙蓉粉，水波蓝，青烟翠……目迷五色，秋色陆离，实在是炫得曼妙。

田野借光而行，秋波密如横练，视之所及，全是感觉学（美学）。一行雁阵挂在天空，像蓝色幕布上洇了些黑的眉眼。雁影滑过，留下些淡的痕迹，犹如惆怅的诗行，令人不禁联想到了秋的苍茫。

秋天的确苍茫。站在高处，除了天际迷离，还有风的迷离和云的迷离。红叶纷飞四野，光线交错。动人的风致里，有层次的铺陈和边界的重叠、真实的呈现和梦幻的判断，单色与复脚，近处与远方，其实谁也说不清，谁也道不破，只是个苍茫和迷离。

大地是一片盛大而浩荡的词汇，它赋予生命和精神双重的丰满。一个季节蓄存了它的所有激情，它会毫不犹豫地与时间纠缠。

植物纤毫变化，一一毕现。花木与岁月握手言和，缓慢打开。

木槿依然秀美，只是进入十月，花朵渐次减少。我住的小区内，常见的木槿花多是粉色或者紫色。花瓣虽然重叠，却感觉有些单薄，且总是一副羞答答的模样，似含了些小心事，又努力地想与人诉说，簪在枝头，被满树浓密的绿叶簇拥着，甚是养眼。木槿花旺季开得繁茂似锦，意为重情重义念旧之物。从前在乡间，人们多在院内栽植，或以木槿花篱作围墙，其花色虽多，却较为内敛低调，暗合了一种简单朴素的浅淡日子。古时有人以木槿花形容女子容颜姣美，说是颜如舜华，粉如胭脂嫩，使得木槿花有了几分贵气和媚色。现在城市公园、校园、街巷、庭院随处可见，或单植，或列植，或片植。木槿作为一种喜阳耐阴的植物，倒是自觉不自觉地成为人们心中一道熨帖的风景了。

桂花又甫一开放，幽幽的，有远香，凑近了去闻，须得闭了眼才好。金桂，花香十分浓稠，像揉进了人的肌肤。银桂，陈香扑鼻，气息甜郁。丹桂则清冽绝尘，沁人心脾。至于四季桂呢，花香虽淡，却是清幽绵长，娴雅如君子。白鹿广场的一侧都是些桂树，品种不同，颜色也不大一样，或金黄，或乳白，或橙红，或淡黄，有的树上开得密些，有的树上却是零星点缀，都以小花团儿呈现，溢着清香，吸引了不少闲散之人。

有的用手机拍照，有的竟忍不住踮着脚伸手去探摘。或是想拿回家中做香囊，或是想调制了烹桂花茶、配了蜂蜜熬桂花羹……市面上卖的桂花糕许是用去年的花儿秘制的。饭店里自酿的桂花酒和自创的桂花菜，价格着实昂贵，普通人家一般是舍不得吃的。

有的地方将桂花树叫作香花树，因其有着令人追逐的香，它便成了一种小生态。桂花可赏可茹，晷秋怒放，完全可以理解为它是为奔赴一场秋光之约。

古人善咏桂，描写桂花的诗句里，十有八九与山有关。山中桂花野，香郁多露浥。现如今，桂树从山野来到城市，成了一种贵重的行道树了。

在街道两旁，七叶枫树挺得笔直，鸡爪一般的绿叶边缘，已经渐次变黄。枝头垂挂着小拳头大的果实，风一吹，有些经不住诱惑，"叭"的一声就从高处落下来。捡一个，剥去黄色的外壳，里面露出暗红色的果核来，硬硬的，带着水汽，色泽饱满得像是包了浆一般，可以把玩，也可以入药。

作为行道树，七叶枫树在叶子没有完全变红之前，远不如栾树招人喜欢。

栾树的美在于它的层次感很强。亮而繁茂的绿叶，细枝劲干的冠上结了许多三菱状的蒴果。先是嫩绿的，渐渐会变成粉色，最后成了暗红色，像串串小灯笼挂在枝头，甚为明艳喜庆。

想起八九月份的时候，在大街上还看见栾树正开花，金黄一片。一阵风吹过，树上如下花雨一般簌簌地落。行人走在树下，踩着地上的碎花，犹如走在美丽的诗行上，颇有些浪漫的意趣。

雨是秋的臣民，详解一个季节的心事。撑伞漫步在青砖铺就的街道一侧，感受着绵绵细雨带来的安静和悠闲。耳际有风吹过，栾树的果实纷纷落了一地，像时光遗散在人间的斑驳故事，藏着秋天那迤迤然的秘密。小心地沿着脚下的砖面滑移，感觉真好！

　　清洁工们耐心地清理着树下的蓢果儿，大概她们也有诸多不忍，还想留住一份美，手中的扫帚起起落落，动作很是轻柔。

　　白鹿原的塬塄上和坡坳间薄薄地起了雾气，烟雨迷蒙，宛如仙境。塬脚下的白鹿河畔，汉槐林立，皴黑稀疏的枝丫，披挂着一身沧桑。树叶黄绿参差，经风吹扫，黄的叶片在低空中打个旋儿，飘落在灞河边散步的人们的头上、肩上，透出一股秋的颓废之色与凉意。

　　麓湖小区的院内皆是月桂之形、草木之气。楼下石榴果实累累，而小区墙外街巷人家庭院却是另一番世相之景：丝瓜藤蔓像许多触手，牢牢地霸占了墙头；葡萄架下，垂着一咕嘟一咕嘟紫的浆果，大片黄的枯叶和轻垂的藤蔓罩了一棚架，人伸手去摘那葡萄，就仿佛伸手触到季节的深处去了……

　　市场里的摊位上，苹果、青橘、核桃、葡萄、板栗、猕猴桃、黄梨、石榴、大枣等果子摆得满满的。花店外面的黄菊花有着金属的情致，其他颜色也不逊色：白的如雪，粉的如霞，紫的如雾，红的如火……使驻足观赏的人们眼花缭乱，赞叹不已。

　　秋是真君子，到了十月，算是看见真正的秋色了。

　　秋实饱满，秋意缠绵，读书人在咂摸光阴时，似乎更愿意在有茶经里寻得一分隐境。想起某位诗人的一首诗：

　　　　　有茶的时光最可究

　　　　　烹煮的记忆最漫长

　　　　　我用泉水析出经典

　　　　　一种禅静值得等待

> 青花瓷的午后
>
> 经过炮制的时间固然飘忽
>
> 雅气的品味足以
>
> 留住远行的脚步
>
> 然后
>
> 落座
>
> 长谈……

很有味道。

当然，有茶若有琴最好。清欢之界，琴音辅之，极雅。只是如今这琴操大多带了商业味道，难免有些应景之嫌。像桓公鸣琴之号钟、楚庄鸣琴之绕梁、司马相如之绿绮、蔡邕之焦尾，皆是名器，浑厚清越相济为寻幽，是真的雅。伯牙与钟子期，世间罕有，只为高山流水觅知音。

世人常说：小隐隐于山，大隐隐于市。如今这浮躁的时代，能遇茶琴相伴，也算是为心灵求得一方清静的闲淡隐地，总还是好的。

品茗时，有文友曰：书是固体的茶，茶是液体的书。这话说得极好！不过这有茶时光，阅读也仅仅适合一个人独处。

《浮生六记》读来亲切人微。沈复之妻芸娘是一个真正将日子过成诗的智慧女子。她与沈复虽然生活清贫，却常以雅事令人惊叹。沈复曾在《浮生六记》中描述芸娘制作荷花茶的过程："夏月荷花初开时，晚含而晓放。芸用小纱囊撮茶叶少许，置花心。明早取出，烹天泉水泡之，香韵尤绝。"确是独具匠心。

茶、琴、书，都是好东西，于秋，实为季节之美。而季节之美亦少不了虫鸣之籁音，这是琴器所不能及的。

《诗经》中"七月在野，八月在宇，九月在户，十月蟋蟀入我床下"的描述，让秋的寒凉迎面袭来。秋虫啾啾，天际青苍，数声蟋蟀的鸣唱，令十月窅深难探，清绝之气也跃然纸上。

小雪速写

这一天并未落雪，只这节气的字面上带了个"雪"字，很容易让人联想到霏霏绥绥的雪景，一个"寒"字便满了心里。

清晨微微露出的鱼肚白映在水洼里，像一层薄而亮的冰，但并非冰。霜气仍很重，像月色。想起六朝庾信的"霜随柳白，月逐坟圆"，实在是高妙，关于"坟"字，在这里非但不可怕，还有些自然的清幽写意在里面。

中午的阳光还是很媚的，适合文人负暄闲谈，虽然有些穿堂的风，想想有意趣的事，也是美好的。

楼下仍是泼地草绿，呈现出悠悠的草息。也有数丛瘦竹挺立，枝叶婆娑，颇为生动。女贞子、塔松、石楠科及黄杨类的，足以衬托冬天的生机勃勃。

落叶也厚，铺在树下，枯意十足，应景了干枯的树枝，也应景了季节之性。不过，我觉得冬之落叶乃是生之跳舞，与泥土一起，蕴藏春意盎然。

在家里断续读岛崎藤村的写生散文《千曲川速写》，笔致朴实，散淡亲切。关乎风土人情、自然草木，连人之个性也是生动入微。这种文章毫无匠气，乡间田园如画面，一幅幅泥土清新，地气浓郁。文中时有对话，极为简约，似自言自语，有土息和劳动氛围，很是让人感动。自然在时间和空间里起伏变化，人的感悟和体验非常唯美，人的思想分子在田野上无处不在。

胡竹峰的文章，似有废名之影，也是白描一派的，不过废名的孩子气里带着奇崛。似有汪曾祺的气息，不过汪曾祺的边角料里显得世俗、随意、可爱。胡先生读的书多，一个简单的日常都能让他叙述得活色生香，意兴、情味、才调，都是令人羡慕的。前几日有文友言竹峰文章似不食人间烟火。我戏说其实他品的就是白开水，冲淡为衣，很有味道；煮的又是茶汤，优雅而风致。说是在烹文疗饥，倒也不为过。

西山色暮，空气中有了阴凉，日线渐弱。看见人家阳台上晒挂的衣服，只觉得它们以空为美，装着风，颜色很像主人的情绪，衬得冬天不那么单调了。

小雪是个节气，是生活，也是文化。老百姓开始腌制各种菜品，植物归藏，动物隐匿，天冻地封。近期将有小雪落下，真个是凌冬已至。

人可用烟火聊慰，人可用书卷文章聊慰。文人、茶人、匠人等等，各有御冬之事。

唯自然为背景，节气在变幻，万物在运动。

冬月是节气

西山的落日也瘦了，淡淡的，很像一种微笑。树木寒怆起来，秃枝儿稀稀疏疏地分散着，只露了嶙嶙的骨干。空气仍是凛冽，也有峻意。在冬月，瘦无处不在。当它挂在梢头，有天幕的衬托，一些树像画上去的小写意。长坡也作了背景，坡是阴坡，雪迹未消。刚好有一条长而蜿蜒的小径从林坡穿过，这是最妙的。

小径是白的，是人把雪走成了路。路在黄昏里空荡荡的，等着有人经过。

坡下苇丛差池了水面，河水低了一寸又一寸。瘦伶伶的河水变成了声音，咕咕叽叽地响，像唱歌，又像在自言自语。总之，咕咕叽叽的声音确有金属的曼妙。

河滩白石表出，有一小块胡柳滩。水上柳林，也是静穆的颜色，俨然在画中见过一样。柳与沙亦是萧瑟，不过看起来却还美。

这样的寒天里，仍有人在水边垂钓。细而长的竿没入了水中，一动不动。真不知道垂钓的人能不能钓到鱼，倘若能的话，那一寸二寸之鱼，上了那两竿三竿，自然是好的。若钓不到的话，大概也无所谓吧，或许他们原本钓的就不是鱼，而是一种怡情罢了。

河道里寒风吹得既紧又无声。这些人也是固执得可爱，全然不知冷为何物，坐在那里凝固了一般。他们在钓一个冬天。

不久，西山又变得黑簇簇的。又过了一会儿，山的脊线渐已模糊，暮色要启程了。他们起身，收了钓竿，带着各自的心事从河滩消失了。

他们回到了城市。城市的灯影已浓郁。院墙夹成的街巷，被幽暗搅动着。巷口起了夜市的蒸腾，三五人围成一桌。一桌又一桌，热气团在他们之中，白浮浮地飘着暖和香。他们在吃一种劬劳过后的美味，或者他们在品一种温馨家庭的幸福，抑或浪漫爱情的温度、友情小聚的消磨……总之，他们是些不确定的人群。

十二月的屋子里，有人在读废名，而废名又在书中说庾信的《小园赋》。虽然只是寥寥地提了几笔，却是令人回味无穷。杜甫说"庾信文章老更成，凌云健笔意纵横"，又说"庾信平生最萧瑟，暮年诗赋动江关"。大概这个结出"穷南北之胜"文学硕果的六朝之人的才气确如高云，竟连诗圣杜老先生亦是赞誉不绝！

据说那庾信"幼而俊迈，聪敏绝伦"，老来文笔更是高超，令人叹绝。一笔《哀江南赋》不仅是中国骈文名篇，更是他的思乡情怀。

这人委实可敬可慕。

时值冬月节气，读废名的孩子气，读废名的奇崛文，也随他读庾信。真是熨帖。

只那窗外的夜色早已变成薄的刀片，在黑暗里悄然划过。

想是长风吹起，吹在了一个人的心上。那么，这个人又会是谁呢？

窗 外

　　早晨处处弥漫的云雾是忧人的。雾里断续载着阴沉而凛冽的长风，吹得窗外之物左右摇摆，没了往日的娉婷姿态，风景甚是潦草。

　　待在屋子里看窗外，窗里窗外都不可捉摸。时间的斑驳落在草木上，有些枝条萧瑟得厉害，一副光秃秃的颓废，看着也清冷。部分叶子仍旧青绿，还在抗争寒冬。零星的某些花片散落在细枝下，挂着枯白衰息，已没了盛时的冶艳。褪了花色，又缺乏水分的样子，却是像极了古绸缎的美，让人心生无限的怜意。

　　风是一直在吹的。楼下早早地站立了一位清洁工，大约清晨七点钟就来了，守着垃圾台的几只垃圾桶，生怕有人不老实，胡乱扔些废物。她穿了银灰色的工作服，戴了手套，耐心地进行垃圾分类。出门做核酸检测的人总要随手捎带些家里的垃圾，看见了她，都很自觉地将塑料袋子及纸箱子之类的放在地上，并对她点头致意。她不远不近地站着，也向来人点点头，做些肢体语言，彼此算是有了默契。这多少也是令人感动的。她那么早地就来了，静静地守着几个垃圾桶。在这种防疫的特殊背景下，她也在冷中自觉地成了一种美。

不时地有人在小区里端着喇叭催促人们下楼做核酸检测。是几个穿红马甲的社区志愿者。那声音如夜行车，断断续续地，在长风里飘荡，得用心去听才能听清楚。因为有风拽着，那声音总是有些辽远而模糊。透过玻璃层，看见他们的红马甲，心里莫名会有一股暖流涌上来，像是光芒在拱动。

一月的窗确实寒。旧年落过一场雪，霏霏的样子很让人怀念。那时南山也是寂的，但白得很可爱。即便它在黄昏的寂静里徐徐下陷着，它的山根和灞河的水性也白亮得可爱，至少屋子里的人不寂寞。即便眼里充满了寂寞，也是雪白的高耸和童幻。

冬夜实在漫长。

黑夜的浓重压得人起了焦虑情绪，所以一直盼着天亮，盼着第二日的晨息里有太阳的影子。这样便能趴着窗欣赏曦光里的霜霄。那些霜霄铺在草坪上，像冬月之雪又霏霏了。不过有暖光映着，又像浴着的春寒。鸟雀一定是会光临的，它们在霜色罗网的坪地上衔着草尖上的光，以为衔住了春天。它们总也欢悦，似乎已经嗅到地气的萌动和升腾，晨光里的轻灵身姿和叽喳歌唱传递了新年的希望。鸟鸣，是这窗外唯一的自然之声。

想起夏天的夜，短如苦竹，一觉醒来便天明。花园里鸟声密集，东天烧了红霞，中午那蝉声如细线，将那夏之烧带入幽林中。到了黄昏，山阴水曲间的光线便渐渐隐约，枝叶扶疏的树荫下的光波流动也很委婉。夕阳下，苍蝇的搓脚，微尘的浮游，都有了倦意。到了夜间，虫鸣如曲折的小径，引人入胜。那时月色与星光划过黑暗，一直静悄悄地划过黎明的山峦、田野、村庄、河流，最后沉浸于醒来的眼里，又是一天的瑰丽呵！

秋天也可爱。一日之中的晨光熹微与落日古红都很美。枯叶如旧书，霜花如白气，山峰也远，树林也稀疏，更有一条河流从身边淌过，多么惬意！

只这阴霾笼罩的灰天，疫情来势汹汹，想也可恶！

可恶也无奈，只好宅居望窗。久了，觉得时间暗淡，不如去读书。安徽文友胡竹峰又出新书《惜字亭下》。想也无用，快递也有风险，只能等年后了。胡竹峰其人有儒风，其笔实在惜字，文如墨竹，透着古气，甚喜欢。数日也读陕西穆涛的文字，先前的风气，颇有一番况味，特别是对于节气的个见，也是一家风致。偏偏我这人执拗，喜爱的文章意味不减，好文章终究是熬出来的。

光的春天也会到来。

朝花夕拾

　　昨天傍晚落了一场透雨，空气算是暂时清凉下来。蔷薇、月季、茉莉、栀子花陆续唱起了夏词，各种树木在细雨中也更加生机葳蕤了。

　　这自然是好的。空中一落雨，心中也落雨，也清凉。园子里的枇杷入了古意，黄杏也入了古意，无花果子也入了古意，青绿的木瓜海棠果子也入了古意。隔窗望着，心中便无芜杂，只是呆呆地望着落雨，望着细雨中园子里的各种果树枝头的果子。

　　楼下竹影也可爱，在斜风里婆娑着。地上书带草也可爱，在细雨里闪亮着。林子里修剪浇水的工人也可爱，三两人坐在自备小板凳上，一边避雨，一边休息。他们谈着一些街巷里的琐碎之事，然后又小声地笑。那个年长的老头，黑黢黢的脸庞，他的笑在雨和汗里绽放。那两个稍年轻他几岁的女工，声音轻轻的，零乱的发间立着几根白发，一边搓着手中的泥巴，一边说笑。

　　雨在檐角起了烟气，又在他们头上落，树叶儿在他们周围也团团地绿。雨打在树叶上，沙沙作响。雨从远处来，密密匝匝的，带着青草与花木的清香，也带着脚下泥土的腥气，一起来了。他们在林子里避雨，他们身上都是雨，头发和衣服水淋淋的。他们断断续

305

续说着话，很开心的样子。

第二日，天色放亮，雨停了。

看见有人带露折花，是上班路过的一条街巷。巷子一边的低矮墙壁已经老到透出了点微黄的颜色，墙上生了几片墨绿的斑痕。燕雀人家的门前篱落深深，既种菜，又种花。早晨摘花，色香自然更好。这是一个薄薄的早晨，凉意扑面。

折花的人是位白发苍苍的小脚老太。她家门前种着百合、芍药、月季和一丛白蟾花。白蟾花长得很茂盛，兔耳朵一样可爱的青叶，雪天一样的花朵。花朵是单生，六个薄片，高脚碟状，凑近了去嗅，很芳香。

老太慈祥地笑，慢慢地对我说："这是白蟾花，又叫山栀子，是我儿子去年从山里挖的灌木。花瓣是能食用的。"

她又说："我折一枝，是要做瓶插的。让屋里也香香。"

老太一直在笑。那时白日照着长街，照在街心。她的笑和她家的篱笆花木的影子都映在街巷上。她静静地站在门前，像一幅古旧的画。她用她的笑和花木，愉悦着一条街的寂寞。

她口中的白蟾花，我在洋峪川的山沟里常见。我知道它还叫水横枝，我很喜欢这个名字。

记得端午将至，我是要回到洋峪川的山脚下去采艾草的，可能也会折些水横枝的。这水横枝是夏日的清放之意，真的适合插在瓶里，一半是馨香，一半是风致况味。

我平素喜在书房瓶插，多是些青葱孤俏的枝叶，取一截子浸于水中，便觉一切事物在它上面交错织就，展开了一幅美好。所谓小隐隐于山，大隐隐于市，巨隐隐于心。一枝花木也是光影，贴着苍翠的呼吸，在喧嚣之中，隐生出一段安静时间来。

书房一片月。想起几日前读书时，摘抄了纪弦的一首《傍晚的家》，心中的喜爱又高了两三寸：

傍晚的家有了乌云的颜色。

风来小小的院子里。

数完了天上的归鸦，

孩子们的眼睛遂寂寞了。

晚饭时妻的琐碎的话——

几年前的旧事已如烟了。

而在青菜汤的淡味里，

我觉出了一些生之凄凉。

张爱玲说它："洁净、凄清，用色吝惜，有如墨竹。眼界小，然而没有时间性、地方性，所以是世界的、永久的。"

我说它是平淡里的朝花夕拾，透着一层薄薄的寂寞和无奈，一直横陈于那人如影随形的生活里。如今读来，竟是为诗，为意，为画，为景，为光阴，为如烟旧事。

从前都已生了古意。

第三部分　物　尽

雨之况味

　　落在伞上的雨像一种语言，滴答着时间，稠密而细碎。路灯晕晕地亮着，橘黄的光，透着可爱和温暖。它们在雨中沉默着，一动不动，静立于广场的一些角落。天空是灰蓝的，被晕黄的灯光托举着，朦朦胧胧的，像张浸了水的纸张。纸张上画了树丛，枝头有黑墨一般的叶子，疏密有致，暗影绰绰。

　　青石板的道路，似着了釉光一般，被雨气和灯光氤氲着，透着一种静谧和安详。每一柱水中倒映的灯光，都像一种梦境。那悬置在梦境中的昏暗的灯光里，能看得见雨丝落地的轻盈。借着细密的雨幕，也能听得见草叶被流水拂过时发出的繁响……

　　没有风，或者风很小，小到可以让人完全忽略它。但它又确实存在着，只是和雨气与雾气混合在一起，难以辨识。

　　倘若一个人愿意这样静静地站在雨中，感觉这样一个黄昏美得像一个秘密，她的心思一定也如这雨儿一样缠绵缱绻；她自己也相信那橘黄的静在雨中的灯光里，一定有她曾经经历过的一些浪漫。

　　她已过了应该浪漫的年龄，她只能也愿意在雨境中去想象那些浪漫并且热切地感受它们。

　　毫无理由。

可能她仍旧是个多愁善感的人儿吧，喜欢像个孩子一样去造梦，跟一些自然景象去和解。雨境、语境和心境，包含了草木物语、细节弥散的变化场景，她自觉地檀心自晕而放养黄昏了。

这种感觉既微茫又单薄，却真是一个人的清欢况味。

广场上偶有几个环卫工人的身影在晃动，他们每天都在为城市的美做功课，她曾把他们写进自己的诗歌里，她曾倾注了极其饱满而丰富的感情歌唱过这些勤劳的人们。此时，她看见他们晃的影子，看见他们消失在浓荫压地的日暮时的花木间，感觉竟如此亲切！

她努力向他们消失的地方望去，那在黄昏里如浓墨一般凭空堆积的枝叶，渐渐被一团一坨的雾气和雨气所笼罩。她再将视野往更远的地方延伸，白鹿原塬塄已模糊一片，只一点暗的轮廓隐隐呈现出来……

一个人仰望天空或者遥望远处、注视身边的眼睛里，一会儿蓝得深邃，一会儿亮得耀眼。无论如何，这片细密飘向城市上空的雨雾，这片弱弱地映衬着一个黄昏的橘黄色的灯光，全被她的眼睛赞美了。

这美像片刻的寂然，像肌肤在衣服里弹出的松脆声响，像风从雨中穿堂而过的声息，像草坪间某个泥洞里秋虫惆怅的哀鸣声，像树木在悄然生长的声音，像叶片里轻柔细微的蚕食，像雨珠打在树梢上的颤，像落入池塘的惊，像人间的无词歌，或者更像从大地深处发出的无以言状的奇异的涌动声……巧妙铺排，一切都很微妙而奇妙了。

当然，也不能忽略一个人极其敏感的鼻观。

　　空气中有那么一种气息，似乎是银杏叶子淡淡的香，或是角檐下被雨水打湿的蛛网的气味，抑或是脚下青草的清香、地上落叶枯的腐气与体内还存留的润的香气、土壤里软泥的松香，又或者是薄的雨雾里的某些味道。总之，这样一个有雨的黄昏，实在美好。

　　雨中的山影在错落，草木在错落，花朵在错落，虫吟和鸟鸣也在错落。雨像一囊诗，冷冷的，黏稠又清疏，带着甜意和腥气。

　　周围有无限生命的呼吸，有边界不清晰的各种暗、各种黑，飘忽的、凌乱的、蓬松的、肃穆的、凝重的、快乐的、恬淡的、轻灵的……雨线中的光和影，笼罩着一个世界的清寂和幽深。所有事物质然而幻然地运动着、安静着，像一幅自然的穆穆之画，在雨中缓缓移动，逐一展开……

　　世界上所有的安静都在这里了。

　　一个撑着雨伞在雨中静然凝然的人儿这样默默地思想着：世界上所有的安静都在这里了，世界上最丰富的安静都在这里了。

街 灯

属于黄昏的那部分十分浓稠。

西天上了晚霞，映着城市的屋顶檐角，一些挂在树梢，一些落入街巷。暮色影影绰绰，街灯渐次亮起来。

白昼的跃动刚刚平息，夜色里的市声已经开始现身。空气中交织着各种熟食的浓郁味道。人影车辆穿梭在无尽的昏色之中。当人们蹚过那些昏色的余晖时，天光真的已经暗了下来。接着，他们属于更暗的黄昏，灯光开始在人们脸上闪现、映照，影子随着脚步开始晃动，缓慢挪移在长街短巷。

城市终于投下暗影，黑夜的轮廓影影绰绰地勾出。

灯光冶艳。商业圈、步行街、娱乐场、公园、广场逐渐陷于迷离、陷于暧昧、陷于浪漫、陷于繁华和喧闹。区别于白天，另一种街景的气息很快弥漫了角角落落。夜声灯影，光线勾勒出来的美好，坐实写虚，极尽风致。

现代建筑在光影里富有旋律地跳动着，灯光烘托了城市既抽象又理性的高耸线条，流丽之极。

建筑充斥着诚实，黑夜又在灯影中幻生出无限的陆离。诚实的建筑物里收容了熟人场和陌生圈。各种场圈里藏着微妙莫测的人心、日常纷繁的世相。当工作之余的另一部分渐渐融入夜景，一切又好像忽然变得很轻松、很随意、很简简单单的样子。

这是夜的好，这是街灯的好。

尘世带着杂沓的脚步声，悄然跌落暗地，穿过密集之网，遁入朦胧之境。人们借了夜衣的掩护，迅速逃离白日的职场较量、股情角逐、生意竞争、名利得失、业界脸色、谋生酸楚、生活琐碎、晨昏操劳以及人生装台中所产生的种种压抑、紧张、阴郁和不安……

夜色开始无邪。

天际隐隐洇了墨团，有了水意。被灯光切割分离过的夜幕，犹如一张大到没有边界的画布。

树影泊在黑中，房屋也泊在黑中。树影和房屋幢幢在灯光里。光里泊着静，泊着密度，也泊着明灭变幻的场景。

有些场景仍然适合旧时心境，有着文艺的况味，继续启悟着一座城市的美学和内质。

一条幽徊的街巷，灯光不算明亮。灯下安静地走过两三人，街上世俗地流淌过几首老掉牙的歌。檐牙不一的低矮店铺里，透着晕黄的光，从线脚到门框，缓慢延伸着时间的颓废与沧桑。

古玩店里透着某种神秘。书屋里的光线是恬静柔和的。煮咖啡的房子里的音乐很轻妙幽微。鲜花店有草木之香。茶馆里安放着悠闲。有吉他弹奏娓娓从另一侧的店面里持续传出来，艺术味十足。

脚下青石路面泛着笃定的麻亮，向前走一段，又变得幽暗起来；再向前走一段，忽又白了。反反复复，走走停停，犹如穿越一段旧时光，重现一些"从前慢"。

街灯总是晕晕地明、晃动地暗。时间细密如帘，黑夜安静如太古。仰望星空，星空那么杳远。身体随心灵一起宽坐小叙，缓缓穿行，街巷沉溺其中，灯光沉溺其中，像一些故事，悄悄坠落人间，还有街灯下的四方食事的烟火味道。那么美。

城市的时间在光与影中交搭缠绕，走走停停、停停走走，至夜深。

夜深的街上，人未散尽。

许多店铺已经黑沉沉地上了锁，只留些挂着的路灯。那挂着的路灯上有深口的罩子。深口的灯罩里照出一些雪白，映着两旁细而高的白树，现出明而晕的枝叶，顿生一片沉寂，仿佛天刚亮。

又一个早晨

后沟在早上醒来，全是光。

光里有冷。空气里寒的气息、沟坳处弥的薄雾、草木上挂的露水、苔藓里聚的潮湿、沟底一条小溪闪过的凉以及整条沟的寂静，都是。

树木瘦了下来，枝身渐露筋骨，树叶落了一层。

小路七拐八拐，在沟坡迂回穿行，路上少有人迹，显出野性。小路是被野缠住了，鬼针刺和枣枝笼罩了两旁；标直漂亮的杨树林的落叶飘下来覆盖了路面，光里的冷变作了湿打在枯叶上；烟雨一样垂下来的干柳树枝，被银丝般的蛛丝绕住了。

一座石桥，横在沟间，满身的旧光阴，被荒斑覆了面，全是沧桑。桥身敦实，拱了些乡野的光气，沉静持重。

物禀元气，时间慢慢变老，树木慢慢稀疏，花叶慢慢凋零，自然有了颓废之意。而敏感的人总能从颓废中捕捉到许多的美，比如寂静。

沟里忽然传来几声鸟鸣，又打破了这寂静，沟里更生了空荡。

许是几只喜鹊，或者一些灰雀，藏在林间，扑扇着翅膀在枝头跳跃，看不见影子，只听得声音，很清脆，很空灵，里面衔着光，从一棵树上传递到另一棵树上，只那么一小会儿，然后又消失了。

太阳未出、雾气未散的时候，脚底全是湿漉漉的滑。这滑落在落叶上，发出沙沙的轻响；落在草丛中，软绵绵的；落在石头上，也不那么磕绊；落在泥土里，亲切、有清香……人走过的地方，都会留下滑的痕迹。

如果在一处水洼边停留，弯下腰来去注视那汪水：清浅，幽淡，就能看见碎的沙粒，就能摸到光的小石。那汪水透着光亮，像一颗简单的心，能映照天空的光影，能映照草木的光影，也能映照乡野沟壑的光影。

这是初冬的一个早晨，除了光，还有影，还有薄薄的冷和一种静气。

人在沟中兜兜转转，走走停停，没有目的，没有目标，只是兜兜转转，走走停停。

偶尔抬头去望两边坡地上的麦苗，细细的，嫩油油的，带着鲜和亮的绿，顶着明眸一样晶莹剔透的露珠，从泥土里齐刷刷地冒出来，实在美好！

太阳也是美好的，被它照见的薄雾，开始渐渐隐散，远远望着，像轻的烟气，像坳间忽然有了人家，忽能嗅出烟火的味道。

寒气减退，伫立在沟台上的几棵柿子树，骨身嶙峋，枝干如铁，背着逆光，将一副老气横秋的模样，变作了苍古之意，连皴裂的树皮也变成美，连黢黑的树瘤也变成美，连枝头的被鸟雀啄空的红浆果也变成美……

开始暖起来。各种暖连成线，织成网，铺成片，在后沟里酝酿、发酵、氤氲……

脚印和草木连在一起，水迹和天空连在一起，绿和枯连在一起，光和影连在一起。

这沟野的暖、沟野的空、沟野的静、沟野的拙朴和简单，都很美。

雾气就那么悄然地隐散了，露珠就那么悄然地消失了，鸟语影迹就那么悄然地浓密了，后沟就那么悄然地亮堂了……看见树叶儿携着光色纷纷飘落，看见鸟儿衔着快乐欢舞雀跃，看见沟坡披着霞衣端然而卧，看见溪水闪着粼波缓缓流过……光开始有了根有了形，暖开始有了色有了声，人在光与暖中，也成了景，在那一瞬间，被自己的眼睛和心灵感染了，入了画境。

这是又一个早晨的后沟，光色依旧。后沟不大，在洋峪川。

晚秋的勾勒

跑到晚秋，早上起来往往寒丝丝的，干冷。

远处望着有些茫远。抬头看天空，天蓝得像个秘密，可爱而纯粹，有淡意和静气；北望，雁阵已渐行渐远。

田畈始呈萧散之象，山坡涂上了果酱色。树木的枝头在慢慢消瘦、慢慢潦草，骨感、衰气与枯意悄然显露。树叶由绿变黄，由黄变红，又由红变黑，树与树相互的间隙也日渐清晰、拉远，一种空，就这么趁势而来了。

近郊的楼宇比夏日里忽然高出许多，楼层显得单薄了。没有浓荫的森郁遮掩，光线一下子豁朗起来，感觉每扇窗都是明亮的和温暖的。楼与自己的影子那么真实地贴在某些空里，阳光把一个从院墙内走出来的人儿完全包裹了……

园子里的花基本上都萎了。花盘成了锈色，远远望去，有些焦糖的模样；走近了去细看，这锈里仍有韵味，像贵气妇人的衣物，风干了仍为艺术品。

草丛大都还是绿的，层次感较强。叫不上名儿的各种用来布景的甬道矮植物，叶片像是挂在上面的，土黄色，或是变黑，干枯了就落一地。有些只剩些绛深的或褐色的细枝干，直直地晃在那儿。

　　有一种草，却是带着烟色的蓝，在太阳光下生出雾的美好。很孤单，隐在一处小的角落，笃定如幽客，令人难忘。

　　这样比较分明的节气里，有人更喜欢爬山摄影，山里有斑驳陆离之美，也仍探得苍幽之境，相对情趣横生，寄寓山水。

　　喜欢水域的人，少不了会去灞河边转悠一番。河水自是清冽些，河滩往往被水流分隔冲刷，形成一些大小不一的块状湿地，要么柳树兀自摇曳，要么芦苇葳蕤丛生。现在这个月份，柳林还好，有几分绿意依旧在风中飘着。而芦苇就大不相同了，苇叶枯靡，像扣了寒气一般零乱。唯有飘摇的苇羽能让人眼前一亮，它的白是世上独一无二的感觉学，很容易使人跌入一种迷乱，秋天的窅深和苍远就在那片无以言状的白里了。

　　在河边漫步的人们，走走停停，有所感、有所思，关于秋天的哲学，一时恐怕也是说不清的。只是一味地往前走，途中看见从苇丛里忽地现出一组曲折的栈桥，横木搭架，一排走过二三人，不甚宽敞，但也绝不逼仄狭窄。桥上之人看水域，偶有黑野鸭在河中游弋，远远地避着人，只荡些轻浅的涟漪，微微波动……

　　于是岸上的人儿看曲桥，曲桥上的人儿看水色，人们各自成了别人的风景。风景在动静中交织绰约，换尽了烟波浩渺。

　　乡村沟壑之美犹如静案画作。村庄慢慢抬高了自己，树木稀疏静立，旷野之地，山间景色萧瑟空落，眼界宏阔有峻意。乡村沟壑里一条狭长的水泽之地，眉宇间较之多了秀气，比如白鹿原上的荆峪沟，只是一个自然桥段，都美得令人窒息！

　　沟里有池塘，不大，荷叶颓废，枯茎瘦擎，那种遗世独立的傲然决然，是从泥土里生长出来的光，是秋的好，完美地诠释了大自然的侘寂学。

沿一条小路径直入了小树林，全是笔直的钻天杨，挺拔廓清，不枝不蔓。树身是一溜儿的银灰色，上面参差地生些黑的斑裂，气息沉静，疏淡俏立。枝头稀稀拉拉地摇着绚烂的黄叶，脚下也落了厚厚的一层。小树林的光阴在四围拖得很长很长，一直拖到落叶斑驳的金色里，最后拖到附近那毛茸茸的草丛里。

靠近水域的地方，地气隐隐，酱状附着物紧贴在树的周围，不知为何种植物。也许是些蕨类，其间覆着阴湿的绿苔，踩上去，软软的，像一些柔的情绪放在心上，恬淡安然。此时，人在林间静立，也像入了一种画境。抬头望塬塄上几棵挂满红浆果的柿子树和沟坡地上大片绿的麦苗尖，耳际边隐隐传来沟底小溪淙淙的流水声，人和大地在那个时刻被缓慢打开，然后又悄然植入了幽静之地……

渐渐捕捉不到蛐蛐的嘶叫。霜降过后，蛰虫咸伏，秋鸣终于息了，一切都安静下来。着了霜气的花叶草木，似乎更有了凝重之美。

秋天真是诚实的在场主义者，亦是想象丰富的经验主义者。目之所及，是色与光影的好。剖之物象本质，却是自然生命运动的气息向人们传递并揭示的某种精神隐喻。

细细思量：人的心境与秋的况味相互通晓，也就不言而喻了。

叶　枯

冷在鼻尖凝成霜气，呼吸间，浮游成一层薄薄的白雾。四季起承转合，合拢为冬。

冬的萧散落在旷野中，旷野的空荒落在草木上。草衰、叶枯，山寂、水寒，这个变化的过程体现了时间的本质。

乡间的沟坡、野径、河滩、村头，从不缺少树木的掩映，枯荏新枝、老皮嫩叶，都自然，很随性。

风扫过枝头，叶子就渐渐枯了。

树下凋落了厚厚的一层：猩红、暗红、锈色；金黄、橘黄、褐色；黄绿、褐绿、黑色……终是落了，枯了。人踩在上面，沙沙作响，像是一种暗伤，亦像一种欢歌；像是一种隐语，亦像一种宣扬，它们要与大地真正亲密了。

兔眼睛一样的槐树叶，牛舌头一样的柿树叶，猪耳朵一样的梧桐叶，鱼尾巴一样的柳树叶，圆心一样的杨树叶，或贴，或弓，或蜷，或卧，或立，或坐，俯仰侧斜，带着乡野的气息，很美。

阳光打在上面，衰衰的，很慵懒，很零乱，很温馨，很散淡，一点儿也不刺眼；有时亦很灿烂、很风致、很清贵的样子，这种感觉非常奇妙。

叶面上布着各种纹路，网状交错，粗的、细的、长的、短的；呈现不同形图，椭圆、长条、菱角、扇形、桃心、鸡爪……像有人将某些好的情绪拓在光阴的叶案上，极具趣味。

寒气浸入其中，湿滑、冰冷，与泥土粘连在一起，松软、蔫蔫的，散了腐气，生了斑点，透着薄凉、岑寂，是颓废之美。

枯，像一种荒凉的笑，被节气生生地钤了印记。枯叶则是被人遗忘的书签，虽然萎靡，仍不失一种优美，它的静穆之气，亦含了朴拙之趣。

枯叶铺于林间，因风而动，令山野有了声息：沙沙、沙沙、沙沙，伴以嘤嘤鸟雀之声，山野不寂了。枯叶躺在水洼里，渐渐枯成灰烬的颜色。枯叶浮于小溪上，似远道而来，临水照影，兀自矜持，走走停停、停停走走，像旅行一样有故事，像故事一样有深情。随着明波婉转，曲折隐忽，细细去看，颇有诗意。

可以这样理解：植物的叶子在冬天，只是换了一种姿态站立或者行走。叶，是一个自然的命题，属于大地的一部分；落，是一种生命的走向，属于时间的一部分；而枯，既是表象，也是内涵，既是结束，也为开始。枯里有悯怀，有悲欣，有繁盛，有沧桑；很有质感，亦很自然。所以说枯叶是季节的物语，这样是很妥帖的。一场霜气，一道泥痕，一摊水迹，一阵风声，一抹残阳，一轮晕月，皆可在枯叶中寻找呼吸，皆可纤毫毕现、沧海横流。

大美不言，这是枯的好；顺其自然，这是叶的笃定和坦然。

冬天深了一层，又深了一层，时间的淡最终停留在了枯叶上。

这枯，便是带了地气，带了老境，也带了幽意。到最后，色泽全淡了，脉络全清晰了，落叶便也活得通透、有筋骨了。

于是，出世，入世；起承转合，大地周而复始，生生不息。

冬天的树

　　人间曾经遗落过一些美。比如树叶，叶子变黄，枯萎了，树木也正好被光阴经过了。冬日草木枯萎的景致，不亚于秋色。野纷之叶悄然散落，寂静如影的曼妙，令人多生哀婉之意。

　　时间，就像几片叶子，风一吹，就寂了。天色阴郁，霜露如切如磋，如影随形。

　　冷，开始凝在鼻尖上，填满了鼻洼，又很快围住了身体，变成白气，从自己的口鼻里呼出、吸入，再呼出、再吸入，洇成寒而茫的冬。

　　树也在呼吸。树的周围是田野，比田野更广阔的是大地。大地在冬天，比任何时候都令人感到况味十足，这真是一种很宏大的空旷。

　　四野一寂。南山悄然进入了空旷，坡岭悄然进入了空旷，沟壑也悄然进入了空旷。继而进入的，还有树木、河流、村庄和人。

　　人一旦入了这种空旷，身体里便会住进一种恍惚，人看见了一片树林，它的领地写满了苍茫。人会思考：没有绿色的亢奋，树拿什么来安慰田野和大地呢？

　　这似乎是一个关于冬天的重大命题。

一场风令树木枝干如铁、骨身清瘦。它们怀抱了各自的时间，在冬天里静立着、等待着，它们是有情绪的。

早晨，雾从山那边弥漫过来，树林被雾气氤氲了。那些纵横交错的树枝，成了潮洇的水墨画，它们端然挺立的躯干，如人身打坐，怡似古风，在雾中生了些神秘，也是意趣。

午后，太阳被山脊架着跑，光虚虚地飘在山脊上，照着树木，寂寞而温暖。落光了叶子的树梢，枝杈横斜，泛着瓷的冷峻和绸的柔软。这全因了蓝的天空作了底色，人们才能仰起头来观赏到这种美。

黄昏的几株老树如旧友，笃定且安详。夕阳把微笑挂在了树梢上，只剩下光着枝干的树的影子，既单薄又深情。它们还是动用了冬天的语言，让时光缓慢地经过身体，将影儿般的美好，落在了人们的头上和肩上，变作了光芒。

只有月亮在冬天里最清瘦。一弦瘦月映在夜色里，一棵树便生动地描在月光中。冷枝清离，枝头挂着寂寞，写了朦胧，像境中有个明月的诗坊，如镜如雪如烟，一半的明亮打在了树影上，一半的树影落在了大地上……

冬天有时会落雨，不大。天空灰蒙蒙的，虽然雨雾让人觉得很迷茫，但空气嗅起来却是湿润润的。有些树木的叶子在这个时候仍是绿的，比如园子里的女贞、石楠、枇杷、棕榈和塔松们，雨脚打在它们的叶子上，带着迷蒙的雾气，声音很细密，听着有帛绸之美。叶子在雨中也会泛着光，有些上面还会掬一小撮雨水，像窝了一点冬天的小心事。园中那些落光了叶子的树木似乎更可爱，细细的枝干上挂满了长长的雨珠，亮晶晶的，会让人怀疑那是许多只昆虫的眼睛，它们仍在草木间活动着。

似乎每个季节的美好，总离不开树木的叙述，冬天好像也不例外。

坐在屋里和友人喝茶，偶尔望窗外：南山苍茫窅远，覆了厚厚的白雪，只露峰脊树影几痕，寂寂的，极有味道。

白鹿原坡的肋坳间，现出一片槐树林的萧散之影。隐在雪中的村庄周围，也布满了枝干嶙峋的柿子树，所有的树木都是瘦身钤印，在雪天水墨晕染，画面美得令人窒息。

原下的灞河滩上，标直漂亮的杨树林，周身一律的银白色，齐刷刷地肃穆而立。大风吹来，它们枝身不动，沉静而斑驳，像是携着时间进入了纵深地带，睡着了一般，梦境很香……

荒芜之野，岑寂之地，草木勾勒，云雪烘染。屋内，人语茶谚，水色渐淡，好似窗外静山疏林，一片幽远。

友曰：冬天喝茶，茶中见山，山中有禅，禅隐入林。

众人赞之。

茶汤的背影

水与叶相遇，在杯碗中生了文化。千年茶汤，泛着神秘的光芒，在人与草木之间，钩影沉浮。

香，藏在浓膏之中，被轻轻擂开、击拂，影成乳雾，咬盏而行，飘入唇齿，掠过舌尖，滑到喉间，最后进入了深广虚静之境。

由一碗茶汤晕开的疏星淡月，在春秋叙述中，经历过赤红、黄白、灰白、青白、纯白的演绎过程，以宋时点茶斗茶为趣，将茶文化推向了高潮。

茶汤贵白，以纯白为佳，荡浮时，美如琼花；茶沫则云脚不散，以咬盏为佳。不得不说宋人雅致，茶汤风流。

点茶，除了斗汤色、水痕之外，斗味斗香在宋朝也是一种时尚。范仲淹曾在《斗茶趣》中说："斗茶味兮轻醍醐，斗茶香兮薄兰芷。"可见，那时的人们已将意趣植入茶道，羽化入境了。

唐时喝茶，主要是煮，对于茶汤的要求虽不及宋代苛刻，但也是极其讲究的。比如茶汤的色相、明度和彩度，往往取决于茶叶、茶水、火候、茶具和布茶者的技艺，品茶的过程更注重一种生活的仪式感。据传茶圣陆羽在喝茶时有"五巡七碗"的考究，不知真假。

唐代诗人喻凫"煮雪问茶味，当风看雁行"的高绝，宋代词人辛弃疾"细写茶经煮香雪"的清幽，元代诗人谢宗可"夜扫寒英煮绿尘"的有趣，明代诗人高谦"茶以雪烹，味更清冽"的风雅……都是些"烹雪煮茶"的雅事。

关于喝茶，明徐渭在《徐文长秘集》中阐述了最理想的饮茶之境："精舍，云林，竹灶，幽人雅士，寒宵兀坐。"而民国周作人《喝茶》一文中也有美妙的描述："喝茶当于瓦屋纸窗之下，清泉绿茶，用素雅的陶瓷茶具，同二三人共饮，得半日之闲，可抵十年的尘梦。"

如今社会浮躁，现在人品的则是当下的真味。

所谓真味，图的无非就是慢得下来，静得下来，淡得下来。

小隐隐于山，大隐隐于市。一隅斗室，无所谓茶叶的贵贱，无所谓茶艺的好坏，也无所谓茶相的美丑，只求一份冲淡娴静的好心境。

一杯茶，一个人，阳光正好，时间就在茶气中缓慢行走。汤色红明、绿艳或者姜黄、虚白，人都在草木之间，贴近自然，忠于自己。

首先得在茶汤里慢下来。

这慢时光里有清香，香在汤中腾挪，如女子的微笑偷偷住进花骨朵里；慢时光里有景色，色在汤中洇染，如人缓步行走在山阴道上；慢时光里有暖光，光在汤中晃动，如夕阳在河滩上轻轻摇曳；慢时光里有润气，气在汤中弥漫，如甘露渐渐沁人心肺……

慢的感觉真好！

静，顺势而来了，在杯中泊成湖水，慢慢沿着时间的边界，折成弧线，停留在唇齿之间。人闭了眼，可以什么都不说什么都不想，只管喝茶，只管兀自沉醉。

世界上所有的喧嚣都在片刻之间隐遁了。

早晨的草丛睡得正香，微光照在露珠上，静落在书本中，一杯琥珀色的茶汤，正在静静阅读一个冬天阳台上的美好……

黄昏顺着鸟鸣下降，鸟鸣在暮色中渐渐滚落，静和灯影映在夜的汤色里，像一个读书人的心境：温暖而幽远。

远是一种淡了。

淡里养着一尾月色，如白的茶汤：疏林远山，淡水浅草。人远离了世俗争端，走出名利的樊篱，便在静中"冯虚御风，遗世独立"了。

人间有味是清欢，遥想千年前那碗最美的茶汤里，盛放的，亦只是一种简单的心境罢了。

目遇之成色。茶浓茶淡，茶中见山。茶汤的背影里蕴藏了太多禅意和美学。

而我们，只能将生命的质感和一片青瓷的世界饮了去。

草丛的时光

光，像时间一样打开，在清晨的草地上拉长了影子。

一片绿坪，泛着冬的光影，是三叶草和书带草在园子里衍生的风景。某一天的拂晓时分，我路过这片草地，隐约看见亮的露珠挂在叶茸上。分开草丛去探看，指尖儿湿漉漉的，原来，它们和晨光一样刚刚睡醒。

只是几颗不起眼的露珠儿，藏在绿的叶片上，像昆虫的眼睛，很隐秘，也很有趣。

四周开始有些薄雾，隐隐的几笔，晨光一现，不一会儿就挥去了。霜气一直显得很浓重的样子，生了密不透风的冷寒，罩住了园子的树木和草地。

映入眼帘的，先是茂密的三叶草。叶子是碧绿的亮，纤细的草茎上分生出三枚倒心形的叶片，像未裁剪开的裙袂，每片叶子的上面晕着一圈白的细纹，既温暖又动人。这种感觉很奇妙，像是有人用光悄悄跟踪了一个早晨。这光又如此的快乐，在我分开草丛的一刹那，我听见了自己的心跳——一种热爱，忽然间就凭空降落了……

草丛如此空灵，所有的季节都在纷纷后退。时间放大了生命的细节，冬天真是感性十足：云影好像就在那里，一动不动；清溪好像就在那里，缓慢潺湲；鸟鸣好像就在林中，细语传情……有条小路，曲曲折折，从树林里探出，可供人们悠然地散步。

想象永远存在着诸多主观色彩，而小路却并非虚幻。

每天路过的人们，在一片草地面前，脚步一定要轻，否则就会打碎一个有趣的早晨，并且惊扰一片草地的美好时光。

真的，在浓霜密布的三叶草上，好像有一丝冷的风影轻轻掠过。草丛慌乱地抖了那么一下，又很快地恢复了平静。那个时候，谁都相信：草丛一直都在竭尽所能地闪烁着迷人的光芒，像一种绿的欢喜，丛生着许多张可爱的脸孔，表情极其梦幻而神秘！

也好像不是风，那些藏在草丛里的战栗，也许真的是一些虫动。它们在爬行的时候不小心弄痒了长的细茎和绿的叶片，草丛就那么微微地动了一下，一个热爱生活的人儿就从一片草地中抽身而出，他从他的身体里直起芽来，新的一天又开始了。

当然，不光是碧绿婀娜的三叶草，还有墨绿文静的书带草，它们仍然属于这个冬天。

冬天适合岑寂，像书带草的绿，沉默寡言，仿佛深居简出的女子，清绝而高贵。

那种萧散之美，有藏的味道，有隐的意趣，有光阴的静好，有岁月的清幽之气，宛若雨后春笋，好似空谷幽兰，一副秀丽端庄的模样。

书带草在寒冬里的这般娟美容颜，实在是让人看着亲切而舒服！

地表凝霜，它们的根须总归还是伸到了土层的深部，生命的潮汐显然从未停止，从长而细的叶子上呈现出来，一直通向了人类的审美学。

这还远远不够。

散落的草丛里，有秋天残留的枯叶，它们是自然界最为生动优美的语言，有着无与伦比的生命质感和丰富性。

它们只管在叙述。它们曾经将许多美丽的故事撒向草丛，像轻薄微茫的东西在跌落：或霞光，或月色，或雾气，或雨丝，或霜华，或雪片，或莺啼，或虫啾……总之，很曼妙！

蜗牛总是很安静地躲在落叶的下面，它们在自己的壳里过着自己的生活，外面的世界大概和它们没有多少关系。偶尔，它们也会将多半个身子探出壳外，它们会从枯叶层的缝隙间向外张望。当它们看见了绿的草地和草地上的光芒，它们便决意把家搬到草丛的根部或者悬挂在草丛的叶子上……

它们自然喜欢碧绿的三叶草和墨绿的书带草，不仅因为绿的颜色好看，连草儿的名字也是这般的富有诗意呵！

蜗牛只负责静静地看，静静地听，看质地丰盈饱满的草丛里的好时光，听无数扎进黑土里的草根深情生长的声音。那时光很悠长，很窅远，像小巷深弄，像古道禅音，简直妙不可言！而那声音却很细微、很轻柔，像吞食，像花裂，像水嬉，像雪飘，像风眠，像人语……它们自带了温度，连同自己的名字一样生动形象，令人倍感熨帖。

一个合适的名字落在一片合适的草地上，这个名字将同这片草地一起生长，这是大自然的山阔水长。

冬天的园子很美，树林很美，小径很美，草丛也很美。

花儿透着枯意，依旧带了嫣然状；树木稀疏，依旧生了风骨；小径虽然寂寞，依旧写满故事；那片长满三叶草和书带草的草地上，绿色一点点晕开，它们与清风齐眉，最后顺着人们的脚跟，落进了泥土中。

世间有一种时光叫作草丛的时光，它固执地绿着，在一个寒冷的冬天，兀自生长并快乐着。而我，赋予一片草地的热爱，才刚刚开始……

小路的闲情

湿答答的，有些滑，隐在一片小树林里，被薄的雾气氤氲着，十分幽静。这是公园附近的一条曲窄小路，通向田野，在冬天的早晨，刚刚醒来……

路面显然还泛着光亮，像是昨天才落了些小雨，飘了些雪花，水汽还在。

这光亮使人感到心悦，透过它，似乎能隐约映出银灰色的、苍凉而深远的天空和两旁稀稀疏疏的树枝，还有薄的雾气。

雾气令林中小路生了趣味。望不到尽头，路被树林遮掩着，被晨雾轻托着。雾像微烟，像薄纱，像飘落在小路上的些许心思，贞静又寂寞，敏感又羞涩。漫步的人走一走，停一停，雾也跟着走一走，停一停。人走近了，雾又不见了，回头瞅瞅身后，再扭头望望前方，它又出现了……

人就这样一直沿着小路，一段一段地往前走，雾就这样将自己的心思，一段一段地朝小路上飘落……人和雾都在静而长的小路上走走停停，停停走走，也不觉得冬天的萧条和空旷有什么不好，只感觉一个人走着、走着，时间就慢了下来，小路就慢了下来，人也跟着慢了下来。

这是一个早晨的小路的美好。

一片枯的落叶，挂着暗黄或者黑锈，静静垂伏于地，在小路的旁边和路面上睡着了，像是被从前某位路过的诗人遗落的一场梦，既颓废又楚楚动人。雾的天，路径有了水墨一般的气质，洇出一丝淡淡的惆怅和清寒，像极了清婉简约的宋画。周围树木的枝干上还挂着明亮的雨珠子，或者迷蒙的朝雾水。风从小树林的枝间悄然掠过，落在了湿而滑的青灰路面上，吹醒了正在沉睡中的枯叶。于是，小路上有了沙沙的风声，风停在了落叶上，落叶使它片刻有了形体和颜色，它在冬天清冷的本质里，觅得了些并不枯乏的真趣。

凝霜的早晨，小路又是另一番的美好。

蛰虫休眠，枯草大都缩了瘦身，臣服大地。那时，霜结银花，地接寒气。

那时，鸟雀在林中鸣叫，扑扇着一对小翅膀，从一棵树上飞到另一棵树上，觉得无趣了，便来到小路上。灰色的绒毛，娇小的身躯，嫩黄的爪子，如豆的眼睛，一动不动地盯着砖缝，听见响动，慌忙而敏捷地飞起，倏忽不见了踪影……

像是重复造访。昨日留在小路上的爪痕，被霜华悄然网冻成美丽的图案，变作了大地的物语。究竟是些什么图案呢？竹柏光影，还是黛山明月，抑或是铁枝横斜时被人随意拓在路上的蚕头雁尾？恐怕只有鸟雀自己知道了。总之，那些美丽的图案，永远变作了一种秘密，每天任由风细细地阅读，任由人寂寂地走过。

小路真是况味十足了。

覆在路边一株卷耳上的白霜，被晨光柔柔地照着，沉静、熨帖。待地气上升，只消半个时辰，霜华便羽化成水，隐入泥土中。犹如一曲宋词的小令，初时只作一茎勾勒，映着冷绿，在林间小道兀自吟唱，太阳一出来，就藏了去！

径有霜华，余兴未央。

冬月的旷野仍有宽阔和辽远的心境。比如蓝而净的天空，阳光暗软，清冽从天空一直铺到树梢，又从树梢跌落地面，浸到路侧一片枯的茅草丛中。枯丛中竟擎着一朵可爱的野蕈，颜色白莹像雪天，篷盖如伞，被霜色包裹着，一副遗世独立的样子，仿佛隐世的仙子，淡泊无争。

真好。

某一日，阳光充沛，不禁心喜如莲。又去林中散步，不经意间，看见铺排的青砖上，生了大片的绿苔。它们像一种潜动的暗语，在冷的蕴结中透着冬的闲情与幽意。

暗自思忖着：这便是生命的个体状态，也是绿的起身了。

随之停下脚步在路边细细地寻着绿，发现一侧空地上的一窝婆婆纳，十分的碧绿诱人。不觉蹲下身认真端详它们的模样：生机盎然，明亮快乐，在褐色的寒土里，铺展着它们丝绸般的绿纤维……

如此，它们这般卑微而刚毅地在时间的缝隙里生长着，与树木做伴，与小路为邻，伺候着冬天的漫长光景，恰似一幅春的画卷，潜藏大地。

那刻，风吹过树梢，树的枝头轻轻颤动了几下，向远处去了。

伫立林中，我不知道小路的尽头是什么。也许是池塘，也许是村落，也许是公路，也许是河滩，也许是沟壑，或者，仍是一片小树林，我从未去细究过。

　　当然，这些都不重要，重要的是：小路的闲情里有着生活最细腻的美好时光，出了小树林，它的美好便是田畈和远方了。

桥　段

一天之中，从早上六七点钟开始，微量的凉意藏在了风中。天空是灰蒙的一片，灰蒙的一片里划过几道细痕的电线，像一小块黑灰格子的淡色布料横在那里。看不见远山，只有隐约的塬坡的轮廓逶迤着，一直拖至水边。放眼望去，河滩湿地上都是蓬勃葳蕤的芦苇丛，一片一片，又一片。碧草的绿仿佛洇在水中一般，将河面映成湖绿色。更远的地方，生了倒影，是蓝绿的那种。没有倒影的一片，笼在雾气里，未曾睡醒似的，薄薄地浮着一层犹如冰霜的蒙白色，静谧得很。

苇荡里有些热闹。白鹭飞得也不高，在浅滩上旋着。有些静静地伫立在水中，或低头觅食，或抬头凝视，一副安闲的样子。黑野鸭躲在草丛中"咕咕嘎嘎咕咕嘎嘎"地呼唤；灰雀也去凑趣，"叽叽喳喳叽叽喳喳"地弄音短唱；间或，从某块水域处传来一两声青蛙的"呱呱，呱呱"的鼓鸣，落入河边信步漫游的人的耳际，令人十分愉悦。

人顺着河堤走，三三两两，很是悠闲。头上是浓密的苦槐枝叶，高高地擎着。苦槐的花儿正好开了，风一吹，它们就纷纷地飘落，是藤黄里带着微绿的那种，每一朵瓣子都向一边翻着一页桃形的花片，然后中心处再竖起三叶细小的尖苞。落在人的发髻上，轻轻打在脚下的林荫道的地面上，像落了一片花雨。花瓣虽是密密匝匝的一大片，但只要开了，在枝头停留的时间又很短。人在树下经过的时候，捡拾起来几瓣捧在手心，用鼻息嗅一嗅，香味是很淡的，却有浓重的一股子药气，恰是应了它的药理身世。

靠近水域，站在廊台上欣赏风景，好像忽然间风息就大了些。凉意送过来，撩起了人的发梢，身上也有种罗衣从风的感觉。原先那片看起来犹如冰霜的蒙白色水面渐渐清晰了，是稠密的河水流动的细纹，一道一道；是绿草切割着水面，一片一片。黑野鸭也灵巧地出现了，六七个游动的黑点儿，后面犁开一条条明闪的波线。

短衣细裤的人依着石栏望水，眼前是一片汪绿又幽深的景境。草茎稀稀疏疏，高低参差立于水面，投下纤细的影子。视线阔一阔，水中便成了月白色的底子，细草与倒影勾勒出各种半圆或者弧形画面，水上部分是翠绿色，水下部分是青黑色，清风吹过，草与草影都在摇曳晃动。一发怔，人就走进风致古人的水墨写意之中，走进一片佗寂里，走进一片水意扶摇的倒影之中了。

在晨雾弥漫的芦苇丛边，在波纹密布的远景中，在水色与草色交织变幻的叠影里，在山雨欲来的况境下，人开始恍惚了……

午间喝茶读书，备了一小碟花生米。几个时辰过后，生了倦意，合了书页去小睡。

两三点钟，雨意便来了。

白刷刷的一片，雾虚虚地就来了。迅疾、滂沱、密集。来不及关闭窗户，雪亮的白雨就迎面袭来。

响雷滚动，雨声纵横。风中裹挟着如豆雨粒，雨粒里又裹挟着混沌尘泥，铺天盖地地狂扫过来。雨线气势冷厉，打在窗玻璃上，"乒乓"作响，玻璃瞬间斑驳。雨打在外墙壁上，风旋雾蒙，"哗啦"一片。檐下垂挂雨阵，雨阵连成了幕布。落在地面上，积水空明，很快汇聚成汪洋河流……

风雨扑打门户，雨点呼呼飞溅。雨幕在空中横陈氤氲，野旷苍茫，四周出现朦胧的白色水汽。一时间，天水一色，雾茫茫模糊一片。

雨声由近及远，由远及近，像千军万马奔腾而来，像山风海啸铺排而来，像巨石滚落轰隆而来……接着室内昏暗，屋外雪白，眼前世界成了两重天。

白雨过三遍。一会儿如猛虎下山，一会儿如松涛远遁。一会儿大厦将倾，一会儿平湖细浪。一会儿风驰电掣，一会儿闲情款步。雨气一阵子连着一阵子，忽大忽小，断断续续……

约莫过了一个多钟头，雨，终于停了。天色放晴，云雾渐渐散去，酽红的太阳出现在高空。南山的重峰黛影，耸立青空之下。

新雨过后，窗外传来草木的清香，屋子里也生出安静的气味。在草木味和安静中，所有的声音都隐匿了，像退至幽深处的时间谷底。渐渐地，空气的清凉也变了颜色，有一种蓝和绿映在光里，最后像轻烟一样洇染着城市街心里的巷弄人家。

户外的阳光是金属质的，光的粒子洒在屋顶上，泛起明晃晃的一片白。投到凹凸不平的矮墙上，泻下大片斑驳的光和影。光和影慢慢地在时间里腾挪着，一缕一缕从窗外走进屋子里，人的眼睛便开始沉落下去……

傍晚时分，西天上了夕光，太阳的颗粒渐渐稀疏了。

　　黄昏的光线开始勾勒出暮色的浓稠和幽暗。树木和楼层在时间里生出了影影绰绰。街巷像高楼与高楼之间的黑色缝隙，或者说，更像城市森林之小径。路灯渐次地在小径上亮起来，晚归的人抑或刚刚出发的人的脚步声，像一张尘世的网，网住了曲折的人事和物事。夜生活的各种灯光幻影和市井街景便真正开始了……

　　依然有人穿过一小块夜晚时光，在河边静静散步。凉风习习，一轮明月挂在静空。

　　白天途经的苦槐林，树身嶙峋着，枝干映在晕黄的灯光中，如铁钩艺画。那繁密的花叶，已经分不出谁是谁，被灯影照亮的部分成了花，被夜色遮掩的部分成了叶。而那圆圆的路灯，恰像一枚黄月亮镶嵌在苦槐的树丛中，万般美妙，令月夜静谧、浪漫。

　　远处传来阵阵蛙鸣。近处的高树上，一只鸣蝉躲在暗处，合着朦胧月色，"知了知了"地吟唱。那声音，如一条细而长的线，向着夏夜的深处穿引而去……

荷塘的梦境

　　小区的铁栅栏外是一片标直的杨树林，穿过杨树林便到了空旷的田野上。离小区不远就是灞河，河滩上除了芦苇丛和石头，还有一方静的荷塘。

　　春夏时分，常到荷塘边看新绿，赏荷花。到了秋天，荷花已经凋谢，荷叶由绿变黄，光景渐显衰颓；至冬月，叶子则完全枯萎，成了冷褐色。

　　一条小径，有些萧索，好在径畔虽有枯草杂陈，青砖的路面还算清洁。每次经它去荷塘，都会放慢脚步，悠悠地走。砖缝里有大片的寒芜，只靠近水塘的一段生了幽的绿苔，看着软糯潮湿，似乎映了些山水的禅意，令人感到熨帖。

　　无端地喜欢在冬天去看荷塘，大概觉得池中之景更有孤峭的骨感，佗寂之美必是况味十足。

　　路的尽头便是荷塘。

　　我站在池边，仍是习惯性地先抬头看天。天空是灰白的，有些暖的光影，落在人的眼里，仍是灰白的，没有边界。这种没有边界的空间和颜色，经了人的大脑和情绪，最终变成无数明亮的光线，虚构了一片空白，被时间收纳，其中就包含了这片塘水和一个漫无目的看塘的人。

这种感觉很好。收转脖颈，将头和脸移向荷塘偏南的方向。远隔是秦岭，距离我和荷塘最近的是南山。南山远远地只露了些山脊线，好像被氵云氵云不散的雾气遮掩着，很模糊。

冬天经常都是这样的。

塘埂已瘦，一池枯意，清冷、寂寥，尽显物哀之象。那时水面只剩些稀疏的细梗，有的削如黑铁，不蔓不枝，静静独立；有的自然折倒在水中，映出了一番疏影横斜的美。另有一些枯梗上仍挂着荷叶的残影，一律低垂着。有的亦没入水中，透着颓败和苍凉。水吞下了它们的影子，像是留着些自然的密码在每片叶子的纹路里，那纹路又像被人烙上去的筋骨一般，一根连着一根，极具张力。皱而垂的残叶，在直而细的梗茎上挂着，自然、随意，半闭欲张，像一蓬裙衣，覆于波上，一副从风靡靡的模样。让人觉得这残荷倒不是一种植物，而是水里生长出来的光。光里带了些乡野的幽意和冬的气息，且是空寂寂的那种萧条之美，藏于这枯叶之中，透着一种神韵和高贵，极具风骨和动感。

非常奇妙的感觉。那裙衣之下似也正有一张在梦境中沉睡的女子的脸，安闲，静谧，恬淡。

此时，恰如水面上同时也蒙着一层薄薄的雾气，这雾气正好做了那女子的面纱。她睡得很香，不想让人去惊扰，甜美的脸上还带着一丝羞涩。

塘中的静就成了具体又抽象的东西。它浓郁地向人涌来，由远及近，由上到下，由表及里，顺着人的毛根和肌肤，慢慢潜入人的头颅、骨骼和脏体……

闭了眼，世间所有的静都蕴积在这里了。觉得池塘更像是一个人的心，空旷而孤独，只能藏，不能说出来，一说出来就浅了、薄了。

似乎耳际忽然就有了那么冷冷的一丝风掠过，划破了这静……睁开眼，便又看见瘦的塘，看见挺的梗，看见垂得微皱的荷叶，才知道自己也恍惚入了梦境！

其实风一直都在造访荷塘，当它落在干褐的茎秆上，就好像密谋了一些光阴；当它落在单薄的叶上，就好像酝酿了一些故事；而当它落在清澄的水中时，又好像传递了一些好的情绪。

有时茎和叶都会轻轻地颤动一下，再颤动一下。有时水面也会轻轻地波动一下，再波动一下……塘里似乎有一些不为人知的秘密。这秘密来自它的底部和莲的根部，由那梦境中出来，跌入了现世，携着荷的清香，慢慢渗透到枯梗和残叶之中，再由风送到人的鼻观里来了……

或许，真的只有风和时间知道荷塘的秘密了。

只是这冬塘，更像一幅婉约素淡的水墨大写意：残荷、枯茎，萧散冷荒，全由了那画家点乄晕染，笔墨疏简而风格俊逸。

像是人生之境，最终由繁到简，由嚣至静，一抹淡痕，寥寥数笔，简单勾勒，虚实相映，而大片留白，便是最高的境界了吧。

塘埂显然还未睡醒。

我思忖着：它一定很怀念昔日那亭亭净植的美，那田田风动的碧，那饱满籽实的喜。在它的梦境里，是否还有种莲人的劬劳呢？

不过，时间的淡影，都在它的心里了。

幽客青苔

　　光很轻的样子，像薄凉的物，落在青苔上，虚虚地积着，泛着一种亮，又将许多跌落到苔的缝隙间，钻进泥土里，感觉很匀，很幽，很清新，在早晨的山洼里，一块巨大的石头上面，投下一片绿的影子。

　　巨石贴在崖边，生生地横在那里，一身的峻意。石旁挺立着一棵老树，满身疤纹，一脸的沧桑，树皮的眉沟里，也全是绿的苔影。远远望去，像是一幅宋人的山水画，浓墨烘托，淡绿晕染，条条纹痕，犹如细笔勾勒，颇有一番意趣。

　　刚好有一条银溪样的小路在山洼间穿过。路上广布苔藓，薄薄的一层，踩上去，毛茸茸地软；弯下腰身，用手去摸，湿润润的潮，里面蓄着一些水汽，很美好。

　　小路挨着山涧，随着淙淙的溪流一块儿自由游走，左拐右拐，迂回曲折。路面的苔迹也跟着左拐右拐，迂回曲折。有时被草木遮盖，有时从灌丛旁探出头来，一直都是幽幽地寄生着，一副不惊不慌、镇定自若的模样，像个沉默寡言的人，寂寞、孤清，遗世独立。

　　水边的事物，苔孢沾湿，潮生了绿意和幽意，映入眼帘，人的心境忽生一种深窅阔远，续而繁杂遁去，只留清宁静气，氤着大自然的团团适意了。

这是夏天的一个早晨，我独自在洋峪川的堡子山下转悠，路遇绿苔，心中怡然，萌了些喜悦。

山中清凉，水影、树影，还有这遍布的藓绿之影，气息明亮，一时都是入了画境的。因贪念苔的葳蕤和如绸缎般柔软的静好，便从洼间掘取了一些带回家，植作盆景，放于房间。久而久之，斗室内渐渐似乎也有了深广静虚的苔幽意境。

有时读书读得目倦了，身困了，便到窗前，对着盆中幽苔默看。它静静地生长，嫩莹莹、绿茸茸的，映着窗的明亮，透着绵密内敛的气质。细细的毛尖，翠色瑟瑟，显出苔的波影与肌理。与它凝视，往往觉得十分安详宁静，仿佛它的诱人光影，来自一种秘境，咫尺谧林，幽幽空山，像一位隐者，带了禅意，远远地，就飘忽至眼前了……

苔上气息，明如追光，淡若远景。清亮时似阳光初上案头，自然栖息；幽秀时如寂寂长日端坐心中，无事咂摸。

这是苔的好。

若将它比作君子、老僧，或者野夫、清门寒士，也不奇怪，心境皆因情绪而起。苔，可赏可隐可居可怨，终是寂者，生而卑微，任由世人去赋去喻。无论它长在哪里，都会有生机和清幽之气，尤其老绿苔衣，更是苍翠有古意。

境中绿野芳踪，印痕寂寂。苔里养着一片幽，幽里有世界上最高贵最安静的故事，看得见时间的铺垫，看得见生命的坐落。它是波澜壮阔的寂静之音，是沉默的人类语言学，在它毛茸茸的呼吸里，人们触摸到了生活的某种内质。

　　"白日不到处，青春恰自来。苔花如米小，也学牡丹开。"出世、入世，幽客青苔，远离喧嚣，它只活在自己的美好里了。

远　景

　　冬天在我之前回到了洋峪川。光秃秃的树干上爬满了晨光，人口中呼出的白气顷刻间便消散在清冽的空气中。

　　我站在半坡上俯视故乡，大地被树木和河流不断分割着，形成了洋峪川固有的天然地貌。村庄也在不断地分割着大地，零零散散，出落着乡间的一些生生息息。

　　河流封冻，薄的冰面上泛着银白色的光泽。凸起的大石与横过来的枯苇丛，被磷质一样的白碎片严实地包裹着，像进入了一场冷峻的月色之中，只是这月色的表面披了闪耀的金光，打得人直晃眼。

　　洋峪河干净得只剩下清冷了。

　　河滩一览无余，除了一些瘦而挺拔的钻天杨的树影。一棵较粗的大树的枝头，似架了一个黑的鸟巢，远远望去，像一位老人空茫的眼睛，令时间忽然变得虚旷起来……

　　乡间路径，少有人影，每一条都是寂寂地伸向远方，直白、粗犷，又有幽情静谧。通往山麓野境的小路，似乎仍带着些蛮荒险峻的味道，不乏灵秀之气；进入密林的曲径，隐秘而有野趣；延伸阡陌之境的路迹，宛如《诗经·尔雅》，让人感觉似能触摸到往昔那粗朴开荒之影和耕读樵织之境一般。

喂养过我的那个村庄，此时正静静地偃卧在南山的脚根处。往昔古朴的土屋已为砖混楼房所替代，隐约还能看见一些人家的屋檐下，山柴码得整整齐齐的，像旧时光阴里努出来的一种烟火的自然栖留，让人觉得温暖而寂寞。

村中央那棵千年古槐，依然嶙峋盘卧，一副老态龙钟的模样。它是村庄的活地标，比村中所有的建筑都诚实。在它那沧桑沉寂的身躯里，似乎正藏着一个村庄隐秘而闪亮而卑微的文明与过往。它枝丫拙朴遒劲，宛若古风，正以一身的斑驳之痕向洋峪川交代着自己的一生。

村庄之外，仍是树木和田畈，它们在冬天里从容散淡，似乎以静穆之势，为洋峪川坚守或者维护着阳光下的些许乡土生活。

一条深沟，用它的纵横狭长端然地张望着人间时光。许是它陷得太久了，竟被人渐渐地遗忘了一般。整条沟里静得出奇，除了偶尔的一两声鸟鸣，算是万籁俱寂了。

沟壑凹处，残雪未消，光影凝重，相视阳坡的明亮光团，形成了两重天地。

洋峪河对面的沙嘴坡上，槐林稀稀疏疏，所有的枝丫都松开了，筋骨挺立，它们伸向空中的枝条，似乎在竭力地阻止着冬日的寒冷。

我站在半坡上，坐在晨光之中，看故乡的原浆风景，周围遍布萧散疏然的大小树林。木质的光线正映在树木皴裂黢黑的树皮上，落入树腰静幽的老苔中，然后又顺着时间的移动，轻轻跌落到树下的枯叶层里，悄然无声……所有的树木，像荒凉佗寂之中美的缄默，一棵比一棵站得凛冽决绝。

再望望南山，南山有些窅远了。

被积雪覆盖的山体隐约可见。高而突兀的峰脊，犹如一道青色逼仄的曲线，衔接着灰白的天际，在云雾朦胧中延绵起伏，仿佛万水千山，只为了它而作伏笔……

故乡的冬天仍是美丽的。无论我怎么叙述，它只能是远景。河流、山川、道路、村庄、田野、沟壑、坡林……一切背景如初，光影如陈。

只道是：远景如旧事，在心中起了雾，一轴山水苍茫如碑帖。

春天的质地

光雾从晨风里徐徐漫出，先是映照树梢，继而又从树上落入湖中。湖面泛起粼粼明波，似春水初生。

岸边人不多，疏疏落落的，未见间断。

空气中隐隐浮着些梅的清香，很淡，亦很微妙。循着气息才发现，是公园里临着湖边的一块缓坡上，有一片小树林。

抬头看见较高处的一株老梅，枝干拙朴遒劲，颇有些沧桑岁月之古风。黑的树枝上似有许多梅苞子，远远望去，像注了一层淡淡的红粉，很是美好。

走近坡脚处，一棵梅花树下，晨光正笼罩着一个人的脸，他仰头在专注地欣赏一树梅花。枝上也笼着晨光，和他的脸一样温暖。

他只是一个游者，于我而言，亦是一位陌生人，我正好从他身边经过。面对一片晨光，面对一树梅骨，他沉静，我也沉静，我和他都做了春天的专注者。我们互不认识，在清冽的沉静中，我们都成了寂静的事物，一起衬托花开的梅。我甚至一瞬间便忘记了他的模样，只记得有一个人和我一样，在湖边专注地仰头赏梅。

这种感觉真的很好！

梅是宫粉梅，普通得不能再普通。只是在这寒枝上，似乎布满了希望。所谓寒枝，大半是因了节气而言。尚在二月，春寒依旧料峭，枝头的梅苞子虽渐渐多了起来，但花骨奋力绽放，尚需在微风的吹拂下顺势努出。

喜欢梅的人，便有了执念，一站便是许久。忘了自己，忘了一切，周围是广大无边的沉默。她的眼睛专注而大大地洞张着，眸子里盛满了欢乐和安静。风从那枝间悄然掠过，她看见那紧绷的梅苞子渐渐松弛下来，慢慢地，那些浅的花瓣陆续弹开，梅的花蕊骤然裸现……那一刻，清香填满了她的鼻洼，连她鼻息也全是香的了。

她看见了时间的样子，那些开得轻而薄的梅花，带着淡淡的粉色，香而不腻，含了些春的心思，像极了待嫁前的羞涩女子，行步生香，巧笑倩兮，美目盼兮；而那破寒凌风伸展的梅枝，恰如青春少年，俊眉秀眼，顾盼神飞，英气精华，见之忘俗……

文章本天成，妙手偶得之。这梅枝、梅苞、梅花、梅香，一时从晨间的翻读中萌生了诗意，成了赏梅人心中的丘壑与眉目间的山河。

水色深碧，游客散淡。

那些喜欢湖的人，也许想的全是它的幽绿。看头顶汉槐枯枝映入水中，恣意横斜，茸茸如墨，有湖水的静绿作背景，树上寒枝便也成了一种良伴。

湖心早已没了冬日里那不动声色的空旷状，一些黑野鸭小如豆影，悠然自在地游弋其间，荡起了阵阵涟漪……

对面岸边柳行依依，笼些轻烟，细而长的枝条从树上垂落下来，被铺陈的光雾逼到绿的水中，在湖面形成了绰约的倒影，像伊人正描春眉的感觉。

　　栈桥远引。远的曲廊亭台被一些苇丛遮掩着，似有游人在缓步穿行，看着很是闲散。

　　走走停停，停停走走，不觉已行至公园墙下，瞥见一方池子。池中有假山和水蒲，细细去看，那蒲芽已悄然泛绿，与假山上的绿苔相映成趣，极有味道。

　　坐在长椅上休息，思忖着这园子里越冬的花草之心，真是千里面目。它们比人敏感，风将它们一吹，便吹出了自然芳香和生命的趣味。

　　或许春天已向深处悄悄延伸了，而我的触觉却显得如此迟钝愚笨。

　　想起昨日与人品茶时，一茶友所说的大片明亮，昨日不甚明白，今日忽然顿悟：原来时间一直都在那里，我们一再回味的，不过是一些记忆和想象，希望有一条路始终如春天般地映入自己的眼帘。而我们每个人的世界其实一直都在敞开的窗口前变化着，我们与花草的影子也一直都在窗前不断地丛生着……

　　这是春的明亮、春的品质，大概它不仅仅映在眼里，还应该时时植入心里。那么，我们投入了生命和心思的时间，是否称得上是最好的岁月呢?

　　想必昨日那茶人岁月里的大片明亮，也如她茶汤境界里的三沸：一沸如鱼目微有声，二沸缘边如泉涌，三沸腾波鼓珠浪。煮茶的过程如此惊艳，然茶最终生了禅意，动为静，静为动，合自然之象。

　　晨风如洗，冬天焦枝枯杈，春天开生茸茸新绿。周而复始，春夏秋冬，谓之岁月，谓之人间，谓之心境明亮。

　　凡此种种，皆是美好。

雪　夜

薄薄的夜，它悄悄地开了，羞涩涩的样子，让人发怔了许久。

外面又在落雪，声音很轻，像熟睡中的呼吸声；梦境很长，又非常细微。长风也在窗外吹，空气似乎硬了起来，树枝也似乎被冷划过一遍又一遍，有种瑟瑟发抖的感觉。夜分成两半，一半是白亮的，一半是黑峻的。白的那部分被雪带走了，而黑峻的，属于寂静和虚空，包括一个人的况味。

没有谁会怀疑，它在暗夜里开了，也许是淡淡的紫色，透着一层朦胧的粉气。我叫它紫罗兰。它的香在明灭里隐去了，我只能凭借沉入深处的雪光去感知它的美。它那优雅安静的叶，总是一片一片地在夜间腾挪着，它的紫轻轻将绿包裹了。若要细心去看，只能从它可爱又鲜嫩的芽瓣里去辨识。那尖而令人想去触摸的叶端，附着一些更为美妙的微光。它们犹如一些毛茸茸的呼吸，萦绕在叶的周围。顺着那尖的微光，芽瓣的叶片自然地向两边分别滑落成优美的弧线，两条弧线又合拢成一个长而细的桃心形状。桃心的尖端与底部之间，直直地贯穿着一线绿，在幽的花篱中，那绿便绿了。花与叶就这样被一种虚光映着，像起了一层虚幻的雾。

那绿便绿了的，不只是紫罗兰的嫩芽，还有缠绕的常春藤、剑气的虎皮兰、瘦长的仙人虫、摇曳的吊兰、葳蕤的绿萝、拙朴的玉树和垂挂的鸭跖草。它们亦守着雪夜，做着黑甜的梦。它们也张开清醒的眼，伸展着生命的触角继续攀爬。

夜里有不可捉摸的光影。雪白如洗，渐渐积成了小丘山。天空中摊开了一张无骨的脸庞，灰黑的皮肤似沉在水下一般。那无骨的脸庞正露了水汪汪的眼眸，里面装着寂寞，静静地看雪。那静，如太古，悠远、窅深。那静，如处子，开在幽暗的缝隙里。那静，如唇角，在黑夜里发出最纯粹的语音。那静，又如旷野之声，藏匿在雪地，藏匿在天空，藏匿到一个人的心中，最后，和雪夜慢慢融合了……

那白便白了，那暗便暗了。白的如一片薄薄的日光，被黑的陶色器皿盛装着。暗的如褪色之物，如陈年的老酱，又似时间凝固下的暮色。时间便柔软起来，像一块压箱的古绸缎，泛了亮白，光滑而细腻，带着贵气。时间便苍老起来，像一只包了浆的旧瓷，愈是抚摸，愈是温润。时间便成了雪白，时间便成了灰黑，时间便成了浓绿，时间便成了带着粉气的紫色……各种可能都有。

这还不够。夜里的人，夜里的车辆，夜里的灯光，夜里的建筑以及夜里的故事，都沉寂了。

冬天终于有了味道。万物静默，万枝开花，万声歌唱。雪在夜里下，雪在夜里开花。雪在夜里落了成了一条小径，它走在上面，像走在一段曲折又幽深的旧时光里……

遇见一座城

走进重庆，算是贴心贴肺地喜欢上了这座城市。

山多，雾气重，街道上的路像波浪在跳跃，楼房和马路分不清谁高谁低，从一条街的十几层楼层出来，却发现它不过正与另一条街的马路同在一条水平线上。坐轻轨，前一站在地下，后一站却在一座商城的二楼上。坐云轨有上天入地的感觉，看它穿楼钻山，上上下下，非常魔幻。重庆让人觉得很鬼气，很神秘，也很有味道。

解放碑周围的商业圈人山人海，山城小巷里却是彻骨地静，唯有曲曲折折的逼仄台阶在燕雀一样的人家门前攀上爬下。偶尔会在一处较宽敞的角落看见几个打麻将的人，操着浓重的方言，身旁的台阶上放一壶茶和几只茶杯，一副与世隔绝的样子，像是另一个世界的光阴故事。

有点像丰子恺笔下的旧时光，有点像木心诗歌里的从前慢。重庆人生活得非常悠闲，早上起得晚，晚上睡得迟，慢生活在巴渝人的身上表现得淋漓尽致。

这里的出租车司机开车技术大多很溜，在重庆的大街上爬坡溜坡，十分自如。即便是在上坡路上堵了，他们也能平稳停车

358

或者轻快起步，你感觉不到丝毫突兀。特殊的山形地貌和地理环境，练就了他们熟练的半坡停车和起步技术，一些年轻的出租车司机偶尔会一边开车一边玩微信（这是绝对不可取的），让人感觉有些担忧。

当然他们的溜还有精滑的一面。外地人来了，他们表现得很热情，一路上与你侃聊（他们坚持用自己的方言，很少用普通话），不厌其烦地给你推荐当地的旅游景点，建议你在哪里买票，说是和在网上订的价钱一样（事实上票价是一样的，但他们会在某一个售票点收取提成），服务很周到，等你买了票再拉你到景区附近，让你知道自己被"卖"了，也很难生气。

这还不够，他们的精滑还表现在他们自己若不愿意送你到某一个地方了，却不生硬拒绝你，而是很婉转很有礼貌地撒个谎：磁器口那边晚上快要关门了，明天吧？要不你们坐轻轨，还来得及。（只是个别小商铺关门，磁器口古镇是一处商业长巷街，夜景很好）或者是：两江码头现在很堵的，过不去的，要不要我拉你们去湖广会馆转转，那里也很好玩的，明天你们可以早点儿过来，好不好？（晚上确实堵，人们都是冲着坐游轮赏重庆夜景来的）你明明知道他们在拒载，你却不好意思去投诉。

重庆是中国有名的美食城。走在大街小巷，到处都飘溢着川味火锅的香辣气息，不管你选择九宫格还是鸳鸯锅，绝对让你吃得过瘾，有种回家的感觉。

重庆的牛肉小面也是非常有特色的，酱汁汤料做得很讲究也很地道，热乎乎的，十分浓香，吃到嘴里能够感觉到世俗的亲切和烟火的味道。

至于那些传统川菜以及麻辣米线、鬼包子、豆脑花、卤蛋泡菜、麻鸡脆椒、烧撸爬串及重庆八大怪……无一不展现出川人美食文化的多样性，却又在一个"麻"字与一个"辣"字的相互演绎下百味丛生，令人欲罢不能。

至于重庆的夜景呢，也实在是美。晚上坐游轮看两江夜景（嘉陵江与长江交汇处），算是没白来。

江水横波，凉风扑面。坐在船头，嗑着瓜子，吃着水果，听着音乐，看眼前美景：高楼幻影、舟船摇摆；大桥横卧、宵灯晚渡；烟雨亭台、水雾幕画；但见晚上的洪崖洞金碧辉煌，重庆大剧院也是五光十色，连朝天门大广场上的那一组做成码头船状的高大建筑也在不断切换着霓虹景观……你还来不及细细欣赏，游轮已驶过一重山水，等在岸边的另一拨游人正在催着你早点下船呢。

湖广会馆很值得一去，它见证了重庆商皋的繁华历史。无论是戏楼、殿堂的翘角飞檐、房脊瓦垄、滴水漏窗的巧妙设计，还是祠庙辕门肃穆凝重的刻镂绘画，都能折射出明清商会的钩尘光影。庭院廊房、亭台园囿、青砖灰瓦、古树石阶、天井水槽……在这里，明清古建筑带给你的美学鉴赏不亚于任何一个朝代。

遇见一座城，犹如遇见一段旧时光，有隔世的味道。你、我、他，全都让时间给煮老了。

走进磁器口码头的古镇街巷，感觉深窅而狭长，窄窄的巷道，泛着包浆和幽光。两旁是斑驳的旧房子。忽明忽暗的胡同商铺，灯火温暖，影影绰绰，透着世相的安然与驳杂。

巷巷相连，街街相通，老屋阁楼一字排开，望不到尽头；一条青石板路沿着巷弄悠悠荡荡地伸向远处，一首老歌停留在某条街的转角处，一份浪漫氤氲在某个咖啡屋的灯影下……

　　游人走走停停，兜兜转转，忽然一回头，发现自己和一段老光阴宛若跌入了巷弄深处……

一种情绪

算是第二拨桂香了，十米之外便能闻到。

长风一吹，花从枝头落到地上，落到了一个人的心中。金桂的香是一粒一粒的，被铺成了路径，围成了栅栏。树身被雨水浸过之后，被雾气蒙绕之后，湿漉漉的。聚作一团一团的香粒，绵绵密密，像柔软的心事。从树下经过的那个人，成了云水模样。

虫鸣也蓬松了，唯有雨声。雨声时慢时疾，时断时续。有时如蚕食，有时如琴诉。雨线从高处垂挂下来的时候，野旷里的一条小路看起来就曲折了，就突兀了。小路就动起来了，远远地，闪着白光，像密林深处隐现的许多亮。

雨，在屋顶起了烟色，在檐下打着丁状水花。它这样忘了时间，无论白天黑夜，都与秋天短兵相接。日子一泛长，空气就黏稠，就起霉，就令人生厌。

天空像个忧郁而盛大的祭坛，灰蒙蒙的，很阴郁。人就开始盼天晴。

终于晴朗了。早上，天刚麻亮，人就推开门，眼里盛着光，穿越了整个深秋。

晨月是淡淡薄薄的那种，像个银箔儿。门外那株老汉槐的清凉树枝上，有一只叫不上名儿的黑鸟，憩在那儿望月，一动不动。衬了蓝的天空，像幅画，很美。

远处，山色不动，云气成了背景。等到太阳一出来，那月影就不见了。不过因为一个晴日，大清早的，人似乎捡到了一个好心情。

到黄昏的时候，余晖终是映着那些桂树林子。树梢碎影婆娑，半面寂寂，半面光线纷纷。在河堤边和广场上散步的人们，都将自己融入这一天最后的暖中，人如芥粒。

后来，周遭真的凉下来了。

时间给了星空。初夜的月影是晕黄的，茸茸地长了毛边，挂在窗前的树枝间，斑驳如年画。一个人静望，会想起旧年的中秋之夜，那月亮是嫣红的一团，质地通透，圆得可爱。很是想念那红月亮，很多年才遇到这样的景致，月亮便成了稀物。

可惜今年雨意太过浓稠，总感觉一个好天气还没有晴透。有时夜里看见的是一弯细眉，月的大部分被蚀掉，隐约看见月下缘的残痕，是明暗边界。看着，看着，那月到后来便又圆了起来。月色入户，只觉秋气清凉，人也清凉，心境也清凉了。

中年以后，遇残月、苦蝉、寒叶，也不觉得凛冽。因为懂得月到天心的道理。无非便是一个"淡"字。

淡如日月。日月在不断凝聚着自身的光和热，也在不断用心地分散着自己的光和热。淡如秋荷，秋荷易老。深秋过后，池边往往一片枯寂。枯寂也是一种美。

一个"寂"字，便成老境。一旦入了老境，生活中的鸡零狗碎、无事生非便也会寂寥了。生命的习惯里，烟云一片又一片，山意一重又一重。世界在敏感里，终于安静下来。不语，沉默，像一条隐线，将时间慢慢拉长……

　　一个人进入时光里去读书，去喝茶，去做许多事。人在自己情绪虚构的出口，找到了个人的意，人和意便都在桂香、雨线、晴日和月色里安歇了。

花木之门

时间继续在窗外分岔。

楼下的柳絮飘得到处都是，拢也拢不住。

想是春绯夏碧，时令一过，连阳光也变得越发招摇起来。满园子的虚幻里浮动着白的轻影，既透明又稠密，闻着呛人。有人对它们极其敏感，经过时会将脸部遮得严严实实的。

我在阳台上喝茶读书的时候，常常会探出头去瞄上几眼。那时樱桃树上已有秀逸的小青果，而初夏的风息也是温驯可爱的。风，轻轻撩着小区围墙上的蔷薇藤蔓，枝枝交影地重叠着，远远望去，幽深如古窗深户样的楚楚静谧。

屋内养了些花木，蓄了些安静，供我在闲暇时能够如实记录。

古人曾曰："梅令人高，兰令人幽，菊令人野，莲令人淡，松令人逸，桐令人清，柳令人感。"我室中之花植无一名贵，只能权且算作无用之物罢了。

这些无用之物于是常常像细溪一样经过我，光色之下，它们内心漾着细致微妙的动静，身体发出草木之香，弥漫了一屋。时间久了，便渐渐凝成一种挥之不去的美的气息。

有时晨曦如笑靥，很明媚，也很安静，将花木的剪影投在地上，生动而细碎得像某人信手拈来的一件心事，有些斑驳的意味。日斜影长，到了黄昏时分，西窗下植物的影子就显得很浓重，一副幽杳的样子。光线再稍暗的时候，花如掌灯，景有了远近的感觉，一切也渐渐模糊起来……

长物寄怀。有时读书，闲闲散散的文心里是会描摹些花事的。皆是清疏的事物，如细察其纹理，便能生出些物外的情趣与况味。

鸭跖草的叶子像水竹一般鲜亮，根茎一味地延伸，盘了一盆，又从沿脚垂挂下来，在屋内描着长长的影子，既纤秀又娴美。那些嫩绿的细茎上，长了孩子般的心眼，张着单纯的瞳仁，被光捕捉，只是依着时间行走，没心没肺地活着，遇水而欢，兀自摇曳。

吊竹梅蓬了一屋子，早晨的光贯穿了它们的每一片叶子，像被赋予了特定的梦境似的。它们发出紫而红的色泽，令时光热烈深情。我常猜想它们在清晨一定欢如马驹，阳光能照到的地方，都有其浪漫多彩的倩影。遇到它们，就如遇到前世的惊见、今世的明艳。它们已具备了足够的诗意，供我在卑微的尘世里照见自己拙朴的品性，给予生活内质一种美好的补充。

蜗牛常悄悄潜于四季藤根部的阴潮处，很隐蔽却也笨得实在可爱。大多数时候，它们一动不动，像在寂静中沉溺的智者。最初像指甲盖那么大，慢慢地身体随硬壳一起变大。它们偶尔会出现在花盆下，像是不小心跌落到地板上。我用花钳一一将它们送回去，过一段时间再去看时，发现它们又会长大一些。

这四季藤又叫作常春藤，枝枝蔓蔓，生命力极其旺盛。只要阳光水分充足，它那诸多嫩红的茎端必会不断分蘖出新的叶片，带着幽意却气息蓬散，像生发的许多新希望。先是由红变绿，最后成为墨绿的一团。叶叶相掩，藤茎纠葛，一时在时间的光色里交织缠绕，任性地依附着窗棂向上攀爬，从帘子的褶皱处攀到架杆上，攒在一个角落，凝成一处绿境。用花竿将其轻轻一拨，就齐刷刷地又垂落下来，十分纤徐动人。

母亲也是个十分喜爱花木的人，常用湿布去拭擦常春藤叶上的灰尘。她说花木和人一样，在尘世中活着都不容易。有时她会风趣地给我说些话，大概是有几片叶子在时间里打盹的意思，提醒我记得给花浇水。我却很懒，只顾着享受那份静里的笃定和闲淡，忘记了花木天然的秉性里也需要一份关照和注视。

有一段时间，喜欢一个人在花木中喝茶、发呆，感觉岁月安静而明亮。花木的香息起初盈在鼻底，须臾钻进身心，自况而惬意。藤叶之形是飘逸的，光影为琥珀色。时间的缥缈和虚幻随人影一起重叠、铺展，在墨绿清凉的藤叶间，以某种方式悄悄探过山水的青苔幽远，如月光盛满了尘世，如草木走进了睡梦……

那时的七彩铁锦里有芒，水青色的剑锋，边缘散发着茜红色的光亮，像烟花一般绽放着美丽。因着它的气质很文艺，我便配了一只釉陶的器皿盛装。有时看书看得倦了，就想去轻抚，感觉它亲切如老旧之物，迷人的风姿里含了女子样的羞涩，芒叶竖立，恰如其分地站立成了时间的叙述和美。

虎耳草也是可爱的，每天重复着它那毛茸茸的呼吸；绿萝一日日安静地浮着它那大片大片的绿叶，兀自葳蕤；吊兰努力地垂挂到光阴底部，将花盆变成进出自如的人间走廊；紫罗兰只顾幽幽地吐着香息，将日光攒成眉间的烟阔水深……

花木收藏了我读书喝茶的许多时光，或荼白静谧，缓缓成影；

或眉羽如扇，絮语晃动。无论如何，在那一瓣瓣媚而荡的光致里、柔而静的吐息中，都有它们芊绵葱郁的情绪、寂寞隔世的隐喻……

花叶间浮动着幽幽的暗香。

喷洒过一壶水，枝头湿漉漉的，荫翳鲜阔，似有人袅袅婷婷地走过。一时迤逦如水，极尽抒情。我便在与它们的宽坐小叙里，虚构着生活的趣味，并且通过花木之门开启了时间的厚度和广阔。

石 阶

有时听见檐下雨点滴答的声音，细微、沉郁或铿锵、急促。雨线忽粗忽细，风一吹，边界一片模糊，眼前卷起一阵烟雾，腥腥地扑面而来。风过后，雨丝有条不紊，门前的石阶正好收留了雨水的时间。

雨在石阶上汇聚了时间的孤独，石阶在雨中启悟了时间的美学和内质。

这是一些山野的风致，或是一些乡间的物语，抑或是一些城市的韵息、旧气，况然十足。

寂然，幽息，苍古，野旷，有时还逼仄、突兀。布着时间的痕迹与声音，映了天光与月色的影，交错、重叠、虚掩、暗隐、渗透，相融一体。

大概真正的石阶就是这般模样。

雨身经过时，能看见流水的纹理和脊线，听见时间的缓慢与脆亮。日色映照时，能看见光彩的灿烂与火辣，触摸时间的安静与动荡。银辉弥漫时，能看见月影的摇曳与隐秘，感知时间的空远与幽深。

寂林深雪，曲折石径。攀阶看枯山水，皆是物哀之美。泼墨或是留白，入了冬的心境。野迹荒路，藏着些高冷况味，像八大山人的清绝画境，有淡泊远意，有禅隐深静。尘世沧桑，不如天地苍茫之间，一人孤然归于自然，留得一身风骨，高远贵气。

山野寂静如太古，石阶寂静如太古，人生寂静如太古。

若是乡居，山脚横七竖八零星散落些瓦舍。房前屋后必是原野、清风、云天、坡岭、沟壑、树林、河滩、水塘、花草、苔痕，还有牛栏、猪圈、狗窝、鸡架的气味。烟墟土墙，石阶粗糙。

一抹晨曦铺洒下来，阶上石身明媚。小巷走来荷锄的农夫，脚步沉稳，带着泥土的清香，踩踏而过。阳光的味道包裹着石缝之间顽强生长的野草气息，混合了乡下村庄浓浓的人情之味，烙印着儿时记忆及粗朴岁月的家长里短。亲切，有暖意，掠过穿堂的风，惆怅中仿佛看见渐行渐远的乡愁……

喧闹都市里的一条街巷，窄窄如衣带。又如古窗深户，既幽静，又狭长。拾级而上，缓步慢行，似在寻访，似在探秘，又似在穿越，或者隐遁。石阶湿滑、阴潮。屋角亦生满青苔，青苔漫漶，一身水意。细街深巷，在时间里包了浆，苍古清静。阶台之上或是燕雀一样与世无争的寻常人家，或是福泽润厚庭院深深的百年老宅，抑或是一间文气氤氲的艺术屋吧。任市井多么熙攘繁华，这里一直都是安淡、寂静的一隅。

笔下石阶，既是心中路径，亦是人生况境。

阳光在石阶上密密走过，时间在石阶上密密走过，风霜雨露、星月云雾从石阶上密密走过，许多脚步也从石阶上密密走过。石阶承着一个季节、一家日子、一些故事、一片光影的明暗、疏密、长短以及凹凸，在生命场上纷纷沉默、聚集、重叠、散落。无论山野、乡村、城市，石以德度人，拙朴入世；阶以光映路，行于脚下，最终求得一个静字。

时间的样子

夏日读书读到深处，有时连清晓与黄昏也变得痴迷。这种况境具有浓郁的文人气息，一日复一日，便自觉成了一种时间的样子。

眼睛有时也会疲倦，就在窗前望南山。

南山早晚有静气。晨时有柔和的天色和淡淡的地平线。开始出现薄薄的晴朗，遥望远处时，远处是天青色的蓝，像泊了一湖平静的水。看近处，现了幽绿，山林一副寂寂的样子。云朵荡在高处，硕大、洁白，有娴气。

那时楼下竹影亭亭绿绿，也是幽静清雅。一树栀子白得可爱，宛若生活的底色。

正午阳光总是灼热，光线也很长。直射得厉害了，空气中开始有了金属的味道，屋子里也会溽热。开了空调，人又怕寒气太冲，就披了薄衣，于是很快地，身体和衣物便湿汤了。只是奇怪，自己在阅读的时候却并不觉得热，一味地读下去，常常模糊了时间的边界。

西天铺了晚霞，时间的皱褶里生了些金黄的色泽。鸟声就隐藏在一片树林里，南山的黝黑脊线露了出来，灯影散落，大地也融合在一起了。

这是阅读之外的样子。

很难捕捉到张爱玲文字里的一丁点儿灵气。她的文字里带着世俗的卑微与热爱，却又生生地透了骨子里的清绝与孤傲。世故的、决绝的，无所谓好坏，阅读里只是遇见和喜爱。

废名的清拔和奇崛里满是干净和纯真，文字里有他想得到的自然安抚和冲淡为衣。

汪曾祺的"边角料"里漫溲着人间趣味。草木之香及四方食事的烟火味道令人心中熨帖，似平淡生活中找到了许多闲暇时光，与人宽坐小叙，给人描绘了一个个情趣的去处。

有时也有在书中停下来的片刻。比如徐志摩的某些诗歌太过华丽腻味，周作人的一些散文也实在晦涩难懂，但都不伤脾胃。

都是些老派的旧时文人，他们文字里的好常如星辉闪耀，一人境，就欢喜。特别是周作人《喝茶》里的情趣，倒是莫名地让人想起一些雨天来：旧时故里纸白的矮窗和青灰色的瓦当，老檐口下挂着雨线，长长短短地敲打着草木深苔，那声音里似有许多乡间的表情。雨雾洇开白浮浮的一片，像洇开在一幅好旧画里……

这得感谢知堂先生的文字。我是喜欢雨天的。

夏日养成了午休的习惯。有时醒来，觉得空气黏湿，一看窗外，墨云当空，不一会儿那雨水忽地就来了，白茫茫的一片，横扫了天地。站于窗前，鼻观里满是那雾气的腥息。

没事的时候就继续看书，一直到傍晚，那雨也下到傍晚，只是愈来愈小。傍晚时分，窗外便会传来鸟音、风荡以及雨的淅沥声……

第二天快天亮时，雨声终于歇下。楼下竹林如新浴，鸟语也开始在花木间呖呖起来。空气清新得可爱，也有了许多润气。

满是纷披的阳光和弥漫的风意。南山有些清邃。山脊露了青，却隐约在一团白的雾霭里。白鹿原坡上，也是一团团的雾气从沟壑升起，像仙境，浮着一片轻而白的薄帐。

瞥见对面人家阳台的晒衣绳上荡着几只鸟雀，有些胆怯，却又好奇又自在。女贞子枝头开满了黄色的小米花，一夜风雨，地上打落了许多，零零碎碎，像飘落的花雨。

家里的绿藤已爬上了窗的一角，一丛幽绿。风吹来，那藤叶在窗角腾挪摇曳，像一种初生的光，柔软得像女人的手。

惬意的时候，看见阳光正好映出了书房的静穆之气，我在光的阴影里坐下来阅读，想起几桩书事。

冯秋子先生的文字沧桑厚重，读得让人只是沉默。理洵的文章亲切熨帖。王向力的文息空灵而有苍意。安徽胡竹峰有老派遗风，书中有贵气。山西指尖语境深沉，带了神秘之气。浙江周华诚叙述中多有草木的清香和光色。新疆李娟书里有最小的人物和最大的寂寞。山东宋长征的乡间物语实在美好……

当下的许多文字，我都是喜欢的。

这些文字里藏了很多时间的样子，或沉重，或轻松，都是美。分享尘世与生活，时间的内质恰巧验证了人的内心世界。风将一些故事吹远了，人们努力用文字记叙它们，阅读和记叙从来都是孪生体。

真好。他们，它们，替时间认真还原了生活的模样。

石 桥

石桥在乡间的早晨醒来，又在乡间的夜晚睡去，一身斑驳。

风息悄悄来过，雨雪悄悄来过，阳光悄悄来过，星月也悄悄来过。最终，是时间悄悄来过。

时间在桥身上生成光和影，最后变作尘世，交由一座村庄和一片田野来叙述。村庄和田野用脚步行走，脚步又生成故事，故事将石桥包浆成岁月，岁月就将石桥催老了。石桥就沧桑了，就厚重了。它一沧桑，一厚重，就有了旧气，就入道了。

入了道的石桥，便在乡间打坐，入定。它通身幽古，遍布青苔。

有一只小鸟落在桥上，如豆的黑眼，机警地向四周扫了扫，然后它就啾啾地叫了两声。

那叫声轻轻掠过桥面，跌入水中。

水中有蓝天，有白云，有树荫和桥的倒影。水中还有苇丛和蒲草、鱼群和虫虾。

一些风从桥头滑落，在水面形成层层波纹。像鱼鳞，像衣带，一波接着一波，不一会儿就将蓝天、白云、树荫以及石桥的倒影弄皱了。

石桥横跨在小河上，石桥上一片寂静。

寂静如晨露一般可爱，湿扑扑地落下来，在桥面虚构了一些清冽。黄昏的时候，寂静如夕暮，在西天氤氲出一团老绸缎的柔软来。桥身晕出迷人幻境，与水色交织、重叠，最后融入黑夜……

黑夜是乡村最隐秘的地带，它曾在石桥下偷偷窥探过一些青年男女的浪漫爱情，它还在石桥下认真倾听过一条河流的深情歌唱。

月亮有时也会在夜间出现。月亮如瓷碗。

月光浸淫整个乡村的时候，石桥被照成了雪天。虫儿们会从石头缝中跳跃出来，对着皎洁的月光，拼命嘶鸣……反正月亮可爱，雪天的石桥也可爱，桥下熠熠闪光的水色也可爱。

水色若足，桥身如古。水和桥成了夜的阙，洇成一片霜华，清绝、朦胧、唯美、况味。

白天，村庄曾经有人扛着锄头从石桥上走过。他们的脚步沉稳笃定，他们的身上携带着泥土的清香和腥气。

有时，他们会在桥头静静地站立一会儿。他们望天空，天空蓝得像个秘密。蓝天可掬。他们望远山，远山峰脊连绵起伏，云影就落在山间。他们望沟坡，沟坡上有纷披的阳光和弥漫的风影。他们就望田野，田野那么辽阔壮观。他们就望近处的树林，树林那么茂密幽深。他们就望桥下清冽冽的河水，河水像条飘动的白带子。他们就望河堤，堤上有挺拔的大白杨和婀娜多姿的柳树林，河边还长满不知名的野花草丛，河边郁郁菲菲一片。

最后，他们就去望他们的村庄。寂静从瓦蓝的天空散布下来，聚集在他们的村庄上空。阳光白花花地晃，炊烟袅袅升上了屋顶，入了村庄四周的青林，最后又腾挪地入了青空。有一条道路通向石桥，有许多条道路通向石桥，也通向村庄。天光筛下日影，筛下风影，也筛下清脆婉转的鸟鸣声。他们就在石桥上站立了一会儿，发了一会儿呆，然后他们就从石桥上走过，走向他们的村庄……

傍晚的时候，曾经有女人们在石桥下的小河里浣洗。暮色映在她们的脸上，像一些美丽的事物映在脸上。蚊虫和蛙鸣来了，乡野的骚动也来了，骚动里面的快乐和空旷也来了……

她们就在余晖里嬉笑，说话……她们的孩子们就在余晖里游泳，戏水打闹……

男人们不会想起石桥，生活已经压弯了他们的腰身，他们只需在大地上辛勤地劳作。女人们也不会想起石桥，她们只需在乡间的劬劳中，将自己渐渐变成一株株庄稼。只有男人们和女人们的孩子们，偶尔会想起一座横卧在河面上的苍古石桥。它就像一位沉默已久的时光老人，深苔覆身，旧迹斑斑，在村口，在河面上，孤独又寂寞。

它总是那么庄重、肃穆。具体到它在那条隐秘而奔涌的河流上，究竟静默了几百年，孩子们几乎无从知晓。看它一身苍茫的筋骨，许是他们的爷爷的爷爷的爷爷的祖先修建的吧，谁又知道呢？

总之，石桥见证了孩子们美好的童年岁月。石桥让他们在河面上畅通无阻。石桥连接了村庄和田野，也连接了河对岸和远方。

孩子们从心底里是喜欢这座石桥的，尽管它已苍老，尽管它沉默不语，尽管它一直孤独寂寞。

他们把它想象成一位生活的智者。他们相信：这座饱经风霜的老桥，就是连接他们整个村庄与外面世界的情感纽带。它是大地的一部分，是田野的一部分，也是村庄的一部分。

有一天，孩子们长大了，他们不想再像他们的父辈那样，一辈子只和土地打交道。他们觉得他们的父辈生活得太焦苦太卑微了。他们要改变现状，他们要离开村庄去外面的世界闯荡！

他们站在石桥上回望他们的村庄，他们闯荡世界去了。

那座沉默已久的苍老石桥，依旧沉默不语。它坐在自己的寂寞里，听一片虫鸟的散淡起调。有时是流水声，很轻。清风过野的时候，它能嗅到一些叶子的鲜嫩。这样，虫鸟的鸣唱、水的润泽、风的加持，都成了它慰藉自己的快乐。

霜气很重的时候，它在自己身上虚设了一场冷峻。雨线很长的时候，它会认真聆听雨点滴答时间的声音。雪来了，石桥隐匿了所有的旧痕，只留给荒野大片的静谧。雾色氤氲，乌蒙蒙的一片灰淡，石桥就自觉地与世隔绝了。

后来，也有烟尘来过。阳光来过。月辉也来过。

石桥躬身负重，依旧端坐在自己的寂静里，守着它的乡间背景。它替他们守护着大地和村庄。

有一天，田埂上似乎开始游荡着一种思念，村庄里似乎开始游荡着一种暗示。它知道了，但依旧隐而不语。

陶罐里养着一些时间

短枝的月季枯了，用手轻轻一碰，"噗"的一声落在案子上，跌成一团花瓣，像一团可爱又忧伤的心事，粉幽幽地摊在那里，非常安静。

陶罐里的水也枯了，带着植物的某些气息，有淡淡的香，却不似最初的清透。那罐的内壁摸着有些滑腻，也附着点植物的气息，闻之，也有淡淡的香。

短枝的月季枝头只剩光秃秃的蕊丝和仍旧鲜活的绿叶。舍不得丢掉，就仍旧插在陶罐里。那只陶罐就仍旧放在案子上，一动不动。

母亲在客厅里剥着白蒜子，忽然看见秃的花枝和落的花团，有些惊讶："啥时候落的？这才养了多久？"

"也就五六天吧。"我说。

"哦。"她轻声应了那么一下，就低下头继续剥她的蒜瓣子了。

有一段日子，很喜欢听母亲说话。她的声音总是那么轻柔、细软，像夏日里的一片安静，或者，像刚刚生就的一片幽绿。

这种感觉很美。

　　那枝秃了花瓣、绿叶仍然鲜活的月季短枝，仍旧插在那只粗朴的黑陶罐里，一日复着一日。

　　直到有一天，我擦拭案子时，无意间发现短枝上竟冒出一两片新的嫩叶来，瞬间就有些莫名的感动。

　　水仍是那枯水，罐仍是那粗朴的黑陶罐。只是不同时间里发生的事情。

　　时间的质子里有物质悄然变化产生的方向和速度，也包括了生命的某些质感与朴素的美学。

　　那黑的陶罐身上似乎藏着一种柴烧的旧痕和长时间使用后包浆的纹理。像一种美的造访，静气、拙朴，看得见时间的角度和自信。有柴火和泥巴对自然的深层理解，也有自然在时间里打磨后的包浆和微光。

　　似乎当年制陶人的热情和寂寞仍附在它的身上。黑的釉色里透着光泽，光泽里有硬的骨感和影像的松散。或者，它本身就是一场热爱。热爱的静态里跳跃着陶的生命，蕴含着不尽的动态。陶胎的品质，木柴的品质，黑釉的品质，柴烧的长短、环境、温度和煨熏，都是艺术，都是时间之美。陶在火气和风力中呼吸，和光一样，在手艺人的时间荒野里蜕变、陈化，最后变成一片静谧。

　　轻轻抚摸这片静谧，仿佛在触摸一个安静的世界。静中站立着时光的宏大和孤小，将人与泥土亲切地连接起来。这是静默的美妙，浑朴、凝重。有时间的清亮布景和斑驳光影，像穿过一场漫长的曲线凹凸与生命热烈，又仿佛路过一段清幽的沧桑往事，隐而不言。

　　终究是时间的匠心匠影，化作生活的器皿，端立案头，盛些水，插入青枝，成了风物。枝头有媚的光，光线与仲夏的清阴相融，笼着陶体黑绸一般的釉色，幽淡、娴静。

那月季，是六月的事了。

那黑的陶罐里，依旧养些斗室的日常与生活趣味。有时是白栀子，香气浓郁，重叠的花瓣，带着清新和明亮，看得人心中柔软。有时是鸭跖草，楚楚纤细，在水中横生腾挪，映出一番郁郁菲菲。有时是月桂，含着幽气，光影绰绰，碎的星花，有风息吹散的香蜜。有时是梅枝，墨干铁骨，生出一身傲气……

都是时间的况味。

像母亲低头剥开白蒜子，剥开人间的烟火，在那案头的清寂里，洒落了无尽的温暖。

雪 天

早晨推开门，迎面展开的，便是弥漫的雪天。

雪中有大片的空和寂，仿佛时间虚构了一场白。这种白布在天空，挂在树梢，落在屋顶，覆在墙头，铺在台阶上，长风一吹，它便落在了一个人的心中。

她望着雪天，心中清亮。她让这种仰望直抵天空的时候，身上童气尚未散尽。伸出双手，口中呼着白气，荡在空中，倏忽间便不见了踪影。整个世界被童化、被诗意化。一阵寒萧掠过，雪意聚来，天际凝成一团白。

有一条小路无限而安静地向远处延伸着，它是白茫茫的那一种。所有的脚印都隐匿了，所有的匆忙也都隐匿了。小路空荡荡的白，除了雪缝里偶尔冒出的一行枯草尖，没有人觉察到它是一条通往远处的小路。沿着这条安静而空寂的小路无限延伸，雪天也伸向远处。远处便是南山。

南山横在眼前，很冷峻，很清拔，山色寡淡，有些古意。峰脊微微地显露出来，像一些蓝色的褶皱，被一些白的事物遮住了。那白的事物像披散的月色，像朦胧的画布，像宏大的留白。它们在一些粗犷而纤细的光线里，勾勒了旷野和远意。山空、水寂、人静默。

　　竹篑山上的文峰塔高高地耸立着，像一个肃穆的人在为寒冬守护。塔顶是白的，塔身也是白的，白茫茫的不问世事的那种。望着南山，望着高高耸立的文峰塔，她在想：也不知山上那清寒的庙门、那沧桑的皂荚树、那曲折的山阶、那寂寂的木鱼声，还有那幽远的禅钟声，是否也变成了白茫茫的一片？

　　她想着那屏迹深山里的寺院和僧隐，都是藏在尘世里的山水。他们在大自然中悟得灵慧，在寂里将自身化作了一种山水意境，可望而不可即。

　　这个仰望雪天的人，亦看见南山脚下的灞河边，有一片幽僻的杨树林。那片杨树林在雪光中发出了脆弱而苍白的美。是一种无声之美，像一幅疏然清丽的画，有静气和古意。她走了进去，她发现那片杨树林，枯枝如骨，败叶如帛。她巡睃林子的目光在梢头顿了一顿。那骨瘦如铁的枝上簇着静白的雪花，一些堆成了雪球，被薄的晨光照着，非常的娴美好看。她低头静静去看那脚下厚厚的腐叶，下过一场雪，腐叶表面也着上一层白了。

　　这是很幽丽的一片杨树林。她在顾盼的时候，觉得最是凑趣。

　　有晨曦的雪天，宣气很淡。这种淡像微笑，像负暄闲谈，很冷，很熨帖，也很美。淡的景致中，也有一番明媚。置身伫立，一切明媚如太古初开。山川空寂，田野空寂，只有风儿在凛冽。大地上的某些事物似乎沉寂了，虫鸟各安各命，隐匿其中。

　　广场上，一只灰雀穿过雪幕，静静地停在树枝上，那杈间一个鸟巢也白了。有小孩在空地上堆塑雪人。他们很享受整个堆塑的过程。他们已经完全忘记了雪天的寒冷，眼里、心里只有童话和欢乐了。

这个冬天，定是因了眼前的这些孩子们的童趣在发光。他们的欢笑声在大地上有了重量，像一首长存的诗，被阳光映照着，妙极了！

望雪的人忽然又想到了那个在湖心亭看雪的明代才子张岱，他可爱得像孩童。他还会将庸常的日子用文字描摹得有趣、生动起来。

此等风致，也是可望而不可即的。

望雪人继续在雪天里仰望、思忖。

等到某一个时段，雪开始融化，雪线开始出现，那个在雪天里被长风吹过的人，发现深冬里的山水已经斑驳，老透了。

她便想：老了的山水也是有趣的。

光 线

　　光线搭在屋檐下，垂落成一种寂寞和安静，这是读书人所喜欢的。但不能太过耀眼，否则，常常会使人感到疲劳，继而产生身体上的某些不适。一定是非常柔和的那种，山阴水曲光线隐约，枝叶扶疏的树荫光波流动也委婉。雨天往往很合适。

　　日本作家岛崎藤村曾说："雨天是一种难以形容的寂寞。但心绪宁静，可以安心工作，而且常常可以想起人世的许多事，忘记的朋友。"

　　我猜他那时生活苦焦，要照顾母亲和姐姐，已是穷困艰难。雨天能让他安静下来认真创作。而他又是一个敏感多愁的人，雨天幽暗柔和的光线令他生了许多思绪，想起他的早逝的朋友北村透谷和二叶亭四迷。他们也是拼命写作，也是生活困窘。岛崎藤村在北村透谷生前去拜访他的时候，有一次两人聊到饭点，吃饭的时候只能蘸酱汤。生活让其忧闷，雨天的光线让其忧闷，人在忧闷之下更能沉淀人生，诱发出许多情感和哲思来。

　　书房朝北是西方人的选择，东方建筑多考虑在北处安置书房和阳台。所谓坐北朝南，指的既是风水，也是光线和温度。昔日乡间的土墙瓦房很讲究屋檐，因其是房屋非常重要的一部分。檐高窗明，空气通透，光线也好。檐低局促，看着也不气派。过去某些城市的窄巷多因地理位置或是环境所限，檐牙高低不一，远远望去，深深浅浅，屋里光线也是明暗不同。

文人们若选择将书斋朝南，夏天的时候，难免光线强烈，要想安静下来读书、思考或是创作，就需得调节一下室内光线，阳台或窗子上，常常挂了纱帘或是布帘。直接在强光下作业，是一件非常痛苦的事。冬天还好，光线柔和，太阳温暖，人也舒服。当然也有人喜欢书房朝北，优点是夏日无强光，缺点是冬日寒冷，好在现在有了取暖设施，一切倒也无妨。

关于雨天，从前喜欢在屋檐下静坐，一个人望着雨境发呆。那时檐下光线阴潮，大雨如泼时，檐子发亮，浮着烟气。雨柱倾泻而下，哗哗的声响裹挟着白雨敲击屋瓦的声音，感觉天地迷蒙，音色奇妙。要是雨线清闲，偶尔被那么一阵细风撩拨一下，歪歪地斜到一边去，顿觉浪漫而凉爽。脑中也会浮现出种种的幻想，思绪随着雨天的幽微光线飘忽，成一个痴痴的雨色里的人了。

山中一年光线多是幽绿或者枯白。从远处望山脊，永远都是深蓝色的，如青空一般。白云浮动或者烟雾萦绕，脊上光线一直高远。春时灿然，夏日静绿。到了秋季，各色光线交错，只有冬天是纯然的白，刺得雪亮，有些沧桑的感觉，却很美。

常常忆起故园的麦田来。故园在洋峪川，通往麦田的一条大道被杨树林的绿荫遮掩着。人走在树荫下，迎面刮过来的风息都是绿色的。白杨树上长满黑的疙瘩，像一些人的眼睛，又像一些动物的嘴巴，在银灰色的树皮上张开着。偌大的麦田里，金黄色的穗子聚集在浪里翻滚着。头上光线火辣，高空在正午时分，没有一块行云。

太阳实在毒。麦田里有人顶着草帽子，像一个个菌朵。他们在田间干活，脚步持重缓慢。麦田里除了他们，便只留着大片的寂静。蝴蝶和不知名的虫儿在草茎丛深中热闹着，那里有野花儿绣着田边。汗水在农夫的脸上滚落如豆珠，浸着他们脖颈上的每一道深痕。他们在麦浪中伏动着肩部，弯腰的时候，汗水流到嘴里，有一种咸咸的盐巴味。他们追着日影，抱着成熟的麦捆在田间拥着走，像笨拙的老牛。他们伏下身子跪在地上捆扎麦子的样子，像极了某种小爬虫。整个田野在夏烧交织的光线里窒息着，麦田的尽端也是火辣辣的炙热。

到了傍晚，阳光会钝了些。西天慢慢上了云霞。他们黢黑的脸庞便被云霞映红了，连身上土灰的衣服也被映红了。他们喉间常常发出曲折的咳嗽声，像有什么东西卡在那里，也许是芒刺，或者痰息。

晚上，月亮陷进云团里，一会儿又钻出来。河滩上唱起了蛙鸣，地垄间串起了虫鸣，萤虫开始在野外闪闪灭灭。星星在天边闪合，麦地影影绰绰，路边的杨树林也影影绰绰，风经过每片树叶的时候，发出泠泠的唰鸣声。麦草在大场上堆得高涨起来。麦子在月光下静谧着，他们被白天的疲惫拖至梦境中，鼾声如雷……夜色倾斜，在村庄的屋顶上洒满银光。半夜，月亮埋进云山，云层如烟气飘浮。

第二日拂晓，土墙瓦屋的纸窗渐渐发白，又一天的劬劳在洋峪川的大地上开始了……

多年以后，我在麦子成熟的季节出发了，那是金色记忆的发端。我在那片天地广阔的光线里，嗅到了浓郁的麦香味。

霜　意

　　夜里月亮在云层中藏得严实，野纷之风也吹得强劲。人无睡意的时候，便躺在床上胡乱思量：苍凉时节，寒气一日日凛冽，小区的园中必然广布阴郁，蒙了一种萧条。这真是一点儿也不可爱！

　　到了第二日拂晓，看见天色并不阴霾，风脚也歇了下来，心境便无惆怅。

　　窗外有大野之景。南山是覆了初雪的，既苍茫又斑驳，幽远之意怡有古风。那时峰脊隐约，像勾勒的细线，模糊而美妙。这样的季节，连绵的坡岭脚下也有意趣。树林总是稀疏，枝丫寂寞，萧瑟的模样，又不沉滞，早上带了些雾蒙蒙的远霜，像是凭空画出来的一样。

　　阴坡之处，雪意浓重，其境幽深，远远望着，像白的宣纸上晕了些灰黑的淡墨。麦田是一望无垠的霜白，有些地方微微地隆了起来，露出黄褐的泥土的样子，宛若拓印的暗花，也是唯美。麦垄也上了寒霜，在宏阔旷野描出一道道曲折起伏的银辉线条，让人很容易想到乡间的月下小路。

　　小路降霜也厚，旁有丛草，丛草毛蓑蓑地白。周围纠缠的蔓藤也凝了银霜的花，像松鼠蓬松而茸茸的尾巴。白杨林中常有细长的小路穿过，路为落叶所覆。雪在人迹来往的细路上停留不住，夜里千万水汽团作了霜花，霜花又在早晨最先封住了它。细路如洗，叶面如洗。

园子里也是雪白的，下了霜籽。坪地白浮浮的一片。三叶草像被打翻了一般，叶子统统地向一边倒着，真是娇弱无依，泛着白色的霜气，映了冷光。一些景观树的叶子都落光了，还有一些诸如石楠、女贞、冬青、塔松的叶子，绿色藏得深沉，各自在冬天摇摆，俨然已经具备了世所罕见的美貌潜质。

深感园中寂静，虽有稀薄弥漫的朝霞，鸟雀却还赖在巢穴，不来造访，唯有浓霜缔结草木之上。苔藓也染了白，心事纤细而深重，像是追忆昔日盛时的模样，人见犹怜。

苔地有池，池水低了一寸又一寸，终究还是露出了低沿的石头。那石头也是有趣，表面一律地被凿了些坑洼，逆着晨光，凹凸有致。顺了光照去看，全是波纹的形貌，银霜铺陈，像是白的水流。池底并无荷叶，柳树的枯干枝条积了一些，柳叶儿又如小鱼，银光闪闪，息在那儿，一动不动，姿影极妙。

园中其时气氛凝重，大音希声。动人的光景映现在百般的幽静之中，那是花色鸟声都无可比拟的自然之美，却让白霜给占尽了。

想着冬深的时候，远，被峰尖高高耸起。瘦，挂在了树上。霜意渐浓，虫儿们终于睡去。大地一片沉寂。

冬之鸟巢

发现一个鸟巢，在洋峪川的野外，一棵苍劲的老槐树上，旁边亦有一些树木，也是槐树，还有标直的白杨林。这些树身都斑驳，都有古意。其余便是空寂的沟坡、田野、乡路和一些村庄。

大野之景寂寞，村庄也是寂寞，除了一些静，还是静。一些雪落了下来，一些雾气也灰蒙蒙地拢来，人家屋顶全白了。被荻花染白的另一部分是河滩，洋峪河水低了一寸又一寸，在大雪降临之后，它就悄然隐遁了，隔着冰层和毛茸茸的白雪，只能听见汩汩的流水声。那声音也是白而寂寞的。小桥也寂寞，桥上不曾走过一个人。

鸟巢在村庄之外，挂在高高的老槐树梢上，以密集的枯枝、泥粒和黏稠的唾液牢牢地缝合而成，比一个人的脑袋还大。整体看着像个圆锥体，平面直径能有八十多厘米，垂直高度约十五厘米。巢壁周边向外倾斜，所插树枝有粗有细，有长有短，有弯有直，或斜插，或竖插，或横摆，非常讲究。

鸟巢里应该很温暖，应该还有轻而柔软的绒毛吧？但它高高地挂在那里，又像被风轻轻托着，看起来是那么不安全。谁知道里面会住着怎样的鸟儿？这些小东西们晚上的睡相好不好呢？野纷之风吹来之时，它们会不会一不小心从上面跌落下来，在漆黑的午夜里惊慌失措地叫喊着，飞向另一棵树？

倘若真会，这一定是很可笑的。要是里面住着的是乌鸦，那么它们在这种情况下也不那么令人讨厌了，也许还有一点点的小可爱在其中了。

那样的鸟巢，在白天里，远远地望去，也是黑洞洞的，有些神秘。仿佛一个老人的眼窝子，里面盛放着时间的光和影，盛放着田野的广阔与色彩，还有日月、风霜、雪雨、云霞、雾气以及整个冬天的凛冽无垠。它那么深邃而幽远，像能洞察世间万物：木骨、金筋、土肌、水血、火气，简直是窅秘不可探知。

真是唯美，它倨傲于那棵黑衣皴裂的老槐树上，并且为苍苔所覆。它总是在望白雪虚茫的、峰脊又绵延曲折的南山。那山将远高高地挂着，像一棵树将瘦静静地挂着一样，怡有意趣，况味十足。那高而远的山，只是白浮浮的朦胧一片，青色的脊线像游动的蛇影，在天色阴霾中隐隐约约的。那瘦而枯的老树，铁枝遒劲，也是那么的清拔、奇崛，像是有人故意画上去的，稀疏也不觉得潦草。

田野真是空旷，偶有农人担着粪笼到麦田里去，可是寒战战的，好像风一吹就会倒下。那些村庄里的故事都在冬天里藏匿了，寂静在长街短巷里亦是老生常谈。只有冬之巢鸟在歌唱，那是世上最动听曼妙的声音，简直是天籁。那声音的颜色是绿色的，没有人会怀疑春天的抵达。那声音的形貌犹如团的花瓣，长风一吹，它的香就会从枝头落下来，落在了一个人的心中。人有了重重的心事，人总是在洋峪川逡巡着寻找自己的出处。

曾经这块土地上有过生命、生活与大自然的交织上演，曾经这块土地上有过命运的悲喜和震荡。他们创造了村庄和声音、田畈和颜色，他们在这块土地上无限地热爱过，冶艳的、贫瘠的、田园的、粗粝的、温情的、无奈的……历经沧桑，他们在洋峪川的坚韧和卑微里已经提炼出了最美的故乡。

鸟巢属于故乡的一部分。

在黑夜里，那巢穴之中，一定在酝酿着一个关于明亮的计划。可是到了第二天的早晨，它竟是那么的突兀和奇怪。它在唱歌，它在守护。它的眼睛里藏着整个冬天，也藏着整个洋峪川。

它真是一个秘密。

陪山坐一会儿

在洋峪川，当我想着去看一条河的时候，我首先想到了山。陪山坐一会儿，是一件很有意思的事情。

三月的中下旬至四月初，洋峪川的原野已经绿了。袭面而来的风总是有些熏扑的感觉，那个时候，山也跟着绿了。我自然也很熨帖地听到一些树林里的热闹。有经了冬的灰喜鹊和小麻雀，它们雀跃在高的树枝头，叽叽喳喳地叫，好像有许多好的消息要传递。从一棵树飞到另一棵树上，倏忽间又画着各种优美的弧线，将繁密的快乐扑落在地。黄鹂和燕子也将身边鼓荡放光的事物搬到树梢上。黄鹂是天生的歌唱家，它那无与伦比的歌声必将传遍大地，令山谷沟壑生动起来。春燕呢，一定是最勤劳的。当它们开始打量日子的时候，衔泥筑巢便成为第一要事。山林里，啄木鸟早就笃笃笃地忙碌开了。斑鸠把自己藏在草木间咕咕咕地发情。当然，野鸡的声音也是连贯清脆的，呱呱、呱呱，它们的气质永远有点落落寡合的味道。

不管怎么说，春天是真正意义上地到来了。各种鸟儿喜悦地将时间聚在山中，嘴里衔着绿：粉绿、白绿、浅绿、翠绿、草绿、墨绿……一闪而过，明媚其中。

顺着一条曲折的小径，我在山脚的小溪边坐了一会儿。溪水淙淙地流，带着探寻的目光，一路向前。四周大片的苍苔已然泛了绿，湿漉漉软绵绵的。溪水清澈见底。在一处浮着绿藻的地方，我发现了一些小蝌蚪。大而乌黑发亮的圆脑袋，扁而柔软的小尾巴，在水中漂游，仿佛哪个喜爱抒情的诗人，一不小心撒落在春天里的小逗号，活泼而可爱。

溪谷里布满了葳蕤的毛蕨，一簇挨着一簇，一片连着一片。它们的根部湿润而松软，每一扇黑褐色的叶柄上都伸展了细长的披状鳞片小叶，分别朝两端横向排列着。风一吹，葱绿的羽叶便会轻轻地摇摆，羞答答的。石缝里冒出了一根根长着新叶的藤条。沙地上生长着许多不知名的绿色植物，有的横铺了长，有的窝聚成一堆。有些植物已经零星地开花，幽幽地镶嵌在那里，像小孩未曾涉世的眸眼，萌萌地闪亮。有的却像姑娘们迷人的笑靥，隐在草丛中，露出娇媚……

山涧空气格外新鲜。风影里弥漫着泥土、草木与野花的清香，不时沁入人的心脾。于是，人的眼里就满是惬意，鼻观里便满是山林的芳馨了。

春天，当我努力攀上堡子山的时候，明丽的春光已经沐浴了整个洋峪川。嵯峨耸立的月牙山的峰巅，正轻笼着薄薄的云雾。更远处的山体是淡淡的浅蓝色，更近处的山头则是各种颜色不同的新绿。人看景，像在看一幅美丽的春景图，纯明、自然、亲切入微。

坐在山梁的一块大石头上，一个人静静俯视大小洋峪的两条峪谷。身后是连绵起伏的山峦和整片整片的橡树林与板栗林。身边是密密匝匝的灌木丛和纠葛缠绕的藤蔓以及矮枣的荆棘丛。堡子山向阳的一面是大洋峪郁郁葱葱的翠竹林，竹林畔滑雪场就在那里。白萨萨的雪道从半山坡一直缓慢垂至山根处，在金色的霞光里，特别刺目。

背阴的一面是小洋峪，夹在堡子山与对面的沙嘴山之间。山路狭长而逼仄。一条银溪样的细水，绕着七拐八拐的山沟，流进小峪口泊着的一个小湖里。远远望去，那湖静如处子，宛若一块绿的翡翠，倒映着山林和草绿。半山上全是松树林，树下铺了厚厚的一层松针，还有遗落的大小松塔。我小心地走了进去，找了一块较为平坦的地方依着松树坐下。这片林子很安静，偶尔会有调皮的小松鼠在枝头发出轻微的窸窣声，却寻不见它们的踪影。然而，正是这轻微的窸窣声，让人忽然会怀疑：这里的寂静是不是从更远的山那边迁徙而来的？可是更远的山的那边，好像分明更为煦暖。那里的阳光一定斑驳地透过树枝，在林子里枯的落叶上投下一道道细影。难道说：连着这春日的阳光也是寂静的吗？如果是这样的话，那这山也是很幽静的了。那么，之前林中山雀的鸣叫，算是一种寂静的吟唱吗？

我想：山，自然是静的。

漫山遍野的草木的绿也是寂静的。我们一直所向往的大自然也是寂静的。陪山坐一会儿，是一件很有意思的事情。与草木亲近，与山野亲近，人回归了自然，也就找到了故乡。故乡有一百种缓慢的事物，从和一座大山的共同呼吸开始。望云。嗅花。抚摸绿色。去吹山风，长风的风。去和朝阳亲密，让皮肤的每一寸毛孔都充溢着生机。舒展向晚的稠密心事，让流水将它们带到远方去。去赞叹西山的落日，知道它有多么的瑰丽浪漫……

漂泊在外的人，唯有故乡能够治愈和疗伤。洋峪川的美，远不止一座座大山。

竹林畔

春天在竹林畔悬置了很久，因为那片绿，那片浮动着幽静和幽深的绿。所以到了冬天，它仍葳蕤着，像整个春天还未过去一样。

最初的欢喜是在晨朝。

天空蒙了灰白。雪籽一粒粒地落，远处的山体、林梢，近处的屋顶、墙头、台阶、石桥、小河和一大片田畔，都苍白了。唯有村子两边及后坡上的翠竹林，在寒气凛冽的雪天里，一味地青绿，一味地婆娑摇曳。一个大早，我们便盛了器皿，在那竹叶上取了银雪，连同一些叶片一并在水壶里烹煮，当了茶饮喝。

下雪是一桩大事，世界白了，我们的心也被洗涤了。一天的日子开始陷入安静之片段。山路被大雪封住了，我们就静静地坐在屋子里喝茶。看屋檐、竹篱上累累地挂满了冰凌，望着远处的大树小树从周遭伸出来的银白色的枝干指向灰蒙的天空。我们一边喝，一边听风声。大地酣眠，窗外笼着一层昏昏的铅状薄雾，窗格子已经被银雪加宽，玻璃上也结了一些冰纹。然而扑簌簌的霏雪一直没有停歇的意思，我们在覆盖着安静的山村中，欣赏雪花飘落在檐下的石头上，像飘落在一小块寂静上。那石头在时间的纵深里渐渐高耸起来，渐渐肥胖起来。它可爱得沉默不语，开始被那片风动的翠绿挑逗着，挑逗着，最后变成了竹林里的一个人，在那里打坐、入定了。

这种想象很奇妙。

洋峪川的竹林畔永远是一处妙境。只要有竹子，就会有意趣。一个小村庄藏在碧色里，周围全是白，全是空旷。人就住在绿里，住在白里，像住在一幅画里一样有趣。人喝着白，喝着绿，也看着白，看着绿。人喝着，看着，便开始聊着了。

"下雪可真有趣呵，冷是冷了些，但围炉煮茶话闲事，也是饶有风情了。"我说。

"若是闲事如远事，就无甚可爱的了。倒是眼前的这雪事更有些情味。你看那月牙峰上覆了白，你看那洋峪河上覆了白，唯有这竹林畔藏了这大片的绿，像春天一样美好，多么妙呵！"她说道。

"是呀，是呀，我们简直就住在画里。"最后她这样总结道，"这全是竹林畔的好，洋峪川有这么一处引人入胜的好地方，真是值得赞美呀！"

我们便说起洋峪川的好，说起竹林畔的好来。

洋峪川在关中腹地并不算富裕之乡，山多，林密，水丰，土地广博却多坡岭。所谓的川，只是秦岭支流浐河上游的一块较为平坦的小区域。河流两岸有翠色，村庄依次沿着河两岸向两边延伸，一直延伸到南山的山根处。竹林畔便是南山脚下的一块绿地。畔上有村庄，有树林。一条小河从村前潺潺流过。河对面是田地和高坡。高坡后面便是大山。村庄背靠着连绵起伏的二龙山，二龙山上全是密密匝匝的板栗林和毛竹林。那竹子从半山腰一直咕涌到村庄里，把一个小山村全给咕涌绿了。

村里人农忙种庄稼，农闲编竹筐、竹笼、竹篮子、竹笊篱、竹蒸笼、竹筷篓、竹桶、竹笠、竹椅、竹席、竹篱笆……凡是他们能想到的，他们都编织。他们既是农夫，也是匠人。时间在他们的手中得以包浆，渐渐变作暗哑生动的呼吸。一件一件盛装乡土生活的竹制工艺品，透着岁月经年的质朴与宁静，也呈现着他们对人世的敬重和包容。几百年来，他们在这里男耕女织，恬淡生活。庄稼喂养了他们，竹林也喂养了他们。他们将竹子视为亲人，竹子与村庄的生活早已密不可分了。

夏天，我们回到竹林畔，我们被它的美景深深地吸引住了。白天除了清凉和养目，我们还在村子里亲自挖竹笋。我们把竹笋剥皮后切成细丝，凉拌了吃。每次进入竹林，就犹如进入了秘境。那片葱绿呵，那片静谧呵，那片挺拔呵，那片被竹叶掩映的斑驳呵，那片被鸟鸣轻啄的清脆呵……它们全都浸入我们的身体里了。

一个月色浸染的夜晚，我们坐在篱笆小院的竹椅上，看群萤交飞在竹影里，听虫声吟唱在竹丛间。我们在清风里说着月牙山的险峻，我们说着洋峪河的清澈，我们说着一个村庄的心事和我们自己的心事。竹叶沙沙地响，像人在窃窃私语，像细雨在悄悄飘落，像月光在打磨水面，像纯清的眼睛在扑闪，像细密的丝绒在风里滚动，像流水在诉说着一段故乡的遥远记忆，最后像针尖轻然落入苍茫大海……那时，草木一寸寸地都睡着了，而我们的夜晚还浮荡着漫山遍野的少年往事。

我们想着我们父辈曾经的劬劳和苦焦，我们也想着他们在智慧的汗水下缔结出来的农耕文明和田园风光。我们想得更多的还是那一片片茂竹林，它们对于一个村庄的庇护和眷顾，它们给予洋峪川人的馈赠，都是弥足珍贵的。

我们亦想起雁影列队飞过远空的深秋。早晨和中午的时候，竹林畔的天空是那么的蓝，像一个人沉静的面孔和寂静的大眼睛。到了傍晚，二龙山上，竹林的林梢苍莽地在山腰上滑过一线绿痕，一整片的竹子林都静止在斜阳横扫的余晖里了。我们在村口的大路边斜出的一条小径上漫步，我们听见呱啦鸡在林子里不停地叫，我们头顶的天空正挟带着成片的彩霞缓慢向西涌去。

河滩上，蛙鸣如鼓，地狗子在草丛里跳来跳去。有人荷锄从菜畦边经过。有人扛锨从稻田边经过。我们相信，蔬菜和稻子在竹林畔的黄昏里都是一种光，它们被勤劳而粗糙的双手一一抚摸过了，它们被清脆而欢快的鸟鸣歌唱过了，它们被纯净甘甜的洋峪河水滋润过了。

我们开始去追逐那带着辽阔和明亮的光芒，当我们陶醉的时刻，我们的心里便有了余裕。我们对着洋峪河发呆。我们对着河滩发呆。我们对着村庄发呆。我们对着竹林发呆。我们对着板栗林发呆。我们对着南山发呆。我们对着整个竹林畔发呆。怔了一个沥满光彩的暮天，我们自己也变成了光。

雪总是先于我们回到洋峪川。我们在竹林畔的石桥上站立一会儿，静默一会儿。我们望见一蓬蓬的绿色迎面而来。我们走进绿色，采撷绿色。冬天的竹林里，仍有取之不尽的美食，像舌尖上吐露出来的密语。我们从雪地里深埋的一个个肥笋里，获得了来自故乡最温情的安慰。那份喜悦，被一壶滚烫的烈酒包裹着，驱散了一身的疲惫和寒冷。我们喝着酒，回味着冬笋的鲜美，想着让大雪落深山好了，让竹林笼罩村庄好了。我们喝完酒，还要出去踏雪。

第二年春天，又有人回到洋峪川，我们相约在竹林畔。

我们徜徉在驰荡的油菜花丛中。我们穿过雪天一样的槐树林，被宛若云开的泡桐花所拥。我们循溪而上，横桥小渡。在芊芊错错的山坡上大口呼吸着春光里那些迟缓的香气。我们坐在门前赏花，吃槐花麦饭，腌制春笋。那片环抱村庄、正在暖息里迎风起舞的翠竹林，像极了每个人心中悄然摊开的一片乡愁……

一个小阳春

一夜觉醒，晓天朦胧。冬天走向了深处，空气愈来愈凛冽，霜意愈来愈浓重。早晨打开车门，冰霜嚓嚓裂响。一遍一遍耐心地刮着玻璃窗上的霜层，嘴里嘘嘘地哈着白气，冷把白气瞬间变成了颗粒，挂在了眉梢。

霭霞弥天的时候，每望南山，峰脊总也隐约。鸟雀一贯地喜欢在枯枝头闪闪烁烁，它们醒来得也是早，需要觅食和清亮嗓音，所有的语调、词汇以及情绪，都是在描述新的一日。

新的一日自然是美好的。

中午的阳光很冶艳，像铺了一层薄粉，白茫茫地香，连光影也渲染了。那光影照在草丛里，照在毛茸茸的寂静里，像时间的软。草丛茵茵地绿着广场，沐着阳光的媚和暖。无须说，这太阳是在凝着自身的光和热，也在用心地分散着自己的光和热。

天空很静，天空一直幽蓝着。

渐渐地，来广场上晒太阳的人儿就多了起来。享受负暄之乐，真是一种微小而确定的幸福。冬天的小阳春，最适合老人、小孩摊晒身体。年轻人也会来凑凑趣，在亭子里坐坐，在小径上漫步，或者到一片不错的草坪上拍照。总之，一切都是很美好的。

　　河滩白石表出，河堤上有那么一些树木，叶子还是一味地绿着。偶尔在树丛中会有一两株酷似海棠的，因为天气和暖，应着小阳春的气息，竟然又开了一拨花。花瓣是粉红的，上面带了些白的娴气，那红像是谁有意点在粉上面去的，一副羞答答的模样。骨苞却是樱红的，也像用画笔蘸在枝头一般。风一吹，那花瓣、骨苞便在瘦的枝上轻轻摇曳，招惹了一些好奇的人驻足观看。

　　苇丛差池了水面，水面低了一寸又一寸。灞河水由远及近，先是粼粼的银白色，亮晃晃的。河水逐渐变成了浅蓝，到了人跟前，又成了静静的浅绿色。几只黑野鸭在河心悠然地划着半圆的弧线，水波一圈又一圈，也是生动可爱。等人在河堤上走远了，那黑鸭便也变作一个个小的黑点，泊在那里。这是相互的，大概它们彼时望着岸上的人影，也是小如芥子了。

　　西山披了晚霞的时候，风中起了寒意。天空如幕布，很有些层次感。山体上空最顶的一大片是月白色，接着是一抹灰色，灰色下面是微微的蓝，夕阳的光色在微蓝之下又铺展了一层，挨着峰巅的，亦是一大片月白色。西天像极了一块斑驳的油画，连延绵的白鹿原的塬坡也成了不规则的青黑巨布。在灰色天幕为背景的烘托之下，塬畔密集显露的柏树梢头，变成了一道长而曲折的锯齿状的黑布头，简直是意象之美组合了意境之美。

　　光线亮着亮着就变暗了，一个黄昏就暗淡了下来。行人的表情渐渐模糊了，行人的衣服外面又穿了一件深黑色的衣。暮色张开了复脚，黑暗进入深巷。街灯渐次亮了，人影、树影以及房屋开始影影绰绰起来……

　　书房一片幽静。我在陋室里继续读松尾芭蕉的《奥之细道》。

想到他的冬日，雪天佗寂，四野一白。那雪好大，铺天盖地地落下来。落在深处，变成了灵魂；落在人们的身上，变成了风景。那尚是一种美。

而我之冬天，无雪。可这一日的小阳春也是一种美呀。

木兮有枝

一夜风紧，落叶枯萎了树木，树木枯萎了冬天。冬天善于裸露，也善于埋藏。落光了树叶的枝头，除了裸露，还是裸露。片叶无存，干冷凝练，枝将光阴给了深寒，遒劲自修，直指苍穹。

苍穹做了背景，有时湛蓝，有时灰白。枝条闪了光影，兀自沉默。有如铁艺，有如丝绦，有如剑锋，有如蛛网，有如毛细血管，有如印花的布帛，有如人的筋骨，有如鹿的仙角……白鹿原的肋骨间，隐隐约约遍布着笔直的白杨林，稀疏，萧瑟。远远望去，树枝像袅袅升腾的烟，又像氤氲轻笼的薄雾，朦胧一片。

粗的、细的，高的、矮的，曲的、直的，繁的、简的，它们都有方向。方向是树枝的尘世坐标，有了方向，就有了目标，就有了力量和生长的希望。

春天，枝子为花而香。夏日，树枝为叶而绿。秋时，枝丫为果所累。从春从夏从秋，它们都做了陪衬，只有到了冬季，它们才是真正的自己。它们才能为自己真实地活着。

像一个人的一生，树枝从青葱葳蕤到枯老腐烂，日浴月洗，终其精气，尽其光华。或者为火，为光，最终变为灰烬，尘埃落定。在此之前，它们消瘦、清寂，有枯意，有古意，亦有峻意。在白日，树枝尽情温吞阳光的暖或有长风吹过，田野纷飞。它们划分了边界，虚构了空间，勾勒了幕景，也枝干连影，这真是美好。

一棵老槐树上结着一只巢，比人的脑袋还要大。黑洞洞的，像老人的眼睛，有些神秘。一株晚樱树上也结了小巢，细草织就，想必是灰雀的窝。小鸟把冬天搬进眼睛里，冬天路过它们的家，留下了一些美，比如树枝和高空。

人路过广场，路过河堤，抬头看天，看树，看枝，全是画意，张张都有水墨味。

人说：木兮有枝，真好！

下雪的日子里，树枝比童话还美。刚开始，雪粒愈聚愈多，渐渐地，妆成雪枝，凝成雪团，挂成白絮，垂成银条儿……谁都会承认它们就是诗，就是画，就是曼妙的梦境了。

有雾的时候，树枝儿便有了仙气，便入了幻境。树在雾中打坐，入定，树枝也在雾中打坐，入定。树身如老僧，生了禅意，树枝儿便化作禅寺，在空寂中深隐。

若是有雨，在冬日又不甚大。树枝便是湿，便是滑，便是黑幽，便是光亮，便是那雨意中的浪漫和冷寒。

在夜晚，树枝无限延伸着黑暗。它们成了妖魔的魅影，成了野兽的利爪，成了灯光的尾巴，成了月亮的窗格，成了某一个角落的斑驳和孤独。

有时，它们便成了侘寂学，构造了一种自然之美。有时它们便成了草木本身，延绵了一种毛茸茸的呼吸。有时它们便成了人类的哲学，诠释了一种生与死的重大命题。

出世，入世，它们是大地的毛发，是生命的形态，是时间的触角，是自然的本相，是人性、万物的初心与隐喻。

山有木兮木有枝。冬天的好在于：树枝随处可见，可赏，而空，而寂，而美。

有趣的事情

有趣的事情往往意味难解。

比如春雨喜降，有湿淋淋的酥软。在夏日的短夜里静听虫鸣鸦叫，入耳清放。秋深里霜气最是凝重，似长长的心事从窗前经过。冬月之时宜望远山初雪覆盖，那时，大地嶙峋，万物默然……凡此种种，都是曼妙。

二三月，青空之色逐渐加浓，云朵宛若春之先驱。初发的新叶与嫩枝逶迤可爱。柳也有意趣，绿芽盎然，枝条细长，在水边，软风轻拂，一副楚楚动人的模样。

春间最能使人心潮涌动的莫过于花事。含苞欲放、刚将羞绽，都是惊艳。桃杏盛开的时候，旷野也怡丽，就算不去漫步远眺，到了农田家舍，也会见到新颖的事物。梨花吐蕊不必说，枝头一定高妙。海棠晚樱，也是繁累。花在周围争奇斗艳，田野已春深似海。

半夜里落雨，声音总是很轻，像是一种蚕食。雨脚细微，连风息也是朦胧的。拂晓时分，雷鸣逐渐远去，雨便停了。园子里晨露浓重，白珠子挂在草尖，布留的雾气实在缥缈。

藤花在廊下长垂，鸣蝉躲在树荫里吟唱。白天往往暑热难耐，夜晚的时候显露了清凉，这是极好的夏日。子规在深夜里也叫，声音妩媚又充满哀怨。每每有月光流入，屋顶仿佛白山，树木影影绰绰，叶面如洗，池水也蒙了银色。竹子的风度，姿态优雅，令人回味无穷。

七八月的胡枝子，生得繁茂。小区门外、小树林边都是，路边和缓坡上也是。《救荒本草》里说其形似苜蓿而长，盖是蒿类。只是它更清秀些，枝枝蔓蔓，蓬蓬散乱着，也不觉得潦草。书中谓之秋天开花，从草从秋。花有紫白二色，花色甚浓，点在蓬腻的枝蔓间，如星芒般引人注目。黄昏时缓步徐行，路过小树林旁，见其树枝柔软地向四边伸张，摇摇摆摆，一身风流，不觉心生怜爱，会在那里多待一会儿的。

不消说，秋天的野境也美妙。稻穗纷披的田里，是光在流动。河滩的荻花在荡，雪白一片，景象惹人多思。树叶纷飞于野，秋草濡染了霜色。天色是清澄光亮的，次第入目的美景到处都是。

想到这个季节，有时霜露如影随形、如切如磋，真是有意思。

冬天是苍凉的时节。园中到处是零落吹散的枯叶，虽有萧条意，可是一想起落雪时的浪漫，心中的荒芜便会顷刻消弭。

早上在寂静中醒来。拉开窗帘看外面的世界，雪色苍茫。天地间只露了稀疏可辨的一些细线，痕迹淡泊，像是房屋、树木、人影、车辆以及道路什么的，都是勾勒而成，委实生趣。那雪花落在了线条、颜色和声音上，也落在了喜爱它的人的心中。

梅花上的雪积满了，铁黑的枝干也臃肿起来。赏梅的人立在雪中，一脸的高雅和欣然。小孩子们在广场上堆雪人，冷空气里呼出一片片白的热气。有些鸟雀正乖乖地待在高巢里，一动不动。

下下停停的雪，不久变成了雨夹雪。远景沉滞，天际阴郁，隐约的山峦只露了模糊的姿影。冬天成了寂寞无底的白色，一切伸向无垠的远方。

　　夜里总有长风吹过，风中传来瑟瑟的响动。偶尔听见几声笨猫的叫喊，坏坏的，像是又在墙头逡巡，太过专注了，一不小心，被雪涌了下去。

　　物尽，大自然的美学才刚刚开始……

寂　静

寂静从窗户飞出，落在楼下的一片空地上，空地上树影斑驳。阳光恰如糖浆，明亮浓稠，楼下投着斑驳树影的空地，可贵地清凉着。

室内有空调，亦清凉。午休起来，便是喝茶读书。之后，一个人发怔，对着窗寂寞，时间空白一片。

远山衔接着天际。

青峰隐隐，峰影幽深，脊端颜色在视线里由青绿变成了蓝色。山的肋骨间是白萨萨的亮，像覆着的积雪。不过是在夏天，正是光线映照出来的幻影。高空是浅淡的蓝，在头顶上浮着一些云团。没有云气的地方，实在娴静，像一片湖色。几根人家屋檐下的电线，细细地挂在那儿。仰首而望，浅蓝色底子的巨布上，着了长黑的线条，是一幅非常简约的画而已，不过耐看而有些味道。

心思恬淡，雪烧的夏日亦是清凉的。我坐在窗前看风景，大片的静谧漫过心房，静谧里生出潮湿的水汽和凉意，它们吹拂着我的脸以及我舒展的肢体。偶尔有几声啾啾的鸟鸣，从婆娑的树影里传来。我想着那鸟鸣应该是绿色的，六七月沉闷的炎热里，有几声鸟鸣的渗入，像一股细长的山溪，投进了人的心湖里。

　　我又想起每日路过的灞河边。河中有一块湿滩，狭长的一小片。上面长了些瘦柳，稀稀疏疏的。周围都是茂密的芦苇丛，里面藏着许多水鸟。黑野鸭常见，白鹭也常见。正午阳光毒辣，河堤上罕有人影，白鹭便在水中无人惊扰地嬉戏着。一般是成双成对的，有时在水边伫立，有时低头觅食，有时又沿着湿地低飞。水声泠泠，波纹细密，水面碧绿，白石表出。灞河掩映着两岸的古槐，衬托着水中的云影、摇曳的树影和丰美的水草，勾抹出一片清秀之境。远处绣岭的坡线迤逦地起伏着，无限地接近窅空的天。那坡线远远地望去，也是蓝色的沉静之色。

　　这是白天。

　　前日读萧红的《夏夜》里开头一段："密密的浓黑的一带长林，远在天边静止着。夏夜蓝色的天，蓝色的夜。夏夜坐在茅檐边，望着茅檐借宿的麻雀的窠巢，隔着墙可以望见北山森静的密林，林的那端，望不见弯月勾垂着。"她的夏夜如此森静，又有密林的啸声，虫声在嘶鸣，流水在畅引，而她和北窗下凝着眼泪和夜露的菱姑一般忧伤寂寞。她的夏夜虽清凉，却使人哀怜。她与菱姑的寂寞在乱世中动荡着，是值得同情的寂静。

　　多年以前，我喜欢过冬天的一种清冽冷峻样的寂静。

　　早晨的霜意很浓重，老屋门前杨树的叶子全落光了。迟亮的东天，刚刚张开了一些明的光色。很快大雪便又来了，它带来一片纷纷的寂静。那时我就站在门前看雪，我在那片静里深深地呼吸着。后来我被大雪深埋其中。再后来，我渐渐变作了一团白，我周围的树木上也积满了重重的冬雪。

　　乡间小院的雪景实在卑微，却一点儿也不影响它的美。

　　臭椿的枝干以及槐树的铁枝已变成了弓状，四周散扩的张开枯枝的梧桐树还在高挺着。傍晚时分，蜗居在土炕上，贴着耳朵聆听天籁。听见雪从屋檐掉下来的声音，格外惊心。忽然，一根树枝被沉雪压断的咔嚓声，在唰唰的雪音里弹跳了出来，特别清脆凛冽。

　　冬月的寒风在街上刮来刮去。少时，在洋峪川，看见雪天，就看到了一切美的事物。以为雪的纯净是一切事物的本性。不过往昔的痕迹以及旧事的风影在二三十年的辗转中，已经渐渐模糊。唯有大雪在旧居小院的树枝上叠加、垂挂并且打了雪籽的景象，一直记得清晰。那片乡间的寂静，只作永远的怀念了。

山与寺

　　脚下像是踩了冬天的灰影，沿着山脚斑驳地带，一步步探索于悟真寺山。北风依然很硬，四处埋伏，四处横行，吹在人的身上、脸部，大有洗劫的味道。

　　还是决定爬上去。

　　迎面一片茂竹林，像拱起的亭脊，中间是一条石阶，一阶一阶开始向上延伸。竹林营造了一种安静，连同林子里的空气和人的呼吸一样安静。鸟雀也不例外，它们的嘴里衔着空旷和辽远，令一座大山更加安静。

　　出了茂竹林，大概会有一条逼仄陡峭的小径告诉人们，爬到山顶，尚需要一段较长的时间。地上开始有了沙沙的响声，我不能确定枯叶下面是否还有什么别的东西，那样密麻、细碎又轻薄。这种声音一直陪伴着我们，将所有人的耳朵拉得很长，直到继续前行，山路续而由苍白转为黑褐色，贴着岩壁，在大山里突现，或者隐没。人的脚步和视野始终被这条小径牵引着，兜兜转转，走走停停，好像永远没有尽头。但人必须有所选择，否则你将进入盲区。

　　没有岩石或者树木遮挡的地方，长风仍然很硬。有时风影顿在某个沟壑里，会荡出呼呼的声息来。人的心里会不自觉地为它的声

413

响留下一条细缝，供其随意游走。人的心里还装着鸟鸣，任由它们在一处边角阴冷的地方歌唱。

就这样爬着，爬着，一会儿是沟崖褶皱间的狭窄古栈道，一会儿是衰草败叶的乱丛间。绕来绕去，要是忽然进入一片高大的橡树林，你就会为那片林子在冬季退而无争的生命状态肃然起敬。一溜儿的高挺清瘦，一溜儿的黑黢粗糙，遍布山坡，苍苍茫茫的样子。咂摸起来，有些稀稀疏疏的空落。山体为厚厚的枯叶覆盖着。随处可见被风掏空了果肉的橡子残壳。也有许多坠落的坚果上，明显有被动物啮咬过的痕迹。猜想着这里也许是山鼠和野猪比较喜欢的环境，不过现在根本看不见它们在山林里现身的任何影子。

人始终在半山腰迂回前进。经过两面橡树林坡，终于又可以看见一片婆娑的翠竹林。没有山门那里的挺拔，置身其中，路径湿滑，有泥土的潮湿气息钻入造访者的鼻子里，让人一下子感觉到荒山野旷的清润味道来。

接着，大片大片的青苔便出现了。要么在拦腰横断的一棵大树上，要么在眼前嶙峋兀立的一块巨石上，要么团在一小片岩石的缝隙间，要么铺在松软的沙土上。小心翼翼地踩上去，脚下生出一片寂静，所有的声音都在那一瞬间隐匿了。空气里全是寂静，整个山林静了下来……

时间沉浸在人的眼里，大山也沉浸在人的眼里。

随后，一片松树林的出现给予我们某些启示，比如坚忍刚强，比如常青与敬畏，比如安静和虔诚。说到虔诚，当一座隋唐遗留的千年古寺忽然仡立于千层台阶之上时，古寺连同周围散落的大小石塔所形成的肃穆气氛，又怎能不令人骤然驻足，端然仰望，心安虔诚呢？

寺门紧闭。朱红的大门上写有"上悟真古寺"字样。四周为芦荻翠竹及橡树林所掩映，一缕白烟正在后院的青瓦屋顶上袅袅升腾。钟楼白苍，脊檐白苍。

性云大师不在，寺中似只留了守庙人。进不去，不得而知。至于性云大师，也许他下山到附近的村庄里化缘去了，也许他在冬天来临之前就已经到远方云游去了。总之，只要他在山上，庙门就会开着。

性云是甘肃陇南人，年纪约莫七十古稀。一个人在终南山中种菜、养蜂，长年躬耕，吸纳山水灵性与云根气海。昔年上山拜谒，曾见过一面。言语不多，脸色红润，中等个子，清瘦而面善。

那次有缘，得性云大师以茶水相待。水是取寺后的山泉水，茶叶说是贾平凹送的，还云老贾某年秋游悟真寺时题了不少字，亦写了纪念碑文。

当时印象最深的是性云大师禅房旁边一个房屋内悬挂的一张摄影画。画中人只有背影，一身杏色的衣服，向秋幽的红叶深处而去。山林空寂，僧人周身光色晕照，拂尘远去，画境实在窅深。画中人就是性云，摄影之人取景意境深远，而静观者只能心念而不能外言也。其中况味，只能个人自悟了。

山中岁月常。山中寂寞，古寺寂寞，人也寂寞。修行者在熬岁月，也在悟山水；悟自己，也在悟人世，最终悟出淡和退。这便是隐者。

他在寺里敲木鱼，他在寺外敲万物。他心中有钟声，那声音如终南古庙里的一寸寸斜阳，从那高处的檐角上垂挂起来。他常站在风中仰望，渐渐地，听着那声音慢慢地又落了在山的阶沿上。他寻着它并随它遁入深处，在那里修行打坐，已然入定。

古寺只是一种形式和表象，山水才是精华，思想和精神才是精髓。细入无间，大绝方所。人的虔诚对象始终都是大自然，都是世间万物，都是大象无形。终南灵秀山水、悟真上寺、禅音、性云大师，皆是佛。

我辈亦是。心之所念，目之所见。

风景是路过生活的一部分，跋涉才是风景中的些许乐趣。因为天色已晚，下山之时不敢另辟蹊径在一片斜坡上冒险，只得原路返回。

白杨发抖

　　春天里，花色在战栗；夏日里，绿叶在战栗，都是蓬勃，都是葳蕤，都是汪洋一片湛明的光色。若要细细去选一样植物的话，我必是喜欢白杨的。

　　山坡、沟道、河滩、路旁，一般多见冲天而起的白杨树。枝干粗壮，树皮泛白，如灰蜡。布满了粗糙、冷峻的黑斑，状如人眼，看着斑驳，也凛冽。

　　三四月间，枝上芽叶褐色初展，径现了树身的标直。等到五六月，叶片肥圆时，微风轻拂，枝头便传来索索之声。到了七八月，风息一大，叶如雨声，淅沥入耳。正应了古诗"白杨何萧萧，松柏夹广路"的意思。白杨发抖，动得有形、有趣。白日，阳光也跟着它们晃动，一整棵树都跟着晃动。要是有一大片白杨林，整个树林便开始泠泠地唱起来了。

　　短夜里，月色披挂的时候，门前的白杨树便成了银灰的快乐。沙沙沙，索索索，风大风小，叶子都在响。农人一天的疲惫都被它们带到梦境里去了。鸣蝉也歇了，鸣虫也打盹了。唯有白杨树叶在发抖，一直唱到月儿偏西。

　　我少时常常会对着发抖的白杨叶发呆，遥想着一些快乐的心事。后来这些心事竟然幻化成了一小块乡愁，冲击着视觉的记忆，回到洋峪川的山野里去了。

好像堡子山脚下有很多白杨树的。好像燕子沟外也有一些白杨树的，只是那燕子沟里已无燕子了。长久以来，燕子沟被洋峪川人顺嘴斜成了野沟。正面坡沟里树荫遮蔽的景象消失殆尽，悬崖峭壁上密匝欢跃的燕影也了无踪迹。想来，真是可惜！乡路倒是越发地平坦了，砂石采挖也越发疯狂了。燕子沟如今满目苍凉，只剩一片光秃荒芜状，令人徒生伤感。而那堡子山上虽已重修了山庙，也是无人问津。

洋峪川本是五里一小庙，十里一大庙，过去祈雨庙会都是很热闹的。现在庙身寂寞，只有洋峪河两岸的翠色能给人一点安慰了。

那翠色便是白杨树的歌唱。我将它们视为天籁、地籁和一个村庄的人籁。回到洋峪川，处处可望童年的白杨林、艾草、荆棘丛和山坡。

漫山遍野浮荡着儿时的往事，也充斥着虚空。村庄替人们照顾着洋峪川的寂寞。淅沥淅沥的杨树叶在一厢情愿里，尽着自己的美好。那场景，是老境，比一个人的回忆更遥远。

苦槐所含

苦槐形成的林荫就在我们住的河堤上，在花圃和草丛之中，日夜与高楼对视，勾勒出曲径通幽的景致来。

七八月间，槐花密匝地开，与绿叶一起笼罩在枝头，一拨又一拨，一团又一团。苦槐花一旦盛开，便不会在枝上停留很久，风一吹，纷纷飘落，像刚刚下过一场花瓣雨。花色是藤黄的那种，蓬蓬松松。未开的瓣子犹如米粒，一串串缀于枝叶间。花朵从半空悬落，或直线而下，或打起弧线。或疾飞划过，或徐徐曼舞。不一会儿，地上便是一大片，从一座桥头一直铺至另一座桥尾。

花瓣有淡香味，微苦，药气甚浓。

在河边信步漫游的人从苦槐下经过。人站在树下抬头仰望，目光顺着壮阔的树身向上蔓延，先是黑深的树皮，皴裂着，纵壑交错，参差排布，犹如悬崖倒挂，仿佛峰头兀立，一律的瘦石危岩，陡峭如削。树皮与树皮之间相隔又斜向相连，如枯山褶皱。那褶皱间又覆了苔藓，苔色或如黑焦，或青苍生幽，或浅黄如春晖。看着，看着，槐树纹理恍惚间便如古人笔端生发的一纸画意。

苦槐树腰粗大，爬有褐干，干生青枝。树端枝干分杈，杈上又生分枝，枝枝杈杈连成一片，织成网状，分别向四周扩散。干，粗若碗口；枝，细似铁丝。枝干交叠，枝叶婆娑，冠盖如伞。

　　槐荫由远及近，在堤上勾着半弧。阳光透过叶隙，在脚下斑驳投影。树影晃动，影中有光，光中有影，光影错落，草色扶绿，路径明亮。一群黑蚁在影中逐光，兜兜转转，忙忙碌碌，不知所向。

　　树荫里传来"啾啾"几声鸟鸣，紧接着，从墨团里扑棱出轻灵的身影，在空中旋了旋，飞远了。

　　隐秘的枝叶间，藏着一个巨大的巢。它们是飞出觅食，还是再衔些草茎回来垫窝，不得而知。

　　人在树下望得专注，想象着头顶的天空是一幅画布的底色，苦槐枝叶作了画的布局，拙朴、素淡，适合给乡间女子做衬衣，才现自然本色。

　　那仰望的人又凝视苦槐的粗朴肌理，想起了乡下父亲的脸孔。又望着那密集分权的枝干，想着它们就是一条条小路，有的伸向远方，有的就在身边。远方是血脉里的故乡，身边是匆匆行走的故乡。两个故乡像纠缠的苦槐枝，在心中横陈。

　　故园如书，往事如梦，人在惆怅中一时丢了魂。耳旁忽地传来"吱——"的响音，随即，看见一只潜伏在槐叶深处的夏蝉，扇动薄翼，拽着"吱吱"的声线，飞走了。

凤翔沟

四周有水汽，抓一把空气，湿漉漉的。投向身后的小树林，春天的一大片蓬绿就扑腾腾地钻进人的眼睛里来了。那绿水汪汪的，闪着亮光，密布枝头。再抓一把空气，扔在脚下的野花丛中，浓郁的花香瞬间便团在了人的鼻洼里，挥也挥不去。

寂静密匝匝地布满山林，寂静也悄悄在高处耸起。

那时，我正坐在凤翔沟的半坡上，静静地望着远山。远山青峰黛影，一重又一重。东面最高的那座山峰，应该就是蓝田的王顺山。坐在长安的绿草地上，远远望着它那逼仄突兀的青色脊线和纵横陡峭的横断面，心里油然升起一股暖流。原来蓝田长安一家亲，同生终南，山水共呼吸。人在凤翔沟望见玉山，人在玉山上望见长安，云根气海，田野平畴，竟连成了一片。

凤翔沟凤凰书院的院长与人说，他经常坐在后坡上望东南，望见那云雾缭绕的地方，有种高山仰止的感觉。他自觉地便静了下来，一个人在山沟的林子里听啾啾鸟鸣，听潺潺溪流，听风息贯耳，听落叶沙沙。有时也听沟里老村中的猎狗狂吠，偶尔也会传来一两声羊咩声。这些都让他感觉到：居于山野是一件很有妙趣的事情。

　　他也常常发呆。春天的草芽萌发了很细微的声脚，他能听到。发着呆，一抬头，凤翔沟的绿色已是芊芊错错、满目葱茏了。那绿追着时光一直进入夏日的腹地。他一直在默默观察、欣赏并且陶醉着，直到沟沟壑壑、满山满坡的枝头被色彩斑斓的树叶浸染至深秋的根部。那时，这个儒雅风致的人儿才明白过来：凤翔沟的雪天快要来了。

　　原来自己一直住在画里面。春间清丽，夏时蓬勃，秋日冶艳，冬天纯净。变的是画中的景，不变的是大自然的那份空阔和静谧。

　　画中人每天去沟涧取水，水是山泉水，清冽冽地甜。下雪的时候，他在凤凰书院里烹茶读书。屋外雪籽一粒一粒地落下来，落在稀疏的篱笆上，落在蓬松的茅草门檐上，落在庭院里的那株杏树枝丫上，落在兀自摇曳的荡椅上，落在木格搭建的小亭阁上，落在各种参差扶摇的花木上，落在闲池横过的小桥上，落在水门汀地的苍苔上……

　　小花猫"喵喵"地叫了几声，倏忽从地上跃上墙头，在白雪上点印数朵"梅花"，不一会儿就被雪盖住了。

　　庭院的主人有时也会出来盛些干净的银雪，煮雪烹茶招呼来访的三两客人。室内茶气氤氲，诗书氤氲。意兴来了，还会邀来书院副院长孙晓冬先生吹奏洞箫，增添几分文人的雅趣。有时终南坞社名誉社长左明心也会来，一曲幽音，深情婉转，令众客恍如跌入一段悠长的旧时光里，久久不愿醒来。

　　他们不愿醒来，他们便也成了画。他们连同整个凤翔沟都被霏霏雪意晕染在一片苍茫之中了……

　　第二年春天，阳光煌煌，山坡茵茵。树林子里洋溢着一种风动，枝头翠然。林间显露着大片的野菜丛子，像舌尖上吐露出来的密语，葳蕤、腾挪。凤凰书院的院子里撒满了鸟鸣，各种春色在主人的檐下、窗台、床头一一摊开……

他们又来了。沉寂了一个冬天，他们从城市里赶来，在凤凰书院里负暄闲谈，在后山的林子里到处逡巡，遍地采撷春光野味，他们不亦乐乎。

他们将一整个春天消磨在凤翔沟里。

白天一过，他们便纷纷隐匿到灯火浓郁的城镇街巷里去了。偌大的山沟里，剩下一个静修人的况味。他听见一只从《诗经》里钻出来的古蝉在山林里不知疲倦的鸣唱声，他听见谷溪里鼓荡起伏的蛙咏声，他听见暮霭中一个荷锄路过的农夫厚重的脚步声，他听见乡间小路边隐秘草丛中的虫吟声，他还听见了所有藏匿于田野、大地之上的寂静之声。

他心中常感熨帖。他想：凤翔沟真是一块富地哩。

曾经一整个春天的凤翔沟都在他心里悬置着，因为实在很美好。也有周边美院的实习生们来此临摹。研习基地的许多师生也进村子里活动。

凤凰书院的主人不喜欢这种热闹，便躲在后山坡上的白杨树林里发怔。微风一吹，杨树叶子冷冷地唱起歌来。他感到了一股清凉。一抬眼，看见沟口的水库被周垂的柳树浸染绿了。

他一直等着从区上派到村子里的年轻干部们，他为他们沏好了山泉茶水。他听他们说有些外乡人要来美丽的凤翔沟，他们要把村里的旧房子修缮改造后办成观光旅游的民宿。他很高兴，这地方是很生态的。一年四季，山野的光线在他身上披上了美的光彩，令他乐不思蜀。

　　阳光溶漾的时候，他会陪着几个返乡创业的大学生在村庄周围转转。他们在地里建了草莓园，培植了名贵药材。他们还在河沟的两岸"喂养"了大片"父亲的稻田"和"母亲的菜地"。土地是农民苦中的大乐，生态是家园的绿色屏障，他和他们深陷其中。

　　凤翔沟成了他身体的一部分，他和它一直向时间的纵深走去……

石榴花

五月有欣欣迎人的嘉木，蓬绿如盖。其时日色煌煌，太阳渐渐有了晒气。

路过一条寂静的巷弄，远远望见人家墙头腾挪摇曳的一株石榴树的枝头，叶片鲜亮如翡翠。清风掠过，那枝叶儿既灵动又葳蕤。走近了抬头去看，那灵动葳蕤的枝叶里，欣欣然露出数朵明艳的花朵，像火焰，红得通透、灿烂，在枝上挑着妩媚的眼，频频勾着路人的脚步和目光。

再近些去看，只见那红艳艳的朵瓣上，花片柔软如绸缎，在芊芊郁郁的碧绿里悄然绽放着。从蕊心处花瓣便开始重叠曲卷，像有一些缱绻生动的心思。由内向外，一层一层地舒展着，又紧紧地包裹着，似二八少女，欲言还羞的模样。但它们的色彩实在热烈，一时忍不住寂寞的束缚，终于从墙内探出头来。

"五月榴花照眼明"，因着石榴花朵的如火如荼，五月又多了一个极其雅致的名字——榴月，倒显得这夏日的月份和这巷弄人家的墙头，也暗暗添了些诗意和古意。

这是自然的，巷弄何其寂幽。苔痕深深，墙面斑驳剥落，静谧之境，好似光阴老旧，故事幽暗，幽生古意。而墙头忽然斜出一树石榴花叶，又令逼仄的长巷瞬间柳暗花明，生出许多的妖艳来。

那一刻，人被惊艳，静静地发着怔。仿佛在时光深处，远远地踱来了一位风致极妙的女子。她的云鬓上簪着翠绿的玉钗，脸上映着嫣然的胭脂笑，罗衣从风，缓缓落影。人便想着，她是那墙头的石榴花，还是那从唐诗宋词里走来的古韵的女子？她使这空寂街巷，扶摇生出翠然绯霞一般的美。

这是夏日的好，亦是榴月的好。

石榴花的花语是成熟、美丽。一个"榴"字也是充满意趣，被人们赋作"留"的意思，从古至今，应接了友情、爱情和吉祥、丰产、富足与多子多孙的人间美好愿望。

所谓"送榴传谊""榴开百子""石榴裙下""石榴新娘"……都是情怀，都是故事，都是文化，也都是草木烟火。

世间事物，万千面目。山根水汽，皆为形胜。丛绿簇红，花木之门。五六月的石榴花，算是一幅好的风景了。

苋菜之眼

破晓时分，有晨月在空。

南山逶迤耸立的青脊隐隐衔接着月白的天，远远望去，苍翠而幽深。凉风习习吹来，郊野的空气里含着些草木的清香和泥土的味道。这是盛夏晨时的葱然和静谧。

母亲今日酝酿着要做一顿菜卷蘸蒜汁的食物，言说最好是用野菜为裹料才算美味。想想眼下正是苋菜之眼打开的旺季，我便应允了和她一起到野外掐些鲜。草草地吃过早点，就拎着布袋出门了。

田畦间，豆苗叶儿稀稀疏疏地摇曳着。红薯的茎叶还未铺开。垄上的南瓜藤蔓倒是葳蕤得很，肥硕的叶片挨挨挤挤地笼着畦沿，藤黄的南瓜花瓣密密匝匝地腾挪着。

露水沉重。我们在一块开阔地发现了大片的苋菜。走近了，正准备弯腰采摘，母亲忽然犹豫了一下说："是玉米地，苗子还未抽身（拔节）。农民种点儿庄稼不容易，再找其他地方吧！"

仔细一看，还真是玉米地，因为苗子稀疏，大量的稗草和牛筋草未能及时清除，玉米苗叶被掩盖其中了。我理解母亲对于庄稼和土地的情怀，就依了她在附近另寻苋菜。

遇见一位在地里干活的老者，上前打招呼，他指引了一片旱玉米地："那里的棒子已经搬了，里面有许多苋菜，大而新鲜，你们去那边采吧！"

果然是生机的一大片。只是农人匆匆搬完了玉米棒子去市场售卖，却留着空的秆叶兀自挺立在田中。弯下腰在叶垄间掐取，须得徐徐前进。里面光线幽暗，泥土潮腥，重露不时打湿了人的鞋子、脚面、裤腿和头发梢。好在苋菜稠密而肥大，人在其中虽是辛苦，心情却是愉悦。

野苋根茎或低伏或高立。光色清秀可人，轮廓一律呈现椭圆形。叶脉上面纹理清晰密布，中间一条主沟壑直通叶尖，两边七八条斜线向上整齐地排列着。而每条斜线上又生出许多更细小的脉线，仿佛人的毛细血管一般。它们在田间纷纷披散，或者簇簇而拥，或者三两摇摆，抑或一株独秀，形态皆是端庄而不乏妩媚。

休息的当儿，将其放至鼻息处嗅闻，有股淡淡的香，又似夹杂着浓郁的草药气。

听见母亲在地头打趣道："六月苋，赛鸡蛋。七月苋，金不换。"我抬头瞥见她黢黑沧桑的脸上满是汗水，头发被露水和玉米秆叶弄得一团潦草，但眼睛的笑意却在清晨的光色下格外生动。

苋菜生命力旺盛，寄身田野，在杂草中求存。吸纳日月之灵气，裹挟着泥土与空气的气息，纯粹、坚韧、淡然、阔达。能食之，能药用，确是大自然的一种馈赠。

回来的路上，我一直遐想着母亲在厨间盛大地忙碌。那些香气扑鼻的苋菜卷子里，一定氤氲着时间的味道、阳光的味道、星月的味道、草木的味道、雨露的味道、风息的味道、虫鸣的味道、庄稼的味道，还有母爱和大地的味道。

　　采采苋菜，在野青青。在北方的田野里，一般多见绿苋，虽是乡野粗糙野菜，却渐已成为桌上珍馐。古人诗文里，也断是少不了赋予苋菜诗意浪漫的意象。

　　但苋菜就是苋菜，生者有形而生生者无语。

午　后

　　窗外的阳光下，一些革质的树叶轻轻摇曳，并且在风中发出泠泠的声音。有一个人怀疑那是流水的声音，但事实上，屋外除了明晃晃的光线，就是明晃晃的建筑的墙体。

　　这是一个秋天的下午，这个人坐在办公室里发呆。对着门的那扇窗子，仅仅开了一条缝，光线还是从窗帘缝隙中进来，切开了一条白光，斜照在桌子上。

　　有一些人在房屋四周欢快地呼叫着，有男的，有女的，有老人，还有小孩，他们正在热烈地运动着，或者闲谈着。唯有这个人，在安静的办公室里发呆。似乎时间与他的思想一起凝固在了这一狭小的空间里，又或者，时间已经先于他从屋子里走出去。这个人无法感知它的动向，只有街巷里传出几声吆喝的叫卖声之后，他才发觉窗外的光照较之两三点钟有所减弱，继而渐渐偏向西山。

　　这是一天最为无聊且也最为简单的时刻。

　　这个人于是歪着头静静望着玻璃上被铝合金窗格子分割成几小块的浅蓝的天空。它们像湖水一般宁静。窗格子里当然也有丝丝白的云团，看起来很浮飘的样子。几根细长的黑色电线也在窗格子里划拉着天空，线条流畅而复杂。一根电杆上，竟然挂了许多电线，横的、竖的，还有垂绕的、斜拉的，伸向窄巷的建筑里。阳光映在眼前一处居民的房屋的檐角上，反射出白而耀眼的光。

他的视线里出现大片的阴影，是巷子里一些树木的树冠，还有一些矮的院围。阴影部分一直漫至窗前，继而灌入室内，他便也成了它的一部分。

尚在明亮的那部分里，有些声音仍在光中晃动、游离，此起彼伏，看不见都是些什么人，因为这个人被囚在阴影里面了。

他不属于热闹的那部分，只能待在安静里。这个人其实是很喜欢这份安静的。

香自槐花来

　　世间美食甚多，若是一一去叙，实在是让人不胜其烦。大凡能够为人所津津乐道的，除了香艳的舌尖趣味，恐怕更多的还是一种深厚的情感。因为有着某种难忘的经历，或者某些特殊的东西在里面，故而与人说起，一定是很温暖的。

　　我至今想起来，仍然觉得熨帖。能够搅动旧时岁月并令童年忽然醒来的，有一些美食，诸如槐花麦饭、南瓜盖饼、土豆丸子、玉米搅团、神仙凉粉，等等，都颇是亲切入微的。饥馑年代，它们皆是泊在生命里的幸福和快乐。作为果腹之物，它们喂养了许多空荒的肠胃，算是救命的吃食。

　　槐花麦饭，更像是生命中的一种恩遇，或者是植物清香的交融，成为钩沉往事中抵达心源的极美体验，令人的味觉、嗅觉和视觉全然打开。

　　每年的五月间，乡间必是四野一白，到处都飘着槐香。那花事如雪天一般惊艳繁累，一咕噜、一咕噜地罩满了枝头。山丘、坡岭、沟壑、河滩、路边、村口都是槐花的盛景，芳香也浓郁得飘到数里之外了。

　　槐花甜丝丝，沁人心脾，而一棵槐树的枝叶繁茂也是令人非常怀念的。记得儿时的门前，祖父栽了白杨树和泡桐树，与下邻家相隔的地方则是一棵大槐树。粗糙的树身满是褶皱，像一个老人的黝黑脸孔，枝枝叶叶向四周伸展。每一根粗干上又生着许多分杈，分杈之上又生分枝，像密网的路径分布在头顶。槐叶就在风中冷冷地轻摇，衬托着蓝沉沉的天空，似农家少女穿着的粗布衬衫，朴素而简美。

总角之时喜欢静静地站在大槐树下望天，一直望呀望呀，望到枝头变绿，望到琼花如雪，白到极致。彼时，希望随即而至，心心念念的槐花麦饭，已变成一场肠胃的香甜美梦，追逐着一群小孩子的日日夜夜，在乡间霞光星月的映照里，重复呈现。

昔年生活委实艰难，感觉总也吃不饱。母亲是个事无巨细的人，照顾我们的饮食起居一直悉心有加，即便是在树上攀折槐花细枝这样的小事，她也必是亲力亲为。如今想来，那时的童心愉悦，大多是与她的悉心照顾密不可分的，那真是弥足珍贵的回忆了。

那时，母亲会将刚采摘回来的新鲜槐花骨朵，用井水大致地冲洗一番后，薄薄地摊放在一个较大的竹筛里，沥一会儿水汽，然后将它们盛进一个大铝盆中，里面放少许的面粉，搅拌成散状的槐花面絮，就可以下锅热蒸了。

等待是一个漫长的过程。槐花在烟熏火煨和水汽的蒸腾下，除去了草气的微涩，渐渐曲软。花的香粒在热息中纷纷游离，产生了鲜味元素，在时间的催烹下，实现了草木与食物过渡的层次升级。与此同时，面粉的麦香也得到激发，花香裹挟着麦香，一起在蒸笼间渗透、跳跃、欢舞……

大约需要十五分钟，那铁锅的顶盖缝隙间便嘘嘘嘘地冒了热气，白浮浮的一片，很快地将局促的灶台氤氲得如同仙境一般。其时，槐花麦饭的清香扑袭而来，惹得小馋虫们眼巴巴地看着锅台流口水。

闷蒸的过程中，母亲会不时地揭开锅盖，嘴里轻轻地嘘吹着，目光探进那团朦胧的白气里，用筷子将柔软黏糊的槐花麦饭反复地搅拌几次。待麦饭熟透出锅后，就从蒸笼上快速扣入大盆之中，趁热又是一番均匀搅拌，直到把麦饭拌成散落的花絮，再晾上一两分钟。

母亲将提前准备好的香菜末、生姜末、葱花、蒜泥、盐巴、味精及辣椒面一应铺撒在槐花麦饭里，迅速泼些烧热的菜籽油上去，只听得一阵"滋啦滋啦"的脆响声，很是悦耳。之后，她再用筷子耐心地搅拌，等各色调料都入了味，才一碗一碗地盛与家人吃。

正在长身体的我们，并不能洞悉五味调和的密码和分子世界的搭配。空瘪的肚子是时常需要饭菜安慰的。母亲盛麦饭的时候，我们姊妹们几乎是在抢食。吃的时候呢，也是狼吞虎咽，弄得碗筷叭叭作响。

那一刻，来自时间的味道、阳光的味道、雨露的味道、草木花的味道、庄稼的味道、各种佐料混合的味道以及柴火烟气的味道，云雾一样进入人的奇经八脉。香气在肠胃里纷纷交集、重叠、浮动、腾挪……一碗麦饭在日子里起承转合、相叠、跌宕，营构出一个乡村家庭的温馨和生命个体在艰苦岁月里呈现出来的生活仪式感。

母亲一直在注视着我们。有时吃得紧了，我们恨不得把碗沿也咬上几口。她就在一旁呵呵地笑："慢一点儿，慢一点儿，盆里还有，别噎着！"

最后还是有人会噎住的。母亲连忙递上一碗热汤："喝点儿汤，缓一缓！"

她总是在看我们吃，看我们将槐花麦饭一拨一拨地搂到嘴里，听我们"吧唧吧唧"的咀嚼声。她唯恐我们吃得紧了噎着了。

"香不香？"

"香！"

这是母亲与我们之间惯常的一种对话。简单、质朴，就像她的生命习惯一样，照顾我们，为我们做可口的饭食，也成为她在洋峪川劬劳的一部分。我一直以为，这一部分是极其重要的。

槐花麦饭，是岁月深处勾起的味蕾，是风过槐林飘荡的香息，是雨落山野遮掩的小径，是苍茫大地麦田成熟的喜悦，是黄昏时分荷锄扶犁的背影，是月下取水的叮当响声，是虫鸣蛙鼓的黑夜挑灯忙碌……

槐花麦饭，来自乡野，是草木人家与自然亲切相依的一种生活场景，也是尘土里升起的一种烟火味道。想想它的意趣，既鲜美柔软，又脆嫩甘甜，且富有嚼头，味道真是悠长，可抵一顿扎实的饭菜，别有一番沁人心脾之力。每一口下去，必是唇齿留香，在心上辗转，辗转，回味无穷。

现在人之口味越来越刁，但昔时用来填补寡淡肚皮的槐花麦饭，却成了餐桌上品尝的珍馐时尚。曾经有过旧时乡间记忆的人们，在赞叹它的醇香滋味时，免不了会想起些往日的故事来。这必是物有所思了。

千里故人心。

　　童年被隔离在远事里，槐花麦饭的芳香却从岁月深处袅袅升起。乡愁挥之不去，我每每念起故园，想起那香气浓郁的麦饭，便会兀自地感慨：槐花飘香，为山野的馈赠；麦香荡漾，为父母的辛劳。它实在是物尽其华的人间美味，令人流连回味，无法忘怀啊！

后 记

　　十月，我回洋峪川，感念先人。其时已是气肃凝重，露结为霜。
先人长眠地下，坟茔荒凉，他们在这片土地上曾经生活过的痕迹
基本上已经消失殆尽。我来看望他们，只是为了血脉中的一种回应。
在他们轰然衰老或者病逝的时候，我没有更多的眼泪。我得积攒
更多的力量替他们活着。我在洋峪川活着的意义就是不断收藏他
们留在这里的呼吸和心跳、脾性与温度、劬劳与热爱、人格与信念，
以及所有的悲欢离合。

　　他们在临终时都曾有过类似千斤万斤的遗语，我已忘记了一
大半。因为我很难过地以为：我们不能去共情一种记忆。我只有
书写，虔诚地进行原乡书写，我才能与他们一起活在洋峪川。

　　这是乡间的叙述，包括人情物理、烟火世俗，还有四时风物，
我谓之"人间时光"。

　　春秋如此内省，冬夏也如此内省。一旦回到洋峪川，所有的
风说都会变为现实：那就是，洋峪川依旧美得执拗，美得深沉而
卑微，以致没有人去关注它。离开的人偶尔回乡看看，并不打算
再回来居住。留守的人安静等待，只是为了一块巴掌大的坟地。

　　我时感悲情。我的童年、我的生命里最具人情味的洋峪川，

难道仅仅剩下一片回忆？我的起伏绵延的乡愁、我的脉动纠葛的情感、我的丛莽如林的大地、我的浓郁厚重的田野、我的淡墨如画的村庄、我的姿影曼妙的洋峪河……

我潦草而唐突地出现在故乡。我无所不能地书写和叙述着："乡愁记忆里的村庄，伸展着农作物的根系，氤氲着谷物的清香。生命在那些村庄里分叉、成长，一代一代，最后变成一片田野，扎根泥土。男耕女织，村庄留下了大地萌蘖的足迹，喂养了一代又一代人的肠胃。村庄是大地的词条，大地是村庄的脐带，生命的纹理在此呈现并且延续。对于那些村庄蓄满的感情，对于那些温良食物里固有的乡土属性和味道，只有远离故乡的人们，才深深理解一种愁绪，那便是乡愁记忆，彻骨的怀念和惆怅之情。"

我觉得很可笑。这样模糊而笼统的回忆，像是在完成一种任务。真的很矫情，可我又能如何呢？

你瞧，祖父一脸沧桑地对我说：堡子坡上的柿子熟了，记得一定去摘呀，那片柿子林可是我打下的江山，千万别丢了！嘿，收浆果的时候记得给鸟雀留些吧！

父亲也是一脸的忧郁，他说：后沟那片坡地该翻新了，记得要认真耕种的，不能让洋峪川的麦田失去回音。对了，栽花椒也行，总之是不能荒废的。

洋峪川的先人们也在一遍又一遍地叮咛着：没有土地就没有村庄，热爱土地吧！我们会在田畈的劳动中获得自信，我们要一直延续人类的农耕文明，并且要创造出人间最可爱的美学境界。

　　故乡毫无悬念地充当了每代人的记忆，一不小心，它就从心里跑了出来。那些可供叙事的村庄，仿佛心中的一个个空洞。山风一吹，里面就住满了各种寂寞的腔调。父辈们曾经躬耕的背影，更像是一种惆怅。洋峪河也像是一场仪式，漫长的流淌和延伸，战栗着人间诸多的悲喜和两岸村庄各自的呼吸。

　　我曾经路过故乡无数次，我无限叹惋地认为：那些被丢弃在墙角旮旯的农具，简直就是一种隐伤。它们曾经是这个世界上最伟大的语言大师，它们却为什么会开始沉默？

　　我在这个宏大而壮丽的时代认真而卑微地活着。我书写故乡、书写土地、书写四时、书写自然，仅仅是为了一种热爱吗？

　　谁又知道呢？反正我得写下去！